酒と戦後派

人物随想集

haniya yutaka

埴谷雄高

講談社文芸文庫

目次

異常児荒正人　一
平野謙　二〇
本多秋五　三九
強い芯を備えた隠者――山室静　四四
沈着者・小田切秀雄　四六
佐々木基一の幅広さ――『昭和文学交遊記』　五〇
＊＊＊
詩人の或る時期　五三
戦後の畸人達（抄）　五九
初期の石川淳　六六
安吾と雄高警部　七三
椎名麟三　七七
はじめの頃の椎名麟三　八六
飢えの季節（抄）――梅崎春生について　九二

「夜の会」の頃の渡辺さん　一〇〇
酒と戦後派　一〇五
三島由紀夫　一三六
『崩解感覚』の頃　一四四
そも若きおり　一四七
全身小説家、井上光晴　一五一
井上光晴の「最高！」　一五四
はじめの頃の島尾敏雄　一五八
島尾敏雄を送る　一六一
島尾敏雄とマヤちゃん　一六三
＊＊＊
『びいどろ学士』　一六七
原民喜の回想　一七〇
堀辰雄　一七六
結核と私達　一八一
死の連帯感　一八四

大井広介夫人 一八九
癌とそうめん 二〇一
高見さんのサーヴィス 二〇四
穴のあいた心臓 二〇九
『悲の器』の頃 二一五
異種精神族・澁澤龍彥――癌と医者運 二二二
サド裁判時代――白井健三郎 二二七
心平さんの自己調教 二三二
＊＊＊
純粋日本人、藤枝静男 二三五
鬱屈者の優雅性――大庭みな子について 二三七
二人のドン・キホーテ――檀一雄と私 二四〇
青年辻邦生 二四四
加賀乙彦のこと 二四七
最低の摩訶不思議性 二五〇
最後の一局――追悼 北村太郎 二五四

田村隆一の姿勢　二六一
＊＊＊
花田清輝との同時代性　二六四
中野重治とのすれちがい　二七二
中村光夫と戦後派　二七七
不思議な哲学者――安岡章太郎　二八一
吉本隆明の印象　二八四
青年大江健三郎　二八八
核時代の文学の力――大江健三郎について　二九一
現代の六無斎　二九四
現代の行者、小田実　二九八
中村真一郎のこと　三〇〇
遠い時間　三〇三
＊＊＊
橋川文三のこと　三〇八
評論家と小説家　三一一

竹内好の追想　三一六
「お花見会」と「忘年会」　三二六
最後の二週間　三三五
武田山荘のエクトプラズマ　三六五
大岡越前探偵と私　三七一
公正者　大岡昇平　三七五
武田百合子さんのこと　三七八
時は武蔵野の上をも　四〇八

人物紹介　四一五
同人誌・事項紹介　四二七

酒と戦後派

人物随想集

異常児荒正人

荒正人は、私に旧約時代の予言者を思わせる。岩肌がごつごつと現われて見渡すかぎり荒涼とした裸山の拡がつている不毛の土地を歩きまわつて、絶えず癇癪にとりつかれ、あわただしさに追われながら、暗い頭蓋の奥に一筋に理想の天国を思い描いているあまり背の高くない丸い顔をした予言者である。焼けつく蒼穹の下、まわりはただ遠い地平に橄欖《かんらん》の山だけ眺められる荒地なので、彼が思い描く天国は謂わば彼の全精神がその一点だけに凝集している純粋観念なのだが、あたりの荒涼たる風景にあまりに屢々腹を立て過ぎて気持ちのやすまるひまがないので、その純粋観念はいささか突飛なものとなつた観がある。つまり、彼の盲点はこの世のものとも思えぬ癇癪とせつかちの激しさにあるのだが、私もまた旧約時代の民の運命を担つていたものか、その激烈な、あまりに激烈な内容を戦争の末期に見知るはめになつた。というのは、その頃埼玉県の久喜《くき》に疎開していた彼の家が私達の疎開荷物の中継基地になつて、私達は何時も彼のところに泊らねばならなかつたからである。

だいたいせつかちと癇癪は共存しがちなものであるが、彼の場合その二つの接触点には寸毫の間隙もなくあっと思うまもなく忽ちに爆発してしまう。つまり、空間的に説明すると、彼のせつかちは雷管で癇癪は爆薬といった具合に並んでいて、せつかちの衝撃が起つたときはもはや爆薬の発火がはじまって黄色い煙が噴き出しているというふうなのである。見ていると、彼は五つくらいの命令をつづけざまに発するが、一つの仕事にまだとりかかっていない裡にすでに次の命令が発せられるので、その命令の受領者たる奥さんの軀は、さながらピカソ風の絵のように一方向へ動き出さんとしたまま他の方向へねじれて、まことに収拾がつかなくなってしまうのである。それに荒夫人はいささかスロー・モーションの方に属するから、命令と遂行のテンポが合わないことははじめから決っているのだが、命令の第四号ぐらいで事態が混沌の様相を帯びてきたと思うまもなく、忽ちゼロ・アワーのスウィッチがはいって、鉄塔上の原爆は炸裂してしまうのである。例えば、われわれが部屋のなかに坐るまもなく、彼はつづけさまに、お茶を沸したまえ、茶箪笥に菓子が入っていただろう、炭の火はどうなっているのか、などといって、その指令の三つ目くらいにはもう我慢ができずに立上って自分で七輪の火をばたばたと煽ぎはじめ、二階に面白い探偵小説があるからもってこいと、後ろ向きに言いつけておいて、自分はそのあいだに団扇をほうりだして、床の間に置かれた蓄音器のねじをまわし、突拍子もなく高い音のレコードをかける。まるで時間の幅が短縮してすべての物体が噪音と性急のなかに目まぐるしく飛び走つているウェルズ風な不思議な世界に思いがけずとびこんだような気分につつまれ、私達は数瞬はこちらの気が遠くなつたような感じに襲われる。そして二階の階段の上から、本は見あたりませんよと奥さんが悲しげな声で訴えると、彼は忽ちあらゆる物体がその場に飛びあがるほどの激しさで、そんなことがあるものか、何を見てるんだと下から上へ向つてびつくりするほど大声に炸裂するのであるが、私達をさらに茫然とさせる事態は、数瞬後、奥さんが本を持つて降りてくると、さながらそれ以前のすべての時間が消失してしまつたかのごとくに、静枝、静枝、このお菓子はうまいけど何処で買つたのだつたかね、とまことに世界で一番穏かな夫でもあるようなやさしい声音で彼はいうのである。その急激な転変があまりに自然なので、私達は嵐と雷雨のあとには小川のせせらぎと小鳥の囀りが出現するのがこの大自然なのだという現実の厳粛さをいまさらながらに再認識させられるのである。それから私が特記して置かねばならないのは、土蔵のなかを一陣の旋風が吹き荒れてやがて飛び出してゆく朝の光景であろう。貞淑な奥さんをあちこちに右往左往させたあげく玄関を出てゆく彼の靴は何時もあわてているため紐が結ばれていたためしがない。朝の和やかな陽光のなかを両足のまわりに長く垂れた靴紐をぶらぶら跳ねとばし、ぬげかかる靴をばくばくと踏み鳴らして、上体だけ前へ倒して汽車の到着の数十秒前に急ぎすつとんでゆく彼の姿は終生忘れようにも忘れられない光景である。彼は、その頃、大井広介の関係で麻生鉱業の東京本社に通つていたのだが、その汽車通勤の途上、まず改札口からはじまつて汽車のなかで数回喧嘩をするのが毎日の習わしであつた。なにしろ当時の汽車は窓からとびこまねばならぬほどの混雑なので、肘が衝き当り、靴先がふみつけられるといつた喧嘩のきつかけにはこと欠かなかつたのである。彼の性急さは盲滅法で、戦後一緒に関西に旅行したとき私達はこういう場面を目撃しなければならなかつた。沼津だつたような記憶だが、列車が駅にはいると、アイスクリームを買おうとした彼は窓からいきなり飛び出した。そのときその窓際に坐つていた平野謙があつと声をたてたのでどうしたのかと覗くと、荒正人の軀はプラットフォームと列車のあいだの暗い空間に、ちようどスプリング・ボードのはしからそのまま一歩踏みだすダイヴィングのように真直ぐに落ちて一瞬の裡に姿が見えなくなつてしまつたのであつた。これほど『暗い谷間』の幅を開いているプラットフォームも危険であるが、そのとき荒正人の軀はまことにうまく棒のように垂直に落ちたものである。もし上体がすこしでもどちらかへ反つていれば、プラットフォームの端に顔を激しくうちつけてひどい怪我をしていたに違いない。平野謙も私も高い大空の雲のはしから下界の真暗な奈落をのぞくように驚愕してプラットフォームと列車の間の暗い空間を声もなくのぞきおろしたが、次の瞬間、そこに頭がむくむくと現われたと見るまもなく荒正人のずんぐりした軀はプラットフォームの上に怒れる雷神のごとくにとび上り、そのまま後も振りむかず遠い彼方のアイスクリーム目指して駆けて行つた。これは盲滅法でも幸運だつた方の例だが、つねにそんな幸運にめぐまれているとは限らない。例えば、彼のせつかちな命令の第二十号目くらいに貞淑な奥さんが彼に反撃することがある。ねじでまかれたジェット機のようにまつしぐらに進んで凄まじいエンジンの爆発音を絶えずたてている彼が不意に愕然として立ち止り、エゴイズムとヒューマニズムの接触点について想いを至すのは、つねにそういうときである。エゴイズムとヒューマニズムについての彼の文章が或る種の切迫した切実感と生々しさを備えているのは、それが彼と奥さんのあいだの最も切実な場所から生れているからであることを読者は知るべきである。そして、エゴイズムについての洞察の深さに較べると、彼のヒューマニズムの理想のかたちは、いささかぎくしやくしていないでもない。まだ私が丈夫な頃、時折、私のところで舞踏会を催すと、彼はひとびとの渦の横に立つている淑やかな奥さんに向つて、君、踊つて来給え、踊つて来給えと背中を押すのだが、そうした彼自身が、さながらラップランドのサンタクロースのように、頭部には真深にソフトをかぶり、オーバーを着ぶくれたように着込んで帰り支度のまませつかちに背中を押しつづけているので、佐々木基一夫人にいわせると、あんなふうではとても踊つてくる気などになれないそうである。つまり、彼のヒューマニズムは女の微妙な神経についてまつたく心得ていないというわけである。

彼がぎくしやくとした観念に憑かれて、いささか通常と違つているのは、年少時からさまざまな違つた環境にとりまかれ、謂わば故郷を失える、という形容のつくコスモポリタン的性格が築かれたことによるのだろう。奇妙なことに、彼も島尾敏雄も私も福島県出身で、しかも島尾敏雄と私は同じところ、荒正人はそこから数里しか離れていない。しかし、私達が東北人の特徴である鈍重さをあまり身につけていないのは、三人ともただ本籍が福島にあるというだけで、そこでは育たず、日本の国のはしに近いところをあちらこちら移り動く少年時代や青年時代を送つたからに違いない。つまり、この三人はみなハイマート・ロスなのである。荒正人は四国や山陰で少年時代を過ごしたが、長崎や神戸などの港町の碧い海と空の大気のなかで成長した島尾敏雄の異常感覚とは違つて、もしそう呼ぶとしたら荒正人のそれは異常体質である。私は、ときどき荒正人は胎児の折どういう格構で母の胎内に蹲つていただろうかと考えることがある。彼の異常の基本は体質に根ざしている。或るとき、或る知人のもとでウヰスキーが持つてこられると、目の前の大コップにそのウヰスキーをなみなみとついで、私達が眼を見張つている裡に息もつかずにその琥珀色の液体を彼はあつさりと飲みほしてしまつた。私達のあいだでは一番の酒豪である佐々木基一も茫然とその強引な飲みつぷりを眺めているばかりであつた。荒正人の異常体質とは、そんな目茶な飲み方をしても少しも酒がきかず、けろりとしていて、しかも彼自身なんら酒が好きでないという点である。彼が好きなのは、食べることと喋ることである。つまりせつかちに口を動かしていることがなんでも好きなのである。彼は食物についてうるさいが、しかし、両者を較べると喋つている方がより好きである。口を動かす肉体的な快感と精神的な快感が共存しているのだから、これにまさるものはないのである。ひとたび喋りはじめた彼を傍らから見ていると、陶酔の法悦境にあることがよく解り、このような人物には酒など必要でない理由もまたはつきり理解されるのである。

そんなふうな動きに充ちた異常体質にせつかちと癇癪がつけ加つているので、精神の世界で彼が好むところのものも異常である。私が疎開荷物を彼の土蔵づくりの家の二階に運んでいる頃、彼方の東京の空の暗黒を眺めながら私達が好んで語つたのは、天文学と探偵小説にきまつていた。この宇宙のそとにこの宇宙とはまつたく異なつた亡霊宇宙があつて、永遠と永遠のあいだを漂つているという説を私はもつていたので、その茫洋たるイメージを展開すると、彼はその亡霊宇宙という言葉がすつかり気にいつた。そして、彼は、彼独自の宇宙工学という説を披露してくれるのであるが、これはあちこちの天体を彼の思うがままに組み合せるという構想なのである。私達の話がまず天文学からはじまると、必ず最後は探偵小説に辿りついた。彼が久喜にいたときは大井広介の探偵小説の疎開を引受けていたので、その土蔵の二階で探偵小説を読むのは一種の幻怪味も覚えられなかなか楽しみであつたが、彼の探偵小説に対する観点は甚だ極端であつて、吾疑うという態度を与えられた限界以上におし拡げるのである。戦後、九州から大井広介が上京してから探偵小説の犯人当ては私達が夜を徹する娯楽の重要なひとつになつたが、そのときの荒正人の態度は書かれてあるすべてを疑うという徹底的なもので、勿論探偵をも疑い、また犯人推理のために与えられたデータ自身をも疑うという何物も仮借せぬ驚くべき疑い方である。こういう表面の様相だけでは信じない疑いの徹底さを彼は彼の人間興味のなかにもちこんでいるのであるが、人生には探偵小説のように枠があるわけではなく、或る人物の一つの正体が明らかになつてもまたその下に隠された正体が明らかにされる機会は何処までもつづいているので、あらゆる人間の行動が、彼には最終の頁のない探偵小説を読むように面白くて仕方がないのである。大井広介は或る人間の特性をその行動の内容で記憶していて、或る人物の品性が話題にのぼるとすでにその瞬間にその古い記憶が整理された本棚からひき出されるようにたやすくひき出されてくる。荒正人の人間興味の持ち方はいささかこれと違つて、大井広介のような分類的傾向がなく、人間でも物質でも場所でもなんでも変つた異端的なものにはすべて偏執的な興味をもつが、といつて、もし百万人そこにいれば百万人のなんにでも興味をもつといつたやたらにつめこむ百科全書的面白がり方にも欠けていないのである。だから、この二人の話を傍らで聞いていると、快笑、爆笑、苦笑つぎつぎに起つてとどまるところを知らないが、或る瞬間、笑いきわまつて凄寥生ずといつた感に不意と襲われて、人間興味家のこの二人の傍らで愕然とすることがある。互いに情報を交換しあつているので、この二人は、恐らく、あらゆる糾弾的資料の要求に応ずることのできるところの、個人の行動の仔細を収めている日本で最大の図書館となつているのであろう。もし或る人物の人格と特徴について知りたければ、試みにこの二人に問うてみるがよい。忽ちにして、その人の品格の内容は興味深い幾つかの奇抜な行動によつて示され、やがて、そこに滑稽な行動リストが出来上るだろう。荒正人はひところ人名辞典の編纂に関係していたことがあるが、そんな真面目な味もない辞典でなく、人物特色辞典といった奇抜で独特な辞典をこの二人を共編者としてひきうけさせれば、我国の史上に稀な冒頭から最後まで一頁もあまさず読了されるといった見事な辞典が出来上つた筈である。荒正人の橄欖の丘の上に掲げようとする理想の天国はこのような異常体質と異端好みに裏打ちされているので、謂わば沙漠的・観念的で、平野謙のこの世を離れようとして離れられぬ実証的な着実さに較べて甚だ対照的だが、私が傍らで見守つていた感じでは、その岩肌的異端の理想は戦後もつと広くもつと深く展開された筈であつた。もしその出発の数歩先で起つた中野重治との政治と文学論争が彼の進行方向を直角にねじ曲げてしまわなければ、彼のぎくしやくとした天国の理想はもつと豊かな異端の調子をもつて飛翔し、たとえ現在は観念的な、あまりに観念的な予言として受入れられなくても、百年後ぐらいから不意と沙漠の熱病のように福音化するかもしれなかつたのである。傍らで見ていた私としては、原子力時代という人類の第二の踏み切りの時期に際して異色ある予言を突拍子もなく試み得たであろうこの異常児が、町角の教会の論争にひき込まれていささか遠大な天空を仰ぎ地平を眺める視角からそらされた感じなのは残念であつた。私の希望はいまもほかにない。望むらくはこの眼鏡をかけた丸い顔のイスラエルの予言者を岩山にかこまれた荒野へもどして蝗のみ食べさせ、せつかちと癇癪のあまり千年ぐらい先に届く炸裂の大声を一度発させてみたいものである。

――「新潮」昭和三一年五月号

平野謙

この現実と自己とのあいだになんらかの乖離を感ずるのは、恐らく、私達に通有な性癖であるが、その乖離の感じ方は、勿論、ひとによって違っている。或るものは、この現実から脱却したい強い渇望をもっているのに、彼をこの現実に粘着させておくべきその現実の仕組があまりうまくできているので、そこからどうしても目が離せず、内心の希求を飼い槽のごとくにいだいたまま、ついうかうかと生き過しているのである。他の或るものは、思弁や想像力の鞭をひとふりすると、推論式の向うに覗かれる世界の不思議な陶酔感の魔力が忘れられずに、

彼は下方にとりとめもなき空間を眺め、

その魂は恐怖にうちふるえたりき、

彼の足はまさに非在の縁にかかれり。

といつた一句などに接すると、暫くは、魂がふらふらとさまよい出し、この現実へ帰つてこなくなつてしまうのである。敢えていってみれば、その最初のほうは、《内心の希求型》とでもいうべく、後者は《無帰還型》とでも名づけるべきものであるが、ここで区別けをしてみると、平野謙は疑いもなく前者に属し、そして、どちらかといえば、私は後者に属しているのである。

私達はお釈迦様の掌のなかからでられない孫悟空だ、というのは平野謙の口癖であるが、彼がそういう場合、確かに、重い現実に裏打ちされた実感がこもつている。太平洋戦争の中期、内部から薄鼠色のカーテンがひかれ硝子戸が閉ざされた無人の商店がところどころに索漠と目につきはじめた頃、どういうきつかけからか、平野謙と私は昼日中から浅草へ行つたことがある。私達が二人とも鬱屈した灰色の気分に閉ざされていたことは、一軒の芝居小屋へはいつたのに、それが単に芝居小屋へはいつたという行動のみにとどまつていたことで推察される。私達はその小屋の二階へあがつていつた。斜面になつている二階の階段の暗い奥から明るく照らしだされた舞台の空間を眺めおろすことは胸のなかの照明を当てられた小さな一点の空間が忽ち拡がるような爽快な気分をもたらすものだけれども、私達は、数瞬、小林千代子がもんぺをはいて出ている舞台を眺めおろしただけで、すぐ無人の廊下へ出てしまつた。

恐らく、舞台が開かれているときの無人の廊下ほど見捨てられた感じのするものはない。私達は、はじめ、壁に沿つて据えられている長椅子に腰かけて話していたが、その裡に、埃りぽいコンクリートの廊下の中央にしやがみこんで話しこむようになつた。私は、その後、道の真ん中にしやがみこんで話している男達の挙動を見ると、ああ、彼等はなにか秘密な種類の話をしてるのだな、と思うようになつたが、それは、そのとき、私達が何時しか廊下の真ん中にしやがみこむ自然な経験をしたことに由来するのである。

平野謙は、扉が開いてひとが出てくるとそちらのほうを眺めたりしながら、ぽつりぽつりと、或る夫人とのあいだの恋愛について話した。彼は、日頃、血色がよく、机龍之助と綽名されるに適わしい一種凄味を帯びた眼の光をたたえているので、こういう話になると、ほんとうは、その皮膚が艶やかに輝いてくるような緊張した切迫の雰囲気をもたらしてい筈なのに、そのとき、彼は鬱屈したなにかが胸につかえているように味気ない口調で語るのであつた。しかも、その覚つかない話を聞いていると、それが果たして恋愛であるかどうか疑わしくもなつてくるのであつた。

「相手のひともちやんと君と同じように感じているのかね。」

「だろうね。」

と、彼は放心したようにいつた。

「そんな子供じみた恋物語じやだめじやないか。」

「うーむ、それがうまくゆかないんだなあ。」

そう憮然と呟く長くひいた響きには、動かすべからざる重い必然を確認しているといった趣きがあった。

平野謙には、女性についてのひとつの固定観念がある、と私は思っている。一緒にいたいような女とは必ず別れなければならないし、別れたいような女とはどうしても別れることができない。彼が近松秋江の永遠の愛読者であるのは、秋江がそのような事態の微細な隅々にまで徹底してのめりこんだ完璧な証明者であったからにほかならない。

彼は、内面《うちづら》が悪く外面《そとづら》がいい、と自らいっているが、確かにそうだ。四谷の低い谷底に建っているので道路から数段下ったところに隠れて建てられているような坂町別館という印象的なアパートに住んでいた頃、数家族がすぐ隣りあわせに暮らしているのであるから、生活の秘密の大半はつつぬけで、平野家における夫婦喧嘩の話は誰知らぬものがないほど有名であった。私が訪ねてゆくと、几帳面な彼の性格を現わしているようにきちんと整理された机の片隅にその頃彼が校正をひきうけていた竹村書房の本のゲラ刷りがのっていたりしたが、その前に端坐した彼の表情は、奥さんがその場に登場している時間の長さによって微妙に変化するのであった。平野夫人は、どちらかといえば、話好きで、訪れてきた友達を相手に暫らく話していたいのである。ところが、平野謙の表情は、晴、曇、雷鳴の一瞬の変化を的確に伝えるところの正確無比なバロメーターなのであった。客にお茶を運んできて中腰のまま話しこんでしまつた奥さんの真横にいる平野謙の口辺がまず不機嫌にむつとひき締められると、内部の原子炉が不意に運転しはじめて制御室のパネルの中央の黄色いランプがぽつと点火したように彼の眼の光が変つてくるのである。これは何時も繰り返されるところの異変を告げる第一のサインで、平野夫人はそれを十分に心得ている筈であつたが、しかし、ひとたび話しこんでしまうと警告のベルの正確性を忘れてしまうのがこれまた夫人の習性であつて、はじめの中腰の姿勢は何時しか本式に腰をおろした永劫の会話の姿勢になつてしまつているのであつた。すると、平野謙の光つた眼付が、闇のなかで不思議な魔とすれちがつた机龍之助のように、さらに不意とけわしくなるのは、久しぶりにきた客と家に閉じこもつている女性との甚だありきたりの挨拶の導入部をもつてはじまつたその通俗的なあまりに通俗的な会話の展開の諸相が、亭主であり、また、批評家であるところの彼にまつたく気にいらないからなのである。彼は抑えに抑えきれぬようなけわしい顔付の全体を直角にまげて、すぐ傍らの夫人の顔をじろりと睨むのである。これは、第二の凄味を帯びたサインであるが、ちようど、映画のスクリーンの上の大写しでも眺めるように、正面から二人の表情の変化の仔細を眺めている私と違つて、こちらを向いて懸命に話しこんでいる夫人は、夫が発している段階的な数次の予告をともなつた警告に気がつかないのであつた。そして、夫人と客との会話が一段と通俗的な佳境に達したとき、例えば、夫人が弾んだ声で高く笑いあげるといつた事態が起つたとき、それが合図のごとく鋭い眼が底光りする平野謙の不機嫌な極の面貌に閃くような一筋の稲妻が走りすぎたと思うまもなく、春雷にも似た最初にして最後の雷鳴の一喝が忽ち発せられるのであつた。

「お前は向うへ行つてろ！」

これは、一見、暴君の振舞いのごとく見える。けれども、平野謙の全体を大観する眼で洞察すれば、それは彼という一存在の純粋さを保持するための必然形式であると解るのである。平野夫人には気の毒であるけれども、そとではそれを保持するための容器として文学をもつている彼ゆえに、他方、うちにおいては彼と夫人が逆にその容器とならねばならないのである。敢えて換言すれば、彼はそこで《離れようとして離れることができない》ところの裸かの事物に直面して、最も根源的なかたちにおいて文学を生活しているのである。

従つて、夫人がひとたびそとの世界へ加わつて内面《うちづら》の世界が延長されるとなると、外面《そとづら》がいい筈の彼のそとの世界の様相もまた一変する。戦争の初期、私達の共通の友人が出征することになり、ドイツ人が経営している銀座の或るレストランで歓送会がおこなわれたことがあつたが、そのとき、多くの友達のあいだにまじつて夫人もまた出席したのであつた。すると、彼の芸術的感興が最高潮に達したときようやく発揮されるであろうとまつたく同一の度合の全身の神経のびりびり顫える緊張のなかで、彼は夫人の些細な行動まで洩らさず眺めており、例えば、夫人が滑り易い皿の上でナイフとフォークを使つて堅い肉のはしを切つていたりすると、その一片が皿のそとに飛びではしないかといつたふうに最後の一切断にいたるまで凝つときびしく見届けているのであつて、ここでもテーブルの向う側に坐りあわせることになつた私は一種の感動と驚きに襲われたのであつた。そんなふうな鋭い注視は、注視されている側に失敗をさそう一種の惑乱状態を却つてもたらすものであるが、しかし、それにしても、このような緊張に充ちみちた全人的関係の絶えざる持続は、通常、求めて、求め得られるものではないのである。それよりずつとあと、戦後、「近代文学」百号記念の会が井之頭公園の池に臨んだ一旅館で編集同人六人だけで開かれたとき、どういう連絡の不備からか、それは夫人達も出席すべき会だと思いあやまつた平野夫人があとからひとりでその旅館をたずねてきたことがあつた。百号記念の祝杯とともに雑誌経営に関する索漠とした話もでるのだから、その会にひとりの夫人が加わることは、確かに、適しからぬ事態に違いなかつた。けれども、夫人が唐紙をあけてはいつてくると、平野謙の顔は不意と怖ろしいほど赤くなり、そして、誤まれる連絡によつてはるばるとやつてきた夫人を慰めるどころか、奔しりでる全開音を放出するためにはこのくらい首をうちふらねばならぬのだなと思うほど首を烈しく振つて、いつてみれば、草原のはずれの小さな湖のほとりにいる不機嫌な雄獅子のごとくに咆哮したのであつた。

「なんだ。お前、どうしてきたんだ。帰れ！」

それは、同席している私達をまったく顧慮せぬところの大音声の叱責なのであった。ドラマはまさしく平野謙とその夫人のあいだにだけ冷厳に展開されていることを、そのとき、私達は深く悟らねばならなかったのである。夫人がほかの事柄に気をまぎらして帰ったあと、すると、抑えきれぬ感動にうたれた荒正人が、「いや、平野さん、ぼくの女房がきたって、ぼくは、やはり、平野さんと同じように怒鳴りますよ。」と熱烈に告白したのであった。

私は、これまでに、屢々、彼の眼が鋭い透徹力をもっていることに言及しているが、この眼の鋭さのほかに、強い歯をもっていることが平野謙の特徴なのであった。ヒットラー・ユーゲントがきたとき、彼の歯は日本における堅牢な歯の見本としてナチス・ドイツに紹介されたほどであって、彼の晩年の理想が、炬燵にはいって探偵小説を読みながら南京豆をかじることにあるというのも、彼の歯の堅固性に立脚したところの根拠ある夢想なのであった。ところで、この鋭い眼、と、強い歯、について、いってみれば、平野謙伝説といったものがあるのである。普通、私達の老化現象は、眼、歯、下部構造というふうにさがってゆくものとされているが、いやあ、俺は、まず、下にきてね、それから、歯にきたんだ、という逆行現象の体現者がほかならぬ平野謙なのである。そして、これをさらに逆言すれば、机龍之助と綽名されたところの彼の鋭い眼は、その鋭い透徹力と眼識をなお永遠に保持しているということになるのである。

このように鋭い視野のなかに絶えず置かれている夫人が、壊れ易い人間の可謬性のつねとして、絶えざる夫婦喧嘩の生々しい素材となるのは当然であるだろう。そして、その絶えざる夫婦喧嘩の鮮やかな構図のなかでつねにけわしい眼の光をたたえた不機嫌な暴君として登場してくる平野謙が、傍らにいる私達に思いがけぬ不思議な質の感動をもたらしつづけるのは、端的にいえば、離れようとして離れられぬ生の基本のかたちの率直な露呈がそこにあるからにほかならぬのであつた。離れようとして離れられず、脱却しようとして脱却し得ぬこと、これが、いつてみれば、黒光りする不動の磁石のごとくに私達に繰り返して訴えつづけるところの平野謙の生と存在の指標なのである。

戦争の末期、彼は私の住居と井之頭公園を隔てただけの近くへ越してきたが、そのとき、彼は、それと予期せずに、岩倉政治の家の真前に住むことになつたのであつた。彼の家の背後にはただ区画の役目だけを果たしている数本の短い竹の垣が立つており、岩倉政治の家の庭にはこれまた樹木が殆んど植わつていなかつたので、岩倉側からは平野家のすべてが見通しであつた。そして、岩倉政治はすぐ小説を書いたのである。その筋書は、熱心な防空班長である主人公の家の前に左翼の若い評論家が越してきたが、むつつりした人物であるその若い評論家は時局をわきまえずに非協力で、防空演習の燈火管制中にも書斎から明りを洩らしている、というのである。時局の重大さをわきまえぬインテリゲンチャの不心得を作者は弾劾しているのであるが、しかし、最後は、活動的な防空班長である主人公の熱意がようやく届いたのか、暗い防空演習の闇のなかで主人公が前の家を見ると、書斎から燈火が洩れなくなつている、という結末になつているのであつた。私達のあいだでこういうことに驚くべきほどの徹底した熱情をこめた興味をもち、また、それだけに誰にも知られぬことを鋭敏に探りだしてくる嗅覚をもつた荒正人は、平野さんが書かれていますよ、とむしように面白がり、その小説がのつている「公論」を私に送つてくれたのであつた。戦後、岩倉政治は共産党にはいつたので、この小説の挿話は人生の転変の妙の怖ろしさと愚かしさについて暗示的であるが、しかし、それがモデル的興味をいだかせるひとつの暗示にとどまり、汲めども尽きぬ人生の謎の不思議な裸か身にとうてい触れることなどないのは、庭と庭とが相接して、一見、すべてが見通しであつても、見るものと見られるものとのあいだに、離れようとしても離れられぬところののつぴきならぬ関係、がないからなのであつた。

ところで、離れようとして離れられぬところののつぴきならぬ関係は、まさに平野謙の生活の現実のすぐ眼前にあつた。離れようとして離れられぬところののつぴきならぬ《思想的》な関係、換言すれば、

彼の足はまさに非在の縁にかかれり。

といつたふうな抽象的な切実感は彼のうけいれぬところであつたが、離れようとして離れられぬところののつぴきならぬ《具体的》な関係は、つねに彼をとらえて離さなかつ

た。それは、夫婦喧嘩であり、不機嫌であり、暴君であり、そして、現実そのものであるところの現実なのであつた。逃れようとして逃れられぬところの現実、脱却しようとして脱却できぬところの現実、それは、即ち、ほかならぬ《意にまかせぬ女との関係》であり、それこそ平野謙の生を支えているところの最も強力なモティーフなのであつた。そして、その意にまかせぬ女との関係のほかに、もうひとつの意にまかせぬもの、逃れようとして逃れられぬところの最初の現実、《出生の秘密》が加わると平野謙のモティーフは完成し、そしてなお、その二つのモティーフの合体したものこそ、動かすべからざる宿命となるのであつた。

この二つのモティーフが平野謙の最初の長篇評論『高見順論』にも戦後最初の労作『島崎藤村』にも驚くほど緻密に応用されていることは、私達のすでに知るところである。よく目の行きとどいた彼の人間観察はこの二つの角度からくだされる探針の確かさによつてもたらされるのであつて、この領域において彼に及ぶ味読者は決していないのである。

平野謙の家は岐阜の寺だそうであるが、私はそのことを彼から聞いていない。しかし、彼自身から聞いていないけれども、私達のあいだには飽くなき探求精神に充ちた情報蒐集家荒正人がいるのであつて、私はそのことをこの情熱的な人間興味家から聞いたのであつた。「不思議ですねえ。」と、この円い眼鏡をかけた早口の報告者は、そのとき、あたりにひともいないのに声をひそめてつけ加えた。「本多さんもそのことを戦後まで知らなかつたんですよ。」高等学校以来、せいたか童子、こんがら童子のティームを組んできた本多秋五がそれを知らないのは不思議かも知れないが、戦時中、情報局にいた彼をたずねて面会票に彼の名前を書きこむとき、いや、謙でなく、朗と書いてくれよ、と彼にいわれたとき、私は漠然と何かを感じたような気がする。夫人はつねに彼を、アキラ、と呼んでいたが、その「アキラ」は、戦後、目黒の寺に武田泰淳をたずねていまは亡い彼のお母さんから教えられた泰淳の幼名「サトル」と二つの標的のような不思議な対《つい》となつて、私の暗い記憶にのこることになつたのであつた。そして、さらに敢えていえば、平野朗の上に謝肉祭ふうな仮面がつけられた平野謙と、武田家を継いで大島覚から名の変つた武田泰淳との対比は、批評家と小説家の微妙な差を暗示するところの仮装と自然についてのひとつの見事な対《つい》であるごとくにも見えるのであつた。けれども、それがひとつの見事な対《つい》であるのはいいとして、ここでまた敢えていえば、謝肉祭ふうな仮面をかむつた平野謙の仮装性なるものは、一見、そう見えるだけであつて、実際には、現実を超えようとするフィクショナルな姿勢などもつていなかつたのである。つまり、さらになおまたいつてみれば、それが半分だけの筆名であるごとくに、彼の仮装性はまことに中途半端なのであつた。私自身についていえば、嘗てマックス・スティルネルの『唯一者とその所有』を読んだとき、その内容についてばかりでなく、エゴについてのこれほど強靱な論理の展開者が本名カスパー・シュミットなる一人物としてはまことに穏健平凡に生活しているその落差の激しさが、私を驚かせ、そしてまた、私を強く触発したのであつた。そこにあるのは、仮面者の原理なのであつた。自然と宇宙のなかにおける最も反自然的な仕事、《果てもなき発想》のなかにのみのめりこむ性癖をもつたものは、白紙に向かうとき、推論式と想像力によつてもたらされた或る極点をそこへ投げこむことにのみ専念しなければならない。即ち、十の力をもつて生きているものは、白紙の前で百を案出しなければならない。それが仮面者の義務である。……こういうふうに私は自分の原理をうちたてたが、平野謙というペンネームを敢えて採用したにもかかわらず、彼にとつては、このような仮面者の原理はとうてい受け入れがたいものなのであつた。彼にとつては、十の力をもつたものが百を案出するなどということは、「どだいできない」ことなのである。何故なら、逃れようとして逃れられず、脱却しようとして脱却できないのが、まさに現実なのであつて、《出生の秘密》と《意にまかせぬ女との関係》という呪おうとも怒ろうともついに動かしがたいところの巨大な重し石を中心にもつたこの否応なく、のつぴきならぬ現実においては、十の力をようやく十として白紙にうつしとるのがさしずめの真実だからである。彼にとつてこの現実が超えようとしても決して超えられることのない堅固な何物かであるのは、それが果てもない晦暗の宇宙の背景をもつているからではなく、ただただ、のつぴきならぬ出生と意にまかせぬ女というありきたりな組合せをもつているからにほかならないのであつた。離れようとして離れられず、脱却しようとして脱却できず、別れようとして別れられぬ女と同じ性質をもつたこの現実は、いかなる謝肉祭ふうな仮面をかむり、いかなる詩的呪文をとなえても打ち破ることのできない魔法の圏であり、そここそは孫悟空が飛びでることのできないお釈迦様の掌なのであつた。

最後に、この離れようとして離れられぬ女とまつたく同じ位置にあるものについて眺めてみよう。

戦後、中野重治が『批評の人間性』を書いて彼と荒正人を反革命と呼んでから間もない或るとき、彼は思いあぐねた顔付で一通の封書を私達の前に差し出した。そこは、「近代文学」の編集室がお茶の水の文化学院の二階から本郷の八雲書店の二階へ移るまでの短い一時期、平田次三郎の世話で借りうけていた普通の家屋の二階の薄暗い一室で、やはりお茶の水にあつたが、その場にいたのは、中野重治の批判以来長いあいだ、荒・平野という一括語で呼ばれることになつた荒正人のほかに、その後つねに沈黙せる証人といつた役割をひきうけることになつてしまつた本多秋五、佐々木基一、私の三人なのであつた。その封書は、戦時中、中野重治から文学報国会長である菊池寛に送られ、菊池寛から文芸関係の課長である井上司朗に処理をゆだねられて渡され、そして、井上司朗から文学の係の平野謙に示されたものなのであつた。逗子八郎という筆名をもつ歌人でもあつた井上司朗がどの程度平野謙が中野重治の熱烈なファンであることを知つていたか明らかでないが、平野君、ちよつと、といつて課長席に呼んだ井上司朗はその手紙を読ませたのであつた。平野謙は読んでいる裡に、手がぶるぶる震えてきたそうであるが、中野重治の名誉をまもらねばならぬと直観した彼は、この手紙はぼくに下さい、と申し出て、もらつてしまつたのであつた。

この菊池寛あての中野重治の手紙については、いずれ、平野謙自身が書くであろうから、私は簡略に記しておくが、その一通の手紙が荒正人の人間理解の振幅とその後の文学的方向を一変させてしまつたといえるのである。

私達は薄暗い部屋のなかで輪になつた四つの頭を垂れたまま平野謙の音読を聞いていたが、読み終つたあとも暫く黙つたまま、みなのあいだにその手紙を廻し読みした。その内容は中野重治らしい書き方で、かなり長い手紙の、いつてみれば、百分の九十九ほどは警察と家庭のことについて触れられており、この手紙の眼目である文学報国会への入会を配慮してほしいという菊池寛への懇請は最後近くなつて僅かに述べられているだけであつたが、膝の上で暫く読んでいた荒正人が顔をあげると、平野さん、この手紙を貸して下さい、といつた。

平野謙が、悶え、予見し、悩む弱気の過程を絶えず繰り返しているのは、彼の全神経があらかじめ困難を想定したところの事態から決して離れられず、いつてみれば、宿命者の宿命のごとく、困難を想定すればするほど却つてそこへひき寄せられることになつてしまうからであつた。彼が中野重治の手紙を相談のために提出したのは、論争がはじまつたときそれをひとり持つている気重にたえられないからであつたが、また、提出しても果てもなく厄介であることを彼は予見していた。沈黙せる黒衣の立会人達のなかにいわば憂い顔の騎士のごとく八方配りの神経を使つて坐つている彼は、日頃から丁寧な語法をもつ荒正人と同じような丁寧な言葉つきで、そしてまた、衷心からの深い懸念をこめて答えた。

「荒さん、その手紙は絶対に使わないでくださいよ。いいですか。すぐ返してください。」

そして、数瞬考えこんだ彼は、なおこうつけ加えた。

「それから、荒さん、それは写しをとらないでくださいよ。」

ところで、平野謙がその論争相手のために全神経をつかつて心から配慮していても、飽くなき探求精神に充ちた情報蒐集家が荒正人ひとりにとどまらないのが、この世の現実なのであつた。もし荒正人を驚くべきスピードで地球の上空を廻り監視しつづけているところの円い眼鏡に似た精密な望遠レンズをつけたタイロス衛星だとすると、数万巻の珍奇な記録をすでにおさめながらなお秘密ルートを通じる大蒐集をつづけている神秘巨大な図書館を大井広介としなければならないが、二人のあいだで戦慄すべき、或いは、ユーモラスな情報が絶えず交換されているあいだに、荒正人に劣らぬ種類の尽きることなき人間興味家である大井広介は側面から友人を援護するひとつの文章を書き、そして、そこには平野謙によつて封印された筈であるところの菊池寛あてのその手紙のことが現われでてしまつたのであつた。すると、それから間もなく、浮かぬ顔をした平野謙は、再び、いわば沈黙せる証人である「影の内閣」の私達の前に、一通の葉書を置いたのである。

この第二の中野重治の書簡は、噂はいかに速く伝わるものであるかというひとつの証明であつた。その葉書の内容も顧りみて他を言う中野重治方式を示していて、全体の百分の九十九まではまつたく平野謙にかかわりもなく、また、彼が予想もせぬところの或る書物についての質問が書きつらねてあり、そして、葉書の隅の最後の一行に、ときに菊池寛あての僕の手紙が君のところへ行つているらしいが、返してもらいたい、と、大きな病院の薄暗い部屋の隅に何気なく置かれている小さな光つたメスのごとくに、記されているのであつた。それは不思議な効果をもつた灰色の強制であつたが、私達は、何時、いかなるひとに、それを永遠に知ることもない遠い闇のなかの何処かで深い軽蔑をうけることになるかもしれないという奇妙な感慨がそのとき思いがけず私にもたらされたのであつた。私自身は中野重治に直接の関わりもなく、そしてまた、第一の手紙について格別の反感をもつたわけでもなかつたのに、その第二の書簡の最後の行に目がとまつたとき、本多秋五も佐々木基一も恐らく感じなかつたところの「心の冷えきつた軽蔑」を深く感じたのであつた。

そして、その第二の書簡は、いつてみれば、カウンターパンチの確実な決め手を封じられたまま公開ボクシングのリングの中央に立つている当の本人である荒正人に殆んど逆上に歪んだ暗い狂気の顔付をさせることになつたのであつて、自らの良心の決定的な部分には触れずに他をせめるその精神の姿勢を荒正人は《偽眼》と呼び、そのことこそその後のなりふり構わぬ果てなき泥仕合を決意させることにもなつたのであつた。

ところで、このような中野重治に対する各種の反応の火花のなかで、平野謙が浮かぬ顔をしながら、荒正人の文字通り口角泡をとばす激怒を抑え、相手を絶えず気にする一種奇妙な擁護者となつたのは、それが離れようとして離れられず、脱却しようとして脱却できぬ現実のなかの夫婦喧嘩の基底とまつたく同質たることを感得しているからなのであつた。いつたい、平野家の夫婦喧嘩の事実の仔細が私達に解るのは、「いやあ、昨日は手をひつかかれてねえ。」とか、「先週は女房に植木鉢を投げつけようとしたら惜しがつてねえ。」とか、「風呂屋の入口で喧嘩したら、洗面道具をたたきの上に叩きおとされて散らばしてしまつたんだ。」とか、顔をあわせるとすぐ彼自身によつて述べられる詳細具体的な報告によるのであつて、中身のつまつた私小説ふうな味わいをもつたその一種陶酔的な楽しげな話しぶりを聞いていると、こちらは忽ちフロイド的精神分析医に似た気分になつて、意識せざる被虐性が彼のなかにあると敢えて判断するのであつたが、彼がさらにまた、読みふけつている論文から光つた眼をあげて、「ちえつ、膳桂之助といつしよにしてやがらあ。」と歯ぎれよくきつぱり呟く場合にも、同じ質の響きを感ずるのであつた。そのとき、中野重治の申し出に対しては、手紙は本来菊池寛に属するものであつて、もはや中野個人のものでないゆえ、写しを送る、というふうに決定されたのであつたが、あらゆる事柄がすつぱり手際よく切りとつてしまえず、ひとつの暗い棘が胸のなかにつねにのこつているといつたその事態こそ、彼にとつて、離れようとして離れられぬこの現実本来の在り方の延長なのであつた。

その後の彼は、私達の知るごとく、中野重治の一種独特な擁護者として一貫したが、その擁護の内容は微妙に変化しないこともないのであつて、或るとき、夕暮の街を歩きながら、彼は不意に話しはじめた。

「せんだつて中野さんのところへ行つたんだが、いやあ、中野重治もやられているねえ。」

と、彼は、夫婦喧嘩の報告をするとき何時も見せる健康な白い歯を示しながら、楽しげにつづけたのであつた。

「それが、まるで、頭ごなしでねえ。ああいうふうに無惨にやるとは、まつたく、思いもしなかつたなあ。俺達はいつしよに食事してたんだが、容赦なしだよ。確かに、中野重治もすこしぼけてきたけど、カミさんは、ぜんぜん、亭主を認めとらんねえ。」

そして、ちよつと間を置いてから、赤味を帯びた首を大きく振つて胸奥からそれを奔出させるように彼は言いあげた。

「女は、やはり、としをとると怪物になるなあ。」

私は、そのとき、「政治と文学」論争に、思わぬ結末がきたのを感じた。彼は、論争者を相憐れむべき同病者として同情することによつて、離れようとして離れられず、脱却しようとして脱却できない現実のなかの最も現実的な部分とついに見事な均衡をとつたのである。

――「群像」昭和三九年一〇月号

本多秋五

ゴリキイの『回想』のなかで、アンドレーエフを語つたものが、私には最も面白く、示唆的である。この二人の作家の対比は、あらゆる時代に見られる型の対比であるが、一方の着実と他方の奔放は現代の開幕を告げる激しい風潮のなかできわだつた鋭さとなつて、あの『回想』のきわだつて、鮮やかな部分をなしている。革命運動のひそかに這いよる波と翳つたデカダンスが交錯した時代に、生真面目なゴリキイと絶望の壁に頭をうちつけたアンドレーエフが親友となつた偶然は、私にとつて尽きせぬ興味であり、殊に、ペテルブルグの深夜、酔つたアンドレーエフが都会の片隅の娼家へ乗りこんでゆく情景は、幾度読んでも印象深く、恐らく『回想』中の圧巻である。大きな乳房を皿に乗せて、「ひとつ、いかが?」という娼婦が現われる。アンドレーエフの膝の上で三角帽をかむつてふざける娼婦がでてくる。求めて求め得られないアンドレーエフは深夜の娼家から娼家へ、暗い心を抱いたまま、うろつき歩く。ゴリキイは、そのアンドレーエフの後を、生れつきの忍耐心を保ちながら、さながら保姆のようについてゆく。理解からくる一種の悲哀と受けとめかねる一種の批判の心につつまれながら。

本多秋五には、このアンドレーエフと友人時代のゴリキイと似た位置がある。彼は、本来、正統派であるが、まわりにいる奔放なアンドレーエフたちが理解出来なくもなく、といつて、肯定することは出来ないといつた苦しい立場にいる。ゴリキイは、『回想』にも示されているように、トルストイ直系の系譜にいるが、アンドレーエフはまぎれもなく小型のドストエフスキイである。この両者は、その思考法からいつても、人生態度からいつても、広い平原と酷しい山のようにかけはなれている。本多秋五の困難と苦しさは、吾国に於けるトルストイ派、志賀直哉や宮本百合子の系列に立ちながらあまりに多くの複雑奇怪なアンドレーエフたちにかこまれている点にある。しかも、困難は、そのとき、ゴリキイにも似て着実で堅固な彼がまわりの放埒なアンドレーエフたちを理解しながらも受けいれないということばかりにあるのではなくして、受けいれないながらもなお理解するといつた彼の置かれた条件が、却つて、逆に、志賀直哉や宮本百合子に向つて鋭く反射して、彼らがある以上の何かを要求せずには済まなくなるといつた一種の体系拡張の苦痛にある。

本多秋五は、野間宏とともに思考の回転速度が遅い双璧である。大井広介とか荒正人とか回転速度の早い人物には、話のテンポがかけちがつてまどろこしくて仕方がないらしい。だが、本多秋五も、野間宏もそれぞれの理由をもつている。私の見るところでは、その回転速度の遅さは、体系化の欲求に起因している。作家の野間宏は、感覚や心理の襞を一つ一つとつてそのすべてを埋めようとする。外壕を埋めれば次は内壕という家康流の態度である。ひとつの突破口からしやにむに乱入するといつた強攻作戦はとらないのである。従つて、瞬間が永遠であるといつた火花の散らし方は、そこにないのが当り前である。さて、批評家である本多秋五は、勿論、野間宏の方向と違つて抽象による体系化の方向へむかうのであるが、この抽象的体系の性質上、こういうのは変な言い方だが、野間宏より本多秋五はより可哀想なのである。何故なら、自身の心にそまぬもの、受けいれがたいもの、認容しがたいものをも、その体系化のなかにくりいれなければならないのが批評家としての彼の任務だからである。本多秋五は、自己の愛するもののみに強いアクセントをつけて歌いあげるという主情的態度のみに身を任せることが出来ない。彼の要求する体系化の構造は、たとえ心にそまぬものでも理解の枠にいれてひとつの巨大な建築物を構成しなければやまない。一から十へ歩いてゆくのに、その一つ一つを埋めてゆく労苦を彼は自身に課しているのであつて、その一つにのみにアクセントをつけて飛躍することができない。ホップ・ステップ・アンド・ジャンプは、彼の永遠にとらざる歩行法である。彼の労作は、戦時中の大作『「戦争と平和」論』と戦後の『宮本百合子論』であり、そのあいだに、『小林秀雄論』がはさまつているが、これらの労作のなかに、ペデストリアンとしての彼の強味と、また、一を窮めつくして一を知るといつた彼の堅固な石のような苦渋も含まれている。そして、対象を全伽藍のなかに置いて遠望するといつた彼の建築法は、精密であるにもかかわらず、対象自体から喜ばれないという不幸は、恐らく、実作者という種属が自身をひとつのまとまつた小宇宙と錯覚していることに由来する。彼の『宮本百合子論』は宮本百合子自身から喜ばれなかつた。その対象の特質を認め、愛しているにもかかわらず、彼の体系化の欲求は、欠けている部面をもその特質と同一の力点をもつて並列せざるを得ないからである。志賀直哉の特質は感覚的な裁断による確実さであることを愛しながら、その裏にある思想性の欠如を彼は同一の表情で指摘せざるを得なかつた。このような体系化の厳密性を自己に課している本多秋五は、不幸なことに、ナルシズムに骨の髄までひたされている女達には惚れられないのである。

平野謙と本多秋五は、さながら二人三脚のごとく運命的なチームとして、プロレタリア文学のなかで成長した。私は本多秋五の『小林秀雄論』を得がたいプロレタリア文学史の断面として高く評価するが、その理由は、知性的であつた小林秀雄の位置と悟性的な本多秋五の構図とがうまく嚙み合つているからである。お前らがどんな夫婦喧嘩をしているか知つているぞと喝破した小林秀雄の頭脳の後方にある検微鏡を、いつてみれば、ウィルソン天文台にある望遠鏡のレンズと比較考量する遠距離作戦をつかずはなれず行ったからである。これは技術と文化という大きな地図を前に置いた一作戦部隊と一作戦部隊との知能的な衝突であったと私には思われる。いってみれば、戦術空軍と戦略空軍との優劣に関する精密な検討である。もしこれを平野謙が手がけるとすれば、いきなり愛憎からみあう夫婦喧嘩の内容へ突入してしまったであろう。情痴へ埋没する近松秋江まで証人として呼び出されて、人生に於ける哀歓という一点へ、レンズの焦点がしぼられるであろう。平野謙が哀歓に蠢めく単細胞から人生へ歩みよるとき、そのとき、本多秋五は、猿が人類に進化した技術と知能という縦の断面から、人間が示す横ぶれの幅を眺めようとする。この私の論法はやや大げさであるが、本多秋五の観点には、たとえ無意識的であるにしても、人間から物質、物質から虚無にまでわたる文明史といった縦の流れに対象を置こうとする一種堅固な抽象性がある。これは、我国の文芸評論ではあまりしやぶりつかれぬ堅い食物であるが、しかも栄養の長持ちする食物であると私は思う。そして、そのとき、問題は、一から百まで確固と整数的に歩いてゆく本多秋五のしやぶりつきがたい堅実さにあるのでなく、私達の文学上の胃袋がもっと大きくなることである。そのときまで、長者の風格がある本多秋五は、一種の悲哀と批判の心を胸奥に懐きながら、最後まで自己のペースでゆったり歩きつづけていなければならないのである。

――「近代文学」昭和二六年一一月号

強い芯を備えた隠者——山室静

山室静には生来取り除きがたい隠者の風があると見えて、私達のあいだで何かあるときには何時も遠い地方にいてそのときひき起される喧噪の渦から静かに離れているといった趣きがある。戦後すぐ私達が「近代文学」をはじめたときも小田切秀雄と山室静の二人だけが地方にいたが、小田切秀雄が間もなく山梨から上京してきたのに対して、山室静はそれから数年間も信州にとどまっていて、その後ようやく東京へ移ってきても、当時はまだ農家がまばらにあるだけの柿生《かきお》の山のなかへ向うから解体して運んできた古い、材質のしっかりした家を建て、やはり東京の雑踏から遠く離れ住んだのである。

山室静を私が知ったのは、昭和十四年に出された同人誌「構想」においてであるが、このときもまた事態は同じふうであって、隠者山室静ひとりだけが遠く仙台におり、私達が実際に会ったのは、それからずっとあと、恐らく昭和十六年にはいってからで、当時向島にあった料亭「千歳」の入り婿に谷丹三がなった結婚披露の席上であった。谷丹三は戦後も新宿に「千歳」を開いて坂口安吾を三千代夫人と結びつける機縁をつくり、また、年とともに繁栄へ向つた歌舞伎町一帯ではただ一軒置き忘れられたような店構えの飲屋、「さいかち屋」の主人ともなつたが、戦争中の向島の「千歳」は酒がなくなつた戦争末期において私達に酒を供給した最大の恩恵の場所なのであつた。

その向島「千歳」の大広間でちようど仙台から出てきた山室静と私は会つたのであるが、その頃の山室静は長い持病である胃がかなり悪い時期であつたらしく、顔色も悪く、身体は瘠せ、その背中はいささか前へ曲つていたのである。

この一見ひよわい万年胃弱の病者山室静が、実際は、多くの外国の書物を絶えず懐ろにいれている驚くべき読書家で、つぎつぎと北欧諸国の大作を翻訳して倦むところを知らない無類の頑張り屋であることを知つたのは、それから間もなくである。

山室静は生来遠く離れた隠者の風があると私は先に書いたが、しかし、その喧噪をきらう隠者の風には私達の見過しがちな一種強い芯があつて、彼が一貫して保持している静謐なヒューマニズムの奥には果敢なプロテストの精神の裏打ちがあることが彼のそばにいる裡に次第に解つてくるのである。

或るとき、旅行の車中で向かいあつて話している彼と私のあいだを通つた一人の乗客が彼の肩先につきあたりそのまま過ぎようとすると、こらと声高く叫んだ彼が手にもつた堅い書物の背で矢庭にその若い乗客の背中をしたたかに打つたのをすぐ眼前に眺めて、私はこのかぼそく胃弱な現代の隠者の精神の底には相手を顧慮せぬ一種強靱な魂が棲んでいることを教えられ、なんとなく胸の深い底で安堵したのである。

先頃も不敵な面魂をもつたまだ壮年の二人連れに或る酒場でからまれたとき「なにい!」とその「指先で突けば倒れそうな」瘠せた軀の底から叫んだ彼を温厚な本多秋五が素早く慰めて、険悪なその場をおさめたことがあつたが、幽暗な僧院の奥で多くの書物にかこまれた静かな学問僧のごとき現代の隠者山室静には、抑えても抑えつくされぬ見えざる強い種類のエネルギーが幾重にも層をなして潜んでいて、決して無抵抗、羸弱《るいじやく》な隠者ではないのである。

——冬樹社『山室静著作集』第六巻月報6　昭和四八年一月

沈着者・小田切秀雄

小田切秀雄に最初に会つたのは、何時であつたか記憶がさだかでないけれども、荒正人の家の「正餐」においてであつた。

昭和十四年に出された同人誌「構想」で知つた荒正人は、戦争中、すでに「近代的」で、彼の家の晩餐会に長谷川鉱平とともに私がよばれたとき、小田切秀雄も同席していたのである。若い小田切秀雄がそのなかで一番老成したふうに落着いているのに驚いたと同時に、酒のでない晩餐会に私達をよぶ荒正人のいわばピューリタン的清潔とでも「ほめるより仕方もない」一種近代的新感覚？　を当然としている態度にも私達は驚いたのであった。というのも、自宅に誰かをよんで一緒に食事をするとなれば、「必ず」酒をのんだ果て酔つぱらつて、各自、勝手な議論を交わすというのが、その頃の私達の「封建的？」ならわしだつたからである。しかし、荒正人は酒などのまずとも、すでに彼自身の存在そのものに奥底もなく酔っており、まず愕然、つぎにあれよあれよと感嘆する一種不思議神秘な永劫に尽きることなき泉のごとく果てもなく喋りつづけたが、他方、最も若い小田切秀雄は、アラ颱風のとまることもない猛烈な風圧にも動ぜず、落着きつづけていたのが印象的である。

私の遠い記憶では確然としていないけれども、そのときの長谷川鉱平はアラ颱風の眼のなかにすつぽり包まれたごとく、驚異の念を全的にこめた当日の印象を後日書いているが、小田切秀雄がそのとき「すでに」平然としていたのは、アラ颱風の凄まじさをとうの昔に数多く経験しつくしていたからに違いなく、また、このように平然、泰然と落着いていなければ、その後、法政大学時代に及ぶ四十年以上にわたつて長い終生を親しい友としてつきあいきれなかつたに違いないのである。

私達が、「近代文学」をはじめたとき、全時間をそこに献身するため、在京していない二人、つまり、当時、信州にいる山室静と山梨にいる小田切秀雄の二人の同人問題が最も困難な問題であったが、山室静が信州にとどまり、小田切秀雄が帰京してからは、「近代文学」と「新日本文学」のあいだにはさまる彼の立場は、中野重治と荒正人＝平野謙のあいだに論争がはじまるに及んで、最も強烈な苦悩の事態を迎えることになった。先輩である中野重治と親友である荒正人とそのときの小田切秀雄のあいだは、表面は、「新日本文学」と「近代文学」の文学的姿勢の差のなかに置かれていたものの、と同時に、彼等三人とも同じ党員であることによって容易にときほぐしがたい複雑な内容が生起しつづけたに違いなく、論文ごとに昂ぶった論争の当事者よりその中間に置かれつづけた小田切秀雄はより切実な苦痛に直面したと思われる。

その切実な苦痛の結果が、小田切秀雄の「近代文学」同人脱退という結果となるが、それから「新日本文学」にひたすら献身したその小田切秀雄が、こんどは「新日本文学」内部からの論争の受け手となるのである。

思えば、中野と荒、平野の「政治と文学」論争、コミンフォルム批判、主流派と国際派、「新日本文学」と「人民文学」、山村工作隊と武装闘争、党中央との対立、と、除名、といった戦後における党をめぐっての混沌たる状況のなかに、いってみれば、僅かのすきもなく、ひきつづいて投げこまれたのは、最初の「近代文学」同人の裡、小田切秀雄ひとりだけである。私達は、党外の傍観者であったから、その多くの隠れた内実は、容易に知り得ず、小田切秀雄が最近書きつづけている文学的自伝によつて、その当時を僅かに読み知るにいたつたにすぎない。

小田切秀雄の文学的な仕事の成果については、法政大学の多くの後輩によつて述べられるであろうから、私は、その戦後の混沌時代から遠く飛んで、「近代文学」の終刊後、藤枝静男が私達を浜名湖へ呼ぶ時代へはいることにしよう。

この浜名湖の会合においても、白い唾を眼前の宙空に飛ばして果てしもなく喋りつづける荒颱風はより強烈なものとなり、また、平野謙は私達の知らぬ隠れた文学的深奥の或る部分を話し巧者として語つたので、私達はこの荒、平野の二人組の尽きせぬ話に、感心し、また、寒心しながら、聞きいつたが、小田切秀雄は私がはじめて会つた若い嘗ての沈着ぶりをなお保ちつづけていて、これら二人組の話に、時折り、細かな注釈を落着いていれてくれたのである。

ところが、この荒颱風と平野読み巧者の二人とも、私達を残して忽然と不可思議な薄明の国へと赴いてしまい、最も若い小田切秀雄も、屢々、危険な病気に襲われたのである。この小田切秀雄の病気も、佐々木基一の胃の手術も、つぎつぎと私達の気にかかる事態であつたが、幸い、二人とも、現在は元気であるので、小田切秀雄は、これまでの文学的取りまとめの仕事に精力をそそげるであろう。現在はヨーロッパ旅行中の時期について述べているので、その仕事の完了はまだ先のことと思われるけれども、その完成にまず専念してもらいたいものである。

――「日本文学誌要」第三六号　昭和六二年三月

佐々木基一の幅広さ――『昭和文学交遊記』

昭和十四年、同人雑誌「構想」を私達がはじめたとき、平野謙は綽名の机龍之助に適わしい、目の鋭い、一種近づきがたい凄みのある型の美男子であつたが、佐々木基一は誰でもすぐつきあえる「やさ型」の美男子であつて、チャンバラ映画とレヴュー好きの大井広介は、その頃の映画の二枚目である上原謙と並べるべく松竹蒲田撮影所へ佐々木基一をスイセンしようとしたくらいである。

ところで、平野謙も佐々木基一もその美男子ぶりを戦後まで持ちこしたので、大田洋子は「どうして「近代文学」の方々はみんな美男子なんでしょうか」といい、その後、瀬戸内晴美もまつたく同じことをいつたのである。もつとも、この二人とも、語調の勢いで、「近代文学」の方々は「みんな」美男子と述べてしまつたのであつて、その「全体」が美男子であつたわけではない。さて、その平野謙はすでになく、嘗ての美男子の面影がまだ残つている佐々木基一が回想記を書く老年期へはいつてきたのであるから、すでにボケはじめた私としては、人生、うたた荒涼迅速の感に堪えないのである。

先頃、『古い記憶の井戸』を出版した本多秋五は、その「あとがき」に「これからは人生の残務整理に専念しようと思つているが、或いは、この本自身がその残務整理そのもの、香奠返しの先渡しにならぬともかぎらぬ」と記している。

佐々木基一の回想の特徴は、本多秋五や私が幅狭い道を歩いてきたのに対して、関心の幅が広く、文学以外の多くの領域や人々とかかわつていることである。そして、そこに私達の知り得ぬ多くの運動や組織の「人と事件」の内実が述べられている。

長谷川四郎の澄明な『シベリヤ物語』の連載が「近代文学」ではじまつたとき、編集を担当していた佐々木基一も、私達もまた、同じように喜んだ共通の体験をもつているが、「近代文学」左派として彼が共産党へはいつて、忽ちいわゆる五〇年問題の渦中に捲きこまれる阿佐谷時代の雰囲気が、党を離れたのちも、阿佐谷におけるシネマ鑑賞の団体として残つていることなどのすべては、私達の知らない部分である。佐々木基一の思考も行動も「柔軟」と見られているが、彼の交友範囲の広さをこの回想で知らされると、文学に限らず、シネマでもテレヴィでも演劇でも、すべてに「好奇心」を強くもつているという多彩な内面性を彼につけ加えねばならない。

佐々木基一は、明治生まれの本多秋五や私などよりまだ若いのであるから、この交友記は、本多秋五のいう「香奠返し」の先渡しの意味などもたず、私達が「みんないなくなった」あとの回想までをも、また、将来書きついでもらいたいものである。

――「波」昭和五八年一二月号

＊　＊　＊

詩人の或る時期

栗林種一には神があるらしいが、それは茫洋とした捉えがたいものであるようだ。もしそれを神といつて悪ければ、端的に、彼の思考法といつても好い。それは、謂わば、大海の暗く拡がつた深い層の奥から、数時間もかかつておろした探錘の先に手答えとなつて伝つてくる奇妙な反響のごときものである。彼は言わんとするところのものを言葉のなくなつた先の領域から取り出してこようとする。もし詩人というものがこの宇宙のなかへ探針として何処かから遣わされたものなら、栗林種一はその思考法だけですでに本質的な詩人たる資格がある。彼は感覚の上を歩く抒情には無縁だ。また、なまな論理を積み重ねてちつぽけな思想を飾つてみる趣味もない。敢えていえば、大海の暗黒の拡がりのなかへそれと同じだけの精神の拡がりをもつて沈もうとする精神の透明度こそ、彼の天性の思考法なのである。彼が茫洋としているのは、いつてみれば、神が、暗黒が、この宇宙の自己凝視が、茫洋としているからにほかならない。

茫洋たる詩人栗林種一は、この世のことでは甚だたよりない。私の記憶には、彼が伏目になつてホテルの廊下の凹みに消えいらんばかりに竦んでいる姿が、はつきりと刻みこまれて、拭い去りがたいのである。その頃経済雑誌社にいた私はドイツからきた或る経済人との座談会を開くため、秘書をとらえて、計画を打ち合わせねばならなかつた。私の生涯には、幾つかの「忙しい日」があるが、この日もそのひとつであつた。その朝、私は寝こみを佐藤宏に襲われて、私達の知つている芸者が昼に遊びにでるといつてきているが、どうしたら好いか、という相談を受けた。芸者が休みの日に何処に行こうが私に無関係であるが、私はその頃、「親分」であつて、あらゆることの相談を受け、あらゆることを、どうにかしてやらねばならなかつた。私は仕方なく佐藤をつれて、まず、私の社にでて、今日はもう帰つてこれないと言い置いて、芸者達が来るという不忍池に向つた。その日は、私達は、時間を最大限に使うため、どんな近いところでもタキシーに乗り、例えば東京駅から京橋の私の社までもタキシーで、それを待たせて置いて、数分後、不忍池へ向つたという訳であつた。芸者がふたり、お酌がひとり、せいぜい素人ふうに着飾つて、池の蓮の向うから現われた。この芸者の裡のひとりに郡山澄雄が惚れており、まだ十五、六のお酌と栗林種一が仲がよかつた。私は、そのとき、日劇で芸者の映画をやつているのを想い出し、まず、銀座でお茶をのませ、そして、彼等を日劇まで運び、二階の暗い席まで一緒についてゆき、席の番号を覚え、ここを動くんではないよと言い残して、一階の公衆電話から、郡山と栗林を呼んだ。私が日劇を選んだのは、ちようど芸者の映画をやっているというより、この公衆電話が劇場内にあることを想い出したからといつた方が好いかもしれない。私は同じところに務めていた郡山と栗林を呼びだし、二階の席の番号を教え、来るように言つて、佐藤と一緒に日劇を飛びだした。私は佐藤宏がいた「改造」の「時局版」に飜訳をしてあつたので、その金を取りにゆこうという訳である。その頃芝の愛宕町にあつた改造社へゆく途中で、やつと私の本来の仕事である帝国ホテルに立ち寄つた。私の目指すフロイライン××は、予想していたように、不在という返事なので、手紙を置いて、すでに佐藤が帰つてお膳立てをしてる筈の改造社へ向つた。窓から青桐の見える二階の部屋で、原稿料を受けとりながら、あの芸者たちをどうしたものだろうと考えた。私は佐藤とあとの連絡を打ち合わせて、また、日劇へもどつた。ぜんぜん映画を見ないのに、また切符を買つて、暗い二階へあがつてゆくと、何時も洒落た身だしなみで特徴のある郡山澄雄の姿が闇のなかに浮いて立つていた。廊下へつれだすと、向うからぼさつとした栗林種一の顔が現われた。女たちを何処かへ連れて行つたらどうだというと、二人とも、うむ、うむと生返事するばかりで、何時ものようにはつきりときまらない。この二人とも、てきぱきしないで、じれつたいほど煮えきらないのが癖である。私はどうしてもこの日のうちに、秘書のフロイライン某に会つて協議しなければならなかつた。どうせ帝国ホテルへゆかねばならないなら、処置に困つたこれらをつれてグリルに陣取つてやれ、と私は決心した。好いか、めしを食つたら、何処かへ行つてしまえ、と私は二人にけしかけて、薄闇の漂つてきたそとへぞろぞろと出て行つた。佐藤宏に連絡したので、グリルの卓に陣取つたのは、女三人と男四人である。私はどうしても、はんぱである。食事の途中、本館のほうへはいつて行つて、秘書嬢の様子を聞くと、まだ帰つていない。帰つてきたら、知らせるようにと部屋つきのボーイに頼みこんで、席にもどつてきて栗林の顔をみると、私は、何時までかかるか解らないこの待ち合わせに彼を相棒とし、フロイラインとの会談に応援させることを思いついた。彼の相手は、雛妓ではないか。切り離しても好いだろう。私が女たちを見廻すと、彼女達は浅草の芸者なのでこういう洋風のグリルはなんとなく場違いといつたふうに、大きなかこいのなかに追いこまれて首を擡げた鶏のように互いにぎこちなく取り澄ましていた。私が栗林に計画を述べると、珍らしいことの好きな彼は、そのときは、よしと元気よく返事して、私についてきたのである。

こうして、私達はロビイに、いわば、張りこんでいたのである。一時間半くらいたつたであろうか。ロビイのひとびとの往来を眺めている私達のところへ、私の買収したボーイが、ただいまお帰りになりました、と丁重に告げにきた。私達は部屋へ通ずる廊下へ導かれて行つた。廊下の途中の壁に凹んだ腰掛けがあつて、そこに腰をおろしていると、秘書のフロイライン××が現われたのである。フロイラインというので想像していたのとは違つて、きちんとスーツを着た端然たる四十五、六の老嬢であつた。

さつと立つて行つて握手すると同時に、私のなかから挨拶ぬきの言葉が飛びだした。

「われわれのお願い《ヴィーア・ヴォレン》したいのは……」

そう言いながら、私は栗林を横目で見たのであるが、そのときの彼の様子は私を甚だ気落ちさせるものであつた。やつと立ち上つてはいたが、凹んだ腰掛けの灰色の壁に倒れこむように身をひいて、眼は怯えた子供のように真下を向いたまま、こちらを見ようともしないのである。応援するどころか、その場に消えいりたいような萎縮した様子である。私は溺れるものが摑んだのが玩具の人形であるのを発見したように、ただもうしやにむに早口に喋りはじめた。手紙をすでに読んでいるので会見の目的は知つている端然たる老嬢は、私の雑誌の性格、内容、歴史といつたものを、微笑を浮べて合いづちをうちながら、ドイツ人らしくてきぱきと問い進めてゆくのであつた。収拾がつかないほど言葉が乱れてくると、私は、例えば《ツーム・バイシュピール》……とか、御承知のように《ヴィー・ジー・ヴィッセン》……とか、やたらに無意味な文句をゆつくりとはさみながら、ここで栗林が助け舟をださないかと、公然と彼を振りかえつてみるのであるが、この詩人は魔法の呪縛でも受けた石像のように眼を俯せたまま、身動きもしないので、私は大海の見渡す円のなかで微小な一点と化した孤独な遊泳者のような気持になつてしまつた。私は弱気になつて、でたらめ語法《ゲブロッヘン》で苦しめて済まない、と、時々詫びる言葉をはさむことになつた。すると、真正面からこちらを眺めている真面目なフロイラインは眼を大きく見開いて、いいえ、上手に話されますわ《ナイン・ナイン・ジー・シュプレッヘン・グート・ドイッチ》、と、お世辞を言つて、こ

ちらを追求するのを決してやめないのである。変な雑誌にだしてはいけないと思っている
この忠実な秘書を前にして、私は、大げさにいえば、孤独と苦闘と緊張につつまれた憂い顔の騎士のような数分間を過さなければならなかつたのであつた。本来なら、私はひとりでこの秘書に会わねばならなかつたのであつたが、栗林がそばにいて、しかも、はじめから終りまで一語も発せず、叱られた子供みたいに真下を向きつぱなしでいるという添えものがあると、おかしなことに、私の孤独感と悪戦苦闘の三分の二ぐらいは彼の責任であるような気になつたから不思議である。
いずれ返事は致します、と愛想よく去つて行く秘書の後ろ姿を眺めながら、私は栗林に向つて、なんだ、頼み甲斐のないやつだな、駄目じやないか、と云つた。栗林はまだ眼を上にあげずあらぬかたを眺めて、なかなかうまく話すじやないかと、憮然たる顔付で云つただけであつた。
私は、それから、ドイツ語を使うこともなく、話すことなどすつかり忘れてしまつた。栗林は、その後ドイツ語の先生になり、現在でも、茨城キリスト教大学のドイツ語の先生であるから、恐らく、こんどこのような危急存亡の時が再び私を訪れたら、疾風のごとく来たつて私を助けてくれるかもしれない。けれども、私は彼を信用していない。彼は座談の名手であつて、彼の話を聞いていると、興湧き、哄笑起つて、尽くるところを知らないが、ことこの世の実務となると、なんらなすすべを知らず、廃園の古井戸のごとき深い沈

黙をまもつてしまうからである。惟うに、私は俗世に時間と闘う騎士であり、彼は風精と遊んで存在の神性を数行の詩句に表出せしめんとする或る種の精霊なのであつて、私の駈けゆくところに彼を呼ぶのは誤りなのである。私達がみな斬り死にしてしまつたあとで、そのとき、はじめて彼は深い大海の暗黒の底に私達の場所を設けてくれる司祭となるのであろう。

ここに出される彼の詩集が、二十世紀の祈禱書の第一の頁たらむことを切に望んでおく。

——ユリイカ刊　栗林種一詩集『深夜のオルゴール』跋　昭和三〇年一一月

戦後の畸人達（抄）

戦後、それぞれの領域にそれぞれ独特な陰翳を帯びた畸人がつぎつぎと現われてひとびとを驚かせたと思われるが、文学の世界に現われた畸人第一号は、詩人の野上彰《あきら》としなければなるまい。尤も、彼が畸人と思われた一つの理由は、彼が単に詩人であるばかりでなく、編集者、童話作家、碁の専門家、音楽家、さらに、川端康成の直弟子といった呼称をごつたまぜに一身に具現して、そしてなおその上に、「最も戦後的な企画」のプロデューサーという呼称をつけ加えたことに由来するが、しかし、彼自身にすれば、そのなかで詩人という呼称を最も欲したのであろう。

この野上彰が、敗戦後組織した大きな仕事は、「火の会」という、いってみれば、「戦後的」という一点だけで共通していて、あとは集められた各自がまことにてんでんばらばらの各自各様、混沌のなかの混沌といつた具合の不思議な組織なのであつた。見渡すと、村山知義や近藤忠義まで出席していたその発会式が銀座の焼けビルの確か二階でおこなわれたとき、不思議なことに、「近代文学」からも、荒正人、佐々木基一、私の三人が出席していたのである。荒正人は、当時も今も、宇宙のはしからはしまでの明暗のすべてを知つておきたいといつた並はずれた好奇心の持主であるけれども、そのときも、「火の会」と呼ばれる新しい団体にひとかたならぬ好奇心を示して、他の私達二人に出席を説いたのであつた。

焼けた当時そのままの何らの装飾もない、がらんとした大きなホールに、多くの机と椅子が互いを寄せあつてぎつしりといつぱいに並べられ、私達ははしの窓のすぐ脇に並んで腰かけていたが、何しろ冬のさなかで、その焼けビルの整備はまだ少しもおこなわれていず、一枚の窓硝子もはまつていないので、遥か遠くまで見おろされる薄暗い広い焼け跡の上を渡つてくる肌をさす寒風がいきなり吹きこみ、襟をたてたオーヴァーのなかに身をすくめて丸くなつていても、なおぞくぞくしてくるのであつた。その顫えこごえる肌のちぢみこむ気分をなだめるのはひたすら酒精しかなかつたので、戦後は驚くべきほど「一般化」した長い焼酎時代がつづくのであるが、寒風が吹き通つてゆく「火の会」の発会式においてもまた、焼酎が身を暖める唯一の方法だつたのである。

その寒い殺風景なホールのなかで最初に立ち上つたのは中島健蔵で、まだ若かつた彼は檻のなかの熊のようにあちこちと席のあいだを動き歩き廻りながら、さて、「火の会」の発会宣言ともいうべき長い独語の「戦後的出発」の演説をおこなつたのであつた。いま思い返しても、その江戸つ子ふうなべらんめえの語り口といい、背をまるめた身体の動かし具合といい、そのときの中島健蔵といまの中島健蔵がまつたく違つていないことに驚かされるのである。

中島健蔵の歩きまわりながらの発会宣言が終ると、あちこちの席から各自の意志表明がおこなわれたが、いま考えても不思議なのは、「近代文学」の荒正人、佐々木基一、私の三人がそのときつぎつぎと立つて、「近代文学」の運動方針宣言ともいうべきものを、ひとりひとりがそれぞれひとつの主題を受けもつてさらに喋つたことである。これは、荒正人が極力主張し、あらかじめ私達にその宣言内容を割りあてていたものである。いま思い返してみると、「思想の肉体化」、「感覚の新大陸」という二つのテーゼのほかにいまは記憶の暗い底に沈んでしまつたもう一つの同じ長さのスローガンふうなテーゼがあつたが、そのとき、私達は寒い窓際から意味ありげにつぎつぎと立つて、われわれもまた戦後に向つて「勇敢に」発すべきそのテーゼの内容をぼそぼそと述べたてたのであつた。野上彰は、いまから考えれば、恐らくは、〈戦後民主主義〉のいちはやい具現者第一号で、畸人などと呼ぶべきものでなかつたかも知れないけれど、或る座談会で初対面の菊池寛に向つて、「あ、貴方が菊池さん……? ぼく、野上彰」といつているのを平野謙が目撃して――「長幼の序」のなかで長く育つてきて、遥か先輩の菊池寛などに対しては、後輩の若僧なりの敬意をこめた口のきき方もあると思つていた平野謙は、その野上彰のあまりに平然たる「デモクラティック」な口のきき方にひどくびつくりしてしまつたのであつた。

野上彰の態度は、何時会つても、つねに、そんな徹底デモクラシイの徹底保持で一貫していて、或るとき、文化学院の二階にあつた「近代文学」の編集室へはいつてくると、いきなり、

「ぼく、野上彰。これ、ぼくの詩……。」

と、あまりに平然、あつさりと、単純明快に述べながら胸の内ポケットから一篇の詩を取り出したので、あつけにとられた私達はその詩を否応もなく「近代文学」に忽ちのせてしまつたのであつた。

そして、その「近代文学」が所在する文化学院の講堂でも、或るとき、「火の会」が開

催されたことがあつたのである。銀座の焼けビルでの発会式以後、佐藤美子などの音楽家達も動員した奇抜、華やかな「興行をうつて」全国を廻つた「火の会」がまた東京へ帰つてきたのである。

　さて、その日は、まだ岩波書店へはいる前、独立した小さな出版社を当時やっていたこれまた若々しい海老原光義がこれから「火の会」へ行くのだと颯爽とした顔を出したけれども、私達は長い編集会議をつづけて、ようやく夜遅く会場の横を通ると、階段のすぐ上のフロアーに頭を伏せたひとりの小柄な男が投げだされた魚のように延びて倒れているので、私達全員——本多秋五、平野謙、荒正人、佐々木基一、私の五人がすつかり驚き、近づいて起してみると、それはかなりひどく殴られたらしく、膨れた傷あとを各所に覗かせている石川淳なのであつた。

　戦後、数年間にわたつての石川淳は、酒をのめば、必ず、「馬鹿野郎！」だけを唯一の慣用語として用い、目の前にいる誰かをも、また、話にだけでてくる誰かをも、すべてひつくるめて、——例えば、すぐ眼前にいるものには、「お前は馬鹿野郎だ！」といい、話にでてきた遠い人物には、区別なしに、「あいつも馬鹿野郎だ！」と叫んでいて、やはり戦後畸人伝の一人にはいるに十分な資格があつたと思われるが、その素朴簡明な「酒乱」ぶりは、数年後、いい酒がでまわるにつれて次第に漸減化し、そしてついに影をひそめてしまつたので、戦後の畸人伝から「上つて」しまつたといわねばならない。

ところで、その夜、石川淳はただに、馬鹿野郎！　とまわりに向つて単純素朴に叫んだばかりでなく、酔いにつれて自分の席から立ち上がり、附近のテーブルの上にあるコップや酒瓶や徳利を片つぱしからその華奢な片手でなぎ倒して歩いたのであつた。酒のみにとつては、酒瓶があなやもいわせず倒れおちて、各自の魂もともに羽化登仙すべき酒精を含んだ貴重な液体が「無機質無意味」な床上に忽然と流れ消え失せてしまうほど名残り惜しく、また、痛憤に耐えぬものはないのであるから、附近の「馬鹿野郎」の前に置いてある酒瓶や徳利をすべて倒して歩く小柄な石川淳が、天も許さず地も髪を逆立てるほどの抑えきれぬ憤激の対象になつたのも無理からぬことである。伝え聞くと、本郷南天堂におけるアナキストの青春時代以来喧嘩慣れした岡本潤が真つ先に立ち上つたらしいが、その附近のものがわつと一斉に立つて、ひとつ殴れば忽ち倒れるにきまつている石川淳を「寄つてたかつて」、皆で殴りつけたのであつた。忽ちフロアーの上にぐにやぐにやした一物体として横たわつてしまつた石川淳の頭と足の両端をもちあげた彼等は、さて、階段の上まで酒漬けになつた軟体動物を運び、そこで、「おととい来い！」とばかりに一斉に投げだしたのであつた。

私達が、誰が倒れているのかとぎよつとし、つぎに、おや、これは石川淳だとなおひどく驚きながら、打ち伏している石川淳を起すと、私達に支えられてようやく立ち上つたものの、さすがに日頃の威勢のよい「馬鹿野郎！」の言葉も発し得ぬ無言のなかでよろよろと大きく揺れ動きながら、石川淳は階段をふらふら降りていつたのであつた。外へ出てから大丈夫かなと見送つている私達の傍らへ、すると、中島健蔵がやつてきて、江戸つ子が「たんか」をきるように、階段の最上段に腰をおろすと、「「近代文学」のお前さん方があれをひどく持ち上げるから、いけねえ。あいつの酔つぱらいぶりはほかの酔つぱらい全部の迷惑になるだけだと知つてくれなくちやだめだぜ。」

と、石川淳を評価している私達「近代文学」同人の皆に向つて、階段にどつかと腰かけたままの中島健蔵は長く説教したのであつた。

戦後の騒然たる時代をその爛酔の極みへ向つてまず「火の会」として組織した野上彰は、その後暫らくたつて亡くなつた。その葬式も、戦後の畸人第一号に適わしく、華やかな音楽葬をもつて飾られたとのことで、恐らくこれまた、戦後における音楽葬第一号であつたかもしれない。

――「文芸」昭和五一年七月号

初期の石川淳

小柄な石川淳が、その耳許間近に小さな時計を寄せて、秒針がこちこち動いているかを確かめるように、幾度か振り動かしたあと、凝つと聞きいつているさまに直面した藤崎さんは、石川淳の『黄金伝説』の作中人物が小説という閾《いき》をあつという間もなく踏み越えて、そのままそこにまぎれもなく現前し腰かけているごとく深く感嘆して眺めいつたものである。「近代文学」の編集事務を手伝つてくれた若いひとびとは「近代文学」全史を通じると、十名を越えるまことに多くの貴重な献身者を数えるが、彼らは、「安い手当」と、時には、荒正人の超合理的指令に「泣かされ」ながら、ひたすら「文学的」に深く献身しつづけてくれたのであつて、藤崎さんは、その最初期の編集事務をひきうけてくれたまだ若い女性であつた。

ところで、小柄な石川淳が後方に沈みこむふうにいささか躊りかげんに腰かけている肘掛け椅子は、一見、近代文学社の洒落た応接セットの一部のようにみえ、そしてまた、石川淳もそう思いこんだまま、躊躇なく真つすぐそこに赴いて、悠然と腰かけるのを当然とする無意識的習慣をつづけていたが、やんぬるかな、ドストエフスキイの『スチェパンチコヴォ村』の寄生者、食客たるフォマーが忽ち横暴な主人公へ転化したごとく、本来の部屋主である全科技聯（全国科学技術聯合会）の隅の机の上に「連絡帳を置く」というだけの取りきめで、その部屋へ出入することになつた私達、平野謙、本多秋五、荒正人、佐々木基一、私は、全科技聯のこれまた隅にある応接セットを「借りて」編集会議を開いている裡に、一週間に三回、つまり、一日置きに集まるところの量は、忽ち、質へ、あなやもあらせず転化し、その立派な一組の応接セットこそ、ほかならぬ「近代文学社」そのものであるかのごとく、変貌してしまつたのである。いま想い返して、このことを書いている私は、喧騒を極めた数箇月を、一言も文句をいわず、耐えがたきを耐え、忍びがたきを忍んだ全科技聯の諸氏、責任者の菅田氏や石田周三氏などに、感謝し、また、あやまらねばならない。

文化学院二階にあるその応接セットの「近代文学」への訪問者は、花田清輝にせよ、長光太にせよ、梅崎春生にせよ、それぞれ戦後出現したパルチザン風な独特の風貌をもつて私達を多様複雑に触発したが、絶えず来訪した客は、前期では、石川淳（と千田九一）、後期では、野間宏であつて、それぞれ忘失しがたい個性深い印象を私達に鋭く残したのである。

年譜によれば、戦争中焼けだされた石川淳は、当時、船橋に住んでいたので、出版社へ何らかの所用あつて上京するときは、終点のお茶の水駅でおりることになるので、駅からすぐ間近にある文化学院二階の「近代文学」編集室へまず立ち寄つて、戦争中の『森鷗外』を賞揚した平野謙、その小説に深い愛着を古くからもちつづけた佐々木基一、『焼跡のイエス』に衝撃をうけた本多秋五などと数十分、「清談」を交わしたのち、さらに、コーヒー店、そして最後にようやく出版社へ、という道順をとることになつたのには、一種の至当性があつたけれども、それがまだ太陽が上天に眩ゆく輝いている白日の昼間なので、すでに「酒乱」の噂が聞こえはじめていた石川淳の絶えざる登場としては、いささかもの足りなかつたのである。（後期の頻繁な来訪者、野間宏は、編集会議が終わる頃をつねにみはからつて、宵闇の迫る夕刻、ドアを僅かに開いて顔だけ出し、佐々木基一や私と歩きに歩き、話しに話して、一杯のみにでかけることを絶えず変わらぬ習慣としていた。時折、彼と私は、文化学院から新橋の飲み屋「蛇の新」まで「歩きつづけ」、世界文学へ向かつての彼の理想！　を聞きつづけたものである。）と同時に、お茶の水駅をおりると、きまりきまつて、より若い世代の私達のもとを訪れるしかない石川淳に一種の「文学的孤立」をそのとき私は感じ、そのあまり動かぬ穏和な小さな眼と、いささか受け口の薄い下唇のあいだにひき裂かれた自己矛盾と憤懣の沈澱こそ、夜来りなば、馬鹿野郎！　の連発となる「酒乱」の大爆発を呼ばねばならぬのだろうと勝手に臆測した私は、その大不満の奔出する現場にやがて自ら立ち会うことになつたのである。

敗戦直後のその当時も、現在も、騒然たる「文学バア」なるものは、高級な銀座にも、庶民的な新宿にも存しつづけたが、石川淳の「近代文学」連続訪問当時には、昼間、「文学喫茶」なる静謐穏和な場所もまた存したのである。

「近代文学」のいわば共同租界的肘掛け椅子から立ち上がつた石川淳は、文化学院を出ると、駿河台下へ向かう大通りには戻らず、水道橋の方向のすぐ左側にある極めて幅狭く細く折れ曲がつたけわしい坂を辿り降りて、神保町の大通りに至り、さらに、鈴蘭通りをもつききつて、かなり遠い喫茶店「キャンドル」まで赴くのが、いわば当時習慣化した第二のコースなのであつた。この文学喫茶「キャンドル」は、その後の文学バア「らんぼお」、「セレネ」に先駆するところの非颱風的温和地区であつて、多くの編集者も、そして、石川淳と同行したり、または、単独で赴く私達も、そこでは、極めておとなしく、コーヒーをのんでいたのである。この静謐な白昼の極楽境「キャンドル」の唯一の欠点は、カウンターがないことであつて、従つて、キッチンの入口にかかつた暖簾の前に中年の足の悪い女主人が絶えず私達の正面に向かつて生真面目な表情のまま立ちつづけていることになり、それは、いささか大げさにいえば、デルフィの神殿の巫女が、この文学者の裡或るものは大成しないと神託をくだすべく、そこに腰かけている私達を占つているかのごとく、一瞬、さつと薄暗い恐慌の念を私達の胸裡深く掠めさせたことである。後年の「セレネ」の気つぷのいい女主人が、そこにくる「すべて」のものが、大文学者になることを闊達に「予言」してくれているかのように錯覚させる不可思議霊妙な魔力を備えているとすれば、それ以前の「キャンドル」の生真面目な女主人は、なにかしら目に見えぬ緩徐的崩壊の念力を抱懐しているかのごとくであつて、満たされぬ自己矛盾をその深い内面に携えて憤懣やるかたない石川淳も、ここでは決して、馬鹿野郎！　の一語だに発し得ないと思われるのであつた。

さて、その「馬鹿野郎！」の連発に書き及ぶこととなるが、戦後、屢々おこなわれた「埴谷家の舞踏会」へ佐々木基一に誘われた石川淳は、珍しく、ウィスキイの一瓶をさげて、現われたのである。石川淳と舞踏と並べると、直ちに、そぐわない、という印象を受けるが、まさにその通りであつて、石川淳は、後年の竹内好と同じく、酒だけ飲んでいて、勿論、踊らないのである。ところで、酒だけ飲んでいると、この宇宙と精神におけるまぎれもない必然として、「酔つぱらい」、そして、酔つてきたときの石川淳の必然として、忽ち、馬鹿野郎！　の連発がはじまるのであつた。ところで、その場は、舞踏会の集まりであるので、全員の半分は、男だけでなく、女性もまたそこに存し、そして、酔つぱらつて見境いもなくなつた石川淳は、そこにあるのが石なら石を馬鹿野郎、と叱咤するごとく、女性の悪口をもいいはじめ、佐々木基一夫人に対してなどは、その発言者が酔つぱらいでなければとうてい聞き捨てならぬ極度の悪口までを述べたのである。従つて、女性達すべては、恐怖の対象である石川淳をその酒席の座敷に取り残し、椅子、テーブルの類をとりはらつて舞踊のホールとしている応接間へと、一勢に逃げ去つてしまい、最後までつきあつていた佐々木基一も立ち上がると、そのホールへ赴き、わが家の酒宴場である座敷で石川淳と酒精に向きあつているのは、安部公房と私の二人だけになつてしまつたのであつた。

ところで、唐紙をすべて取り去つているので、その酒席の座敷が丸見えの茶の間に私の母といたまだ若い時代の中薗英助は、女性がみんないなくなつたフェミニズム恐慌の状態をつぶさに眺めたあと、お母さん、あいつをやつつけてやりますからね、と私の母に宣言し、こちらの座敷へやつてきたのである。そして、石川淳の隣りに坐ると、後年のスパイ小説の作者たるにふさわしからぬ非洞察的な挑発の言葉を彼は発した。石川さん、貴方はこの頃カストリ雑誌に書いてもうけているそうじやありませんか。そう中薗英助がからむごとく、からまぬごとくいうと、妙なやつがきたな、と黙つて相手を眺めた石川淳に、中薗英助は、さらに、短い質問をつづけた。××はどうですかね。答は、勿論、太陽の眩ゆい光が月の表面の砂漠に反射すると蒼白くなるごとく、単一の否定語である××は馬鹿野郎だ！　にきまつている。すると、小柄な石川淳の顔前に、顎を精悍につきだした中薗英助が訊いた。僕はどうですかね。これまた、答はきまつている。お前？　お前は勿論馬鹿野郎だ！　その石川淳の言葉と殆んど同時に、すぐ眼前の暗い山から高い木霊がすぐさま返つてくるごとく、お前も馬鹿野郎だ！　と中薗英助は声高く叫んだ。比較的にいつて高い天井をもつたわが家の座敷の広からぬ宙空に、馬鹿野郎！　の衝突しあう一種興奮した複合語が、ベートーヴェンの第九の合唱の百分の一くらいの音量をもつて、重なり響いた。馬鹿野郎、と、馬鹿野郎、は、一瞬、互いの眼と眼を見合わせた。すると、酔つている筈の石川淳はさつと立ち上がり、次の瞬間、私の家の玄関から外の闇のなかへ忽ちかき消えてしまつた。玄関まであわてて追つていつた安部公房は、いやあ、名人みたいに素早く立ち上がつたな、と尽きせぬ感嘆の言葉をそれから述べつづけたのである。

この恐怖伝説の主人公である石川淳の酒乱が、やがて、何処か遠い世界での出来事のごとくまつたく消え失せ、小さな穏和な眼をこちらに向けつづけて、長く、激しく、怖ろしく携えつづけた自己矛盾と憤懣の魂の安定をようやく持ち得たのは、活《いく》夫人との出会いが最大の要因となつたのであろうと、私は独断的に推測している。

タキシーのなかで私の隣りに腰かけている眼の鋭くいい平野謙が、或るとき、不意に叫んだ。

「おや、石川淳だ……」

眼の悪い私が窓のそとを懸命に眺めて、ひとびとの雑踏のなかからようやく探し出したのは、そこが雑踏する新宿でなくパリの人ごみのなかでも歩いているかのごとく、上背のある活夫人と「腕を組んで」、昂然と歩いている石川淳の新しい姿であつた。

それからかなりあと、高見順と岡本太郎と私の三人が、その二階で、悪魔についての談義をする或る酒場に私が入つてゆくと、早くきていた岡本太郎が石川淳夫妻とともに階下ですでに飲んでいた。活夫人の隣りにいる石川淳は、いまは暗い夜で、魂の奥まで酔つている筈だのに、太陽が眩ゆく輝いて明るい白昼、コーヒーを「キャンドル」までのみに文化学院二階の肘掛け椅子からゆつくり立ちあがるときの小さな穏やかな眼と同じように、温和静謐な眼をこちらに向けて挨拶を返した。石川淳の用語をもつてすれば、「家来」である筈の活夫人が傍らにいればこそ、あいつ？　あいつは馬鹿野郎だ！　と叫ぶ薄暗い魂の不満と不逞の混合語などまつたく必要でない平安境の住者となりおおせているのであろう。太宰治、坂口安吾、石川淳の三人の裡、ただひとり、石川淳のみ、「無頼派」から、何処か思いがけぬ平安な夢幻境に似たところへ「上がつた」のである。

——「海燕」昭和六三年三月号

安吾と雄高警部

戦後、まだ焼跡の瓦礫がのこつている初期の時代、私達は、酒も殆んどのまずにただやたらに肉と飯をくつて喋る「すきやき会」を屢々私の家で催したが、その当時、そうした集りは「単純素朴」な私達にとつていわば唯一の清遊であり、娯楽なのであつた。そうしたとき、私達のあいだに「犯人当て」の遊びがおこなわれるようになつたのである。

こうした集りのイニシアティヴをとるのは何時も荒正人で、平野謙も私もまた無類の探偵小説好きであつたから、忽ちこの徹夜の会合は荒宅や私の家でおこなわれることになつたが、この「犯人当て」の遊びは、本来、戦時中、大井広介の家で「現代文学」の仲間を集めておこなわれたのであつた。坂口安吾や平野謙や荒正人がその常連で、「むつつり右門」と称する平野謙の適中率がよく、坂口安吾を文字通り震撼させたらしいが、一度やりはじめれば、神業のごとく適中しても、滑稽に失敗しても、「知的戦慄」に類する面白さの醍醐を味わえるこの遊びが、さて、「現代文学」から「近代文学」に移つて復活したのであつた。

この遊びは、もしそのとき用いる推理小説が一冊の本ならば、例えば荒夫人といつた第三者があらかじめ読んで、ここまでというところ以後の章を破りすてておくというのがルールなのである。後半部が破れ欠けている本を各自が廻し読んで、それぞれ答案を書くわけであるが、例えば荒正人などあらゆるデータをすべて疑つて、探偵が提出した資料も、また、探偵そのものまでも信用せず疑つてかかるので、答案作成前の互いの問答がすでに突飛なほど奇抜で面白いのであつた。

ところで、その当時は、横溝正史が凄まじい勢いで本格推理小説を連載しはじめた時代なので、連載中のそれをテキストにすれば、あらかじめ第三者が読んで後半部の何処からかを指定して破くといつた手間を労せず、すぐ「犯人当て」ができるのであつた。従つて、『本陣殺人事件』を手はじめに『蝶々殺人事件』といつた具合に、つぎつぎテキストとして取りあげていつたのであつた。

東京千駄谷の家が焼けた大井広介は、その当時に九州にいて、上京してくると、それを機会に私の家で「犯人当て」の会合をもつたが、その話が坂口安吾に伝わつたので、彼は『不連続殺人事件』を私達への挑戦小説として書いたのであつた。

大井家で「犯人当て」をおこなつている時代は平野謙が「むつつり右門」の名探偵で、戦後の「犯人当て」では『蝶々殺人事件』で埴谷が名探偵ぶりを発揮したので、坂口安吾はその二人を合成して平野雄高警部という探偵を創出し、そして、「政治と文学」論争においては平野謙と荒正人が中野重治から「下司のカングリ」と呼ばれたことを援用して、その人物に「カングリ警部」と綽名したのであつた。

こう挑戦されては、私達はどうしても答案を書かざるを得ないが、そのとき最も正直に解答したのは私なのであつた。「日本小説」への連載が進んで解答期にはいつた或るとき、上京してきた大井広介の宿屋の一室で私の長い解答をみると、彼は、いまから坂口のところへゆこうと立ちあがつた。

そして、その夜、訪れたのは日蒲線の矢口の渡しからかなりはいつたところで、坂口安吾はそのとき兄さんの家の二階にいたのであつた。酒が運ばれてのんでいる裡に、彼は傍らの大井広介にそつと訊いた。埴谷君のは、単独犯？　ええ、単独犯。大井広介がそう答えると、表面さりげない坂口安吾はほつと安堵した。私の解答は、妻の単独犯になつていたのである。私はどうやら名探偵から迷探偵へ下落したようだつた。あとで考えると、クリスティ好きの安吾は、クリスティの作品から心理的なシチュエーションを借りているのであつた。私の記憶ははつきりしていず、たしか『スタイルズの怪事件』ではなかつたかと思うけれど、仲の悪い兄妹だつたか、従兄、従妹どうしだつたか、が絶えず喧嘩していて、実はその二人が共犯というシチュエーションがあつて、それを仲の悪い別れた夫婦という設定に応用しているのであつた。名探偵の私を迷探偵におちいらせてほつとした安吾がこんどは大井君に聞いた。君のは誰？　僕のは共犯ですよ。その答えに、こんどは坂口安吾がぎくりとしたのである。その後、ヒロポン中毒患者として東大病院にはいつていた彼が野球を観にでてきたとき、後楽園球場で会つたことがある。私と暫らく話して私が去つたのち、坂口安吾は傍らの大井広介に訊いたそうである。いまのは、誰？　埴谷さんじやないの。忘れたの。そういわれて、坂口安吾はヒロポン中毒の病人といわれたごとくてれていたそうだけれど、迷探偵の正体を暴露した雄高警部では、しかと彼の脳裡にとまらないのも無理なかつたのである。

——冬樹社『定本坂口安吾全集』第二巻月報3　昭和四三年四月

椎名麟三

まだ焼跡があちこちに整理されずに残つていて、そこを歩いていると《荒廃した黄昏》の想いに駆られる頃の銀座の或るビルディングの地下室に、花田清輝がひとびとを呼び集めて、「夜の会」という団体をつくりあげようとしたことがあつた。通知された地図をたよりに訪ねてゆくと、さながら暗殺団の巣窟へでも導く秘密の階段のようながらんとした殺風景な入口には、矢印しの書きこまれた一枚の白紙が貼られて夕暮の薄闇のなかにびらびらとひるがえつていた。このときの印象は同じように強かつたと見えて、椎名麟三も『永遠なる序章』のなかでその会合場所の雰囲気を描いている。尤も、狭い廊下から地下室への階段を降りてゆくのでなく、日本橋のあたりまで見える高いビルディングの五階というふうに書き換えられているが、貼られてある白い半紙があたりの荒廃と夕暮から浮きだしている印象はそのまま鮮やかにとりいれられている。びらびらとひるがえつていることの白い半紙の矢印しに導かれて私達が踏みこんで行つた地下室は、戦後の混乱を象徴しているように、コンクリートの床の上に裸の電線や、ぶちこわされた机や椅子などが乱雑に置かれてある薄暗い部屋であつて、一切がさだかでないその地下室の薄闇の奥には、花田清輝の奇怪な顔をはじめとして、渡辺一夫、野間宏、佐々木基一、安部公房、関根弘などの顔が忘れられた博物館のなかの置物のようにぼんやりと浮び並んでいた。そして、その薄暗い部屋へ椎名麟三が登場してくると、敗戦国の夕暮にふさわしい人物が廃墟の中から出現してきたような感じであつた。彼はそのころ拭い去り得ないような陰惨な顔付をしていた。何かが表現のすぐ前のところにたちふさがりつかえているようなもどかしそうな衝動的な話し方をして、息をついだのち自らの障害に打ち勝とうとする懸命の努力がその顔の表情に現われると、たとえその話の内容がたいへんに面倒で訳の解らなそうなことでも、相手はその顔を見ている裡に次第に胸をうたれる不思議な同情の気分に襲われ、もはや椎名麟三から顔をはなすことができなくなつてくるのであつた。花田清輝が組織したその会はひとりの異議もなく「夜の会」と呼ぶことに一決したくらいだから、それぞれひと癖あるような人物を集めたが、そのなかでもそのときの椎名麟三の陰惨な顔付は暗い夜の中にきわだつて見えるひとつの特質的な顔となつていたに違いなかつた。ところで、戦後の廃墟を刻みこんだような陰惨な微光を放つているその顔付はさらに、独特な評価をうけることになつた。安部公房が言いだしはじめたことであるが、これは典型的な《犯罪者》の顔であるというのである。そう言われてみて、みなが彼の顔を見直すと、彼の顔の骨格はたしかに犯罪型と呼ばれるにふさわしく、前額部が横に広く拡がつていて、頬骨がせばまつた奥から人類の苦悩史のような暗い眼つきがこちらを向いており、もしこちらが探偵を職業としていてこのような人物に街頭で出会わしたなら、思いがけぬ神秘的な犯罪の鍵でも与えられるのではないかと思つて、一日じゅうその後から尾行しつづけるようになつてしまうかも知れないのである。このような椎名麟三の《犯罪者》の顔には、それぞれ戦後のパルチザンかギャングを気取つている「夜の会」の他の闘技士たちも忽ち圧倒されてしまつた。

ところで、岡本太郎も加わつて賑やかになつた「夜の会」の中で絶えず椎名麟三と顔をあわせている裡に、不思議なことに、この犯罪型の典型である顔付が、何時しか薄闇のなかのドリアン・グレイの画像のように、というより、研究室のなかでハイド氏からもどるヂーキル博士のように変化してきて、額の部分は相変らずぬけ上つていたが、頰骨には肉がつき、丸く童顔になつた顔の底からおだやかな光をたたえた眼つきがこちらを眺めて、陰惨な《犯罪者》の匂いなどその落着いてきた肖像の何処にもなくなつてしまつたのである。それから、ことさらに注意するともなく彼の風貌に真正面から向いあつて接していると、この顔が千の顔をもつ名優のような驚くほどの多様な変化に充ちた顔であることが解つてきたのであつた。

この変化に充ちた多様な顔付は、『カラマゾフの兄弟』の原型である『偉大なる罪人の生涯』について述べているドストエフスキイの覚え書を、屢々、私に思いださせることになつた。ドストエフスキイは、こう記している。「主人公は、その生涯の間に、或いは無神論者となり、或いは信仰者となり、或いは狂信者となり、或いは分裂宗徒となり、更に、再び無神論者となる。……」この文章の推移を仔細に眺め、それから椎名麟三の顔付の変化を眺めて、その変化の推移を、フィルムの二重露出のように暗い脳裡に映しだしてみると、不思議なことに、陰惨に瘠せた犯罪者の骨格の上に僅かばかりの皮膚の層が肉づけされるに従つて、アリョーシャやムイシュキンの無邪気で敬虔な表情が大理石のなかから現われるようにすつきりと現われてくる観があつた。確かに、彼の表情は私達が暫く行動をともにしているあいだに温帯へ漂いついた氷山のように見る見る裡に変化した。その面貌の裡の或る線はあとかたもなくかき消え或る面は気もちよく膨らんで、そこからユーモアに欠けていない無邪気で穏やかな新しい人物の顔が現われてきた。彼の顔付は犯罪者の苦悩とナイーヴな童顔と神の使徒たる敬虔な表情を内包していたのであつて、恐らく、深い観察眼をもつた骨相学者がこのような顔を正面から眺めれば、一生の歴史の刻印がそこに欠くるところなく打ち出されている珍重すべき顔の一種属を得たと喜ぶであろう。ただ彼の骨格の肉づけがどのように変化しても、ひとつだけ変らないのは眼前にあるすべての事物と事象が同情さるべき酷しい苦痛であるかのように眉をしかめて相手を暗く見据える激しい苦悩の表情であつた。話しあつている相手に或る思いがけぬ事件が起つたのを聞いているとき、ついに人事の及び得ない同情とその苦痛におしひしがれたような眉の顰め方をするのが彼からとりはずし得ない深く根源的な癖で、これだけはつねに変化しなかった。

花田清輝は一つの研究団体を何処かの本屋に応援させる名人で、「夜の会」は月曜書房という出版社が後援していたが、何処でどういう連絡がついたものか、そのほかに奈良の一出版社もこの会を後援することとなり、その東京駐在代表として当時に珍しい壮士風の黒衣と袴をつけた総髪の人物が、毎週、研究会の席の一番はずれに屋根のはしにとまった夜の烏のごとく坐つて一座をむつつりと睥睨することになつた。或るとき、会のあとで、その頃賑やかになりはじめた新宿のマーケットの闇のなかを、たしかここら辺にあつた筈だがと首をかしげながら野間宏が私達を連れて行つたのは、小さな店の奥に短い垂直のはしごがかかつていて、やつとひとりずつ危うかしくその短いはしごにとりついてあがつてゆくと、頭のつかえるほど低い奇妙な中二階が覗かれる飲屋であつた。頭を下げてその中二階にやつとはいりこむと、膝も立てられぬほど無理やり詰め込んで七、八人はいれるのだから恐らく一畳半位はあつたのだろう。そのころの飲物は焼酎かカストリであつて、頭が天井にぶつかつている中二階で無理に背を屈め、隣りの者と肩を押しあうように顔を寄せ合い、あまり近過ぎるので却つてよく聞えない騒然たる議論を交わしながら飲んでいると、忽ち酔つてくるのである。狭い鶏小屋のなかで首を延ばして押し合つているような奇妙な構図の薄暗い向うには総髪の孤独な壮士とも見える奈良の出版社の東京駐在代表である五味君の黙々と飲んでいる大きな骨格が目にとまつたが、ところで、どういうきつかけかこの口数の少い人物が不意に酔つてきたと思う間もなく、鶏たちの延ばされた首をぴたりとそのままとめるような大音声を発した。暗い神秘的な沈黙をつづけて一言も発しなかつたこの総髪の人物が不意に大音声を発すると、ひとりの教祖が急に神がかつてきたような異常な趣きがあつた。彼には研究会の席のはしに腰を下して報告や討論を黙々と聞いているときの憤懣があつたのだろう。彼は膝の前の畳をどすんと叩くと、決定的な託宣をくだした。「戦後作家なんてどれもこれもみな駄目だ。まず椎名、お前は自分の書いてる事も自分でわかつてやしないんだ。」直ぐ隣りにいた椎名麟三がまず最初の砲撃を受けたのであつた。総髪をゆすつて激しく膝を叩く五味君は闇の海上にサーチライトを照らす巨大戦艦のようにこの狭い中二階に押しあつて並んだ動物を小休止のいとまもなく次々にとらえて、その孤独なポムポム砲をもつて連続攻撃した。「野間、お前もまるで文学になつてないぞ。」そして、並んでいる私達のひとりひとりの名を処刑場の執行吏のように大声で呼び上げ、忽ちうむを言わせぬ掃射でなぎ倒した。叫ぶ宗教の教祖が託宣をたれはじめたようなこの突発事件にみなぼんやりしたかたちで、野間宏は象のような眼を丸めて相手を眺め、怪物の花田清輝は腕を組んだまま寸前の天井を見上げてうそぶいており、私は奥の布団に寄りかかつて横倒しになつていた。この弾劾する総髪の教祖に向つてなだめているのは、これまた偶然隣りに坐つた佐々木基一と椎名麟三の二人だけで、椎名麟三は、教祖がひとりを烈しくきめつけるたびに、苦痛にうちひしがれたように眉をひそめながら、「そんなことはないよ、五味君。」といちいち情けなさそうに応答しつづけるのであつた。この怒号と間髪をいれずなだめる応答は暗い内陣の奥で教義問答を交わしながら二つのコーラス隊がかなでる食い違つた合唱のようになかなか終らなかつた。というのも、椎名麟三の情けなさそうな応答の裏側の暗い奥底には、「それが解りさえしたらなあ、五味君。」という悲痛な願望が一応答ごとに深くこめられていたからである。この私達を真向からジークフリートの剣で打ち砕いた叫ぶ宗教の教祖のような黒衣の五味君は五味康祐であつたが、とんちんかんな音程をもつた合唱を誠実に応答しつづけた椎名麟三は、そのときの五味君が五味康祐であることをつい最近まで知らなかつた。

『悪霊』の中でシャートフはこんなことを考える。「主義と人間性――これは多くの点に於て全然ことなつた二つのものらしい。彼はあの人達に対しても、ずいぶん悪い事をしているかも知れない！……みんな悪いのだ、みんな罪があるのだ、そして、みんなこれに気がつきさえすればいいんだがなあ！……」これに気がつきさえすればいいんだがなあというこの内心の歎息が椎名麟三の精神を暗い奥底でささえている鍵である。彼は彼自身もまるで見当もつかぬ地点に、ただそれをわかろうとする一点の光のような誠実のみを胸に懐いて歩一歩と踏み出してゆく。そして、はじめはまつたく解らなかつた事物の輪郭が、霧の中からぼんやり浮き出てくるように、数年たつと次第に解つてゆく。彼にとつては霧の中から踏みでてくるその一歩一歩が脱皮の過程であつて、そのようなぬけがらの明らかな縞模様は彼が一作ごとに書き留めている作品の意図の説明のなかに何時も示されている。しかし、ただ私の構図の中にぼんやり浮んでくる遠い画として、もし椎名麟三が廃墟の中の十字架にかかつたキリストなら、果たして赤岩栄が洗礼者ヨハネなのかしらんという疑問が時折沸々と起つてくるのを抑えることが出来ない。私の暗い脳裡に椎名麟三がさだかならぬ何者かと薄闇のなかで向き合つている姿が時折思い浮べられることがあるが、その何者かの位置に赤岩栄が坐つてから、この二人の相対する人物は果たしてゾシマ長老と変転するアリョーシャなのか、それともチーホン僧正の前で告白するスタヴローギンなのか、その構図の中の輪郭のかたちがさだかにつかみがたくとらえがたいもどかしさが私の裡に起つた。そのとき私の頭蓋の中で気になつたのは、ひとりの教誨者とひとりの懺悔者が向き合つている構図ではなく、二人の共犯者が謀議をこらしている図が二重映しの底から現われてきはしないかとあやぶむ一抹の懸念が地平にかかつた綿雲のように私の中になくもなかつたことである。個人内部の解決にとつては科学ではなく宗教がはいり易いとして、嘗てコムミュニストたりしものがひとりのクリスチャンとなることは、私にとつて脱皮の過程とうつるよりいささか他の士気を沮喪せしむる退歩と思われた。われわれはわれわれをめぐる渦の中心のような生活の中に単独者として生きているけれども、遥かな地平の向うの目標を引き去つてそのまわりの生活に執すれば自己自身の革命性を失い勝ちである。ところで、私がこのように勇ましくも気負つて彼の戦線よりの後退を責めると、私の論拠は飛躍した錯誤に充ちみちていると、苦痛と憐憫をたたえた情けなさそうに眉を顰めた眼付で覗きこまれて逆に説得されるので、すでにそうした問題を検討済みの彼は手もとからとらえがたくするするとぬけてゆく一つの風船玉の境地にもはや達し、私自身は相も変らぬ暗黒大陸にいまなおへばりついて動きがとまつている観があつた。

戦時中、椎名麟三は南瓜つくりの名人で、南瓜つくりの名人大坪さんの話は梅崎春生の短篇の中にも出てくる。彼は器用で、日常の器具を使つている裡にその一部を改善したり新しい工夫をこらしてみたりする発明癖があつて、奥さんはこの男はその裡にきつとなにかしとげる人物になると信用していたとのことである。私が想い出してみても、彼自身が最も明るさと確信に輝いた潑剌たる顔付で私に断言したのは、俺は何をしても食えるんだよ、という生活のなかから奔りでてきた言葉であつた。私は彼の顔付が陰惨な翳を帯びていると書き出したが、その面貌の深い底の裏側には生活の根のもつ苦痛と明るさがともにあつたのである。眉をしかめた憐憫と苦痛に充ちた表情の下にはアリョーシャの童顔と人なつこいユーモアが隠れていて、恐らくアリョーシャが何処へおもむいてもまわりのひとびとに何ごとかを気づかせるごとくに、彼は人生の複雑にとまることもない弁証法のかたちを私に力強く覗かせるのである。

――「新潮」昭和三一年一一月号

はじめの頃の椎名麟三

その頃の下高井戸駅は、すぐ玉川線のホームへ出れる現在とは違つて、小さな商店が並んでいる駅前の繁華な通りへまず出てから、まつたく店もなく低い雑草の生えている横町へ曲り、遮断機などないのんびりした玉川線の踏切りを横断するのであつた。その玉川線には現在のような柵はなく、一段と低くなつている線路に沿つて歩いてゆくと、やはり低い雑草の生えている空地や原などがあたりに眺められた。

焼け跡の廃墟がまだ残つていたその戦後の時期は、知り合うとすぐ、かなり遠い距離でもまつたく気にせず互いの家を訪ね合うのが私達の慣わしで、吾国の歴史のなかでこの時期ほど私達の心と軀が若い弾性のゴムのように絶えずはずみ動いて、他人と何かを交換しあい、伝えあい、吸収しあつた時期はなかつただろう。私達はみな親しみあえそうな顔や言葉に飢えていたのである。

椎名麟三の家は、郊外という気分があたりに残つているその古い玉川線の線路から左へはいつたところ、つまり現在とまつたく同じ場所に建つていたのであるが、その周囲の風景があまりに変り、そして、椎名家自体も、その後、家族の住んでいるままで驚くほどうまく改築されてからさらに長い年月が経つてしまつたので、私がよく訪ねていつた当時のいわば原型の椎名家も、梅崎春生の家まですぐ歩いてゆけた世田谷松原の嘗ての風景もすでに老年組となつた私達の遠い記憶のなかだけにしかなくなつてしまつた。

当時の椎名家は、玄関をはいるとすぐ右手に、その窓際に机が据えられている確か三畳の小さな部屋があつて、そこが椎名麟三の書斎になつていた。私達は何時もそこで長い話をし、駅前の喫茶店に行つたり、また、遠く新宿のハモニカ横町まで出かけることがあつたが、或る日、椎名麟三は机の上に大学ノートを開いて、そこに奇麗にびつしりと書きこんである創作ノートを見せてくれたことがある。私がまず驚いたのは、その創作ノートが間隔も行間もきちんとはかつたように整つた正確な楷書で書かれ、一字も消してないことであつた。俺はガリ版の筆耕屋をやつてたからこんな字が書けるんだ、と椎名麟三はいつたが、それにしてもそれは見事な美しい創作ノートであつた。それはその頃まだ題がきまつていなかつた『永遠なる序章』のためのノートであつたが、何時もこんな詳しいノートをとつてから書くのかと訊く私に、彼は昂然として、そうだ、考えがきまるまで時間をくうんだよ、というのであつた。そして、私にそのノートの冒頭の箇所を読んでくれた。彼のノートは、すべて、主題である観念の展開のみで占められていて、作品のなかの場面や情景や主人公や副人物の行動などまつたくでてこないのが特徴であつた。そして、その観念は、どちらかといえば、キエルケゴールの文章を思わせるように、絶えず鋭く緊張した矛盾をいわば百八十度ほど正反対に逆転させながら進んでゆき、どの章句もつねに弁証的であつた。事実、彼は、キエルケゴールはよく読んだといい、「人間とは精神である。精神とは何であるか。精神とは自己である。自己とは何であるか。自己とは自己自身に関係するところの関係である。即ち関係ということは、関係が自己自身に関係するものなることがふくまれている。——それで自己とは、単なる関係でなしに、自己自身に関係するところの関係である。」の章句をすこしも淀まず低く暗唱してくれたのであつた。(このノートをはじめとする創作ノートの多くを、椎名麟三自身焼き捨てたとすでに書いているので、これまで私はそう思つていたところ、斎藤末弘君の報告によれば、歿後書斎を整理すると、まことに驚くほど厖大な量のノート、単に小説ばかりでなくエッセイについてのノートまで出てきたそうである。斎藤君の大ざつぱな概算では、恐らくこの遺されたノートだけで五、六巻になるだろうとのことである。これらは、斎藤末弘君の手によつて整理され、何年後かに出されることになるだろう。)

それから、彼は、小説を一応書きあげると、まず最初に夫人に読ませるのだといつた。最初の読者が夫人であるというそのことは、女房には最後の読者にもならせぬようにひたすら「抑圧」している私をひどく驚かせた。椎名麟三は、その私の勝手な驚きに驚きながら、夫人の意見をそのまま聞いてその部分にすぐ手を入れるのだといつた。私の古ぼけ偏つた考え方によると、通常、作家というものは女房をはじめとする家族のすべてに自身の日常生活の小さな、小さな表面の部分しか示さず、ただただその熱狂的で偏執的な愛読者の幾たりかにだけようやくその精神の暗い奥を覗かせ、そして、そのさだかでない底を僅かにかいまみせる筈のものであるが、椎名夫人のごとくに夫の文章のはじめのはじめの原型から接するところの最高最大の愛読者として終始すれば、何時もすぐ傍らに立っている真白な神のごとくに夫の内的世界の隅々まで隈なく知悉していることになるだろうと、勝手にこちらだけで粛然とし、慄然とし、そしてまた、ひどく感心したのであつた。その後、幾度か憶え知つたことであるが、確かに椎名夫人は椎名麟三の作品の最も深く熱心なよき読者なのであつた。

その椎名麟三の家から梅崎春生の家まで僅か数分の距離であつて、その頃の郊外の家によくそうした例があつたけれども、まばらに開いた椹《さわら》の垣根のあいだからいきなりはいつてそのまま庭の縁側へあがりこむのが通例で、私はその後も一度も梅崎家の玄関から正式にはいつたことがなかつた。椎名、梅崎とその当時文学的に並称されていたばかりでなく、実際にも何かの会合へでかけるときは必ず連れだつていたその二人と、新宿まで一緒に飲みにでかけることがあつたが、カストリ横町といつたり、或いは、ハモニカ横町と呼ばれたりした戦後の新宿駅横の大きな一区劃のなかに「魔子の店」があつて、五、六人押しあつて坐るとそれだけで一杯になつてしまうその狭い店に相手を直視する特徴的な大きな眼と深く窪んだ長い頬をした魔子が立っているのであった。その頃のそうした店には道へ向っての表戸というものがなく、そとを通るものからなかがすっかり丸見えであったから――同時にまた、そとを通るものがなかからすっかり丸見えであったから、いわば目の前の酒の肴はすべて「人間」で、そとを通るもののいろいろと違った変った顔容をつぎつぎと眺めながら悠然と飲んでいたものである。狭い店の低い天井を見上げると、椎名麟三、梅崎春生の二人が堂々たる後援者として連名でお祝いにおくった魔子の店への大きな「のし」の紙が貼ってあり、冬にはいると寒い風がいきなり真向うから吹きぬけ、震える軀をひきしめながらカストリ酒をさらに気ぜわしく飲むという仕組になっているのであった。

その店へ藤原審爾をはじめてつれていったときの話をその後梅崎春生から聞いたことがあるが、だいたいは、戦後すぐの時代における梅崎春生は気がおけない型の自然な無口で静かに黙って飲んでおり、何時も椎名麟三と私が喋っているという具合であった。そうした種類の観念嫌いと観念好きといった組合わせの構図は、その後、やたらに会合や研究会をつづけて開くのを体質とした「夜の会」の会員に私達すべてがなってからもまったく変化しなかったのである。「夜の会」は焼け跡の廃墟にぽつんと残っていた銀座の一ビルディングの薄暗い荒涼とした地下室における最初の会合からはじまり、狛江村和泉にある大きな中野正剛邸の区劃内にあった花田清輝宅やアトリエのある岡本太郎宅などに集ったが、また、吉祥寺の私の家にも集ったのであった。大勢のものが揃って一杯飲む会場がまだ少ない時代だったので、個人の家へ集って自由な酒宴を張ったのであるが、そのときも梅崎春生は、私の家の本棚から、先頭が倒れているのに一本の杖を頼りに互いの肩に手をかけあいながら危うげに歩いているブリューゲルの群盲図と橋の上で倒れ押しあっている豊国の群盲図が見開きで対照されている向うの本をひきだして長いあいだ黙ったまま眺めていた。この二枚の群盲図について梅崎春生はその後書いているが、そのとき、私の家の小さな応接間をホールにして爛酔の果てのダンスをしたのが、その後、「文藝」の編集長になった杉森久英に「埴谷家の舞踏会」と名づけられる数多いパーティの発足点となったのである。岡本太郎が軽妙に身をくねらしてパリ仕込みのルンバを踊り、私は椎名麟三と梅崎春生にまずワルツから手ほどきをしたが、梅崎春生は必ず一テンポずつずれてどうしてもリズムに乗れず、また、椎名麟三はその足をつい踏んでしまうパートナーに向ってあまりに遠慮しすぎ、ポケットからハンカチを取り出して汗の玉の吹きでた顔をふきながら絶えず、済みません、済みません、と相手にお辞儀ばかりしているので、二人ともいや気がさしてしまい、続けて習う気力をすぐなくしてしまったのであった。けれども、千人万人の誰もが認める超スロー・モーションの運動神経をもった野間宏が執拗無比に努力しつづけてやがてついにその生得の無器用性を克服して踊れるようになったので、椎名麟三はひどく残念がり、長く考えたすえ、これまた発明能力を備えた彼独特の踊り方をやがて発明したのであつた。その椎名麟三独特の踊り方とはパートナーの足がフロアーに絶対につかぬふうに相手を高く堅く抱きあげてしまい、音楽のリズムに乗つて自分ひとりだけ天の雲の上を歩くというなわば二にして一なる矛盾の弁証法的舞踏法であつた。

その後、二十年、夜更けにのんでいてふと踊る気分になつた野間宏が彼独特の寛容荘重たる雰囲気をかもしながら踊りはじめると、椎名麟三も忽ちそれに対抗してその充分に考察された即身成仏、矛盾弁証法的、持ち上げダンスをはじめ、不肖の教師であつた私の方を振り返つて眺めながら、これまた椎名麟三独特のひどく情けなさそうで、恥かしげな、そして、心底から悪戯つぽい笑いを送つてよこすのであつた。

――「文芸」昭和四八年六月号

飢えの季節（抄）――梅崎春生について

作家には、その独自性を象徴するさまざまな特色に彩られたそれぞれの出現の仕方がある。

椎名麟三は、見渡すかぎり、瓦礫の焼野原が拡がつている無人の廃墟のなかから出現してきた。野間宏は、戦争末期には潰滅してしまった左翼組織の末端につらなる一筋の細い赤い糸を握りしめて出現してきた。武田泰淳は、植民地都市上海にあってまざまざと眺めた敗戦の生々しいかたちを滅亡の観念に照らしあわせて帰国してきた。そして、梅崎春生の出現は、死と生の境にあった一兵士の、厚い復員服をまとい軍靴をはく復員兵となつての戦後の闇市への帰還なのであつた。

この巻には、戦後の荒涼とした社会のなかへ梅崎春生が復員して、その荒廃の時代に抗い、反撥し、そしてついに自分流に咀嚼、適応してゆく時期の諸作品がおさめられているが、私が梅崎春生と知りあつたのもちようど同じ頃なので、その頃の遠い回想からはじめてみよう。

戦後は大きな容器を逆さまにひつくり返してその中身のすべてをあたりにぶちまけてしまつたような奔騰と輩出の時期でもあつたので、それまで互いに見知らなかつたものが急速に知り合いになつてその交流圏を拡げる謂わば霧箱のなかの微粒子運動と牽引の季節なのであつた。

梅崎春生の出世作『桜島』は昭和二十一年九月にでた季刊誌「素直」創刊号にのつていたのであるから、その「素直」が出たばかりの同じ九月の或る日と思われるが、平野謙が私のもとへ訪れてきたことがあつた。そのとき、平野謙の手には「素直」があつて、途中で読んでいた『桜島』の最後の部分が私の家の応接間で読まれたのであつた。その頃、私の家の応接間には、さながらむきだしの簡素な舞台装置のように、数本の柱を組みたてて畳と唐紙をいれた三畳の小部屋があつて、テーブルと椅子のおかれた洋風のコーナーとその和風な舞台装置とのコントラストは一種奇妙な感じを訪客に与えているらしかつたが、こちらの畳の上に腰かけている私は洋風のコーナー側に腰かけた平野謙が最後の頁まで読み終るのを待つていたのであつた。彼が読みおわると、やはりその作品を読んだばかりであつた私とのあいだに、この作品はいいじやないか、という話がすぐおこつた。そしてさらに、「近代文学」へ作品を頼もうという話になり、平野謙が葉書をかいたのであつた。

この依頼に応じて、梅崎春生からおくられてきたのが『崖』であつた。

この第二作『崖』は、殆んど折り返しといつていいくらい直ぐにおくられてきたが、ところで、その作品をのせるべき「近代文学」の発行がちようどその頃遅延していた。すでに記憶がはつきりしていない私のぼんやりした印象では、十月には原稿がおくられてきているのに、十一月のおわり近くなつてもまだその号の雑誌の見透しはできていなかつたのである。すると、作者梅崎春生が私達の前に登場してきたのであつた。

そのとき、「近代文学」の編集室はお茶の水の文化学院の二階の一室にあつて、本来はその部屋の隅に置かれた一つの机だけが「近代文学」に属している筈であつたけれども、無償の貸主である善意にみちた全国科学技術聯合会の応接セットが、さながら、われわれの応接セットであるごとくに使用されていたのであつた。「近代文学」への訪問客は、その頃増えはじめて、殆んど絶えず、「近代文学」だけでその応接セットを独占している観があつた。そうしたとき、復員服に兵隊靴といつた当時見慣れた服装で、梅崎春生が現われたのであつた。

彼は応接セットのひとつである肘かけ椅子に腰をおろさず、私達の編集机のわきにある普通の背椅子に腰をおろし、目を伏せたはずかしそうな面持ちで、もし作品がよくなくてのせられぬなら返してくれ、という意味のことをいつた。待つている作品が発表されぬときの作者の焦慮の気持は私達にも共通であるから、私達は、雑誌の発行が遅れているだけで、のせぬということなどないのだ、済まぬがもう暫らく待つてくれ、といつた弁明を細かく述べた。そのときの私達というのは平野謙と私の二人であつたが、ぼつりぼつりと交わす雑談のあと、納得した表情の梅崎春生が厚い復員服の背中を見せて帰つてゆくと、平野謙は私に、梅崎君はほんとうは原稿をとり戻しにきたんだよ、何処かの社から原稿を頼まれて手持ちがないんだろうなあ、といつた。それは、私の思い及ばぬ推察だつたので、私はびつくりしたけれども、あとで思い返すと、その頃の梅崎春生が原稿を依頼されても不思議ではなかつたのである。

そのとき会つたのが最初で、翌二十二年二・三月合併号の「近代文学」に『崖』がでた以後、私達の会う機会は多くなつた。その理由の第一は、椎名麟三の『深夜の酒宴』が同じ年の二月号の「展望」に発表され、偶然、世田谷松原の近所に住んでいた二人は、その後、外出するときはつねに連れだつているという具合になつたからである。この組合せの緊密さは当時、椎名麟三の隣りをみれば必ず梅崎春生がおり、梅崎春生の隣りをみれば必ず椎名麟三がいるというふうであつた。それは特筆するに足る親密な組合せであつたが、しかし、『深夜の酒宴』と『桜島』を較べてみれば明らかなごとく、この二人の文学的資質も感受性も性格も、対照的なほど違つていたのであつた。その頃はいわゆる戦後文学者達の会合が多く、胸許につかえている暗い情熱を押しだすふうに吃りながら話しつづける椎名麟三の傍らで、目を伏せたまま黙つている梅崎春生の姿を何時も見ることは奇妙な感じさえするくらいだつた。どんなときでも、観念的な問題に対する飽くなき興味が梅崎春生を駆りたてるといつた事態はおこらなかつたのであつて、つかえ、つかえながら力をこめて懸命に話している椎名麟三と黙つたまま目を伏せて杯を手にしている梅崎春生といつた構図は、文学的な会合のみならず深夜の酒席にも見られるのであつた。その頃、表戸もないのでそとから見通しの小さな飲屋がつぎつぎに並んでいる新宿のマーケット街に、心持ち首を曲げた梅崎春生とせわしげに前のめりに歩く椎名麟三の姿はよく見られたが、そこでも熱烈に喋る椎名麟三と静かにのむ梅崎春生という対照的な組合せの構図は変らなかつたのである。

こうしたふうに極度に違つていることが、却つて、その親密さを保持させつづけたに違いない。椎名麟三の『深夜の酒宴』が佐々木基一に酷評されたとき、その頃、お茶の水の文化学院の二階からすでに本郷赤門前の八雲書店の二階に移つていた「近代文学」の編集室へ梅崎春生が椎名麟三を連れて現われたのを最初として、それ以後ひきつづいておこつた「夜の会」、「近代文学」、「序曲」などの頻繁な会合にもこのティームの二人三脚はひきつづき、そして、そのまま、ずつと後年の「あさつて会」にまでその組合せは持ち越されたのであつた。

戦後、出発点を同じくした私達がただに文学的結合ばかりでなく、互いに往来する家族的な親しさをも持ちあうようになつたのは当然であるが、親密の度合が増すにつれて、つねに眼を伏せたまま観念的な論議に加わらない梅崎春生の意味が次第に私をとらえることになつたのもまた当然であるといわねばならない。

最後には「あさつて会」をもつたので、椎名麟三、梅崎春生、野間宏、中村真一郎、武田泰淳、堀田善衞、私の七人は特に深く親しみあうようになつたといえるが、そのなかで、武田泰淳と梅崎春生の二人が、私が名づけるところの種族、「伏し目族」に属するのであつた。

一見したところ、武田泰淳と梅崎春生が同じ種族に属する事態は奇異に思われるけれども、もし武田泰淳が自立する強者なら、目を伏せていて外側の何ものにも寄りかからない梅崎春生もまた或る種の強者と呼べるのである。大まかにいえば、何ものに対してもつねに目を伏せているのは、使い古されたイデオロギーや他人の垢のついた発想や、感覚が外界から流出し、しみつくのを遮断する自然な操作といえるのであつたから。けれども、その二人の伏し目は、勿論、単なる防壁の役目を果たしているばかりではないのであつた。

いささか大げさにいえば、武田泰淳は一時間のうち五十九分五十九秒目を伏せていて、そして、最後の一秒だけ目をあげて眼前の相手を直視すると、その僅かな一瞥だけで、相手の本質を忽ち洞察してしまうのであつた。武田泰淳の作品の特色を一言でいえば、人間の原質、核、本質を直感的に大きくつかんで、それを、絵の具でいえば、三原色だけをつかつた濃密さで描きだすといつたところに存するけれども、その人間の本質への接近の仕方は、一瞬にして眼前の相手の本質を洞察してしまう日常不断の観察法から発しているのであつて、しかも、その場合、特徴的なのは、われわれがつつみ隠そうとする否定的な面、悪意や怠惰や怯弱などがむしろ最も容易に一瞬にして彼から見抜かれてしまうことであつた。

ところで、梅崎春生の目を伏せた姿勢は、武田泰淳のそれとはかなり違つている。武田泰淳が眼前の相手に真つ直ぐに向きあつたまま目を伏せているのに対して、梅崎春生は、いつてみれば、四十五度くらい自分の軀を斜めに向けた姿勢で相手に対していて、僅かに目を伏せているのである。従つて、武田泰淳が一時間の裡に一秒だけ目をあげて直視しなければ相手の本質がとらえられぬのに対して、梅崎春生ははじめからおわりまで一度も目をあげて相手を見る必要などないのであつた。何故なら、四十五度くらい軀を斜めにした視野のはしに、いつてみれば、何かにひきいれられ、消えいりそうなぼんやりした相手の姿がはじめからうつつていて、その漠として陰翳をもつた輪郭は最後までそこにありつづけるに違いないからである。ただその斜視法と通常の直視する観察法との差異をあげれば、梅崎春生から四十五度斜めにいる相手の姿はつねにいわば存在と虚無の境のようなぼんやりした暗い視野のはしにあるという一点なのであつた。

同じ「伏し目族」に属しながら、こうした把握法の差異をもつているということは、二人の文学にとつてやはり象徴的な部分であるといわねばならない。

武田泰淳が一瞬の洞察によつて、一挙に、人間の本質の暗い奥底に直行するのに対して、梅崎春生は、いつてみれば、存在と非在のぼんやりした境で人間のもつかぼそい輪郭を眺めているのであつた。これをさらに換言すれば、梅崎春生は決して直接話法で、存在とは何か、と問わずに、事物の表面にたゆとう微妙な陰翳を感覚的にとらえ、緻密に描くのであつた。けれども、視野の暗いはしにとらえられた事物の相は、現象としての事物のあやなす陰翳ばかりでなく、いわば裏側の向うに透かしみえる虚無の陰翳をも帯びているのであつて、もし梅崎春生は間接話法をつかつているのだと私達が敢えて断案するならば、そこには、存在と非在の暗い境にある一種表現しがたいものをこそひたすら表現しようと志向しつづけている梅崎春生の努力の苦渋のあとがその感覚的な文体のなかにみられるのである。盃のなかに豆粒ほど小さく映つて、ふるえている電燈、馬の眼のなかにうつつている緻密な風景の細密画、などは、単なる心象風景の美しい表出にとどまるものではないといえるのである。

武田泰淳も梅崎春生も、絶えず伏し目をつづけているのは、極言すれば、人に見られることも、見ることもはずかしいからにほかならない。自分が生きていること、この世に存在していること自体がはずかしくてはずかしくてたまらないのである。けれども、彼等は幸か不幸か文学者になつたので、事物を観察しなければならない。たとえ五十九分五十九秒ののちの僅か一秒の直視にせよ、四十五度軀をひらいた斜めの姿勢にせよ、事物の相と本質を眺めなければならぬのである。そして、しかもそのとき、自分が存在していることにはずかしさを覚える源初の事態こそ、まさに、つくしがたい人間の本性をもきわめ、表現しがたいものをも表現しようと志向する努力の果てしない起動力ともなつているといわねばならないのである。

――新潮社『梅崎春生全集』第二巻解説　昭和四一年一二月

「夜の会」の頃の渡辺さん

敗戦後、まだ見渡すかぎり焼跡の廃墟が拡がつている頃、花田清輝と岡本太郎が主唱して私達を銀座裏にある或る焼け残つたビルディングへ呼び集めたことがあつた。示された地図を参照しながら壁に火災の跡がのこつているその焼け残りのビルディングへはいつてゆくと、左へ降りる階段の壁に白い小さな紙片がとめてあつて、会場への矢印しがしるされているのであつた。その矢印しがついている階段を降りると地下室へ辿りつくのであるが、ケーブルの配線が露出している暗い床の上を渡つて裸か電球がついている奥へはいりこむと、そこに椅子が数脚並べられていて、すでに集つているひとびとの薄黄色い光と陰翳に隈どりされた無気味な顔と顔が、秘密な陰謀でもくわだてている奇怪な団体の集りのように幾つも浮きでているのであつた。

その薄闇のなかには、不敵な顔付をした主唱者花田清輝、『大菩薩峠』に登場するお喋り坊主の弁信ほどでないにせよ何時何処でもはじめからしまいまで雄弁に喋りまくる岡本太郎をはじめとして、その頃は瘠せて暗い兇相をしていた椎名麟三、こうした会合では伏目になつたまま殆んど黙りつづけている梅崎春生、唇のはしをきゆつと曲げながらこちらを真つすぐ眺めている野間宏、そしてまた、中野秀人、佐々木基一、安部公房、関根弘などの顔があつたが、さらに、思いがけぬことにそこには渡辺一夫さんのまだ若い温厚な顔もあつたのである。薄闇のなかに奇怪に浮きでている兇悪な顔のなかにただ一つだけ温和な顔を見出すのは、確かに予想できぬ意外なことであつたけれども、焼跡の廃墟を辿つて渡辺さんがそこに出席したことには、躍動しようとする未知のものへの興味があつたからに違いない。けれども、そこに集つたのは、いつてみれば、サバトの躁宴に集つた一種頑固な性癖をもつた魔物ばかりであつて、その兇悪な顔付も中空へ飛翔するような話しぶりも、逆に、渡辺さんをひたすら驚かし、おどしたに違いなかつたのである。いまから考えると、これは篤実な学者である渡辺さんと戦後の混沌が接触した最初の出会いであつて、それは、その後ずつとこの誠実温厚なフマニストが驚かされ、怯やかされることになつた頑迷な世相の象徴的先駆ともなつたのであつた。

秘密な陰謀団のように薄暗い地下室に集つたその日が、いわば、「夜の会」の発会の日であつたが、サバトの躁宴のように口々に勝手なことを声高に喋りあつている魔物達にとりかこまれて驚いている渡辺さんをさらにびつくりさせるように、私は、そのとき、渡辺さんに立川流の話をしたのであつた。

立川流は徳川時代に秘密に拡がり弾圧されたところの真言密教の一分派であつて、男女交歓の大曼陀羅の下で交歓の果て文字通り即身成仏することを教義としていたが、戦争前から立川流中興の祖と酒席でからかわれていた私がそのサバトの躁宴のなかで立川流の話をするのはまことに当然というべきであつた。尤も私はつねに聞いているだけで頭が痛くなるほど理屈つぽい空論家であつてたくましい実践家ではないので、立川流中興の祖という称号も単なる名目にすぎず、なんらショッキングな事蹟をもたなかつたにもかかわらず、空論家なるゆえに却つて夢幻ふうなリアリティを帯びて響いたのであろう。渡辺さんは私の話から薄闇のなかでも明らかなショックをうけたのであつた。現在、私達は眼をさましてから眼を閉じるまで巨大なエロティシズムの環にとりかこまれているので、一立川流のごときは大宇宙のなかの一粒の砂ほども問題にならないのであるけれども、戦後すぐであるそのときは、温厚な渡辺さんを闇夜の雷鳴と電光のごとくにその立川流の即身成仏のテツガクがおどかしたのであつた。

その日集つたひとびとのなかで渡辺さんひとりだけ、その後数年活動することになつた「夜の会」に加わらなかつたのであるが、それは、サバトの躁宴における奇怪な気魄に駆られた魔物達の一味となるべくにはあまりに渡辺さんが穏健な人柄だつたからである。そして、そのとき渡辺さんが辟易した諸事のなかには恐らくこの立川流についての埴谷発言もあつたに違いないのである。

私は、先に、この薄暗い地下室における「夜の会」の会合は渡辺さんが戦後の混沌と接触する最初の出会いであり、それはまた、その後ずつと渡辺さんが怯やかされることになつた頑迷な世相の象徴的先駆ともいうべきものであつたと述べたが、さて、その最初の「夜の会」との接触を渡辺さんの芸術のアヴァンガルドとの「驚かされ接触」とすると、つぎの「怯やかされ接触」は政治のアヴァンガルドとの長い接触にほかならないのである。

私は渡辺さんの『フランス・ルネサンス断章』に感心していたので、新教と旧教の長い対立時代における血にまみれた愚かしい人間の諸相を深く悲しく知つている渡辺さんは悲哀と寛大を胸裡におさめながら、何かやれば必ず行きすぎる私達や私達の後続者を眺めているに違いないと思つていたが、それからのちの数年間は確かに、若いコミュニスト達に驚かされ、怯やかされながら渡辺さんが悲哀と寛大の心をもつて眺めつづけている数年間なのであつた。

本郷真砂町に渡辺さんの邸宅があり、そのすぐそばに野間宏の傾きかかつた二階家があつた頃、真夜中すぎ、起きて勉強している渡辺さん宅を野間宏、佐々木基一の二人のコミュニストと得体も知れぬ私の三人が襲い、長者の風のある渡辺さんにさまざまなものを施与させたことについては、私はすでに『酒と戦後派』という文章に書いているが、サバトの躁宴の魔物達が夜更けに渡辺さんを襲つていたその時代こそは、また、温厚なフマニストを若い左翼が日夜激しく驚かし怯やかしている時代にほかならなかつた。その頃の左翼の行きすぎについて暗い悲哀と歯どめもない寛大の心をもつて眺め語つていた渡辺さんを想いだすにつれ、私もまた同じ程度の心の幅をもちたいとその後思いながら、歯どめのない寛大さについてはなかなかその頃の渡辺さんほどにはなれないのである。

——筑摩書房『渡辺一夫著作集8』月報11　昭和四六年五月

酒と戦後派

一

一杯目の微醺が二杯目、三杯目と僅かに重なつていると思うまもなく、あなやもあらせじ、羽化登仙、量が質へ転化する弁証法的飛躍を一瞬の歴史の裡にとげて、忽ち、爛酔、泥酔の域に達してしまうのは、日本的酔つぱらいの特質らしい。天地悠久の大自然に終日向かいながら静かに酒をくむとか、薄暗いカウンターの隅に腰をおろして人生の機微を辛辣皮肉に観察するとか、向きあつた女との薔薇色から紫色にまでわたる心理合戦も素知らぬふうに甚だスノブ的な飲み方をつづけるとか、そんなものは一切性に合わない。飲みはじめれば必ず、原始の混沌か、それとも、未来の大破局のなかへ踏みこんで、記憶も消えいりそうな暗黒の奈落の底で、自分が自分でなくなつた確認をいちどしてみなければ気が済まないのである。これは、一方で、この世に無数の小さなシャボン玉のような果てなき鬱憤があり、他方、同じ泥酔をするにしてもけたはずれに強いロシヤ人の五十分の一ぐらいの量で忽ち朦朧としてくる天性哀れな容量しかない魂と現存の軀とのアンバランス、謂わば荒涼たる砂漠の砂を小さな硝子の砂時計のなかに無理やり全部おしこんで永劫の時間の秘密を測つてみようといつたやけのやんぱちで向う見ずな意志に支えられた途方もないバランスの不均衡にも由来するが、さらにまた、日常生活的には、エティケットをまもりながら御婦人相手のパーティでのむ秩序的、制約的、騎士道的習慣など白と朱に燻し銀のかかつた泰西絵物語のなかの縁なき異国の風習としてこれまでつゆさら身にしみて知る必要などなかつたことも大きな理由になつているのだろう。ひとたびグラスを掌のなかに握れば、もはや暗黒と薄明の隣りあつた自己疎外の奈落目がけてブレーキをかけるべきなんらの障害もそこにはないのである。眼前に女性がいる場合、相対的過剰人口の産物である日本独特のサーヴィス業のかなしい不思議さは、一杯目のぎこちないエティケットも三杯目には十年来の情婦のごとく、また、激しく喧嘩したあげく仲よくなつた友達のごとく変幻し、なにがなんだか解らない粘着的な夢幻へ、必然の王国から自由の王国へ飛躍するように飛躍してしまうのである。そして、あげくの果ては泥酔することと見つけたりという結末に至つてしまうのである。

ひとびとの気分が焼跡の瓦礫のごとく孤独に荒れていた戦後は、その泥酔が殊に極端になつた。田中英光はその作品のなかでカルモチンなら五十錠から百錠の間、アドルムなら十錠と書いているが、それは一方で睡眠のためにのむ量であり、また他方では酒をのむとき酔いを深める促進剤としての用量であつた。或るとき、私と関根弘は、焼酎をのむ合い間にアドルムを一錠ずつ容器から出してかじつている田中英光を驚きと不安の念をまじえて見守つていたが、酔つてくるにつれて男二人を一緒に抱きしめられるほど肩幅の広い上体がだんだん前のめりになり、その動作は試行錯誤の実験でもされているゴリラのようにゆつくりと動物的になつてきた。コップを持ち上げてのむというより、透明な液体をたたえたコップにゆらゆらと大きな上体が近づいてゆくのである。こんなふうに前のめりに蹲つた巨大な猿の奇怪な姿がテニエーの絵にあつたような気がするが、卓上のコップの方へこちらからゆらゆらと口を寄せてゆく段階になると、もはや危険信号なのである。もう出ようと闇の戸外へつれだし、六尺二十貫という軀を両側から支えて歩きだすと、彼は何処までもわかれたがらず、あすこへ寄ろう、ここへ寄ろうと、例えば筑摩書房とか真善美社とかすでに社員の帰つてしまつたその附近の出版社のはしごをしたがり、もしがらんとした社内に社員がいるのを見つけると、そこから出ている本をくれという癖があつた。奇妙なはしごである。そして、その頃、彼の根城になつていた新宿まで本をかかえ、アドルムを噛り、闇につつまれた原始の叢林を歩いてゆくゴリラのようにゆらゆらと揺れながら帰つてゆき、そこで最後の泥酔の決算をしてしまうのが一日の旅程なのであつた。

彼は花田清輝に高く評価されたので、その頃頻繁に開かれていた「夜の会」の会合へよく顔を出したが、その頃の或るとき、荒正人のところへ殴りこみ（？）をかけてきたことがある。

赤門前にある寺の本堂で開かれていた「夜の会」の分科会とでもいうべき絵の会合へ私が顔をだすと、中央で喋っている元気な岡本太郎の向う隣りに田中英光がいて互いに顔で挨拶したが、そのときは急に大きくなった子供といったような愛くるしい童顔で微笑して、なんら酒の気はなかった。ところが、そこから一停留場離れた本郷三丁目の角にある真善美社の三階で開かれている「近代文学」の編集会議へ私がもどると、やがて暫らくしてそこへやってきた彼はすでに酔っていた。「近代文学」の会合がここであると誰かに聞き、そして、その途中の何処かでアドルムと焼酎をぶちこんできたに違いなかった。心配そうな中野泰雄が下から一緒についてきたが、船の上甲板で揺れているような田中英光は荒正人に挨拶にきたのだと一応鹿爪らしく述べた。私は知らなかったが荒正人が彼の作品を薄汚れていると何処かで批評したのを内心含んできたのである。その場には本多秋五、平野謙、荒正人、佐々木基一、山室静といった顔触れが窓を背に腰かけていたが、酔っていないものが酔っぱらいを相手にするのは気づまりなものである。妙な空気があたりを支配したが、酔っぱらいを苛らだたせなくするのが酔っぱらっていないものの義務であるという気分が私達のなかにあるので、荒正人に向って握手しようと手をさしのべる田中英光に応じて、荒君、握手したらいい、と誰かが言った。腰を上げた荒正人が大人国と中人国の講和の図といった構図で相手の手を握った瞬間、それを意図してきたらしい田中英光はぐいとひつぱりながら堅く握りしめた手先を手許へねじつた。俺の何処が薄ぎたないいんだ、と相手を胸許へひき寄せながら、田中英光は圧しつぶした低い声で不意に詰問した。もし彼が酔つていなければ牛の角をつかむように相手をその場にねじ倒してしまつたかもしれない。けれども、すでにかなり酔つていたので、牛に匹敵しそうな広い肩幅をもつた田中英光はそのとき相手と一緒に腰のあたりでよろけた。中野泰雄と私は部屋の入口に立ちはだかつた闘技士のような田中英光をやつと部屋のそとへ押し出した。そしてひとりが前からひつぱり、他のひとりが肩を後ろから押して、扱いにくい大きな箱といつたひとつの物体でもおろすように、階段をしやにむにひきおろした。一階まで降りたとき、気弱そうに控え目に待つていた連れの詩人が田中英光のところへ飛んできた。その詩人と私の二人でスクラムを組んで両側からなだめながら本郷三丁目の停留場までよたよたと連れてゆき、そこで、済みません、もう大丈夫です、とさながら自分の罪ででもあるように謝る若い瘠せた詩人がひとりで田中英光を送つてゆくのを私は見送つたが、透視画のようにずつと遠くまで見渡せる白昼の真直ぐな大通りのはしをちよこちよこと小走りするその小さな瘠せた詩人と、奇襲攻撃が成功せずにいまはアドルムと焼酎の容器であるひとつの棒状の物体と化し、だぶだぶと内部で液体と憤懣と悔恨がいれまじつて流動するにつれて抑えもきかず左右へよろめき傾きながら歩いてゆく他方の巨軀との対比は、映画のラスト・シーンのような一種ユーモラスな味わいと、もはやそこらへ頭をぶつけても軀のなかのばねは弾むこともあるまいといった奇妙な重苦しさの印象を私に与えた。

酒とアドルムを組みあわせることによつて、ひとが一生かかつて見る人工楽園と人工奈落の双方の底の風景を、田中英光は僅か二年ばかりのあいだに見てしまつたのである。

二

酔いの経過は、いったい、どのようなものであろうか。

心臓の鼓動が早くなつてくると、何処か暗い森の遠い奥で皇帝ジョーンズを追つているリズミカルな太鼓が鳴りはじめたような気がしてくるが、そのリズミカルな搏動が次第に胸をのぼつてきて、耳許で暫く停つていると思うまもなく、やがて、数秒間、その耳許の太鼓は不意にまつたく軀と同じ大きさになり、そして、軀全体が一枚の霊妙な震動板となつて宇宙の何処かから発せられている意味も解らぬ神秘音に繊細に共鳴しているような感に襲われる。この感覚は僅か数瞬である。従つて、酒が体内の運河を廻つてゆくのに凝つと気をつけている性癖のものでないと、この瞬間は容易には捉えがたいが、もし気づけば、これが酒のみの味わう最も霊妙な数秒間の時間でもあろうか。その数瞬が過ぎてしまえば、軀と同じに大きくなつた太鼓は、さらに軀を越えて行つてしまつてもはやもとへもどつてこないのである。つまり、その数瞬のあとには、体内感覚はなくなり、絶えず外向的な酔つぱらいの状態がやつてくるのである。

　この酔つぱらいの状態に達すると、殆んどすべてのものがやたらに動きたがるのであつて、その行動の型を幾つかにわけることができるが、まず大ざつぱに二つの型、敏捷型と緩慢型にわけることができよう。武田泰淳は敏捷型の代表であつて、知りあつた戦後すぐの頃、一緒にのんでいる裡にあつと思うまに忽然と何処かへ消えてしまうことが屡々あつた。いなくなつたと思つていると、その消失期間に、附近で映画を観てきたりしているのであるから、深く酔つぱらつている訳ではない。つまり、外向的な酔つぱらいの状態へ一歩踏みこんで動きたくなつた頃の最初の瞬間にもはや彼は立ち上つているのである。彼は深い洞察力をもつた鋭い批判者であると同時に、また、いささか照れる苦渋の陰翳を帯びた自覚者でもあるので、このような忽然たる消失へ走る自身の性向を反省して、なかばユーモラスになかば真面目に、生れ年の神秘について考察するところがあつた。ちよろちよろと何処かへ走り消えてゆくのは、彼が鼠どし生れのせいなのである！

　このように敏捷型の武田泰淳に対して緩慢型の代表を挙げれば、勿論、野間宏に第一の指を屈しなければならないが、彼はつぎに登場してもらうとして、やはり一種の緩慢型に属する堀田善衞についてここで触れてみよう。

　彼は現在では次第に国際作家になりつつあり、沙漠のなかの空港から緑地帯に囲まれた空港まで飛ぶあいだのラウンヂでも、着いたホテルのスナック・バーでも、いささか高級な酒をたしなむようになり、往来の激しい絶望と活気の混淆したブラック・マーケットのカストリのなかから生誕した戦後派作家の領域を急速に脱出しつつあるかに見えるが、この文章が扱うのはだいたい《正気と思われぬ突飛な時代《オールド・エクストラヴァガント・デイズ》》であるから、たいへん身だしなみのよくなつたのちの時代については別の機会に譲るとして、ここでは堀田善衞についてもジャムパー一枚ぎりの困難と貧困からやつと脱けだしつつある古い時代に限つておこう。

田中英光にアドルムがあるように、戦後の渾沌のなかで堀田善衞に貴重な資産としてあつたものは、自身のかぼそい膝を動かして、何処にゆくか解らぬけれど、とにかく前進する歩行であつた。一杯の酒が空虚な胃の腑に落下して行つて、極端にいえば、ナイヤガラ瀑布のような地響きをたてて鳴動しはじめると、彼は一人の充たされぬ詩人のように立ち上つて歩きはじめるのであつた。見渡すかぎりの街路の上を、これまた充たされぬ胃と心臓をもつた多くのひとびとが台風圏のなかの波のように無性に歩いているのであつた。ノアの箱船に乗つたように、最も単純で簡潔な悲しみに充ちた詩の眼でそこを遥かに見渡せば、さて、こんなふうになるのだろう。

歩いてる《ウオーキング》ぞ、
歩いてる《ウオーキング》ぞ。
何処でも《エヴリイホエアー》。

彼は、或る雨の降つてる真夜中過ぎ、午前二時頃、最初に私のところへ現われた。私が応接間で本を読んでいるとき、門の傍らへ誰か来て立つたので、窓を開くと、闇のなかの影がこう言つた。

「埴谷さんかね《ヴーゼーツト・ムツシユーアニア?》」

「うん、誰?」

「ホッタ」

向うの言葉が自然に口をついて出るのは彼の癖なので、この文章も彼にまつわる特殊な雰囲気を伝えるため、私は英仏混淆の片仮名を砂のなかの宝石のようにばらまいて書いているのであるが、その雨の夜の訪問にすでに彼の独自な刻印が示されている。

彼は頭から濡れていたが、まるで平気であつた。電車がなくなつたので、雨のなかを荻窪から歩いてきたのだと彼は自然に説明した。その頃、彼と武田泰淳とのあいだは異様な三角関係、或いは四角関係、または五角関係とでもいうべき間柄にあり、武田泰淳とその相手が一緒に私のところへ屢々訪れていると聞いて、焼酎をのみながら一瞬考えた彼は不意に雨のなかをやつてきたのであつた。これは血を見るな、どうしても血を見るな、と彼は私と対座しながら情熱の恋の渦のなかに捲かれたイタリヤ人かスペイン人のように何度も言つた。ひとつのフレイズを繰返していう癖が彼にあり、ちようど碁打が指先につまんだ石で盤の側面を叩きながら無意識のなかで間歇的に同じ言葉を繰返すような具合であつたが、しかし、その表情はどちらかといえば、人ごとのようにいささか鈍くのんびりしており、恋の花に彩られたその情熱的な言葉と釣合いがまるでとれていなかつた。そして、彼は四時頃、まだ降つてる雨のなかを、自然の変化に感じない或る種の瘠せた動物のように帰つて行つた。荻窪まで歩いてくのか、と私が驚いて聞くと、うん、慣れてるさ、と生れてこのかた歩きつづけているように平然と彼は答えた。

彼は、謂わゆるはしごの部類に属して私をひきまわすが、数年後の或るとき、逗子の彼の家へ私を連れて行くといつて、深夜二時半頃の新宿でタキシーをひろつたことがあつた。深夜の国道をつきはしるのは気持がいいものである。深夜までの仕事がようやく終つたのちの若い男女が道ばたでつつましく会つている姿が映画の移動撮影のように幾組も眺められる。ところで、堀田善衞はまだ運動が足りないように、私に横になつて寝ろといいながら、疾走中の車のなかを、後部の席と運転手の席のあいだを行つたり来たりするのである。運転手の座席の背を跨ぐとき彼の延ばした足が運転手の横顔にぶつかりそうになるのであるが、彼はよつてもつて起るかもしれない生命の危険などに気もとめないで、私も映画の一場面でも観ているように彼の細い足がフロント・グラスの方へゆつくり延ばされるのをぼんやり見ているのである。こうした彼におびやかされたせいかどうか解らぬが、その運転手は逗子へ行く地理などまるで知らず横浜の先で漠として車も通らぬ途方もない淋しい地点へ迷いこんでしまい、やつとほかのタキシーを探し出して乗り移らなければならなくなつたのであつた。

彼の家は逗子の海岸を見落す山の上にある。暁方にやつと辿りついて、迎えに出た犬と暫らく庭先を一緒に駆けて遊んだのち、彼はまだ運動が足りないように、シムフォニイのレコードをいきなりかけるのである。その響きは山の下まで聞えないであろうが、深夜、山の上でただひとつ高く鳴つているシムフォニイの凄まじい響きは、一杯ぐいとひつかけたときの胸のなかの太鼓のリズムのように、たいへん奇妙なものであつた。

三

爛酔の境地に達すると、友達の制止も勧告もきかばこそ、日頃はやれぬ無鉄砲なことを好んでやりたがるものがいる。私の友達のひとりは自分は犬になつたのだと強弁して、どう説得しても聞かず、四足をついて這つていつたのが、両側の店がすぐ真近かに迫つている高円寺の狭い大通りだつたので、店から飛びだしてきたひとびとが這つている彼の前に立ち、横に歩きながら、或いは呆れ或いは笑つているなかを、彼はとうとう一ブロックの直線コースを這いとおしてしまつた。十字路にくると後ろの片足をあげてみせ、時折ワンと高く吠えてみせたことは勿論である。

彼はつねづねサラリイ、マンの悲哀について語るのが口癖で、十年も同じ時刻に起き同じ道を通り同じ場所にかよつていると、一種底も知れぬ怖ろしい自動機械になつてしまい、例えば彼は毎朝見るともなく見ている裡に、彼の家から商店街へでるまでのあいだの幾曲りもする長い露路にあるすべての家の標札の名前を覚えてしまつたのだそうである。しかも、覚えてしまうと、或る家のつぎの標札が知らぬ裡に変つていやしないかという妙な不安に駆られて、これまた毎朝確かめながら、歩いてゆく習慣になつてしまつた。××何之助のつぎは××何吉……暗い頭のなかに白い矩形の名札が無数に並んでいるなかをつぎつぎに暗記を繰り返しながら、やつと商店街まで辿りつくと、いつたい何のためにこのような強迫観念に奉仕していなければならないかとつくづく考えると、彼は語つた。

このような感慨を蔵している彼は、ひとたびのむと、鬱屈した精神をなんらかの奇抜なかたちで発散させずにはすまなかつたが、或る朝、目覚めてみると、堅く冷たく、そして非常に窮屈な石棺のような場所に身動きもできず寝ている自身を発見した。頭のなかを探つてみても、昨夜の爛酔の記憶しかなく、眼前には淡く仄かな微妙な光が漂つているので、ついに墓場に横たわつてしまつたのだなと一瞬彼は思つた。意識がだんだんはつきりしてくるにつれて、その直覚はますます強固になつて、不思議なことに死んでる筈の彼がぞつとしたのだつた。やつとのことでその堅く冷たい場所から這いだしてみると、彼は水のない下水溝のなかに無理やりにはまりこんで寝ており、その上には菰がかけてあつたのだそうである。附近の店からその菰はもつてこられたのだが、手に負えぬ酔つぱらいの上にかけられたその白昼の菰はユーモラスである。

外国映画には、知人縁者に見捨てられた果てよるべもなくなつた見すぼらしい服装の中年の男が薄汚れた店の片隅で壁によりかかりながら、小さな酒瓶から喇叭のみしていると いった暗澹たる場面がよく見られるが、こうした画面に接すると、いったい吾国にはこれと同じようなアルコール中毒患者なるものはいるのかしらんと考えることがある。だいたい吾国では、何時如何なるところでもポケットから酒瓶をとりだして気儘にのむといった簡便な習慣がない。酒は燗してのむものだったので、闇が濃く燈火が鮮やかになってこないと酒をのむ気分にならず、前記の私の友達も夕方になるとそぞろに気分が浮き立ってくるものの、昼間は何時も神妙で生真面目な顔をしていた。酒をのむには特別の極だった心構えと装置が必要なのである。そのため、のんでいる裡に屢々爛酔となり、鬱屈したものの奔出とはなっても、外国映画によく見るアルコール中毒患者のような日常のなかでの肉体と精神の荒廃、静かな孤独な荒廃へまで至らないのではあるまいかという気がする。吾国のそれは、一時の鬱屈の奔出であり、やがては出るトンネルへはいってゆく前の激しい警笛といったもののようだ。

——俺は血が見たくて仕方がないんだ。本当だぜ。

三島由紀夫がこれから棒でも持とうとする悪戯っ児のような顔をしてそういったのがきっかけのように、席は荒れてきた。河出書房で「序曲」というクォータリイを出し、その同人達の座談会が神田の中華料理店で行われたときのことである。出席者は椎名麟三、梅崎春生、野間宏、中村真一郎、武田泰淳、寺田透、三島由紀夫と私であるが、そのとき荒れてきたものの名を正確にいえば、寺田透なのであつた。その頃の寺田透は復員してからそれほど時日がたつていない上に家庭的な事情もあつて、のめば必ず荒れるという評判であつた。彼ははじめの裡、発言者に対して反対の意をいちいち表明していたが、そのうちに立ち上つたとたんに横へよろめいて倒れた。この座談会が「序曲」にでたとき、発言と発言のあいだに、編集者がていねいにも、このとき酔つて倒れるものあり、と書きこんだことが、桑原武夫をして、あの連中にははじめ好意をもつていたのに支持する気がしなくなつたという慨嘆を発せしめる主たる原因となつた。しかし、酔つているのは、倒れた寺田透ばかりではなかつた。全部が酒をのまない裡にすでに戦後という巨大な発酵体のなかで酔つていたといえるのであつた。私達の世代に強盗をもつたのは光栄であるという三島由紀夫の潑溂たる気分は私達の首までつかつていて、酒は最後の一滴の毒として私達を断崖の縁でよろめかせ倒す役割しかもつていなかつた。この座談会には終始沈黙をまもつてパイプを握りながらみんなを眺めていたのは中村真一郎ひとりであつたから、彼のみが覚めていててんでんばらばらに喋つているこのときのみなの姿体をよく記憶しているかもしれない。

いま寺田透は東大教養学部の先生として穏和な方でこそあれ、決して破目をはずす酔つぱらいではない。けれども、その頃の寺田透はひとつの処理しがたい鬱屈した精神であつた。私達が同じ神田から闇のなかを歩いて、その頃たまりになつていたランボオへはいつてゆくとき、寺田透は自身の軀などこの世に要らないように激しく投げこんだので入口の横の大きな一枚硝子を華やかな音をたてて割つた。出版社主とランボオの経営主を兼ねていた豊かな白髪をもつた大柄な男である森谷均は、その大きな軀にも似合わず気弱で、ついにその店を潰されてしまうほど文学者達に寛大であつたので、威勢よく硝子を割つた私達をいささか困つたような笑顔で迎えたが、もはや寺田透は店でなにかをのむという段階にはなかつた。こんどは机も椅子も壊してしまうかもしれなかつた。こんなときの世話役はあまりのめない私とひとの身の上を気にする親切な椎名麟三の二人にきまつている。横浜まで帰れるかな、帰れぬ、いや、帰る、といつた押問答の末、椎名麟三と私は両側から寺田透をかかえてお茶の水駅へ向つたが、坂の途中でとうてい駄目だと解つた。道に寝こんでしまつたのである。顔をあげると、道路を隔てた向うに日本評論社の売店が闇のなかにぼんやり見え私はそこへ彼をつれこむ決心をした。社員のひとりを知つているだけであつたのに、窮地に陥つたときの決心は動かしがたいものだとそのとき私は自ら知ることになつた。見知らぬ相手に困惑している宿直の老人をようやく説得してともかく許されることになつたのは、二階の書庫であつた。椎名麟三と私はやつと寺田透の軀をそこへまで運びあげたが、両側の書棚に高く本が並べられているその狭い部屋はひとつしかない薄暗い電燈に照らされて牢獄のように陰気であつた。椎名麟三と私は顔を見合わせて、出て行つた。そこの椅子に横たえられた寺田透は暁方、眼を覚したとき、あの菰をかぶされて寝ていた私の友達と同じように、暗い書物の墓場のなかに思いもかけずいる自身を発見して、なにがなんだか解らず不思議な気分になり、そしてまた、そのあまりにも学問的な古風な埋葬にぞつとした筈である。

四

野間宏が本郷真砂町に住んでいる頃、彼の家へ突きあたる小さな露路から僅か数軒離れたところに渡辺一夫さんの屋敷があつた。野間家が露路奥に傾いている二階建ての陋屋であるのに対して渡辺家は道路に面した大きな邸宅であつたが、門の向うに書斎の窓がちようど正面に見え、夜更けて野間家へ行くときなど、その書斎の窓が燈火で明るくなつていると、ふと寄りたくなり、また事実寄ることがあつた。野間宏は渡辺さんからルムペン、ストーヴを借りていたが、不器用な彼は便利なこのルムペン、ストーヴがさつぱりうまく燃えないことにすつかり手を焼いており、またその煙突掃除に恐怖に近い感情をもつていて、夫人とのあいだに、煙突掃除はお前がしろ、いや、貴方がしなさいと押しつけやつこをする極度な恐慌状態にあつた。

或る夜更け、佐々木基一、野間宏、私の三人は本郷の通りをぶらぶら歩いて、すでに看板過ぎのフランス屋という喫茶店からやつとビールを出してもらつた。この店は渡辺さんの親戚にあたる未婚の姉妹二人で経営しており、色つぽい話にはいるときいずれ再登場してもらわなければならないが、彼女達は私達が店へはいるのを頑強に拒み、さながら籠城している望楼の窓から拒否の黒旗でも掲げるように、ドアの上の高窓からビールだけ差し出してくれた。こんな時刻にこれまで来たこともない私達が驚いたのは、なかなか美しかつたこの二人の姉妹が店の腰掛けをつないで、その上に寝ているという苦労を敢然としていることであつた。

さらにぶらぶらと薄明りのなかの白つぽい坂を下り、また上つて、ビール瓶をぶらさげながら例によつて渡辺邸の前を通るとき、門を通して奥を眺めると向うに見える書斎は燈火で明るかつた。篤学な渡辺さんは勉強しているに違いなかつたが、すると、深夜燈火の見えるところで心は立ちどまるという原則がそこに働き、そして趨光性に従つて酒気のある私達はどやどやと忽ちその玄関へはいつて行つたのである。

ここに取り上げているのは、自分のなかから自分をひきずりだして闇の宇宙の果てへ投げ出したり、自動機械のような激しい往復運動をしたりする酔つぱらい戦後派というより、その戦後派に脅かされて謂わば悲哀と寛容のなかに穏やかに微笑しながら飲まなければならない種類の酒について述べるのが主題であるから、私はここでできるだけ静かなタッチを用いているが、深夜に襲われつけている渡辺夫人もまた悠容と落ち着いていて直ぐ盆の上にウィスキイをのせて運んできた。

渡辺さんには『フランス・ルネサンス断章』という優れた本がある。旧教と新教の愚かしい対立のなかで絶え間もない流血がつづけられていた時代に生きていた幾人かの異端、両方の側からともに敵視されて火焙りにされた者や両方の側を不敵に手玉に取つた者やどちらをもただ見事に利用した者などがそこに扱われているが、その書が私達をうつのは、その一部の章に明示されているように、支配層とそれに対抗するその頃のコミュニズムの両方の側の頑迷と不寛容にほとほと困り果てながら一筋の微光を望見している渡辺さんの気持がそこに深くこめられているからである。

ウィスキイのグラスをゆつくり空けながら、「或る仏文学者」である渡辺さんは大学の学生運動について語り、そして地区の党活動の行き過ぎについて穏やかな悲哀をこめながら控え目に語つた。控え目は勿論その語り方の天性の特徴なのであるが、また、目の前にいるのが親しいコムミュニストであるからであつた。さらにまた、ささやかな抗議をしても、酒のなかに酒精があるごとく政治のなかに頑迷と不寛容が容易に除きがたいことを察知しすぎているからでもあつた。その頃はまだ党内対立の渦が現われない頃で、話は党そのものへ対する党組織の態度が主なものであつたが、やがてその立場が推量しかねて前から気にかかつていたように渡辺さんは控え目に私の立場を質ねた。

前記の渡辺さんの本のなかに、超異端という考え方がある。

さあ、逃げ出さないか、広い世界へ。

それにはノストラダムスの自筆に依る

この一巻の神秘の書があれば

道連としては十分ではないか。

この『ファウスト』の言葉をもつてはじめられている超異端、占星師ノストラダムスは異端視されることによつて迫害されるのでなく、異端視されるが故に却つて畏敬されるというミスティフィカションとインチキと或る種の実力を兼ねそなえた人物であるが、二人の気のおけぬコムミュニストのあいだに不思議なクイズの謎のごとくにはさまつた私の回答はその超異端たらんと願いつつある素姓の知れぬ占星師を想起せしめるかのごとくであつた。私が応答すると、私は党に関係していないのに、ここにいる二人のコムミュニストの傍らについて叱咤激励する謂わば無償の監督官といつたごときものになつてしまつた。終戦後、まだ瓦礫の山が銀座のここかしこにあつた頃、或る会合で私は渡辺さんに立川流の話をしたことがあり、この硬軟両極にわたる異端のイメージが膨らんできて、話せば話すほど、私は渡辺さんの頭のなかでいよいよとりとめもないのつぺらぼうの影みたいなものになつてくるごとくであつた。数語問答を交わしたのち、いささかまごつきながら渡辺さんはついに厳密な規定を放棄した。すると、貴方はアナキストとでもいつたところですか。まあ、そうでもいいです。

ところで、ここにフマニストとコムミュニストのほかにまた得体も知れぬ違つたものが酒宴的共存しているのを知つたことは、棚の端に置いたカクテルのリスト表にさらに珍奇な一種類がふえ、必ずしもこの世の中は頑迷と不寛容に充ちみちているのではないと証明されたかのような酔い心地と喜びと、そして奇妙な麻酔を渡辺さんに与えることになった。

渡辺さんの軀は前屈みに弛み、キリスト教初期時代の長者のように惜しげもない施与の徳を発揮しはじめたのであった。佐々木さんにはこれを上げましょう。そういって取り出したのは掌の上にのる小さな、精巧な、荷物を担いでいる支那人形で佐々木基一より佐々木夫人がむしろ喜びそうな品物であった。野間さんにはこれを上げましょう。それはやはり小さな飴色の硝子の細工であったが、渡辺さん自身の制作品であった。勉強の合間に渡辺さんは飴色のビードロをセメンダインでつなぎあわせて自己流のミニュアテュア細工をつくりあげているらしかった。そして、埴谷さんには、と最後に本棚にかこまれた書斎の中を見廻した渡辺さんは、もしこれまでの選択が軽く鍵盤の上を走るピアノの連弾音のなかで暗紫色の葡萄酒のコップを唇にあてでもいるものとしたら次は大太鼓の突如たる響きのなかでいきなり火酒を咽喉元へほうりこんだように飛躍した選択を行ったのであった。入口の横の台の上に高さ二尺ほどの真黒な鷹の毅然とした木彫が載っていて室内を睥睨していたが、ぐるりと廻した視線がちょうどそこにとまった渡辺さんは、すっと腕を延ばして、あれをあげましょう、と決然と言った。

それは大飛躍であった。もし渡辺さんがナポレオンならナポリ王国やスペイン王国を気前よくよこしたあと、君にはあれを、と熊がのそのそ歩いているロシヤ全土をさらにくれてよこしたようなものであつた。穏やかな悲哀と苦渋の酒を控え目に嚙みしめていなければならない渡辺さんは、もはや何んでも、例えばその悲哀でも苦渋でもこの邸宅でもくれてよこしそうであつた。愚かしい火刑台や流血の廃棄は渡辺さんを脅かす側のこの私達がひきうけてくれたとでもいうふうに酷しい責務をついに委託してしまつた不思議な法悦境のなかに渡辺さんははいつてゆきそうであつた。ぎよつとした私達は、この室内の私達と、そしてまた未来の空間を睥睨しているようなその重く大きな鷹を危うかしげに台座から抱きおろし、斜めに抱きかかえ、そしていささか気が重くなつたなかで漆黒の鷹の側面を掌でぴしやぴしやと叩いてみた。その内部は空洞ではなく、堅くつまつた音がした。

暁方、野間家の二階へ帰つてきた私達が、ルムペン、ストーヴの横へ小さな支那人形と硝子細工を並べ、そして箱書つきのその見事な鷹の木彫を据えつけると、かついでこなければ渡辺さんの陶酔と法悦の意に添わず、かついでくるのは気の重いこの大きな真黒な物体は私達を越えてさらに遠い空間を睨んでいるようだつた。

小さな支那人形も硝子細工もそれぞれ貰つたけれども、闇のなかにかつがれてきたこの木彫の鷹はまた明るい日中に私にかつがれて渡辺家へ翌日帰つてゆく運命にあつた。渡辺さんが学校へ行つて留守の午後、私は渡辺家の玄関にそれを据えつけて夫人にこう言つた。僕の長篇が終るまでお預けしときますよ。何日か祝宴がはれるとき、貰うことにします。

闇のなかを甘苦いほろ酔い機嫌でぶらぶらと歩いているとき、ふと闇の奥の遠い空間を睥睨しているその真黒な鷹を私は時折思いだすことがあるが、流血の点では聖バルトロメオの殺戮の時代からまだ決定的には進化していない現代の曚昧をどうにか片づけて、渡辺さんと悲哀と苦渋のなお微かにのこつた最後の祝宴をついにはれるかどうかについては、いまのところまだいささか悲観的である。

五

酒をのむということは何かを傍らによりそわせてのむことである。痴愚から悲哀に至るあいだの長い暗い列がつねに酒のみの傍らによりそつている。もし透視することのできる力をもつた画家が或る酒場のこちらの隅とあちらの隅にいる二人の男を眺めまわすと、こちらの隅にいる酒のみについては、軀の下方では透明に重なり上方になるとやつと二つに分かれて肩を組み合わせながら絶えず揺れ動いているエネルギイに充ちみちた青春の大きな眼と大きな口をもつた動物的な顔をぼんやり認め、あちらの隅にいる酒のみについては、疲れてうなだれた年老いた顔がその酒のみと互いに額をつけあつたまま黙つている暗い輪郭を認めて、その構図をもつた絵をやがて画家が仕上げるときには、「寄り添うもの」といつた題でもつけるに違いない。そして、酒場の暗い背景からぼんやり浮きでて本体である酒のみに寄りそつているそのかたちと顔はかなりグロテスクで誇張されているけれども、本体の酒のみの顔より遥かに印象的で感銘深いものである筈である。何故ならそのぼんやり寄りそつた輪郭は酒によつてはじめて現われてきたものであつて、本体の酒のみの傍らに寄りそつているそれらのもの、即ち、狂気も絶望も、凝視する悪魔も祈る天使も、私達はどうにもなし得ないからである。私達は酔つぱらつている本体をかついでそこから何処かへ帰ることはできる。しかし、その傍らによりそつている透明なものについては、窮極的にはどうすることもできないのである。

私の友達であるひとりの詩人は太宰治とのんだあとに、太宰、あいつにはデーモンがある、と怖ろしそうに、また、慨嘆するふうにいうのが習わしだつた。非常に印象的であつたと見えて、彼は何時会つてもその言葉を繰り返した。この詩人栗林種一は透視力をもつた画家のように、のんでいる太宰治の傍らに寄りそつている異常なデーモンの顔をはつきり見てしまつたのであるが、それは太宰治の晩年の頃であつたから、そのデーモンのかたちは耳許で囁くソクラテスのそれの表情とともに名状しがたい異様な生と死との表情をも見せていたのであろう。創造と破壊が或る天体の死滅と眩ゆい光輝の発現の重なつたかたちとして或る瞬間に凄まじく現われるごとく、生の閾から向う側へ越えかけているものの傍らには、いつてみれば、酔つた本体の顔のうしろを通つて右から左へそのぼんやりした輪郭を動かしてみせた瞬間にその表情がまるで別箇な顔のように怖ろしく一変してしまう何かが何時とも知れぬ頃から寄りそいつづけているに違いない。ギロチン、ギロチン、シユルシユルシユといつてコップを打ちあわせている本当の相手が、囁き凝視し寄りそつているデーモンである構図は、狂気と頽廃と生真面目な幅をもつた戦後の酒宴の一典型を私達に示すものであるが、そこに、さらに一つの小さな構図を私はなお加えておこうと思う。私が知り得るかぎりでは、ひとと対坐しながら原民喜ほど永劫におし黙っているものはいず、恐らくは今後も容易に現われまいと思われるが、私達があとで知り得たところでは、闇の線路へ向つてゆく最後の夜の時間、彼は酒をのみながら相手の若い女性を軽妙にからかつて過ごしたのであつた。このような奉仕を眺めながら、彼によりそつている天使がどれほど手をもみしだいて泣き叫んだか、その最後の構図をも私達は欠くことはできないのである。

ところで、戦後の酒宴の幅の広さはそのようなのみ方を排除しようとする飲み手がほかにいくたりかいるという事実によつて示される。

日常の会話を交わしながら対坐しているときでも、あたりが乱れてきた酒席でも、伏目になつたまま相手を見ないのは武田泰淳の特質であるが、同じようにこの世界に対して伏目になつている飲み手としてなお梅崎春生をあげることができる。このような伏目族は、一見、この世界のなかに置かれてしまつた自身について照れているように見える。また、自分でも、照れている、はずかしいんだ、という尤もらしい理由を述べることがないでもない。けれども、それらはつねに表面の理由にすぎないのである。彼等が伏目の姿勢を何時如何なるところでも保持しつづけている真の理由は、眼前の事物、眼前の人物に馴れることができないのが彼等の本性であり、そしてまた馴れたくないからである。なにかに寄りそつてのむということは彼等の本性が排除するところのものであり、また、実際、彼等は伏目をつづけることによつて何ものにもよりそわれないのである。爛酔したときの武田泰淳の傍らを眺めても梅崎春生の背後を見ても、透明ななにかのぼんやりした輪郭が寄りそつていることはない。つねに伏目になつている彼等は酒をのむときでも自存している不思議な強者である。

武田泰淳を透明な伴侶を必要とせぬ強者であるとするには恐らく誰も異議ないであろうが、梅崎春生をも同じ種属へいれてしまうのには誰もが反対するかもしれない。確かにこの二人は一緒に並べて論ぜられないほどかけはなれている。伏目になつている武田泰淳は、僅か一瞬、眼をあげて相手を眺めることがあるが、その一瞬の裡に相手の本質のすべてを見抜いてしまう。武田泰淳の前にある事物も人物も、そのとき、いわば、一種の災難のなかに置かれているごときものである。何故なら、彼が眼をあげる一瞬とは、多くの場合、それまで伏目をつづけている彼に気もとめなくなつた相手が、いつてみれば、何気なく背を向けている一瞬であつて、その一瞬の裡に、さながらジャック・パランス扮する黒衣の男、西部の早射ちの名人がアラン・ラッド扮するところのより早射ちのシェーンに見事に射ち殺されてしまうごとくに、その弱点のすべてを見抜かれてしまうのである。虚偽、愚昧、臆病といつた人間の弱点の部面が如何に深く、鋭くとらえられてしまうか、恐らく武田泰淳に匹敵する早射ちの名人はいないと思われる。確かに梅崎春生はそのような電流のごとき一瞬の眼のあげ方をしない。彼は、まつたく相手を見ていない武田泰淳とは違つて、相手の顔の下方、胸のあたりから下をぼんやり視野にいれた伏目のまま話しあつている。ごくたまに、なにかの偶然のように彼は顔をあげることがあるが、そんなとき、彼は首を曲げ顔を傾けて、遠くでも眺めるように、斜めに相手をぼんやりと見る。この斜めからの数瞬の観望が彼にぴりりと相手を刺す皮肉な視点を与えているのである。武田泰淳の凄まじい暗黒覗見にくらべれば、梅崎春生の皮肉は全否定の無気味さをもつていない。眼前の馬の瞳孔にこちらをも含んだ小さな逆さまの風景が映つているといつた繊細な感覚的描写とその皮肉が組み合わされているので、薄明のヴェールをかむつている美しい趣きがあつて、美的ニヒリズムとでもいつた感がある。けれども、この梅崎春生もまた武田泰淳と同じように傍らに寄りそうものをなんらもたないのである。

酒席でひとびとが乱れはじめたときも、伏目をつづけたまま自立した孤独のなかにひつそりのんでいる。イズムだとか革命だとか絶望だとか飛びかう巨大な騒音が傍らでひときわ激しくなつても、不思議なほど自然な伏目のなかに自存したままひつそりのんでいるのである。これはまた武田泰淳と違つたかたちの自存する強者といわねばならない。

新宿のマーケットが寒風に吹きさらされていた頃、魔子の店につづいている板敷きの道を彼は首を曲げ顔を傾けたまま、毎夜歩いていた。その頃からいまに至る飲みっぷりについてはここでは語らない。この項目では戦後の酒宴の型について、なにに寄りそつて飲むか、そして、何にも寄りそわせない飲み方は可能か、のテツ学的考察をいささか試みることのみにとどめておく。

六

私達が軀をいためるのは、頭のなかの密室をあちこち開いてみても目ぼしい考えがでてこず、原稿用紙に向つて何時間も凝つとしていたり、或いは、何かの不思議な調子で物の怪でも傍らに憑いたように脇目もふらず長時間ペンを走らせたりして、つまり、書けても書けなくても、どちらの場合も、首筋から肩へかけての疲労の塊りをぼんやり感じながら、しかも深夜から暁方へかけてつい起きてしまうことが多いからである。勿論、これが私達の疲労蓄積の主要原因であるが、しかし、それに加えて、疲労を回復しようとしてひよいと飲む酒が、さらに疲労の原因となるという悪循環の事態が、なおその頃の酒にはあつたのである。

もう十年以上たつてしまつたんだな、と食卓の上に並べられた中華料理の皿の上に白と朱の身を丸く見せている海老にぼんやり目を留めたまま考えることがいまあるのだから、その当時は、何を食い、何を飲んでいたか、察せられるが、要するに、何かのつまみものがそこらにあつてコップのなかにアルコールを含有する無気味で透明な液体があればよかつたのである。

それは確かに私達が何か凄まじいことを考え、また、考えあぐみながら生きていた時代に欠くべからざる精《スピリット》であつて、武田泰淳が机の上の原稿用紙の傍らに焼酎の一升瓶を立てているのをその頃に見て、たいへん当然なことだと感じたものであつた。寒い風の吹き通す小さな屋台に友達と腰をおろすと、バクダンでもなんでもまた適わしく思われてくるのであつた。

その頃、私はひとりの女性にしげしげと襲われたが、彼女は私をくどいたわけではなく、困つたことに善意に充ちた仲介者にしようとしたのであつた。

——真ちやんに必ずそういつてくださいな。

彼女は覚つかなげにそういつたが、あの当時直接行動にでずに私のごとき頼りない媒介者にたよつたのは、たいへん古風な趣きがあつた。中村真一郎はいまでも童顔をしているが、その頃はまだ若かつたので、女性から見ると、たいへん可愛い少年とうつるのも無理はなく、私達のあいだでただひとり、ちやんづけして名を呼ばれる人物であつた。

ところで、これは勿論、私が中村真一郎に説得を試みてもだめなのである。ちようど考えあぐんだ私達が欠くべからざる精として何杯ものコップを前に置いたように、可愛らしい少年の避くべからざる宿命的な必然として、その頃、中村真一郎は無数の妖精たちの攻囲をうけはじめていたのであつた。その後、私は彼から、今日は驚いたな、三人から結婚の申しこみをうけちやつた、と聞いて、普通の冷たい水のつもりで飲んだのが灼ける火のようにあつい ウオツカだつたほどに驚いて、背筋がぴくりと痙攣するのを覚えたほどだが、アルコールのがぶ飲みに匹敵する大量な連続くどかれもその頃に胚胎する風習だろう。

ここで私が、ただアルコール分を含有している液体にすぎないような当時の酒と、この連続くどかれをシュールの絵画ふうに並置してみるのは、それらがまさに同様な効果と影響をもつているからなのであつた。私はさきに、食卓の上に並べられた中華料理の皿の上に白と朱の身を丸く見せている海老をぼんやり眺めながら、もう十年以上たつてしまつたんだなと考えることがある、と書いたが、そうしたこの頃の食卓の向う側には、往年、カストリや焼酎の海のなかにつかつていたものや連続くどかれの嵐のなかにまきこまれたものがいささか肥つた渋い顔を並べていて、どうも軀の調子が悪くてね、とまつたく同じ語調と同じ文句でその病状を述べているのであつた。つまり、一見、互いにたいへん違つたもののなかに首までつかつていた者の深い疲労は、まつたく同じかたちでいま現われることになつたのである。

私はこの戯文のなかに、月に一回会つている人達を中心としてそれぞれ登場してもらつてきたが、混沌と廃墟のなかから生れてきた戦後派のなかで、酒のみの典型梅崎春生とくどかれの典型中村真一郎の病気がまつたく同じ神経症に落ちついたことに象徴されるごとく、その頃の風習であるそれら二つはまつたく同じ性質の毀損を私達に及ぼしている。田中英光や坂口安吾が刹那に燃えきつたのにくらべると梅崎春生も中村真一郎もいささか原子炉の趣きに似てゆつくり運転され十年単位の周期でいまひとつの毀損に襲われたのであるが、そこで酒のみは酒を、くどかれ型は女性を禁じて、暫らく休息しなければならないのである。

同じように椎名麟三も心臓を悪くしたのに対比すると、底知れぬ根源的な自力があるのは武田泰淳であり、また、自己を調整してバランスをとることができたのは野間宏であるが、最後に不思議な酔い方をする島尾敏雄を取りあげておこう。

私達の時代の特質でもあるような神経病が島尾敏雄にやつてこず、その奥さんを襲つたとき、仕事と職業をついに放擲して、入院する彼女につきそつたまま同じ病室にはいつた島尾敏雄の献身は、恐らく、人類の精神史のなかの特別な一章である神経病の歴史のなかに、これまた特記されるだろうと思われる。それはどのような性質をもつた献身として、将来のひとびとの胸をうつのだろうか。

戦後、神戸にいた島尾敏雄が上京してきたとき、普通はこちら側に何人かの友達が一緒にいてがやがやと話しあうものだが、そのときは、かなり夜遅く或る店にひとりでいた私と、また、ひとりではいつてきた彼が思いがけず出会つて、のみはじめたことがある。彼はたいへん控えめに静かにのむ。日頃はすぐ酔つてくる弱い私も、それにつられて静かにのんでいると、どうも日本の国内のどこかでのんでいるのではないようだ。といつて、それが何処かといえば、外国の何処でもなく、いつてみれば、特殊な色と香りと音をもつたこの現在の周囲の空間が次第に後景へ退いて行つて、あのボードレールの anywhere out of the world になんだか近くなつてくるような気がする。やがて私達は立ち上つて闇のなかに出て行く。

彼は何処までも歩く。はじめは彼の肩にかけられている小さな鞄が、歩くたびにかたかたんと音をたてて闇のなかの私達の歩行をリズミカルに調子づけているが、やがて、その響きも耳から消えて、私達が粘つた濃い闇のなかを何処までも歩いてゆくと、どうも私達自身が深く、静かで、のつぺらぼうな闇になつてくるような気持になつてくる。

酒をのんで歩くのは、堀田善衞につきまとつている習性であつて、彼の場合はひとびとを眺めながらいわば都会の群集であるひとびとのなかを歩く。しかし、島尾敏雄が歩くのはひとのいない場所である。闇の匂いをかぎながら、闇の肌を撫でながら、何処までも歩く島尾敏雄につきそつていると、やがてこの人物がいわば物質の根源に酔いしれて歩いているのだと解つてくる。これは私達のあいだに数少ない、たいへん珍重すべき最後の酔い方であつて、宇宙最後の酔つぱらいとして、彼を讃歌したい気分を私は抑えることができないのである。

――「洋酒天国」29号、31号、32号、34号、36号、39号
昭和三三年九月から三四年九月まで

三島由紀夫

戦後のひどい交通事情の印象がなお生きていてまだ遠い会合場所へ出かけてゆくという習慣がない頃、神田の電車道の裏通りにできた酒を置く喫茶店「ランボオ」は戦後の文学者達のひとつの溜りになつたが、偶然、その隣りに置かれた「近代文学」の事務所へ毎週でてゆき、私達の事務所の貸主であり、「ランボオ」と出版書肆昭森社の経営者である大柄な森谷均が何時も机の前に腰かけて校正を見ている二階へあがつてゆき、昭森社の応接室と「ランボオ」の特別室を兼ねている長方形の窮屈な部屋であれやこれやの人名と執筆項目をあげながら一日を潰してしまう編集会議を開いていたので、私達は「ランボオ」の経営状態の推移を審かに見ており、そしてまた、そこに訪れてくる戦後文学の渦のなかにいる多くのひとびとの動態をも眺めていたのであつた。もし戦後文学の歴史を書こうとす

れば、その一側面として、この「ランボオ」の扉を押してはいつてくるひとびと、そのなかで起つた多くの論議、多くの喧嘩、そしてまたさらに、多くの恋愛について触れるのをのがすわけにはゆかない。この「ランボオ」は謂わば戦後文学の大きな暗い流れのなかにあつたひとつの烈しい牽引力をもつた渦であり、多くの文学者達がひとたびはこの渦のなかにまきこまれ、さながらポオの『メエルストローム の渦』のごとくに鏡のような漏斗状の渦のなかに或る長い時間かかつて旋回しながら降下してゆき、そして、或る時間の経過ののち、渦の口が閉じられると、その深い底まで捲きこまれて行つたひとびとは何事もなかつたような静かな悠容たる大海の思いもかけぬ方角に多くの傷と拭うべからざる記憶をうけてはきだされたといつた具合であつた。私のやや褪せかけた記憶のなかには、この混沌たる渦の口が閉じてしまつたのち、「ランボオ」の扉を開いてはいつてきたひとびとが新しく出現した何処か他の盛り場の溜りへ去つてしまつたのち、貸倒れで階下の「ランボオ」を失い、経営不振で出版も殆ど開店休業になつている二階の隅の大型の机の前でなお校正刷りに目を通している総髪で大柄な森谷均の姿が、溶暗しかけたフィルムの中央部にある輪郭のぼやけかかつた映像のように、ぼんやり映つている。これは、潮のひき去つたあとの遠い海辺にのこされ崩れかけた砂の城のような印象である。もし私達がこの忘れられた砂の城に対して感傷的になれば、ヴィルドラックの『商船テナシティ』の献辞で記憶に堅く刻印されたラブレエの句をそこに思いだすことができる。

運命は従うものを潮にのせ
抗むものを曳いてゆく

戦後の文学者達のひとつの溜り場になつていたこの「ランボオ」から私が述べはじめたのは、戦後文学という呼称をうけるひとびとの大半は、この旋回する渦の中心部で鏡のような壁面に自身の姿や他のひとびとの横倒しになつて走りゆく姿を眺めてなんらかの記憶の衝撃をそこから受けた筈であるが、三島由紀夫はそのような種類の混沌の渦から殆ど無縁であつたことをまず述べたいからである。

三島由紀夫が謂わばメエルストロームの渦に最も近づいたのは、その頃ひたすら膨脹しつつあつた河出書房から季刊の同人誌「序曲」が出されることになり、矩形の卓を囲んで十脚以上の小さな椅子が無理に置かれてあるので後ろの壁とのあいだに殆ど背をもたせるだけの空間もなく、立上つて通るときには、腹で椅子の背を押さなければならないほど狭い、その「ランボオ」の二階の特別室で、同人達の初会合が行われたときであると思われる。それより時間的にかなりさき、東大で開催した「近代文学」の講演会の満員ぶりに気をよくした私達が、その夜さつそく同人の拡大案をたてて、椎名、梅崎、武田などとともに、三島由紀夫にも加わつてもらうべく決めたのが、矩形の卓の上に料理や酒も腹を押しあうように並べてあるその狭い二階の特別室だつたのだから、この「ランボオ」の側からいえば、三島由紀夫はなんら無縁ではなかつた。けれども、三島由紀夫の側からいえば、擾乱を好むひとびとが横倒しになつて走りゆくそのメエルストロームの渦など無縁であることが、最初の「序曲」の会合から明らかになつたのである。

その会合には、病気で欠席の寺田透と船山馨、それに、当時まだ神戸にいた島尾敏雄を除く、椎名麟三、武田泰淳、梅崎春生、野間宏、中村真一郎などがビール瓶の並んだ矩形の卓を囲んで腰をおろしたが、そのとき、ちようど私の正面に腰かけた三島由紀夫に認められる魅力的といつてよいほどの目立つた第一印象は、数語交わしている裡に、その思考の廻転速度が速いと解るような極めて生彩ある話しぶりにあつた。もし通常の規準をマッハ数一とすれば、三島由紀夫の廻転速度は一・八ぐらいの指数をもつていると測定せねばならぬほどであつた。私は彼と向いあわせているので、ただに会話の音調を聞いているばかりでなく、会話に附随するさまざまな動作のかたちを正面から眺める位置にあつたが、間髪をいれず左右をふりむいてする素早い応答の壺にはまつた適切さを眺めていると、いりみだれて閃く会話の火花のなかで酷しく訓練されたもの、例えば、宴席にあるひとりのヴィヴィッドな芸者の快感といつた構図がそこから聯想されるのであつた。ところで、矩形の卓の両側に窮屈そうに腰かけている他のひとびとに目をやると、中村真一郎はその頃絶えずクリーナーで掃除していたパイプを口にくわえたまま聞き手に廻つており、梅崎春生は酒席にあるとき何時もそうであるように理論の空しさを知りぬいたふうに背をかがめたまま黙々とのんでおり、椎名麟三は、いや、それは違うんだ、しかし、違うと説明しても相手は恐らくそれを解りはしないと口をはさみかけては自身を抑えつづけているような苛だつた衝動に身を揺すつていて、自然、三島由紀夫に向つても最も多く応答しているのは、偶然左隣りに腰かけている野間宏ということになるのであつたが、困つたことに、野間宏の思考の廻転速度はマッハ数〇・四ぐらいなのであつた。私がこちらから見ていると、この二人の対話は、スクリーンの片面が緩速度カメラ、他の片面が高速度カメラで撮られたフィルムをつなぎあわせた謂わばバイヴィジョン装置の幅広い奇妙な画面を眺めているようで、片方から放たれた凄まじいスピードをもつた矢が境界のそちら側にはいると不意に子供でも手でつかめるほどゆつくりした動きに切り換わつてゆくさまがまざまざと解つた。この二人の思考廻転の速度の差は、いや、こうではないですか、と前置きしたあとでゆつくり述べはじめる野間宏の論旨がまだ第一歩を踏みださない前に、三島由紀夫が四度ぐらい頷いて、思わずつぎの論の断定を下してしまうといつた具合なのであつた。私の観測によると、このなかで最も思考廻転の速いのは武田泰淳で、私の大ざつぱな測定価はマッハ数二・〇ぐらいなところに達していたから、もし彼が卓上のコップへ寄せた伏目をあげてこの座の文学問答に加われば、優に三島由紀夫と歯車が嚙みあつてあまりある筈であつたけれども、その頃、苦痛の痕跡をもつた恋愛の最深部にうちこんでいた彼には文学問答用のエネルギイの余裕など一滴ものこつていなかつた。

三島由紀夫がメエルストロームの渦へ近づいて、まだ口を開いている漏斗状の渦のかたちを遠望し、その旋回速度の見かけ上の鈍さと泡立つ付近の擾乱を眺めただけで立ち去つたのは、この「ランボオ」の狭い二階で行われた会合のときであつたといえる。その会合後、私は、平野謙に、三島由紀夫はどうかね、と訊かれたことがある。うん、かれはどうも俺達をみな馬鹿だと思つてるよ、と私が答えると、吾意を得たりというふうに平野謙は肉づきのいい咽喉をのけぞらせながら激しく哄笑して暫く笑いやまなかつた。この平野謙の哄笑のなかには、マルクス主義を境界線とする互いに理解しがたい二つの断層についての複雑な感慨が含まれている。

そこには、互いを理解しがたい二つの断層がある。ひとつは、目的をもつた鈍重さ、であり、他は、その場その場の冷徹さ、である。この二つのものには、それぞれ互いをうけいれず、また、まつたく相手を理解することも出来ない質的な断絶がある。ひとりの漁夫がメエルストロームの渦にのみこまれない理由は簡単であつて、その口が大きく開きはじめたとき、彼の操る舟艇がそこにいなかつたからである。つまり、彼の運命のもつている時間と渦の開きはじめる時間とがくいちがつていたのである。けれども、ひとつの彗星が或る種の遊星を掠めて過ぎ去つて還つてこないように、椎名麟三が三島由紀夫をうけいれず、三島由紀夫が椎名麟三を理解せぬといつた現象が発生する理由は、ただ単に二人が時間の差をもつていたこと、換言すれば、三島由紀夫がいささか若過ぎたという理由だけではないのである。

謂わばメエルストローム・グループと三島由紀夫のあいだにそのような断絶が起る理由は、端的に言えば、三島由紀夫が目的をもたぬ時代の青年の直截な代表者であり、その時代の青年がまた三島由紀夫の直截な代表者であることに由来する。彼等は目的をもったものの歩一歩と進む鈍さに耐えられない。何故なら彼等にはすべてをその場で処理できる鋭い勘が備つているから。トルストイやドストエフスキイを好んで語る十九世紀文学の雰囲気のなかにひたつたものは、謂わば自由と神と永世という曖昧な問題の古ぼけたぬけがらを負つており、さらに、その延長線上にあるマルクス主義の斑痕をもつているが、このような目的を果たしてくるやこぬやも知れぬ未来に置く運命を負つてしまつたもののあらゆる身振りは彼等にとつてつねにひとつの嗤うべき感傷としか映らないのである。嘗ては、麒麟も老ゆれば駑馬《どば》に劣る、との標語が掲げられたが、現代は、駑馬も若ければ麒麟に勝るという標識が決定的に支配する時代である。そこには、ばらばらになつたものはすべてある。もしそこにある事物の真の姿が、《多様の無統一》であるとすれば、例えば、現代の暗黒のなかに感覚の花火を打ちあげるその見事な華やかな語彙が論理の骨格をもつていないと三島由紀夫を非難してもまつたく的はずれなのである。

けれども、現実のなかに置かれたすべてを論理の串ざしにする無駄もなくばらばらのかたちのままで即座にのみこみ、嚙みわけるエネルギイとタフさをもつた三島由紀夫の側にも、やがては捲きこまれて傷をうけるべき無名の凄まじい渦がないわけでもない。或る仕事を終えて、生きようと思つた、としても、死のうと思つた、と結語しても、そこに目的をもたぬかぎり、どちらも現実のなかに置かれた必然として、ここかしことび散ろう落葉の重みしかもたずに時間のなかに過ぎ去つてしまうのである。

千から万へ向う絶えざる方向のなかで歩一歩と歩きながらぎりぎりと頭蓋を締めつけて一から百へ飛躍する推論のかわりに三島由紀夫がもつている強烈な粘着剤、唯一の十九世紀的永劫観念との共通項は、永遠の美であるが、マッハ数一・八の早い廻転速度をもつてしてもたまゆらから永遠にまで向つて即座に左右に首を振りむけるのは容易な業ではない。この優れた《多様の無統一》の代表者がなおほかの永劫観念のなにものかをも広い掌のなかに握つて、そのかすがいの鋭い両端で現代の無統一を堅くさしとめてもらいたいと強く願う所以である。

三島由紀夫の外遊前、当時米軍の将校であるひとりの作曲家が吾国を主題としたオペラ製作を意図して、C・I・E・世論社会調査課という長い名をもつた部署にいた斎藤譲治を通じて、三島由紀夫と会見することになつた。萩原朔太郎の『猫町』の英文への飜訳者である斎藤譲治は、「近代文学」の読者として一度私の許を訪れたことがあるので、気持の芯に外人会見恐怖症がなくもない会話の苦手な一日本人として三島由紀夫は私の立会を望み、それを理解できなくもない私は、やはり同じ症状をもつた自身を抑えて、その頃、放送会館の一階にあつた場所に赴いた。半端なブロークンでたどたどしく話す負担をもつより一切を斎藤譲治に通訳させることにした私達は、恐らく放送用の一室で、その米軍将校自身弾くピアノで或る種の魅力をもつた完成した部分を聞いたが、そのとき、日本でオペラの台本を求める場合、この隣りにいる若い作家以上に適切なものを求めることはできないといつた意味のことを私が述べると、そのとき、傍らに腰かけていた三島由紀夫は顫えるような純真さがその芯にある羞ずかしさを不意と全身に示してうつむきながら、笑つた。もしその場に何者かがいれば、恐らくその瞬間、深く愛されるであろうその羞じらいのこもつた微笑を、私はいまも忘れることができない。

――「新潮」昭和三一年一二月号

『崩解感覚』の頃

花田清輝が組織した「夜の会」のひとびとが、その頃まだ飯田橋の近くにあつた月曜書房に集つたことがある。

『崩解感覚』の主人公は、自殺者の死体を処理しなければならなかつたので、恋人との約束の時間に三十分も遅れてから下宿を出た。そして恋人の姿が見えぬままに、約束の飯田橋駅から歩きはじめるが、暗くねちねちした物想いと重い気分を運びながら歩いてゆくそれからの道筋はまことに精密で、夕暮から夜の闇にまでわたるこの部分は、ちよつと類例のない一種不可思議な味をもつた散策小説といつた感がする。ところで、その歩きはじめの部分に、月曜書房の名がでてくる。恐らく野間宏は特別の注意をもつてこの道筋を幾度か歩いたに違いないが、その頃の月曜書房というのが単に個人の邸宅のなかにあつたに過ぎず、道路からすぐには目につかないものだけに、それを敢えて掲げた野間宏の気分に、その頃の月曜書房を知つている私達はみな特殊な感慨を覚えたものである。

さて、その月曜書房の二階に集つたとき、皆を吹き飛ばすように勢いこんだ岡本太郎が、これは一晩かかつて考えてきたんだが、どうかね、と悪戯つぽく披露したのが、次のようなもじりの文句なのであつた。なんとか容易に連想されそうな椎名麟三のもじり句がいまどうしても想い出されないのが残念であるが、他はこんなふうであつた。

花田清輝——甚だ気負つてる
埴谷雄高——何を言うたか
梅崎春生——巧え酒進上

そして、最後の野間宏はこうなつている。

野間　宏——野呂間ひどし

この岡本太郎のユーモラスな評価は間違つていず、確かに野間宏はスロー・モーションなのであるが、しかし、といつて、それは、内容が単純であることから起る種類のスロー・モーションなのではないことに注意しなければならない。

野間宏は、こちらを凝視めるとき、象のように穏やかな眼でこちらを直視しながら、しかも奇妙な表情を浮べていることがある。そんなときの彼の唇のはしは必ず曲つていて、そしてそのまま数瞬、停止しているような印象をうける。彼は暫く何も発言できないで、首を振つているだけであるが、そのような謂わば停止した瞬間とそれにつづくスロー・モーションの時間に陥つてしまうのは、分裂した幾つかのものが彼の精神のなかで押し合つていて、そのひとつだけを選択することができなくなつてしまうからである。彼は、屢々、その唇のはしを曲げている。本郷のお寺の裏にあつた、足の踏み場もないほど本や新聞紙や食器などが乱雑に散らかつている二階で、彼と話し合つて以来、私が絶えず眺めてきた彼の特徴的な表情は、この数瞬停止したままこちらを眺めている象のような眼と曲つた唇のはしであつた。彼の仕事は、その瞬間に彼の精神のなかでせめひしぎあつて身動きもできなくなつたこれらのものを、謂わば時間のない白い原稿用紙のなかへひとつびとつひきずりだしては埋める作業にあつたが、その唇のはしが堅くひきしめられることがあまりに屢々起つたので、彼の作品は、幾何学的に整然とつめられた箱のなかへさらに重苦しいほど強烈な圧搾力で数倍のものを押しこんだような均衡と不均衡の奇妙につまつたかたちを示している。私達が自己の特質を特権たらしめ得るのは、恐らく、一本の綱の上に身を支えるような紙一重の危ういバランスにかかつているが、野間宏はその複雑な内容をもつたスロー・モーションをよく自らの特権化したのである。

本郷のお寺の裏にひとりでいた頃、彼は自己独自の文学を確立するまで、大阪にいる奥さんを二年は呼ばない決意をしていた。その間、彼の男性としての体臭が最も放たれた時期だつたろう、佐々木基一はその頃の野間宏を評して、魔羅が走つてると言つたが、『暗い絵』や『崩解感覚』に見られる抑圧された性のかたちの重苦しさを想うと、また、私達が当時のめりこんでいた嵐のような雰囲気も憶い出される。憶い出してみると、私達は芸術にうかれていて、馬鹿げたほど品行方正であつた。

――芸文書院『現代文学5』月報　昭和三二年三月

そも若きおり

口が重い野間宏は、腰も重かつたのである。まだ互いに若かつた頃、酒場の向う側に彼が坐ると、暁方までつきあうことを覚悟しなければならなかつた。尤も、はたからみて、私自身、つきあいがよすぎた、といわれても仕方がないほど、もう切りあげようと言い出したことがないので、野間宏だけを暁方までの酔っぱらいということはできない。

ところで、いわゆる戦後派は、椎名麟三と梅崎春生、という新宿マーケット街における二人組酔っぱらい、がすでに名をなしていて、野間宏と私、は、その二人組ほど絶えず一緒ではなかったけれども、そののち、野間宏と私に、井上光晴が加わることによって、異色ある酔っぱらい組ができることになったのである。

井上光晴は、自らサーヴィス精神に充ちている、というほど、つぎからつぎへと「ウソもホント」も、最高なほど、巧妙にまぜあわせ、大声に話しつづけるので、これは四百ワット電球ほど眩ゆくあたり全体を照らしていると思われるのに、野間宏が、数分後、重い口をやっと開いて、一語、述べると、それが井上光晴の、数分、数十分に匹敵するほど一種の逆エネルギイに輝いた一語になって井上光晴の全努力を無化してしまうので、何かしら言語表現の魔術性といったものを、すぐ眼前に見せつけられているような気分になるのである。

そして、つきあいのよい私は、大声で喋りつづける井上光晴に、何時の間にか感化されて、出来るだけ井上光晴に近い大声で、これまた、喋りつづけようとするので、つねに、野間宏をはさみうちにしている筈だのに、これまた、思いがけずその中間から出てくる野間宏の重い一語に、愕然、と反省させられてしまうのである。

私達は、フランス文学、殊に、詩の世界では、カフェに集る文人達の行動から、その文学の意味の或る部分を示唆されることが多く、ヴェルレーヌの

語れよ、君、
そも若きおり、何をか
なせし、君。

など、カフェにいりびたつたヴェルレーヌを思い浮べると、その哀感の深さを不意に得心したような気分に、なるので、日本文学、殊に、戦後文学の場合、酒場で、どんなような安い酒をのみ、どんな空しい、或いは、意味ありげなことを話していたのか、について、研究、というほどでなくとも、瞥見してもらえば、ありがたい、と私は、酒を前に置いた野間宏や井上光晴のかけはなれた対照ぶりを眺めるたびごとに思つたものである。

野間宏の文学、『暗い絵』からはじまる諸作品を、海外で研究している批評家として思い浮べられるのは、コーネル大学のブレット・ドゥ・バリィ女史であるが、女史が来日したとき私も会つたのに、野間宏研究には、文学者たちの酒場、という項目をも設定すべきだ、と献言するのを忘失していて、あとで、しまつた、と思つたのである。

野間宏は、井上光晴や私と、暁方まで飲んでいる時代、酒をのまないのは文学者ではな

い、と公言していたのである。

或る夜、野間宏と私は、二人の若い女性、どうやら演劇にかかわっているらしい女性をつれた井上光晴と飲み屋で会い、その一人の女性の家、かなり遠くの家まで、五人で赴き、その部屋でまた飲んでいる裡に、井上光晴が寝こんでしまったのである。その二人の女性とは、野間宏も私も、はじめて会ったのであったから、仲介者たる井上光晴が寝てしまっては、話もやがて尽き、また、暁方近くにもなったので、私達は帰ることにしたのである。そのとき、タキシーのある所まで送ってゆく、とその二人の女性も私達とともに出て、実際に、やがてであったタキシーに私達が乗るのを、見送ってくれたのであった。

ところで、井上光晴が眼をさますと、二人の女性ともいなかったそうである。その部屋の住者である女性がもうひとりの女性の許に赴いて宿ったのであろうが、井上光晴は、野間宏と私が、それぞれ、一人ずつ、女性をつれて、「何処か」へ行った、と思いこんで、私達の言葉をきかないのである。あの二人の女性に訊いてみれば、私達二人がタキシーに乗って彼女達と別れたことが、すぐはつきりするよ、と私が述べても、井上光晴は、相手の女が、ほんとうのこと、を言う筈がない、といい張って、今なお、私達の無垢潔白な行動を信じないのである。私は、井上光晴に、別な機会の他の女性に対する無垢潔白性についてもいまなお疑われているが、口が重く、腰が重い野間宏が、そのとき、井上光晴に、女性を「さらつて」いつたと思われたのは、酒をこそのんでいた、からである。

戦後の酒は、哀感ばかりでなく、瞬間愛の出現まで、幅広く牽きだしているのである。その暁方の薄暗い想像力をひたすらさそう戦後の酒を、野間宏は晩年の病気の際、きっぱりとやめてしまって、どう勧めても、絶対に、のまなくなったのである。つきあいのよい私など、とうてい為しがたいことで、野間宏は何ものも打ちくだきがたい、信念の人、であったといわざるを得ない。そして、女性ばかりでなく、人間の心の信念性の或る極限をも「さらって」いってしまったその野間宏を、心の奥深く最も哀悼しているのは、井上光晴にほかならない。

――「すばる」一九九一年三月号

全身小説家、井上光晴

井上光晴は小説家であるから、書斎の机の上に白い原稿用紙を拡げてその四角い桝目のなかに一字一字をうめこむ作業をおこなっているに違いないが、しかし、ほんとうをいえば、書斎で白い原稿用紙に向かいあっているその時間だけ井上光晴は小説を書いているのではないのである。

では、原稿用紙が置かれている書斎にいるときのほか、何時、彼は小説を書いているのであろうか。その答えはいささか奇抜なものとなるけれども、「彼が書斎をでて、そして、ひとと話をしてるときは何時も」ということになるのである。ところで、彼は甚だ行動的で活潑な人物であつて、書斎に閉じこもつて白い原稿用紙と向きあつている時間以外は、殆んど、ひとと会つて彼特有の大声で喋つているのであるから、彼は「書斎にいるときも、書斎からでたときも、何時も」絶えず小説を書きつづけているということになるのであつて、井上光晴においてはその行動的で活潑な生そのものが小説を書きつづけていなければならぬところの「無限連続の時間」そのものといえるのである。

こういつたところで、いつたいどういうことを私が述べているのか理解しがたいかもしれないので、具体的な例を示すと、或る夜遅く彼と私が或る地下のレストランへはいつていつて酒をのみながらたまたま野球の話をしていると、やはり野球好きらしい若いウェイターがそばへ寄つてきて貴方達は野球の関係者であるのかと聞いたから「たまらない」。井上光晴とその若いウェイターのあいだの空間には忽ち井上式フィクションの不立文字が描かれる広大な世界が、誰が聞いても「ほんとう」と思われるほど生き生きと活潑に、怖ろしいほどダイナミックで一瞬のよどみもなく、また、びつくりするほど大声で、そしてさらに、滑稽なほど精密なディテイルの巧みな描写をもつて、展開されてしまい、私達二人はラジオにおける野球解説者で、今日も球場からの帰りということに忽ちなつてしまつたのであつた。私は職業野球出発以前からのオールドタイマーの選手であり、先輩解説者であり、井上光晴はそれを見習つている修業中の野球解説者という訳である。その話しぶりがあまりに真に迫つているので、若いウェイターは私達を尊敬の目で眺めはじめ、長島さんを連れてきていただいたら料理はただでいいですよと言いだす始末であつた。その夜のあと幾度かそのレストランへ行つたが、彼は野球解説者としての私達を益々尊敬の目で眺めるのであつた。

バアへ行つて若い相手が向う側へ坐ると、君の国は何処？　ああ、あすこ。すると俺と同じ町だ。川のたもとに豆腐屋があるだろう、俺の家はそこから三軒奥だ。そんなところに豆腐屋があつたかだつて？　あの古い三代もつづいた豆腐屋を知らないなんてもぐりだぞ、といつたふうに、いつてみれば、忽然たる生活自体の「小説化」がそこのその場ではじまるのである。

或るとき、そうした席に生真面目な藤枝静男がいたので、そうした奇抜な種類の小説作業が現在進行形ではじまつていることなどまるで理解せず、えつ、山梨の大月だつて？　井上君、君の生れは九州だろう、山梨の筈ないじゃないか、などと、私が目配せしてもまつたく受けつけず、真剣になつて横から訂正するのであつた。

私はそうした生真面目そのものの藤枝静男とは違つて不マジメなので、例えば、私が三つの寺をもつていてその一つの寺を四億円で売りにだしている奈良の高僧というふうに井上光晴に仕立てあげられると、その現代暗黒小説の展開の方向に口をあわせているが、そうしたとき井上光晴があまりによどみもなくすらすらと「事実そのもののごとく」その即座のフィクションを次々と見事に展開するので、井上光晴が何かを「話し、物語る」ということについての一種の天才であることを何時も感ぜざるを得ないのである。しかも、その天賦の才は、少年時代の炭鉱生活、青年時代の政治活動、また、それにひきつづく青年時代の諸階層と諸地方との数知れぬほどの遭遇といった豊富な体験の厚い幅に裏打ちされているので、私は何時もゲラゲラ笑って口をあわせている裡に、不意と生活の実質の芯がその即座小説の深い底から湧きのぼってくるのを感じて愴然たる気分にならざるを得ないのである。

——筑摩書房『現代日本文学大系87』月報70　昭和四七年七月

井上光晴の「最高！」

私達が少年時代から青年時代へかけて身についてしまい、いわばそれこそ「自分自身」の基本形といえるほどの内奥の核心にまでなってしまった考え方や生活の姿勢といったものは、驚くほど変えがたいもので、しかも困ったことにそこには同時代という大きな幅があって、それは他の時代の考え方や姿勢の幅とまた違っているのである。

ここでは極めて「俗的」でしかも「根源的」な話をすることになるが、井上光晴と私の世代とが違っていることの極めて端的な標識は「女性」についてである。

井上光晴は私に会うたびにこう心から嘆息するのである。「僕にはそう欠点はないけれども、ただ女性だけはだめだなあ。女性にだけは弱いなあ。」けれども、あらゆる男性は女性に弱く、あらゆる女性はまた男性に弱いのが、嗚呼、生と宇宙の戯れによって両性にわかたれた全生物史を通ずる頑固な鉄則であるから、ほんとうは井上光晴がそう嘆息する必要などないのである。ただそこには「世代的な幅」があって、それが井上光晴を嘆息させたり、歓喜させたりしているのである。

二十世紀は戦争と革命の世紀であるばかりでなく、性の世紀といわれるが（尤も、誰がそういったのか私は知らない。マルクスさんとフロイドさんが口を合わせてそう合唱したということにしておこう。）、性が或る見地からみて解放的に、また或る見地からみて頽廃的に「はっきり」したかたちで私達の前に現われたのは第一次大戦敗北後のドイツにおいてであると私は思っている。私自身が性について単に風俗的にでなくいささか原理的なかたちで触発されたのはだいたいその時代のドイツ語系の書物からであるから、敗戦後のドイツ本国では「その理論も実際も」百花繚乱といった趣きを呈していたに違いない。そして、このゲルマン的、観念的エロティシズムはその周辺の北欧へ風化しつつまた純化しつつ拡つたのだと私は思つている。

ところで、吾国における敗戦はそのドイツ敗戦より約一世代遅れてやつてきて、その解放と頽廃のないまぜの恍惚とも不安ともつかぬ陶酔の渦のなかへ、ちようど青春へ踏みこんで自己確立しつつある吉行淳之介も井上光晴もどつぷりと投げこんだのである。そこに山があるから登るといつたのはマロリーなる人物だそうだが、そこに女がいるから関係する、という最も直截端的簡明なテーゼに馴育され、そして、これまた、そこに男がいるから関係するという生々しく水々しいリアリティに支えられた女性達にかこまれていれば、吉行淳之介も井上光晴も魂の核心までまことにまことに風に鳴る竪琴ふうに繊細鋭敏にできあがつても不思議でないのである。ところで、吉行淳之介に較べての井上光晴の不幸はその半身が古典的な「戦争と革命」からもひつぱられて純一無二の竪琴になり得ないということである。彼は女性に弱いことを自ら「欠点」と思い、そのため、恐らくそこに全身没入している吉行淳之介は隣りの他人がどうしていようと構つてなどいないだろうに、井上光晴は、嗚呼、半世代前の私達を或いはサーヴィスとして、或いは非現代的遺物として、もてなし、また、攻撃するのである。

ここで私達というのは平野謙と私のことであるが、井上光晴の言葉によれば、平野謙も埴谷雄高も最大に駄目なところは「宝の山に入りながらそれを拾いあげない」ことにあるのだそうである。

しかし、これは井上光晴の大いなる誤解で、平野謙も私もまた男性のはしくれであるから井上光晴と同じ鉄則に支配されているのに間違いないけれども、ただ井上光晴ほど永久運動ふうな無限原子力エンジンを備えていないので、隣りに坐る女性の殆んどすべてに向つて「最高！」と叫びあげるほどのサーヴィス力もエネルギイも持つていないだけである。それに私達は「転向時代の青年」で、大げさにいえば人間の不完全性を杯の底までのみほした種属に属するので、井上光晴ほど「最高！」を味わいつくせない駄目な男性であるにすぎない。平野謙が「書物」を、私が「妄想」を、一見、女性より上位に置いているかのごとく見えて、井上光晴を苛らだたせても、それらは戦前病にかかつた私達の小さな代償行為にすぎないのである。

私は井上光晴のまことにまことに天衣無縫なよどみもない即座のフィクションに充ちみちた話しぶりを聞くたびに、彼にまぎれもない天才性を感じるが、私の隣りに女性が坐つたとき私にもまた「最高！」を味わいつくさせたいという井上光晴最高の親身なサーヴィス振りは、不完全派の魂の核心をもつてしまつた戦前病患者の私達にはやはり無用で、井上光晴には井上光晴だけの「戦争と革命から女性にまでわたる」全人的課題にひたすら「最高」に没頭してもらいたいものである。

——筑摩書房『筑摩現代文学大系85』月報4　昭和五〇年六月

はじめの頃の島尾敏雄

島尾敏雄についてはじめて聞いたのは、野間宏からだつた。野間宏の奥さんの兄さん、富士正晴がはじめた「ヴァイキング」に島尾敏雄は同人としてはいつており、その関係で野間宏が島尾敏雄の名を知るようになつたのだと思われる。そして、私達は、間もなく、島尾敏雄という珍しいほど鋭く、繊細な神経をもつた作家のファンになることになつたのであつたが、その頃の島尾敏雄が書いていた作品は直接的な暗い状況が露頭している現在の系列のものとは違つて、いわば暗い深淵をその透明な硝子一枚の下に隠しているところの碧い滑らかな海の平面の上に拡がつた澄明な大気と鮮やかな陽光の空間のなかを奇妙にまた、自由に飛翔しているといつた趣きがあつた。例えば、私達は、『夢の中での日常』や『単独旅行者』などのリズミカルな快感をもつた作品と並んで、『孤島夢』とか『摩天楼』とか名づけられた一連の作品に接すると、机の前で一冊の書物に読みふけつているこちらの軀が奇妙に動きはじめ、横ぶれし、そして、どうにか軀を飴のようにねじることに成功すると、ついに、こちらの軀が宙に浮き上り、そして、庇をすれすれにかすめ過ぎ、屋根の上を軀を斜めにしたまま揺れ昇つてゆくといつた感じに襲われるのである。こういう感じは、勿論、『孤島夢』における何処までも水路が展けて島の先へ先へと進んでゆく無限感や、『摩天楼』における「腹部への呼吸のいれ具合や、一寸した身体の傾斜のさせ方、足の組み方、両腕の位置など」で昇降も速度も自由に調節することのできる飛行の神通力の描写によつて、もたらされるものであつて、これを古典的にいえば、島尾敏雄の一冊の書物を机の上に置くことによつて私達は忽ち羽化登仙し、ちようどブレークの絵にみるように、私達の魂や霊性は横たわつた自分の輪郭を真下に見おろしながら自分の肉体から解き放たれて不思議な空間のなかへ飛翔してゆくという具合になるのであつた。しかも、島尾敏雄の作品がもたらす新鮮な驚きは、私達がただにこのような古典的な霊性の飛翔を行うばかりでなく、まさに現代的な、或いは、まさに超現代的な感覚の飛翔をもまざまざとした現実感をともなつて行うというところにあつたのである。例えば、飴のようにねじつた私の軀の上半身はふわふわと浮き上りたがつているのに、空中飛行をいやがる下半身はペダルを踏む格構をしつづけているといつたバランスの崩れた異和感がそこに覚えられたのであつて、自身の内部にも外部にも偏在しているこの永劫の異和感を陰翳に充ちみちた感覚のなかに見事に把え、封じこめているのが、島尾敏雄の作品の特質といえるのであつた。

そのような作品を神戸で書いていて日頃私達と会う機会のなかつた島尾敏雄が、戦後文学賞という賞をもらつて、或るとき、上京してきたことがある。この戦後文学賞というのは、いまはなくなつてしまつた月曜書房という出版社が花田清輝の煽動によつて創設したものであつたが、戦後の出版社で行き届かぬ点の多かつた月曜書房がそのとき授賞の会場として選んだ場所は、神保町の交叉点の近くにあつた万崎という洋服店のビルの二階にあるがらんとした殺風景な料理屋であつて、その本拠の出版社が潰れたため二回きりでなくなつてしまつた戦後文学賞にまさに適わしいと思われる会場であつた。席上には、椎名麟三、梅崎春生、野間宏、花田清輝、佐々木基一、私などのほかに数人の新聞記者もいたけれども、あまりに広く、あまりに無人なその会場のなかで、島尾敏雄は、恐らく、心細かつたに違いない。私は眼の前にいる野間宏の文体とまさに対照的な島尾敏雄の感覚的な文体を極度なまでにほめあげて着席しながら島尾敏雄の方を眺めると、ゆつくり立ち上つたその姿は頼りなげに俯向いたまま暫く考えこんで見えたが、その裡に、私の脳裡でその姿は次第に長く延びはじめてちようど胴のあたりでくびれると、真横に倒れたまま、このがらんと無人な料理屋の窓から抜け出て宙へ飛翔してゆくように思われた。私はそれ以前に偶然島尾敏雄と会つて夜の闇のなかを一緒に歩いた記憶があるけれども、摩天楼だ、そう胸の裡で高く叫んだのが、困惑したように佇んでいる島尾敏雄を横からはじめて眺めたそのときの私の忘れがたい印象である。

——晶文社『島尾敏雄作品集第一巻』月報1　昭和三六年七月

島尾敏雄を送る

発病した妻につきそつて一緒に精神病院へ入つてしまうという例は、非常に少いと思われる。島尾敏雄が奥さんとともに精神病院へ移つたとの知らせを聞いたとき、私の女房は、島尾さんは非常に愛情の深い方なのね、と感にたえぬように言つたが、確かに、或るショックと感動を呼び起すに足る容易になしがたい行為である。奥さんの病状は絶えず傍らに夫を必要とするもののようであるが、それにしても、学校をやめ、家を売り、子供達を実家へ帰して、ひたすら妻を看護するために、同じ病室へ住み込んでしまうことは、並々ならぬ決断であり、ただに愛情の深さばかりでなく、病める妻への愛情の幅を透してずつと向う側に、人間の結ぶ関係の切ない重さに立ち向う凝視、その悲痛な敢然たる姿勢がそれとなく示されている。

私は、このような環境に立ち至つた島尾敏雄がこの不幸に呑みこまれずに身を持することをひたすら望んでいる。恐らく、多くの私小説家はこのような危機に徹することによつて、優れた作品を書いた。けれども、私の危惧は、この圧しつける重さを背負つて、島尾敏雄が、すでに書かれた多くの優れた私小説と相似た、不幸に密着した作品を書くようになりはしないかを、逆に、恐れているのである。島尾敏雄は、感覚の頂点に立つ作家である。例えば、ここに掲げられた作品から引いてみれば、医者と看護婦に眺められながら池のなかをかき廻している裡に、その竿の先端で妻と話ができるような気がしてくる場面である。彼は、現実のなかに置かれた関係からさらに数歩つき進んで、少数な幻視者のみが見得るような透明な構造を現実の向う側に見てしまう。その透明な構造物はまだ象徴の奥深さをもつてはいないが、宝玉のようなきらめきをはなつて私達に新しい感覚の眼を開かせる。このような特異な感覚をもつた作家は、吾国では甚だ数少い。私は、このような作家を、痛ましい生活の不幸のなかで、これまで私達が数多くもつた私小説作家の系列に歩み寄らせたくないと切に思うが、艱難汝を玉にす、とは必ずしも限らない。あまりにも生活の不幸が切実で圧迫的であれば、感覚の宝玉など無惨に圧し潰されてしまうかもしれない。私が或る種のショックと戦慄と祈念をもつて、謂わば離れ小島のロビンソン・クルーソーとなつてしまつた島尾敏雄を遠く見守つている所以である。

奥さんの病気がはかばかしくないままに、彼は奥さんをひきつれて奄美大島へ帰る。そこは奥さんの故郷であり、病状の好転を予想したいが、また、彼の作品にも感覚の花火のような生彩ある奔騰を期待したい。彼は長崎と沖縄を主題とすると、忽ち、見事に膨れあがつてきて、香気に充ちた独自の地図をつくりあげる。青い海、夜の匂い、大気の湿つぽさ、嘗て沖縄を主題とした彼の作品のなかに漂っていたものがまた彼のなかに立ち戻ってきて、私達の夢を懐いた官能を揺すぶってくれるであろう。苦悩の根が真摯に深まれば深まるほど、樹液の匂う高い枝を夜の風のなかに拡げて欲しいと思うこと切である。

――「知性」昭和三〇年一二月号

島尾敏雄とマヤちゃん

現在は私の老化のため廃止されているが、数年前まで、正月二日に私の家の応接間で騒然たる宴会が長くおこなわれていたのであった。はじめは、安保闘争の後遺症といった気味があって政治的な関わりをもった人物が多かったけれども、後期は、文学関係の人物が多く、茅ケ崎へ越してきてから島尾敏雄もまた毎年出席したのである。その時期の出席者は、声が大きく、そしてまた、絶えず騒然と飛び交う話の中心となっている井上光晴をはじめとして、橋川文三、島尾敏雄、中薗英助、柘植光彦、立石伯、白川正芳などであったが、島尾敏雄が、芸術院会員になった翌年の正月に、井上光晴は彼に天性な大声で、内容は極めて当たり前なことを述べたのである。

「おい、島尾、お前はどうして芸術院会員になどなつたのだ！　おい、はつきり言つてみろ！」

これは当たり前の言葉とはいえ、そこには、文学者に値いせぬぞ！という叱責の内容がこめられていたのである。

それ以前、平野謙が恩賜賞を受けたとき、私は井上光晴から一時間に及ぶ電話の攻撃をうけたことがあつた。これも、当たり前の抗議で、「近代文学」創始同人ともあろうものが、天皇の恩賜賞を受けるとは何事だ！という叱責をこめた大声の連続なのであつた。

私は、平野が丹羽文雄から電話をうけて、もらつたのは正午前後で、本多秋五と私が平野からそれを告げられたのは夕方であつたから、平野本人が受けてしまつた以上、いまさらそれを覆すわけにいかないじゃないか、とわれながら「常識的」なことを述べたが、井上光晴は、私を許さず、それをとめないのは、埴谷さんの責任ですよ、その恩賜賞を文部省の前に置いて返したらいいじゃないですか、というので、もらつたものをいまさら返したら、それこそ、恥の上塗りですよ、と私が述べると、井上光晴は、決定的断言として、「近代文学」の連中がだめなのは、それではつきりきまつた、「近代文学」中心の戦後文学は、それだから駄目なんですよ、と井上光晴は、私をも含む全「近代文学」同人を痛罵したのであつた。

すでにもらつてしまつているのだから、いくら井上が怒つても、そのままその痛罵をひきうけるより仕方がないと思つた私は、すぐ平野謙へ電話したのであつた。

僕が君から聞いたときは、すでに君はもらつていたのだから、僕はそのままでいいと思つているけれど、この受賞に猛烈に反対しているものがいるんだよ、と、私は井上光晴の名をあげずに、いつた。

電話の向こう側の平野謙は、「敢えて踏みきつて」もらつたなかで気がさす気分をあらわにした声で、「そうか、本多も賛成でなかつたようだつた」と落ちこんだ声で述べたのであつた。そして、自身の内面に気がさすだけ逆に却つて、天皇の前で自らもらうといつた「逆心理」の文章を平野謙は書いたのであつた。

その平野謙の心理を長く考えた本多秋五は、後年、平野謙が恩賜賞をもらつたのは、やがてくるべき芸術院会員の年金のためだつたと述べているが、私自身、この推定は、一理、あることだと思つている。

平野謙は、私のように、生まれてきたこと自体にやぶれかぶれで、生活なんて宇宙のそとへくれてしまえ、といつた妄念的態度を決してとらず、慎重であつたから、「子供達」の将来のためをも考えていたのである。

思いかえしてみれば、「近代文学」における創始同人は、すべて、自力、で、自分の家を建てているのである。母が「無能な私」に思い及んで建ててくれた三軒の貸家を売り、また、残つた自宅をも同様な措置にして、「自分の家を自力で建てることが生涯ついにできなかつた」のは、私ひとりであつて（親から家をひきついだ荒正人は、那須に別邸を建てている）、平野謙は、自宅のほかにまた新しい家を「妻子のため」建てているのである。

井上光晴が、島尾敏雄を酷しく問いつめたとき、すぐには答えられぬ島尾敏雄は、暫く黙りつづけたあと、「ミホがもらえといつたから……」と、彼の日頃の性情通り、弱々しく答えた。

この答えに井上光晴が納得する筈もなく、さらに追及しようとするのを、私はまたまた「調停役」となり、いや、井上君、島尾には、マヤちやんがいるんだよ、金はいくらでも要るさ、と、これまた生活なんかどうでもいい妄念の持ち主らしからぬ「穏健至極」な言葉をはさんだのであつた。ここで、なお私の気分の奥にある島尾びいきの傍証的な部分を記しておけば、これは精密に調べつくした事態ではないけれども、「近代文学」第一次、第二次と拡大した全同人の裡、「自力でついに家を建てず」に、生涯、借家住いをつづけたのは島尾敏雄であつて、そのほかには極めて少数者しか借家住いを通しつづけてはいないであろう。

――「群像」昭和六二年一月号

＊　＊　＊

『びいどろ学士』

原さんは「寡黙な作家」ということになっているが、恐らく、いままで類がないほどの無口である。無口というより、もはや失語症と呼ぶ領域にはいっているのかも知れない。「寡黙な作家」といわれるこれまでの作家を想い浮べると、まず直木三十五が想いだされ、つぎに浮ぶのが川端康成であるが、この二先輩とも、原民喜とまったく質の違った無口であるように思われる。直木三十五は、催促をくりかえしたあげく喋りくたびれて黙りこんでしまった借金とりを悠然と眺めおろしながら、不精らしく懐ろ手をしたまま、なお黙っているという感じで、川端康成は、大家の前で取りつくしまもなくとまどっている訪問客を時折じろりと上眼に見あげながら、何時までも不気味におし黙っているといった感じである。つまり、私の想像のなかに浮ぶ構図では、直木三十五も川端康成も、つねに、何者かと対座しながら、黙りこくっているのである。そして、直木三十五をかこむ雰囲気は華やかな倦怠、川端康成のまわりに漂うそれは逃げ場のない不気味、といったふうである。ところで、私のイメージのなかに浮んでくる原民喜の前には、誰も坐つていない。対座者がいない前に、原民喜はこころもち伏目になつて、坐つているのである。こういつたところで、その私の構図のなかに、小柄な原民喜がたつた独りで坐つているという訳ではない。孤独は誰にもつきまとつているのであるから、孤独については、また、別の構図が必要であろう。私がここに想い浮べているのは、寡黙な原民喜の姿がひとりの対座者をも持つていない、という印象である、そこには、輪をめぐらしたひとびとの姿が現われてき、そして、そのひとびとの輪の一歩うしろに、こころもち伏目になつた透明な原民喜が坐つているのである。私の想い浮べる構図のなかで、原民喜に対座者がないということは、その無口の性質を物語つているだろう。原民喜の無口は圧迫的でなく、気づまりでない。そこにいるのが、透明な結晶体ででもあるように、ひとびとの気にかからぬ静謐なかたちで、彼はひとびとの脇にひつそりと坐つているのである。彼は、好短篇『氷花』のなかでセルバンテスから思いついた「びいどろ学士」のことを描いている。これは全身が硝子でできていると自分を思いこんでいるので、ひとからさわられるのを何より恐れている。私は、黙つて坐つている原民喜が、傍らのびいどろ学士に話しかけたり、自分がびいどろ学士になつて、人混みを眺めたりしているさまを、面白く思う。この新びいどろ学士は、すべてが壊れ砕けた原子爆弾の衝激から生れでてきたのだが、その眼も、その精神も、そして、その軀までも、透明に透きとおつていて、このびいどろ学士が傍らにいても、ひとびとは少しも気づかないのである。このびいどろ学士は、はじめ、誰かと対座しているのだが、その誰かが他の誰かと話していると、それと気づかぬ裡に、次第に、びいどろ学士の対座の角度がずれてゆき、何時の間にか、ひとびとの輪から一歩うしろに退いていて、そして、その透きとおつたかたちのまま、ひとびとを眺め、耳を澄ましているのである。恐らく、原民喜はあらゆるものの傍らで、一歩ひいたまま、透明に佇んでいるのだろう。原民喜の観察の繊細な確かさは、あらゆるものの前で透明になつてしまう清潔さにある。

死の一年ほど前に、原さんは吉祥寺へ越してきた。その頃から私は軀を悪くしていたので、私が訪ねるより、訪ねられるほうが多かつたが、その訪問は、特徴的であつた。玄関ががらりと開くと、それつきり音がしないのである。不思議に思つてでてみると、そこにびいどろ学士が黙つて立つているのである。その無口は徹底していて、決して「今日は」とも「ごめん下さい」とも云わず、こちらが玄関の開いた音に気がつかずにいれば、そのまま、何時までも立つているのである。恐らく、もし迎えにでなければ、永遠に立つているのかも知れない。

生きているときから、透明なびいどろ学士として私達の傍らにひつそりと坐り、ひつそりと佇んでいた原さんは、いまも、透明なびいどろ学士として音もなく私達を見守り耳を澄ましているのではないかと、ひよいと思うことがある。

――「近代文学」昭和二六年八月号

原民喜の回想

或る暗い深さをたたえた透明な鏡の奥底にぼんやりしたさだかならぬ運命の捉えがたい影を覗きこむような一種不思議な感に何時も強くうたれるのは、生涯の三分の一近い十九年という短かからぬ時間を経過した「近代文学」の歴史を私が振り返ってみるときである。五分の一世紀という短かからぬ歳月の流れのなかで、ただひとり、原民喜さんの自殺を除くと、他の同人達のひとりもが欠けなかった健康の事態は殆んど奇蹟的な異常にさえ思われるのであつた。

私達がかかつた大患という点からいえば、私達の誰もが多かれ少なかれ記憶にのこるほどの病気をしており、例えば、平野謙の脱疽は滅多にない種類の変つた奇病であつたし、九州旅行に出て私達が互いに会わなかつた一週間足らずの短い期間の裡に、大げさにいえば、それまでの体軀の半分近くまで不意と痩せてしまつた荒正人の肝臓障害は恐ろしい危機のかたちを示したのであつた。また、私自身についていえば、私がかかつた結核の推移は長く、執拗な性質のものであつた。

私は、自宅の奥の一室に病院用の簡素で頑丈な黒い鉄製の寝台を据えて寝ていたが、或るとき、その部屋へ平野謙が見舞いにはいつてくるのを力もないぼんやりした眼付で眺めあげていると、入口をはいりかけた平野謙の面上に不意と鋭い驚愕の色がさつと走つて、硬直したきびしい表情のまま閾の上に立ちどまつてしまつた一瞬のさまが、さながら映画のスクリーンの上の鮮明な大写しのように、私に見てとれたのであつた。明らかに魂の底まで苛酷な驚きにとらえられてしまつた彼は、あつ、埴谷はもう駄目だな、という声もない叫びをそのとき深い胸裡にあげたのであつたが、力もないぼんやりした眼付ながら、私は激しく胸裡に驚愕した平野謙のその声もない暗い叫びを一瞬にして感得したのであつた。頑丈な鉄製の寝台のなかに横たわつている私の顔付は、そのとき、凹んだ眼窩、尖つた鼻梁、蒼黒い皮膚という標識のすべてが揃つていて、まさに瀕死の病人の《ヒポクラテス顔貌》をまざまざと示していたのであつた。

このときの瞬間の印象がよほど強烈だつたとみえて、その後私が回復してからも、私の病気時代の話になると、平野謙は必ず、埴谷はよく癒つたな、俺は埴谷はもう完全に駄目だと思つたよ、と繰り返していうのであつた。ところが、そのような危うい病状にあつた私も死の国の薄明の閾まで行つてからひき帰してしまい、私達のなかで死の国の暗黒の真つただなかへ赴いたのは、原民喜さんひとりになつてしまつたのであつた。

原さんが吉祥寺へ引越してきたときすでに軀の具合が悪かつた私は、原さんのところへ二度行つただけで、原さんの方から私のところへ訪ねてくるのが自然の習慣になつてしまつた。その頃のことで深く私の記憶にのこつて忘れがたい事柄を二つほどここに書きとめておこうと思う。

　原さんが借りた二階は私の家から二町ほどしか離れていない短い距離にあつたけれども、私が二度訪れた裡一度は留守だつたので、その二階の部屋へ私があがつたのは僅か一度にしか過ぎなかつた。八畳か十畳の割合広い部屋の中央に机をすえて、そのとき原さんは『ガリヴァー旅行記』を子供向きの読物にする仕事をしていた。机の前に坐つている原さんと話を交わしているときはまつたく気づかなかつたことであるが、帰りがけに、恐らく原さんがはじめて来た私を案内したのだろう、私の前にたつて歩いている原さんの背中をみると、原さんの着物の尻の部分が、ちようど坐つて坐布団にあたつているところだけ円く大きく抜けてしまい、瘦せた原さんの肉体のその部分が蒼白く露わに見えていることに気づいた。それはまるで鋏で円く切り抜いたような大きな穴になつていて、机の前で仕事をしている長い勤勉な時間を示していたが、と同時にまた、それは構つてくれる者もない独身の荒涼たる孤独の時間の長い深さをも示していた。私は、それを繕わさせるから着かえて下さい、と何度も口の奥でいつたが、またその着物を差しだすときの原さんのはずかしそうな黙つた顔付を思いやつて、ついに言葉に出すことができなかつた。私は玄関で思いきり悪く暫らく原さんの顔を眺めていたが、やがて、最後まで言いだし得なかつた後悔と何者へともしれぬ暗い憤懣とはずかしさの混淆した異様に重苦しい気分につつまれながら二町ほどの道を帰つてきた。ちようど坐布団や畳など外界と接触する部分だけまるごとすつぽりとあいたこの着物の大きな孤独の穴は、とうてい忘れがたい私の第一の暗い記憶である。

第二の忘れがたい記憶は、それよりややあとの時期であつたと思われる。或る夜、玄関の戸が静かにあいたままその後何の物音もしなかつたので出てみると、そこに原さんが立つていた。玄関をあけたまま何時までも黙つているのは日頃の原さんの癖であるけれども、そのときあとで解つたことは、そとから帰つてきた原さんと外出する私の女房とがちようど駅への途中で会つて、ライスカレーがあるから食べてゆきなさいと口をかけた女房の言葉につられて、原さんはその夜私の家に立ち寄つたのであつた。私は二人が出会つて会話を交わしたことも知らず、また、原さんは何事によらず最後まで黙つたままなので、それからのことが起つたのであつた。

私が原さんに、風呂にはいるかと質ねると黙つて諾くので、まず風呂にはいつてもらつた。ここまではよかつたのであるが、すでに夜で原さんが食事をすませているとばかり思いこんでいた私は、原さんが女房の言葉につられてライスカレーを食べるつもりで寄つているなどとまつたく想像もしなかつたのであつた。それで、私は風呂から出た原さんの前に南京豆を出して話をしていたのであるが、あとから考えてみると、やはりそのときの事態は異様なのであつた。原さんは、たとえていうと、真黒なビー玉といつたような丸い瞳をもつているが、その印象的な眼で私を直視したまま、前に置かれた皿のなかの南京豆のからを何時までも指先でまさぐつているのである。私は原さんの細い指先と無数に砕けた小さな南京豆のからの果てしもない接触ぶりを眺めて、ちよつと心にかかる異様な気がしたけれども、しかし、それがライスカレーの出現を催促する無言の合図であるとはまつたく気づかなかつたのであつた。女房が原さんに、ライスカレーを食べていらつしやい、と親切にいい残しても、私と女房のあいだに目に見えぬテレパシーがあるわけでなし、私は原さんのビー玉のような黒い瞳の物言わぬ切実な訴えと、細い指先と砕けた南京豆のからのあいだにかもされる無言の催促の低音の交響曲についに気づかずじまいだつたのである。そして、三時間ほどたつたのち、原さんは黙つて充たされざる空腹のまま帰つていつた。

この小さな出来事も、あとになつて、私に口惜しい心のこりのする忘れがたい暗い記憶となつてのこつたが、こちら側に通常の場合に数倍する鋭い洞察力を備えた深い思いやりがなければ、殆んど永劫におし黙つている原さんの音もない気持に適切にあつた応待はできないのである。文学は、私達の日常生活ではつねに黙りつづけているそのような原さんにとつて殆んど唯一の透徹した洞察力を備えた深い交流の場所であつたけれども、黒いビー玉のような瞳の奥にひそかに潜んでいる原さんの思いがけず気を使つたユーモアの落着いたかたちはいまだ私達に十分理解されてはいないのである。死ぬ前年の暮に、「群像」の大久保房男宛てに、原さんは次のような意味の手紙を書いている。そこではやがてきたるべき自殺について原さんらしいユーモアの深い味わいと奉仕を示して、この自殺者のまわりに飛びかう幾たりかの天使達に両手をもみしだかせ、強く泣き叫ばせたに違いない自身のなかに落着いた異常な静謐な趣きがその文中に率直に看取できるので、大久保君の許可をもとめてその手紙をここに掲げることにする。

「群像の合評会のところを今度は読みました　三人とも厚意ある批評だと思ひました　滝井さんにしろ泰淳にしろ僕のものを読んで知つているだけに怕いと思ひます　「歯車」のことを滝井さんは言つてゐますが　僕も芥川の作品のなかではあれが一番心惹かれてゐるものなのです　しかし「火の子供」を書くときにはそのことは念頭になかつたのです　僕が「歯車」を書けばやはり自殺することになるでせう　しかし芥川の場合は暗い宿命観と彼の近代精神とが嚙みあつて挫折したのですが僕にはもう宿命観はないやうです　だから仮りに僕が自殺したとしてもこれは単なる事故のやうなものになるでせう　僕にユーモアの文学を書けと言つてくれる人がときどきあります　僕に限らず日本文学で一番欠けているのはユーモアかもしれませんね　　　　　いい年をお迎へ下さい」

この手紙は昭和二十五年十二月二十日に書かれ、翌二十六年三月十三日の深夜、吉祥寺、西荻窪間の鉄路で原さんは昇天した。さりげなくこの世を去つてゆくことをひたすら念願した原さんが、その自殺のかたちを単なる事故のようなものに見せたかつたことに日常すべてについておし黙つていた原さん独得の極度に静謐のユーモアが切実に感得される。「近代文学」の終刊にあたつて、ただひとりの死者である原民喜の透徹した心願を心から記念しておきたいと思う。

——「近代文学」昭和三九年八月終刊号

堀辰雄

深夜、闇のなかに瞼を閉じていて、なかなか寝つけないことがある。そんなとき、私は屢々、同病のひとびとを想い浮べたが、その想いは、そのひとの病状によつて、或いは、明るく、或いは、暗かつた。明るい方は、快方に向つた福永武彦君、瀬沼茂樹さんの二人で、そして、そのときどきによつて明暗がフラッシュ・バックするのは、小田切秀雄君と高橋幸雄君についてであつた。けれども、小田切君もついに幾度かの危機を乗りきつてしまい、明暗のフラッシュ・バックは高橋幸雄君だけになつてしまつた。(私と同時期に平行したように病んでいて、私の軀に気をつかい、そして先頃ついに亡くなってしまったのに、大井広介君の奥さんがいるが、その病気は上記の人々や私とまったく違って乳癌という決定的な病気だったので、同夫人のことについては次の機会に書く。）高橋は出征するまでずっと長く私と同じ吉祥寺にいて、私とヘボ碁ばかりうっていたが、その頃、私が心臓の具合が悪い話をすると、彼もすっかり同じことを私に訴えた。二人で心臓の不安について話しあうと、症状がすっかり似ているのに驚いた。尤も、私は顔がむくんだが、彼はむくむことがあまりなかった。ところで、現在の病気も発病の時期が同じ頃であった。戦後彼が上京してきて顔を合わせると、軀の調子が悪くて、心臓がどうも不安だ、という話ばかりまたまたしあっていたが、寝ついたのは、思いがけず、二人とも結核からであった。そんな具合にあまりによく似ていたので、私は自分の具合が悪くなると、すぐ彼のことを考えた。あまり消耗感がひどくて、寝ていてもぐーんと下へ吸いこまれるような日が幾月もつづいたとき、幾度か、私はもう駄目らしいと考えたが、そんなとき、何時も、高橋も悪いんじゃないかなと思った。そして、少し具合が好いと、高橋もちょっとは好いのだろうと、いわば、病気の上でのシャム兄弟のような聯想をした。彼は、高知にいる家族と離れて、ひとりで九大病院にはいっているので、その孤独のなかでの絶望感も微光のような仄かな期待も、双方とも、なおさら深いものがあるだろうと、私は、深夜、ひそかに思いやった。

このような想いは、堀辰雄さんについては、殆んどあてはまらなかつた。堀さんについて、夜半、想うときは、もはや諦めにつつまれた静かな絶望のみであつた。ひよつとしたら寝床の上に起きて、気分をとりなおしている、などということは考えられなかつた。もはや明暗はなく、黒一色であつた。結核は、或る限度をちよつとでも越えたら、もう絶望である。もとへもどるということは絶対になく、ずるずると墜ちるのを、ただ一日延ばしにするばかりである。このことを、結核の患者は誰よりもよく知つている。

　昨年の秋、年に二三回ぐらいこまめに信州に行つている山室君から堀さんのその頃の様子をこう聞いた。堀さんの新しい家はだらだらと緩やかにさがる斜面に向いているが、その新しい家に移つた当座は縁側にでて、ひらけた斜面の向うの鉄道を暫らく眺めることがあつたのに、この頃は寝たきりで、縁側へでることもなくなつた、と。病状をそう聞いたとき、胸のなかで嗚呼と溜息がでた。堀さんはこれまで幾度か危機をもちこたえてきているので、その芯の強さを信用している山室君は、そのときの具合をそれほど悪いようには見ていなかつたけれど、私は、堀さんももう起きれないのだ、と暗い胸のなかで、同病者のもつあの絶望を感じた。

　私が堀さんの作品についてもつた最初の記憶は、奇妙なことに、「シヤー・ノアール」というレストランについての印象であつた。僕は「シヤー・ノアール」へはいつてゆく、といつた現在進行形で書かれているその作品からは、非常にはいからな印象がした。ところが、私が堀さんについて二度目の記憶をもつたとき、その印象はまつたく変つて、沈潜した静謐なものとなつた。この第二の記憶をもつた文章は、何という作品か覚えていないが、たしか野尻湖の夕暮のなかにボートを漂わせている随筆であつた。ボートのなかには向きあつた男と女の二人きりで、音もない深い寂寥があたりの薄闇をつつんでいる——この二人だけの寂寥を、堀さんは Zweisamkeit と書いていて、そのツヴァイザムカイトという新しい言葉の味わい深さは、私の記憶に余韻をもつてはつきり残つた。

戦後の或る晩夏、追分に滞在していた佐々木君を訪ねたとき、一緒に堀さんを見舞つたことがある。まだ闇市がある頃で、堀さんは、新宿のマーケットの話を矢内原君から面白く聞いたと、見ることのできない東京の変貌に想いをはせるように云つた。また、油屋へくる神西清さんについて、神西は気を使つてね、ここへきても僕の軀に悪いだろうとすぐ帰る、とも云つた。そんな話をしているとき、傍らへ目をやると、私達の話を聞いて奥さんが後ろに控えているのが目にとまつた。私は、そのとき、薄闇の野尻湖に浮んだボートを想いだし、そして、あの Zweisamkeit をひつそりと感じた。夏は見舞客も多くあるだろうけれども、冬になると、此処は雪と寒気に閉じこめられてしまい、ただ二人きりの静謐な時間がついにやつてきて、互いが互いを無言の裡に感ずるあの深い寂莫につつまれるのだろう、と。この二人きりの寂寥の感じは、いま、亡くなられてしまつた堀さんに、なおある。

病人にすすめて好い小説は堀さんの作品ぐらいしかない、と、その頃、佐々木君が云つたことがある。私も同感であつた。勿論、文学は、すべて、作者と読者の二人きりの静謐な寂莫たる世界であることに誤りはないだろう。それは、たしかに、Zweisamkeit の世界である。けれども、堀さんの作品は、その文学本来の性質以外の Zweisamkeit の感じをさらにもつている、と私には思われる。いつてみれば、深夜、ひとりの病人が扉を開かぬ一冊の本を前に置いて、深い寂寥につつまれている感じ、まだ読みはじめぬのか、それとも、古くに読んでしまつているのか、解らないけれども、とにかく、いま読みふけつている静寂ではなしに、頁を閉じたまま前に置いた一冊の本とひとりの病人が凝つと向きあつた或る種の寂寥の感じが、そこにある。つまり、もう一度云い換えてみれば、扉を開かずとも、その作品名と作者だけで読者に呼びかけて、もはや指先をも動かさせぬ深い静謐へひきこんでしまうこと、それが私に感じられる堀さんの Zweisamkeit の親しいかたちである。

いま、夜深く、堀さんの著作を前に置いて、また、浅間の下の酷しい冬をただ二人きりで幾たびか過された奥さんの看護の記憶を前に置いて、心からなる哀悼の意を捧げたい。

——「近代文学」昭和二八年七月号

結核と私達

戦後すぐの時代は、今から想像できぬほど互いの家を訪れあつた時期で、中村真一郎は私の家の応接間の冷たく堅い板の間の上に布団を敷いて宿つていつたことがあり、また、加藤周一も私の家でのすき焼き会に参加していまと同じように極めて論理的な口調で喋つていたことがすぐ昨日のように想い出されるばかりでなく、マチネ・ポエティク詩篇特集も加藤周一のジャン・ゲノについてのエッセイもまだ同人になるずつと前の極めて早い時期の「近代文学」にのつていたのである。しかし、残念なことに、椎名、梅崎とか、平野、本多とかいうふうに一人の名を挙げれば一端を引かれた紐から他端がするすると出てくるふうに必ず他のひとの名も一緒にでてくるところの珍らしい三人組、加藤、福永、中村の裡、福永武彦だけがその当時東京にいず、従つて、敗戦直後の訪問の季節が遠くすぎ去つたあと、福永武彦と私は何らかの機会に外で会うだけで、互いの家を訪問しあつたことは一度もないのである。

「近代文学」が出発した当初から、二十二年の第一次同人拡大の遥か以前から、佐々木基一と戦時中からの知り合いであつたこの三人組とはまつたく同人と同じ仲間意識をもつてつきあつてきたのであるが、ただひとり、福永武彦だけが遠い北海道の帯広にいて顔をあわせる機会がなかつたのである。しかし、福永武彦が遠い帯広におり、しかも、その後胸を病んで療養生活にはいつたと聞いたとき、三人組の裡たつた一人だけ私達の前に現われないその福永武彦についで私はあれこれと想像したのであつた。

その理由の一つは「近代文学」にマチネ・ポエティク詩篇特集がのつたとき、一番優れているのは福永武彦の詩だという意見を、荒正人と私の二人が一致してもつたことである。

マチネ・ポエティク詩集は詩壇から当時認められず、殆んど袋叩きにあつたという印象がマチネ同人にあるらしいが、しかし、「近代文学」ではそうでなかつたのである。しかも、その後、『方舟に乗つたオネーギン』などのエッセイを書いてマチネ同人と対立した関係になつた荒正人が福永武彦の最初の認め手であつたということは歴史のアイロニイというほかはないのである。

この福永武彦の詩が優れているという第一の理由のほかに、私が帯広で療養している福永武彦に思いをはせたのは、すでに遠い昔のことであるが、芥川龍之介が自殺した夏、中学卒業前から胸を悪くした私は、当時、北海道の鉄道において遥か下方の狩勝平野を遠望する最も雄大な風景であるといわれた狩勝峠を越えた向うにある清水という小さな町の当時の明治製糖甜菜糖工場の知人宅へ行つており、芥川の遺稿の載つた雑誌の広告をみると、数駅離れたところのその地方の中心地、帯広までわざわざその雑誌を買いに行つた記憶があるからであつた。しかし、そのあたりでは大きな町である筈の帯広は、駅の前に一本の大きな通りが真直ぐに延びているだけの一種大陸的な荒涼たる町であることに私は深く胸をうたれたのである。その大きな一本の通りの半ばに一軒の書店があつて、私は目指す雑誌を買つたけれども、その書店の裏手一帯は一軒の家も見えない荒地なのであつた。その遠い古い時期と、戦後、福永武彦が住んだ時期とではかなり町の様子も変つている筈であるけれども、あの荒涼たるわびしい町で療養しているのかという同病相憐れむ思いが福永武彦に対してははじめからあつたので、その後、彼が清瀬療養所へ移り、私自身もまた臥床することになつて、私達の仲間としては一番遅く、結核患者特有の痩せた、弱々しい、蒼白い顔をした福永武彦と会つたとき、その魂とはすでに古くから会つているような気分になり、はじめて会つた気などしなかつたのである。

死は、数年にわたつて寝台に横たわつている結核患者とまつたく等身な分身として互いに顔を寄せあいながら親しくつきあつている絶えざる伴侶であり、また、その思想の殆んど「唯一」の源泉でもあつて、私達が、自己の死ばかりでなく、愛するものの死、同時代のものの死、人類全体の死、地球の死、宇宙の死、そして、それらの死と潰滅の向うにある果てもない暗黒のなかに潜んでいる「何か」に想いをはせなければ、肉体の鈍い不快の異和感のなかで頭のなかのみ不思議な独楽のごとく倒れることもなく恐ろしく澄んで回転している結核患者になつた一種天啓的な意味などないということを、私達はすでに暗黙の裡に知りあつていたのである。この地上の重さの感ぜられぬ一種透明な霊性を帯びたその形而上性は、死を伴侶としつづけてきた他のひとびとと同じように、福永武彦と私を結びつけている目に見えぬ、のつぴきならぬ靱帯にほかならないのである。

——新潮社『福永武彦全小説』第六巻月報7　昭和四九年四月

死の連帯感

まだ若い時期同じ学校で親しい友人となつてからやがてともに文学者となつた珍らしい組合せは私達すべてにとつて印象深いひとびとであるが、私達の時代を代表するごときその三つの組合せは、いま、すべて、その緊密なかたちを失うことになつてしまつた。中野重治、窪川鶴次郎組の両者、また、平野謙、本多秋五、藤枝静男組の前者、そしていま、加藤周一、中村真一郎、福永武彦組の後者が欠けて、戦後私達が懐きつづけていた或る文学的調和の生々しい切実感は、まさしくいま、戦後三十年を過ぎた薄暗い時のなかに消え去りつつあるごとくである。

　戦後文学は、死者達の上にひたすら支えられてきたけれども、しかし、仲間や「敵」の兵士達の重い死を負わねばならなかつた大岡昇平、野間宏、武田泰淳とも、また、愛する妻や原子爆弾によるおびただしい大量死を自身の傍らに絶えず寄りそう「伴侶」としてもちつづけた原民喜とも、福永武彦が携えつづけた死のかたちは違つている。福永武彦も私も、結核のため数年間にわたつて昼も夜も寝台のなかで何物も存ぜぬ眼前の宙空のみを見上げていなければならなかつたが、そのとき、死と自己は一分一厘の違いもなくまつたく同一のかたちとして絶えず重なりあつているばかりでなく、自己の死は、人類の死、地球の死、宇宙の死へとなんらの飛躍も質的差も誇張もなく極めて自然につながつてしまつたのである。いつてみれば、無限のなかの無の観念がまるごとそのまま肉体化されたところのものこそ、結核患者における「死の観念」にほかならないのであつた。彼は眼前の宙空のみを見上げている。そして、彼がその無の空間しか眺められないことは、何時しか彼自身が「宙に浮き上つて」、寝台のなかの彼自身を逆に見下すにいたつても、なんの不思議もないのである。いわば絶えず無限に向きあつているそのとき、私達のつかのまの現在における現存はそのまま「宙に浮き上り、浮き上り、浮き上りつづけて」ついに或る文学的表現に達したのである。換言すれば、「宙に浮き上つた」彼こそ、まさに、「無限のなかにおける」彼の実体であつて、福永武彦にとつても私にとつても、架空の観念といつたものがこの上ない実質感を備えたものにほかならなくなつたのである。福永武彦が「近代文学」同人となつたとき、彼は北海道、帯広療養所におり、ひきつづいて東京清瀬の東京療養所へ移つて、そこで過した数年間の後半部は、私の自宅療養の最初の期間と重なつていたのであつた。

私達が顔をあわせるのは、二人の結核の治癒後であるけれども、「宙空をひたすら眺めている」長い共感が互いにあるので、まつたく同一の姿勢ですぐ話しあつたのであつた。彼が亡くなつた報道に六十一歳とあるのをみて、おや、だいぶ離れていたのだな、と知らされたけれども、彼と話しあつているときは、まつたく年齢の差など覚えなかつたのである。

彼は、或るとき、こういつた。

埴谷君は『死霊』を書いただけで、あと何にも書かないなんて、ひどいよ。

それは、同じ結核患者の長い病歴をもちながら、勤勉な彼が怠け者の私を責めている忠告の言葉であるが、また、こうもいつた。

埴谷君は『死霊』をあれだけの分量しか書いてないのに、言いたいことを言いきつているから、いいね。

これは、たとえ一行でも無限へ挑戦し得ればそれでいいと考える寝台のなかの「宙空凝視者」の或る窮極のみへ向う一種切実な言葉であるけれども、しかし、私が言いたいことをとうてい言いきり得てなどいないことも明らかである。

ボードレエルに発しながら二十世紀文学を広く読みこなしている福永武彦は、十九世紀文学の延長上にある私などより、遥かに「前衛」的で、方法上の幾重もの苦闘はその諸作品に現われているが、しかし、その福永武彦にも、より若い世代からは明治生れの私達と殆んど同一視される日常の一種ユーモラスな「古典的事態」があつた。

学習院大学教授である彼は或るときいつた。

いや、僕達の年代のものはどんな難かしいものでも一応読むけれど、話せないから困るね。

確かに戦前派の「私達」は決してうまく話せないのである。大学の助教授、教授の外国留学は現在誰もの通常事になつているけれども、病身の彼にはその機会がついになく、十九世紀古典派の私達と同じにならざるを得なかつたのであつた。同じ学習院大学につとめるようになつた辻邦生は私にまた或るときこう述べた。

フランス人が学校へやつてくると、福永さんは、辻君、辻君、と僕を呼ぶんですよ。話すのは君がしてくれというんです。

これまた確かに、辻邦生に代表されるところの戦後派は、すべて、私費及び公費の留学生として長く外国にいることから文学的、学問的な「すべて」の出発を出発しているので、読むことも話すことも書くことも、すべておしなべて同一事で、「私達」のようにただただ読むだけということはないのである。尤も、「読むだけ」であるため却って「芸術的純粋性」の一点のみに固執しつづけているという精神の単一性と持続性の「利便」もまたそこにあるといわねばなるまい。福永武彦は「純粋芸術家」として生涯一貫したが、さて、今後、すべてと自己そのものの別名にほかならぬ単一の死を長く凝視しつづけることによってひたすら内面を掘鑿する孤独のなかの芸術的純粋性の保持者となるといった種類の文学者は、いわば「結核族」の最後の純粋培養風結晶であった福永武彦のこのたびの圏外飛翔とともに遠く消えゆくであろう。

三十数年前、「近代文学」に集ったもののなかから、すでに、遠い原民喜をはじめとして、梅崎春生、三島由紀夫、椎名麟三、花田清輝、武田泰淳、平野謙、荒正人を失い、ひきつづいていま、福永武彦をも失うにいたって、その薄暗い流れは目に見えて加速している。私自身が誰かに追悼されるまでは、生き生きと新しい文学の構想を肩を並べて語ったものが未来について黙ってしまう薄暗い悲哀を底もなく味わねばならない。

——「新潮」昭和五四年一〇月号

大井広介夫人

私と平行してほぼ同時期に病みはじめ、そして、今年の晩春、亡くなってしまったのに、大井広介君の奥さんがある。

私の具合が悪くなりはじめたのは、昭和二十五年の晩春で、はじめは、どうも心臓の具合が変だということからはじまった。私がこの心臓の変調を大井家で話すと、大井君のところへしじゅう来ている医師の長畑一正さんが心臓の専門だから長畑さんに診てもらったら好いと夫妻が口をそろえて私にすすめた。ここで、夫妻が口をそろえてという言葉について、註釈すると、もし吾国でお喋べりコンクールが開かれたら大井君は必ずそのベスト・テンにはいるほどの舌力をもち、そしてまた、奥さんはつねにその傍らにあってその大井君のピンチ・ヒッターにでるほどの能力をもっているので、この夫妻そろっての勧めかたにはそれを聞いているだけでもはや病気など何処かへけしとんで療ってしまいそうな一種不可思議なほど熱烈で、面白い、爽快感があるということなのである。つまり、ここで、もうひとつ註釈しておくと、ここでいうお喋べりは、ただ沢山話しつづけるというような口の運動ではなく、鋭利な太刀でずばりと二つに切つたようにはつきりした判断力と好悪の感情が痛快なほど畳かけて次々と打ちだされてきて、あれよあれよと思う裡に三四時間は忽ち経過してしまうといつた、いわば、間然するところなき、まつたき自己主張がそこにあるということなのである。恐らく、自我の完璧な開展というものは、こうしたかたちでも現われるものなのだろう。私は、大井君が喋りだすのを傍らで聞き且つ見ているたびに、中島敦が解釈するところの孫悟空が目の前に躍りでて、猪八戒を叱咤し、如意棒を振りまわし、筋斗雲に打ち乗つて、あれよあれよと思うまもなく、前進、また、前進と虚空の彼方へ芥子粒のごとくに飛んでゆくのを見ているごとき感に襲われる。そして、私が感心することは、それが百度見聞して百度爽快感をもたらすというコンスタントな強烈さをつねに持続している点である。大井君は、自分自身で、喋るのが好きで、聞くのは嫌い、と言つているくらいだから、私がまだ玄関へはいつたばかりで坐らぬ裡からもはや話がはじまつているのだけれど、殆んど何時も、奥さんが傍らにいるのであるから、私は同時に話しかけられ、同時に頷きながら上つてゆくという具合になるのである。もし大井君の話し方を戦艦ミズーリか大和、武蔵級の強大な主砲の連射というふうに解すると、奥さんの方は軽快な機関砲かポムポム砲といつた趣きがある。大井君は見事な愛妻家であるから、不確かなことにぶつかると、「フミ子、フミ子、あれはどうだつたかね。」と大声で訊く。ところで、大井君が思いちがえたまま話しつづけていると、奥さんが鋭く、「パパ、パパ、ちがいますよ。」とひきとって、大井君よりやや早口に、そして、同じように自己の全力をこめて楽しげに話す。話すことに無限の愉悦を覚えるという点で、これ以上似合のティームを私は知らないが、恐らくこのことは、大井家を訪れた誰もが感ずるところだろう。大井君は、勿論、はじめからおわりまで、切り炬燵の前にどつかと腰をおろしたまま決して動かないが、奥さんもそこから立つ時間が惜しくて、何時までも坐つている。主婦として、どうしてもお茶を出さねばならないときは、隣りの台所へ立つて、時々、早口にポムポム砲を射ちながら、必ず、軀も顔もこちらへ向けつづけているので、その話の歓待の熱烈さに、一種の感動を覚えるほどである。尤も、何事をも顧慮せずに、自らの好むところに没頭し、自己の個性の発現のみにつとめるのは、いわば、大井家の家憲であつて、その誰もが、普通人が見ればびつくりして、とても変つてるよ、と呆れてしまうほど、個性的である。例えば、長女の陽子ちゃんは、いますぐ、動物愛護協会の理事になれるほどの動物好きであつて、兎、山羊、鶏、猫などを飼つていたが、その動物たちが家族や訪客たち、即ち、人間たちとまつたく同格なことは、座敷に坐ると、明るい縁側寄りに白い兎が跳ねており、奥の食器戸棚のなかには二匹の猫がはいりこんでいて、切り炬燵と訪客のあいだを一羽の鶏が悠々と歩いてゆくことで、明らかである。いまからかなり以前に、フランク・キャプラの『我家の楽園』という映画があつたが、どうも、大井君の一家はそれに似た趣きがあつて、ひとたびその閾をまたぐと、興湧き起つてもはや尽くるところなく容易に去りがたくなつてしまうといつた具合なのである。

このような一家に熱烈に勧められたのであるから、私は、直ちに、否応もなく、長畑医師の診断を受けた。長畑さんは、電気心動図をとり、また、私の胸部をレントゲンで覗いて、心臓より肺がちよつと悪いから注意するようにと述べた。私は中学時代から幾度か肺を悪くしていて、その進行が緩慢になつていることを自分で知つているので、格別心配しなかつたが、そのとき、胃腸のレントゲン透視をしなかつたことが最大の手落ちであつた。私は今でこそ薬品のなかに埋まるほどあれやこれやと集めているけれど、その当時、薬舗にはいつて薬品を求めることは殆んどなかつたにもかかわらず、ただ下痢どめの薬だけはあれこれと買つていた。そして、しつこい下痢だな、とその当時はただ思つていただけであつたのだが、いまにして想えば、顔色が汚なく黄ばんだ青銅色を帯びてきたそのとき、すでに腸結核だつた訳である。この腸結核は、一年後、昭和二十七年の三月になつて、腸のレントゲン透視の結果、明らかになつたのだが、それがそのとき解つておれば、ひよつとすると、長い療養生活を過さずにすんだかも知れないと、私は長畑さんを恨みがましく思つたものである。然し、軀の具合はどうにも支えておれぬほど悪かつたにもかかわらず、とにかく、当時は、病名もはつきりしないままで、寝たり起きたりでぶらぶらと過すことになつた。

ちようど、その頃である。昭和二十五年の夏にはいつていただろう。私が病院のかえりに大井家を訪れると、奥さんがひとりで出てきて、乳のなかにころころした堅いものがでてきていて、乳癌かも知れないんですのよ、と言ったのである。

大井夫人は小柄であるが、屈託のない、明るい表情をもっていて、乳癌という危険な病気について語りながら、巧まざる自然のユーモアをまじえて、私に早口に告げるのであった。東大では慎重な先生がたがまだ癌かどうか判定しかねているが、慶応では早く切ってしまえと無性にせきたてている、と。

この未決定な診断についての話を聞きながら、私はひたすらそれが癌でないことを祈った。癌が決定的な病気であることは誰も知っているが、私は進行してゆく癌の経過を詳しく見知っていた。私の祖父は胃癌であったので、私の父はつねに癌を警戒していて、少年期から青年期へ移りかけていた私の目には、父の注意があまりに気を使い過ぎるのではないかと見えるほどであったが、その警戒にもかかわらず、癌はやはり父の軀に発生した。それは、日頃、父が注意していた胃にではなく、思いがけず、上顎の骨のなかにであった。それから行われたのは、父に気の毒な大きな手術であった。頬の肉をはぎ、上顎の骨を小さな鋸でひき切ったのである。小さな鋸で骨をひき切る時間は、恐らく、一時間近くかかっただろう。父は麻酔のかかったまま、咆哮した。私は、小さな硝子窓のついた手術室の隣りに叔父とともに立会人として控えていたが、それは見るに忍びず、聞くにたえがたい、長い苦痛の時間であった。このような苦しい手術にもかかわらず、死は徐々と父のなかを這い進んで、ちょうど十箇月後、私達家族は父の死と遭つた。翅を拡げた蛾のように、少しずつ、歩一歩と這い進んでゆく死の姿を毎日眺めつづけていた十箇月であつた。私の父は、私に幾許かの事柄を教えたが、最もよく私に教えたものは、死についてであつたといえる。癌体質は遺伝するといわれる。もし私が五十代まで近づけば、私もまた三代目の癌体質として癌に襲われるのであろうが、しかし、それまでに恐らく他の病気でたおれるだろうというのが、その青年時代からの私の予感であつた。

そんな私はなにか良性な肉腫であれかしとひたすら望んだけれども、大井夫人にころろとさわられたものはやはり乳癌なのであつた。その次に夫人と会つたときは、すでに手術が終つていた。ただそのとき幾分心強さをもたらしたことは、その手術が非常な早期に行われたことで、夫人の報告によれば、こんな早目に発見した患者は、殆んど稀で、これで再発するようならまつたくの不運と諦めるほかない、といつたという医師の言葉が最大のたのみなのであつた。この言葉は、夫人をも家族をもそして私達友達をも元気づけた。早期発見、それが唯一の癌への対抗策だとは私達みんな知つており、この場合、その唯一の場合にあてはまるかも知れないとの希望がとにかく生れたのであつた。そして、事実、この医師の言葉はただの気休めではなく、或る程度まで、診断上、確信されたことに違いはなかつた。その後、夫人は三年近く、私達と元気に話しつづけたのであつたから。そして、あまりに快活に元気好く私達に話す期間が長くつづいたので、ひよつとしたらもう癌の懼れはないのではないかと私達は殆んど信じこみかけたほどであつた。

けれども、その期間がまつたく何事もなく平穏に過された訳ではない。私が重い軀をひきずるようにして病院の帰りに寄るたびに、またちよつと切つた、という話が、まあ、譬えていえば一塁側と三塁側からホーム・プレートへ投げこまれる十字砲火のように夫人と大井君から打ちだされるのであつた。始終胸のあたりを気にして、何かころころとさわるものがあると、直ぐ切つてしまう。もう、あちら、こちら、切られ与三みたいなものですよ、と大井君は前置きして、夫人が神経質に軀じゆうを探しまわつている話をはじめるのであつた。ところで、私も病人であつたから、病者の神経質ということの必然な成行きがまざまざとわかるのであつた。ましてや、相手は癌であるから、絶えず、気遣いをそこに向けて、神経は波打ち顫えているのが当りまえなのである。そして、大井君の言葉をひきとつて早口に説明しはじめる夫人の話によると、夜、寝ていても手は胸許のあちこちをたしかめていて、気の休まることがないのだそうである。病者の感覚はまさしくそうであつて、私達は病気に挫けない夫人の快活さに感心したものの、それはまた絶えまのない不安を内面に蔵した数年間なのであつた。

その後、私の病院が、大井君に紹介された直ぐ附近の病院になつてから、私は、殆んど月に一回位は、夫人と会うことになつた。その頃、私の具合が悪かつたので、私にとつては、夫人の切れ目もなく打ちだすポムポム砲のような話し方が非常に爽快であつた。行きには近い千駄谷で降りて、帰りはやや遠い代々木へ出るというのが、私達の習慣化したコースになつたが、それには、夫人の弾むような休みもない活力が私に力を添えた感があつた。夫人は、ときどき、私達を見送つてきた。代々木の駅の階段を上つてやつとプラットフォームに立つと、全身がじーんと凪のなかの電線のように揺すぶられ唸る音をたて、足下からぐんぐん沈んでゆく感じが何時も私を襲つて、この調子では駄目なのかもしれない、と幾度も考えたが、そのとき同行の妻に繰返していうことは、奥さんはあの軀で元気だな、どうも、見習わなければならない、という嘆賞と励ましのつねに決つた言葉であつた。

癌で気になる最大のものは、再発である。手術後、三年間は危険期として注意していなければならないと云われる。大井夫人の期間は、その最大限の三年にわたつたが、とにかくひとに会えば話すことの愉悦に全身を打ちこんで、百二十パーセント位の快活に溢れるたちであつたから、私達は、ひよつとすると、これは再発しないで済むかもしれないと思いこんだほどである。勿論、心の底の波紋の中心では、決して安心出来ないと言いきかせながらも、夫人の顔を見るたびに、こんなに活気に充ちていれば恐らく大丈夫だ、と幾度か思いこんだ。然し、その間に坑道を掘る隠秘な地下工事のように癌は少しずつその細胞を増やしつづけていたのである。癌のような隠秘な悪質の病気は、最後近くならなければ、その面貌をはつきり現わさないらしく思われる。そして、その外貌は、長らく私達を欺いたのである。

二十七年の春、私が東大病院を訪れたとき、医師の長畑さんがこう云つた。どうも困つたことに、大井夫人の肋骨附近に癌が再発したように思われる、と。けれども、そのとき、私はそれまで私の軀を十分に診ているとは思われなかつた長畑さんの言葉をあまり信用せずに、手術後の奥さんの経過を見て、やはり大丈夫らしいと感じていたのであつた。その頃ひどく具合の悪かつた私にこうした方が好い、ああした方が好いと療法を指示してくれる奥さんの活潑な口振りが崩れ落ちそうな私に自身を振るいたたそうとする活気を与えこそすれ、病的な切迫した感じは少しも与えなかつたのであつた。ところが、隠れた病気の徴しは、やはり徐々に現われてきたのである。

私は、医者のところへ診察に行くときだけ大井家を訪れるのであるから、月に一度か、二月に一度しか夫人に会わない訳である、すると、そのたびに夫人の衰弱が目立つてくるようになつた。軀を立てて保つているのがやつとの私には駅の階段が最大の苦痛で、妻にやつと階段の上まで押し上げられてプラットフォームに立つと、ちようど激しい嵐のなかにもまれる小さな舟のように大揺れに揺らめく眩暈の渦に包まれてしまうのが常であつたが、その話を夫人にすると、夫人もまた駅の階段を登りきるとその場に倒れそうなほどぐらぐらしてしまうと述べたので、私は、いま病気は吾々二人をしやにむに激しく襲つているところだな、と夫人のひそかに抑えている苦痛に気づいたのであつた。そして、夫人が圧しつけ抑制していた苦痛はそれから徐々に現われてきた。

夫人は、手術後、長いあいだ放射療法に通つていたが、衰弱した様子はまず顔の皮膚に現われた。夫人は小柄な美人であつたが、眼のあたりから頬へかけて急に老けた感じになつてきた。そして、軀の苦痛が増してくるにつれて、気が苛らだつてくるらしく、殆んどそれまで訴えたことのない精神上の苦痛を洩らすようになつた。すると、そのとき、私ははじめて卒然と悟つたのである。夫人は病気からくる苦痛を抑えていたばかりでなく、この自由人の家族たちが集つている大井家で天衣無縫ともいうべき奔放な自由が飛び交うのを支えるための支柱となつて、いわば背を曲げたアトラスの苦痛を耐えていたのであつた。夫人のポムポム砲は自身を防禦するためではなく、主力艦を援護するために打ち上げられ、そして、自身は援護艦として沈没してしまう運命を負つていること、そのことを自覚しながら、夫人は歩一歩と衰滅しつつあつたのである。

そして、ついに夫人の最後がきた。その最後は、援護艦の沈没として見事であつた。私は、一隻の巡洋艦がポムポム砲を打ち上げながら、するすると紺碧の深淵のなかにのみこまれてゆく光景を想つた。

癌は患者に告げられないのが、慣習である。夫人の癌の再発は、長く、家族のものにも告げられなかつた。けれども、夫人の衰弱がひどくなつてから、医師の長畑さんはついに大井君に診断の内容を告げ、そして、このときとつた大井君の態度は、窮極に於いて、やはり是認せられるべきものであつたろう。余命がないとするなら、ちやんと病気の原因を知らせて、死なせてやりたいというのが大井君の意見なのであつた。

大井君が夫人に癌の再発について告げたちようどその翌朝、妻が訪れたが、そのときの夫人の悲嘆は激しく深かつた。妻としてはともに泣く以外に何らの慰めるべき言葉もなかつたのであつた。そのとき、夫人は、もし子供がなければパパに一緒に死んでもらうんだけれど、とかきくどいたとのことである。

それから四五日して訪れた私は、奥さんとあまり距たらず僕もやがて行つて、向うの話をいろいろ聞きますから、先に行つてよく見ておいて下さい、というつもりであつたが、しかし、そのときの夫人はもはや落着き、まことに立派で、無駄なことは何もいう必要がなかつた。パパと一緒にという死者のエゴイズムは、この生者のなかでは許されないこと、この世界はつねにひたすら生者のみの世界なのであつて、死者はただ影の国へひきこもるべきことを、暗黙の裡に理解し、そして、言葉も少なかつた。そのとき、私が気づいて共感したことは、すでに語るのにも疲労を覚える夫人が、私達に絶えず眼で語つたことであつた。その眼は、ひとの話す言葉に微妙に反応した。その眼は絶えず微笑し、ひとを許し、自らは諦観のなかにひつそりと沈んでゆく気色を、風に揺れ移る水面の波紋のように微妙に示した。絶望を通りこしたあとの静謐がそこにあつて、何者かとの調和がそこに感ぜられた。

大井君は、日頃から日本人の長所のひとつに無宗教性ということを数えいれているので、夫人の葬送には誰もが驚くほど、何らの儀式がなかった。病院へ送られて解剖され、そのまま火葬場へ廻って、そして、骨箱に収められて家へ帰ってきた夫人の遺骨は、四五冊の本が乱雑に並べられた大井君の机の隅に、こともなく無造作に置かれてあった。その机の上は全く整理もされていなかった。普通、葬送の場合するような礼拝すら誰も出来なかった。縁側には白い兎が飛び跳ね、食器戸棚のなかには二匹の猫がはいりこみ、切り炬燵の横を一羽の鶏が悠然と歩いてゆくといった悠久たる自然のなかに、夫人の段々小さくなってゆく影がこともなく無造作に坐りこんでいるという感じであった。

この秋、大井君は新夫人を迎える。新夫人は亡くなった夫人を看護したかたとのことである。紺碧の海は歴史のさまざまを深みへのみこんで、ゆったりと変らぬ波を動かしつづけている。嘗てポムポム砲が打ち上げられた場所にさしかかったとき、そこは見渡すかぎり茫洋たる紺碧の潮が流れているばかりであろうが、長く夫人の耐えてきた苦痛と辿りついたところの静謐を記念して、私達はそこで言葉なき花輪をひとつ投げ入れたいと思う。

——「近代文学」昭和二八年八月号、九月号、一〇月号

癌とそうめん

私は、どちらかといえば、ひどい講演嫌いなので、どうにもやむを得ぬ極めて極めて僅かな場合を除くと、演壇から何かを話すということはないのだけれども、昭和三十八年の晩夏、大杉栄記念講演会にひきだされたことがあつた。さまざまなものが混在している私の暗い内部を分析してみれば、なんらかの意味でアナキズムと呼ばれる要素がそこにないとはいえないけれども、しかし、文学に従事しているものがそれぞれの胸裡に内包しているアナキズムの志向と格別異なつたものではないのであるから、こうした会で何かを話すということは僭越という気分がするのであつた。そうした私が運動に熱心な秋山清の言葉を断りきれずに、当日、お茶の水駅から僅かの距離にある会場の控え室にはいつてゆくと、がらんとした部屋の大きなテーブルをかこんで数人の関係者が腰かけているなかに、高見順と岡本潤の二人が並んで何事かを熱心に話していたのであつた。大杉栄が甘粕大尉に殺されたとき、私はまだ中学二年で、大杉栄の影響を私はうけなかつたけれども、私より僅か年長の高見順は直接に大杉栄の強い影響をうけており、当日も、「生の拡充」を議題として話すことになつていたのであつた。

ところで、高見順と岡本潤が熱心に話しこんでいたのは、アナキズムに関する話題ではなく、食物が咽喉につかえるということについてであつた。そこで、私もまた同じだと向い側から言つた。

「えつ、埴谷君も咽喉につつかえるの?」

と、高見順は不意に顔色を輝かせながら、こうみんな同じ症状を共通にもつているなら、不安な事態ではあるまいといつた安堵もこもつた調子で訊いた。

「ええ、殊に麵類がだめですよ。」

と、私は答えた。私自身かなり以前から食物が咽喉につかえる事態をそのときどき気にしていたのであつた。そして、いわば自身をひとつの不安な頼りない研究材料としながら観察していると、私の場合の嚥下困難はこんなふうに起るのであつた。うどんのように太く軟らかなものは一瞬息をとめておいて力をこめて一挙にのみこめば、咽喉の側面に不思議な忌まわしい感触を残してこすれながら落ちこんでゆき、そばの場合は時折つかえて数瞬の暗い不安を呼ぶものの、そのとき、息をとめたままゆつくり時間をかけ舌の上で小さな部分にまとめながら咀嚼していると、ぼそぼそ切れるのでどうにか咽喉の奥にはいつてゆくのであつたが、そのなかで最も嚥下困難なのは、細くて容易に切れにくいそうめんの類なのであつた。私はこうした嚥下困難の種別を高見順に説明したけれども、しかし、勿論、嚥下困難にまつわる多くの事態に触れることはできず、その言及されなかつた事柄のひとつに、この暗い不安を数瞬呼ぶ麵類をいわば自身に強制して絶えず食べてみるという不思議な逆行動の気分があつたのであつた。大げさにいえば、死に接触している日常性の感触がまぎれもなくそこにあつたのである。

「すると、君はずつと前からそうなの？」

と、私が述べる嚥下困難な種別を聞いていた高見順は明るい表情をとめて訊いた。

「ずつと前からでもないけど、もう数年はつづいてるような気がしますね。」

「数年間も……？　じやあ、僕のとは違うなあ。」

数瞬前の輝きも消えてしまつた、気落ちした語調でいつた。けれども、すぐいたずらつぽい眼付になつて、切なそうな口もとの翳を追い払うように、高見順は自分から先に笑つてみせた。

「お互いに癌年齢になつて……気にするね。」

それは、食道癌と診断されて手術する半月ほど前のことであつたが、相手に反応して敏感に変化するこのような高見順の気分は都会人ふうな特質としてすでによく知られている。一瞬の裡の反省、照れ、即応、地口ふうになんでもひつくり返してみる省察法……そうした特質は、勿論、作品のなかに互いに相い支える不思議なニュアンスをもつて現われているけれども、それが最も裸かのかたちで示されているのは、最近、私達が全容に接することができはじめた『日記』であると思われる。

ここには、時代の歴史とともに、神経と感情をさいなまれた現代人の、或る種の内的な祈りの記録が見出される。それは、絶えざる反省録であり、精神を逆立ちさせてみる体操であり、克明な読書ノートであり、特別な風俗史である。私の文章は、この『日記』について書くことをもとめられたのであるけれども、この多面的で厖大な日記について記すべきことはまだまとまらない。最近私が読んでいて感慨深いのは平野謙が絶えず登場することであり、高見順も彼も逗子に仕事場をもつていて、従つて、逗子の住人である本多秋五と堀田善衞が登場人物として加わる遠い逗子時代のあたりを読みながら、私は眼前の薄暗い宙を見上げて、深い、長い追憶にふけつたのであつた。

——「本の手帖」昭和四〇年一〇月号

高見さんのサーヴィス

癌は、私にとつては、いつてみれば、切実で、しかも、きわめて親しい病気であつた。私の父は、その父、つまり、私の祖父が胃癌で亡くなつたのを日頃から気にしていて、神経質なほど胃の健康に留意していたにもかかわらず、まことに思いがけぬことに、父の癌は上顎骨という場所に発生した。小さな鋸を動かしながらその部分の骨を切除する手術は、気強い父に手術室いっぱいに響く野獣のような咆哮をあげさせるほど長い時間のかかる、原始的で、手荒な、父に気の毒な大手術であつたけれども、四個月の入院、そして八個月の自宅療養後、ついに癌に屈服する経過を辿つたのであつた。そして、その八個月の自宅療養中、私は父のなかに棲息している癌がその足を確実に拡げてゆく苦痛と衰弱の日々を見まもらなければならなかつたのであつた。

最初の手術後暫くたつて鎌倉の自宅に高見さんを見舞つたとき、そうした父の記憶のなかで、御見舞いは恐らくこの一回きりだと心にきめていたので、私は意識的に長居をしたのであつた。ベッドに寄りかかつている高見さんは元気で、そのとき読んでいた吾国労働運動史について話し、さらにマルキシズムとアナーキズムの関係にも触れた。私自身はできるだけ友人たちの消息の裡から愉快な話題をひろうようにしながら話が酒におよぶと、高見さんは傍らで世話をしている秋子夫人に、埴谷君にウィスキイをあげて、といつた。

私は高見さんと一緒にのんだことは数えるほどしかないけれど、或るとき、深夜のレストランで、大きな軀の篠田一士、丸顔の丸谷才一とともに高見さんをかこんで文学論をかわしていたことがあつた。話が私小説のことになり、丸谷才一がなにかの作品を攻撃すると、高見さんは急に憤然となつて、そんなことといつたつて生き死にをかけてやつてる仕事なんだよ、と私小説そのものを攻撃されたかのごとくに懸命に弁護した。私が三人とわかれてそのレストランを出たのが二時頃であつたが、ほかのバアに寄つた私がそこで一緒になつた井上光晴と「よつちゃん」という女友達と三人で或るお握り屋へはいつてゆくと、そこでまた高見、篠田、丸谷の三人組にあつたのだつた。

　そのお握り屋のカウンターは大きなロの字形になつていて、調理場であるロの字の内部には日頃は年輩のおばさん達が立ち働いているのだけれども、午前四時過ぎのその店には私達と高見さん達の二組の客しかいずにがらんとしているので、ロの字形のカウンターの向う側とこちら側に向いあつて坐つていると、お互いに何かの罪状を摘発しあつている審問官にでもなつたような奇妙な気分になつてくるのであつた。

　井上光晴は、彼自身そのことを書いているが、高見さんと小喧嘩をしたのち仲よくなつた間柄なので、こちら側から大声を出し、また、丸谷才一もそれに負けぬ大声を向う側からあげるので、はたで聞いていれば、確かに弾劾しあつているように見えるのであつた。こちら側から正面に眺めていると、高見さんは軀全体の表情が豊かで、上体を横へ倒し、顔を篠田一士のほうに大きく傾けながら、眼はちゃんとこちらへ向けて、あいつ、おかしなやつだねえ、と呟いているのであつた。この、おかしなやつだねえ、というのは高見さんの反語で、大声を出す井上光晴をうれしがつているのであつた。

　それから以後、どういうものか、たまにしか会わないのに、高見さんと会うときは何時も暁方だつたので、私は高見さんに、埴谷君は酔漢になつたねえ、といわれ、そして、病床でもウィスキイをだされることになつたのである。

夕方になつても私が立ち去る気配を見せないので、奥さんは鮨を取り寄せ、私は高見さんの工夫と努力を要する困難な食事ぶりを目のあたり眺めた。人工の管が食物を通しにくいことは当然だけれども、さらにまた、胃へつなげるため上腹部に孔口をうがつてはめこんだインク瓶大のクロップの周辺から流動物や胃液がしみだしてきてあたりの皮膚をただれさせるので、奥さんはほとんど一時間置きくらいにその孔口のまわりを拭きとつていなければならなかつた。片時も離れず、傍らにつききりでいる奥さんの世話と苦労の深さは誰にも伝えがたいほどたいへんで、父をひとりで一年以上も看病しつづけた母のことなど私は想い出しながら、恐らく夫婦ならではこうした親身な介抱はとうていできがたいと感慨深く、かいがいしい奥さんの世話ぶりを見まもつていた。

ところで、胃に通じているそのクロップは咳をしても笑つてもはずれることがあり、事実、私達が話に夢中で笑つたときにそれははずれたのであつた。

それは、これは平野君じゃないかな、と高見さんがいいながら、講談社版の全集『佐藤春夫』の巻頭を開いて差し出したときであつた。そこにのせられている数葉の写真の裡の一枚を覗きこむと、腰かけている佐藤春夫と久米正雄の後ろにゆかたの裾をからげ脛をだして立つているりりしい青年は、一目みただけでまさにまぎれもなく、眉目清秀時代の若き平野謙なのであつた。佐藤春夫が随員の名を記憶していないので平野謙も他の人物の名前もそこに示されていないけれども、あとで平野謙に聞くと、他の一人は情報局の文芸課長として悪名をのこしてしまつた井上司朗で、その場所は有馬温泉だとのことである。

それはたしかに、平野君だね。わあ、彼、いやがるだろうなあ、と高見さんが動かせない身をよじりながら喜んでいうのは、平野謙ひとりがゆかたの裾をからげて脛をだしているばかりでなく、戦時中、情報局の講演会の一随員として「顔写真をのこしている」ことをも指しているのであつた。これを教えてやると、彼、きつといやがるね。ほんとに彼は自分でいやがることばかりしているね。そういうと、ついに抑えに抑えきれずいきなり高見さんは笑いだして、そして、そのとき、不意に腹部にはめこんであるクロップがぽんとはずれたのであつた。

私は一回きりの見舞いになにか愉快な話題を携えてゆきたかつたのだが、この若き日の平野謙の写真の思わざる発見によつて、かえつて私は逆に高見さんから笑いのサーヴィスをうけてしまつたのであつた。

――勁草書房『高見順日記』第二巻ノ上　月報　昭和四一年三月

穴のあいた心臓

私は、嘗て、武田泰淳と梅崎春生の二人を「伏目族」と名づけたことがあるが、眼前に対座している特定の相手をまったく視野にいれていないところのいわば完全伏目といった事態を長い時間保っているのは武田泰淳だけである。恐らく武田泰淳は私達を支えているところの或る種の奈落、諸行無常といっても万物流転といっても死と衰亡へひたすら向うのっぴきならぬ事物志向といってもいいが、その奈落のみを五十九分五十九秒眺めおろしているが故にちらと眼をあげた瞬間の残りの一秒だけで眼前の相手がその内部に隠しもっているすべてをのこる隈なく洞察してしまうのである。

他方、梅崎春生の伏目は、その武田泰淳の下方へ向っての眼の伏せ方を百パーセントとすると、三十パーセントくらいの伏目で、向う側に対座している相手も、そして、相手の横に拡がったところの薄暗い輪廓をもった空間も、その視野のはじの隅に、曇り硝子の向うの物体の翳のようにぼんやりはいっているのであるから、いってみれば、虚無と実在のあいだの一種漠とした幅狭い空間を眺めるともなく眺めているということになるのである。

このような「伏目族」の内包するものについて、ところで、私はこんなふうにしめくくつている。押しても突いてものつぴきならずそこに在りつづける眼前の事物を見つづけているのがいやなんだとか、まつたくのところ照れているんだとかいうふうに絶えず伏目になつている彼等は、一見、その眼をあげざるところの弱者、さまざまな負の符号を無数につけ得るがごとき弱者のように見えるけれども、実際は彼等すべてが一種不思議な強者なのであつて、伏目族とは強者の旗を逆に下方へ向ってさしのばし掲げているところの或る種の内的部族であるといわねばならない。

内面における一種不思議な強者であるこの武田泰淳も梅崎春生もともに私と同世代であるが、さて、それから後の世代における「伏目族」の強者をあげるとなると、まず吉本隆明に第一の指を屈し、そして、そのつぎに高橋和巳をあげねばならなくなるのである。

吉本隆明は何かの種目のチャンピオンといつても通るほどその体格もよく見るからに強者であり、他方、高橋和巳は使い古された傘といつたふうに骨ばり瘠せていて見るからに弱者である点でまことに対照的であるけれども、しかし、第一次「伏目族」とまつたく異なつて、しかも、第二次「伏目族」の両者にだけともに共通なものをとりだしてみれば、それは彼等に浮べられる清潔な微笑であるといえよう。

吉本隆明が示す伏目の角度は、どちらかといえば、梅崎春生よりやや深く、先程の下向き率に換算していえばだいたい四十パーセントぐらいであるが、しかし、下方へ展いた彼の視野のはしの隅にはいっている薄暗い事物のぼんやりした輪廓にも或る種の実在感の裏打ちが存するだろうと思われるのは、何かを話しているあいだじゅうその頰から口辺へかけて浮かべられている彼の微笑が穏やかな質実さを保ちつづけていることに由来する。しかも、なおつけ加えていえば、吉本隆明の声は男性的な艶をもっているので確かな手答えをもってこちらの胸裡にはいってくるという補助作用にも欠けていないのである。私は、嘗て、井上光晴と丸谷才一と開高健の三人をひとつの組にくくって、秀吉以後における日本三大音とたわむれに呼んだことがあるが、井上光晴のそれを男性的な魅力と騒音の被害感をともに覚えさせる大声とすると、吉本隆明のそれはその殲滅破壊的な文章から想像できぬほど説得的な穏やかな中音部の幅をもった男性的な声といわねばならない。

それに較べると、高橋和巳の声は耳許におけるダイモンの警告的な囁きほどでないにしてもかなり低く、どちらかといえばアルトふうな頭へ抜ける声音であるが、その伏目の角度は完全伏目の武田泰淳のそれに近く、八十パーセントぐらい深めで、眼前にある事物の配置も属性も殆んど眺めていないように見えるのである。けれども、しかもなお、この場合も、すぐ重なる世代の吉本隆明と同じように、眼前の事物の内容と自己の内包するものとのあいだに或る種のつながりをもっていることを確然と示しているのは、眼前の相手の話に聞きいりながら絶えず浮べているその静かな微笑と、時折その面を真上の虚空にまで向けて高くあげる清潔な哄笑のかたちによるのであつた。

さて、或る夜、吉祥寺の私の自宅で互いのあいだに一方は強い中国のマオタイ酒、他方は弱いイタリーのチンザノを置いて話しあつているとき、どういう話の連想からそうなつたのか記憶していないけれども、高橋和巳は自分の心臓には穴があいているのだと述べた。この報告は私を急に不安にさせた。その酒の人並みはずれた強さに日頃から何時も驚いていた私が、心臓に異常があるとしたらこうしてのんでいて大丈夫なのかと甚だ常識的なことを訊くと、何時までもつか解らないけれどこの心臓の異常は何時も気持に危機感をもたせていていいのですと彼特有の静かな微笑を浮べながら高橋和巳はいつた。誰が見ても弱々しく、そして、自分自身でも弱者であることを絶えず認めつづけ、そして、弱者の論理の積極的な開発者となつている彼が、「伏目族」の一員たる事態と伝統に適わしくやはり内面における一種不思議な強者であることを私はそのとき強く感じたけれども、しかしまた、同時に、私が見知つた内面における幾人もの強者達の裡、彼は最も壊れ易い負荷を負わされた構造を体質的に特別にもつているのだなという一抹の薄暗い怯えをともなつた不安につつまれざるを得なかつたのであつた。

そして、別の或る夜、飯田橋から九段下へ向つた裏手にあたるという漠然とした方角だけ解つてそこが何処らにあたるとも知れぬ深い闇のなかを私達は一緒に歩いていた。どうして私達ふたりともになんら関係もなく、また、日頃まつたく通つたこともないそのような淋しい不案内な地区の闇のなかを歩くようになつたのかその理由は今でもまるで思いださないのであるが、これまでまつたく見知らぬ何処かのバアで休もうと私達はいいあいながらも、そのあたりの深い闇の区域にはバアの所在を遠くに示す明るく浮きでた鮮やかな電燈の光がひとつも見当らないのであつた。ちよつといい気分ですねと高橋和巳は微笑しながら言い、そのあたりの地理も皆目わからぬ深い闇のなかをさらにでたらめに歩いてゆくと、やがてようやく一軒の小さな見すぼらしいバアの前に出たのであつた。

私達がはいつてゆくと、その店の淡い装飾燈を闇の遠くに眺めたときから予期していた通り、二組のテーブルには客は誰もいず天井から壁へかけて内部の飾りも殆んどない一種置き忘れられているような荒涼感はここが都会の中央部であるとはとうてい思えないのであつた。私は酒にしますという高橋和巳の言葉につられて私もまた日頃は冬でなければ殆んどのまない日本酒を注文して暫らく黙つていると、何時までたつても客のこないその店がだんだん私達の気にいつてきて、私達はすつかり腰をおちつけてしまつたのであつた。竹内好と武田泰淳という「政治と文学」の典型的なかたちを如実に私達の前に示している絶妙な組み合わせについて顔を寄せて話しあつている裡に、ふと私は思いだして、この頃心臓の具合はどうかと聞いたのであつた。すると、彼は嘗て私の自宅で述べたより詳しく心臓の状態を説明したあと、日頃はまつたく支障がありませんけれど、何時かは不意と破れるかも知れませんと彼特有の清潔感の覚えられる伏目のまま幾分早口で述べたのであつた。

それよりかなり前、私は彼の作品『散華』についての往復書簡を或る新聞に求められて、こう冒頭に書いているのであつた。

「先日、貴方が心臓を悪くしていると聞き、どんなぐあいかと心配していました。その後の経過はいかがですか。

私達は自分に担いきれぬほど重い課題を担わなければ仕事をする気にはならないという、いわば矛盾した宿命をはじめから負つているので、いずれは身を大きく破らねばなりませんけれど、貴方の場合はまだまだ早すぎます。私達の相手である白紙の原稿用紙のすきをうかがいながら仕事を進める木遁の術をどうにかして会得して下さい。そうしなければ、私達は最初の一字を書きおろしただけで、すでに或る種の衰滅する星のごとくに、自らのなかで白熱したまま潰れてしまうでしよう。」

誰もいない荒涼たる小さな店の夜更けに低く述べられた「不意と破れるかも知れない」というその短い言葉は、或る種の衰滅する星が自らのなかで白熱したまま潰れてしまうことを静かに予告しているごとくに私の胸のなかへ深くはいつてきて、不吉な黒い小さな虫がゆつくり這つてきて不意とその場にとまるように私の胸裡に凝つととまつてしまつた。

「政治と文学」のかたちを一種見易い構図にまで遡源した上で、極めて極めて大ざつぱにいいきつてしまえば、いま心臓の具合がどうも変なんだという個人の申し出と、いま戦争中だから勝手なことをいってもだめだという軍団の命令がどのあたりで折り合わせられるか、或いはまた、とうてい決して折り合わせ得ないかという単純な構図を掲げることにつきるが、私達の世代の第一次「伏目族」より遥かに行動的である第二次の「伏目族」のひとりとして高橋和巳は、私の勧めた木遁の術など使うこともなく、自らのなかへ凄まじく白熱したまま潰れこむことによってその心臓をついに破ってしまったのであった。その衰滅する星のかたちは自らのなかへ潰れこむ痛ましい閃光を或る種の予言のごとく私達の前にのこすと、闇の墓場へ向って遠く飛び去ってしまったのである。

――「人間として」第六号　昭和四六年六月

『悲の器』の頃

高橋和巳君が私の許を最初に訪れたのは、私が病床からようやく起き上れるようになった昭和三十一年のことで、高橋君は、そのとき、大学院の学生であったと思われる。京都大学時代、高橋君は小松左京、近藤竜茂の諸君と「現代文学」という同人雑誌をやっており、そこに『捨子物語』のはじめの部分を載せたそうであるが、そのとき以来の文学仲間である近藤竜茂君と一緒にやってきたのであつた。先頃、高橋君の告別式で久しぶりに近藤竜茂君と会つたので翌日電話して当時の話を訊くと、私が忘れていたことを近藤君は覚えていてこう述べた。近藤君が私に向つて高橋君のことを「こいつは『死霊』を十三回読んでるんですよ」というと、高橋君は「いや、六回です」と恥ずかしそうにいつたそうである。高橋君が『死霊』の熱心な読者として訪れてきたことは記憶しているものの、高橋君の言葉など私はまつたく忘れていた。高橋君は高橋君特有の清潔な微笑を浮べた伏目をつづけたまま寡黙だつたのである。

『死霊』には極めて少数の熱心な読者がいないこともないけれども、しかし、『死霊』の書きあげられない部分までをも自分の暗い頭蓋のなかで自分流に大きく育てて、終始一貫して私の「妄想」を拡大する「妄想延長」的な読者でありつづけたのは、高橋君をもつて最初で、恐らく、最後の人としなければなるまい。高橋君が京都にいる頃、私は幾度か京都を訪れて高橋君の世話になつているが、或るとき、ドストエフスキイについての話をしに京都大学を訪れると、大学の構内で高橋君の年少の友人である田中博明君にこういう話を聞いたことがある。高橋君がまだ立命館大学の講師をしていた頃、京都大学の大学生や卒業生を数人集めて『死霊』の研究会を一年近くも続けたことがあつたそうで、田中博明君もその研究会に出席していたとのことである。高橋君は私にはその研究会の話はしなかつたが、それは高橋君が『逸脱の論理——埴谷雄高論』を書いてしまつたあとの時期とも思われるので、その熱心さに感嘆せざるを得ないのである。

それよりあと、私の白内障を心配した高橋君が、京大医学部の眼科の教授に名医がいるが停年が間近いので是非早くきてくれといい、高橋君につれられてその教授の診察をうけたとき、京都大学の前の喫茶店の二階に学生が集って懇談会を開いたことがあった。そのとき高橋君は最初の挨拶に「私は『死霊』京都支部ですから、『死霊』のことならなんでも私に相談して下さい」と述べたが、確かに、『死霊』をその書かれざる部分にまでわたつて読みこんでいるのは高橋君で、いつてみれば、私の「妄想教」を「継承発展」させる一種狂的な分身ともいえるのであつた。

先に述べた近藤竜茂君と一緒に私を訪ねてきたときは、近藤君が饒舌型なのに対して高橋君は寡黙型なので、清潔な微笑を浮べながら、「ええ」と時折、伏目のまま答えるぐらいで、殆んどの時間、近藤君だけが喋りつづけていたのであつたが、その後も、近藤君が幾篇かの作品を携えて何度も訪れてきたのに対して、高橋君はまつたく上京してこなかつた。『捨子物語』を送つてきたときも、作品をお送りするという簡単な葉書がきたくらいのものであつた。

すると、昭和三十五年に、書いたものを見てもらえるかといつて送つてきたのが、『逸脱の論理——埴谷雄高論』であつた。恐らく百枚くらいあつたであろうが、『死霊』への鋭い批判もあつてなかなかよくできているので、「近代文学」の昭和三十六年三月号と四月号の二回に分載したのであった。「近代文学」に載った高橋君の長い文章はそれだけである。

さて、昭和三十七年に「文藝」で長篇小説を募集し、高橋君の『悲の器』が当選したことは誰でも知っているが、この当時の経緯については、河出書房の坂本一亀君が最もくわしい。坂本一亀君は「VIKING」に『憂鬱なる党派』を載せはじめた高橋君に注目して、是非長篇小説を応募しろと激励したのであった。翌年、『鮫』が当選した真継伸彦君の場合もまたそうであるけれども、坂本君は新しい長篇作家を生みだすべく、何人もの若い作家を文字通り叱咤激励しつづけて、応募させたのであった。

この長篇小説の規定はだいたい八百枚くらいとなっていたと記憶するが、高橋君はまず八百枚を越えていいかと訊いてきた。そしてまた、期日当日、高橋君が原稿を携えて急遽上京してきたことなどは、いま想い返すと記念すべきエピソードとして回想されるのである。

そのときの選者は、野間宏、寺田透、福田恆存、中村真一郎、私の五人であったが、中村真一郎ひとり消極的であったのに対して、残る四人の賛成派のなかで特に寺田透が積極的で千枚近い『悲の器』は新しい方向をもった作品として押し出されたのであった。

ところで、エピソードついでにその授賞式の模様についても書いておこう。

山の上ホテルでおこなわれた授賞式に高橋君はたか子夫人と同道して上京してきたが、

その式の直前になつて坂本一亀君が私のところへ近づいてきて、済まないけれど、選者の代表として賞状を読んで下さいというのであつた。いつたいこういう授賞式で賞状を読んだり、正賞、副賞を渡したりするのは、その社の社長なり幹部なりがおこなうのがしきたりであるのに急に私にいつてきたので私が文句をいうと、いや、選者のかたにやつていただくことになつてるんです、お願いしますというばかりであつた。そのとき、確か、福田恆存は欠席しており、ついにやむなく、私が賞状を読んだり賞を渡したりすることになつたが、隅の席から呼びだされた高橋君と鹿爪らしく向かいあつた私は、すぐ眼前に並んでいる新聞記者諸君の前で照れており、そして、その照れた私を前にして立つている高橋和巳君も気持が落ちつかなかつたと思われる。

その授賞式のあと、隣りの部屋でみなテーブルについた祝賀会に移つたのであつたが、いま想い返すと、高橋君の隣りに坐つているたか子夫人に相済まぬ挨拶をそのとき私はしたのであつた。高橋君が文学者として立つことになるといろいろな新しい事態に直面するだろうが、そのなかに女性の問題もあるだろうことを奥さんは覚悟しておいてもらいたいといつたのであつた。

実際、恐らくは有史以前から、男と男は他の動物の相互扶助とはことなつた「計画的本能」をもつてひそかに互いを助けあいつづけて、女性の知り得ぬ、また、介在し得ぬような男子共同体の領域をつくつてきたのであるが、そのような共犯性によつて私達が果たして何をまもり得たのか、何を育て得たのか、それは、これまた恐らくは、未来の共産主義社会の天国においても明瞭には示しつくし得ない何かであるに違いない。

『悲の器』の受賞祝賀会でたか子夫人にたいへん相済まぬ挨拶をしたことをここに書いたので、さらに、『悲の器』にからむところの他のエピソード、こんどはたか子夫人ではなく、ほかの女性に私が相済まぬことをした挿話をつぎに記しておきたい。

新宿御苑のそばに「赤ランプ」という食物屋があつて、或る夜、篠田一士君と高橋君と私が蟹料理をたべたことがあつた。篠田一士君は松江高校における高橋君の先輩であつたのでよく会う機会があつたらしかつたが、そのとき、私達の傍らでまつたく私達の話に加わらずに黙つて蟹をたべているひとりの女性があつた。その女性に悪いけれど、当時ははつきり憶えていた彼女の名前をいま私はすつかり忘れてしまつたので、これからは彼女というふうに呼ぶことにするが、口数が少いので、商売には向いていると思われなかつたこの女性が、その後、新宿に「悲の器」というバアを開いたのであつた。そのバアに「悲の器」という名前を敢えてつけるくらいだから彼女が高橋君のこれまた狂的なほどの愛読者であることは明らかで、その場所はどちらかといえば便利ではなかつたけれども、私達は時折そこを訪れたのであつた。

或る夜、高橋君と二人でその店のカウンターに腰をかけたときはまだそれほど遅くもなかつたのに、二人で話している裡に客は誰もいなくなつてしまい、看板の時間になつたのであつた。すると、彼女が、支度しますからちよつと待つて下さい、私の家はすぐ近くですから一緒にゆきましようといつたのであつた。

薄闇のあいだをぶらぶら歩いてゆくと肌に夜風が気持よく感ぜられる季節であつたから、恐らく、初夏だつたのだろう。彼女の住居は事実すぐ近くで、武骨なコンクリートの建物の二階にあつたが、二間つづきの一室でビールを暫くのんだのち、では僕は帰るよといつて私は立ち上ろうとしたのであつた。

男性の共犯性の伝統は恐らくはアダムとイブ時代よりも古く、こうした場合、機会をみてさりげなく立ち上るのが共犯者の礼儀なのであるが、すると、思いがけず、いや、いて下さい、帰つては困りますと高橋君が力をこめていつたのであつた。立ちあがりかけた私は、反対の角度に坐つている高橋君と彼女の二人を、いつてみれば、戦後文学に特別な方法として採用されたあの「複眼」の術をもつて見較べなければならなかつた。先に述べたように、彼女は口数の少いほうだつたから伏目になつたまま黙つており、私はついに男性側に加担して、内実の事情も解らぬままに、高橋君の意向にそつてその場に落着いてしまつたのであつた。

やがてその場に倒れて寝てしまつた私が、窓硝子を通す仄白い朝の光のなかでふと眼をあけると、高橋君と私の二人は何時とも知れずかけられた彼女の掛布団を共通にかむつて寄り添つて寝ており、振り向いてちらと覗いた隣りの部屋には彼女がひとり畳の上に寝ているのであつた。私は何故とも知らず深い罪をおかしたような暗い気分になり、よく眠りこんでいる高橋君の隣りでなかなか再び寝つけなかつたのであつた。

——「文芸」昭和四六年七月臨時増刊号

異種精神族・澁澤龍彥——癌と医者運

澁澤龍彥については、最近会う機会もなく、その消息はつねに石井恭二の来訪時や電話で聞き知つているのであつたが、昨年、澁澤龍彥が慈恵医大で診察をうけ、下咽頭癌とわかり、すぐ手術したとの報告をうけたとき、その半年間が問題だな、と薄暗い沈んだ気持のなかで私が石井恭二に応じたのは、昨年二月咽喉の異常を覚えて鎌倉の医師に診てもらつたところポリープがあるといわれていたと石井恭二が電話口の向うで述べたからであつた。

慈恵医大で診察をうけたのが昨年八月末、そして、手術が九月初めであつたから、いつてみれば医学的に無為な時間が半年間もつづいたことになるのであった。

平野謙が大塚の癌研で食道癌の手術をうけたとき、切りとつた鮮紅色の鶏の肉にも似た細片の上に膨らみ凸出した小指の第一節ほどの癌の部分を私は人差指の先で押してみたことがある。私の左翼時代の友人、宮内勇の六高時代の親友の同級生が癌研の梶谷鐶院長であつたので、その切りとつた癌の部分を、手術室前の卓上へまで若い二人の医師が運んできて、私達に特別に見せてくれたのである。そのとき、その場にいたのは、平野田鶴子夫人、長男の高史君、すぐ下の弟の蕃《しげる》さん、三一書房の竹村一、そして、私の五人であつたが、これが平野を苦しめた癌かと、私が卓上に置かれた短い鮮紅色の肉片の上に大豆ふうに膨らみあがつている癌の部分を強く押しつづけているのを、竹村一は気味悪そうに眺めていた。そのとき、堅い弾力をもつて少しも窪まないその癌から指先を離さぬまま、私はその薄い肉片を手術室から運んでくれた若い医師に、これで何年くらい経つているのでしようか、と訊いたのであつた。すると、だいたい三年くらいです、と若い医師はすぐ答え返したのであつた。

　その答から、癌についての新しい知識が私に覚えられたのは、細胞の異常分裂の初発から三年たつても、それはまだ、早期発見、に属するという思いがけぬ事態であつた。

　梶谷院長は、レントゲン写真を見ながら、早期発見、ということを特に強調して、自分が直接手術するが（院長自身が手術してくれることは、親友の知人ということによる特別な事例であるが、或る重要部分についてだけ梶谷院長が手術にあたつたのだろう、と私は思つている）、これは、必ず、癒る、と、特別に頼みに行つた宮内勇と私の二人に向つて断言したのであつた。

癌は、「目に見えぬ細胞」からはじまるところの、いわば、倍々ゲームといつたふうに、二倍がさらに二倍になる増殖作用をつづける異常分裂であるが、はじめの「目に見えぬ細胞」時代の倍々ゲームは、その発病部位や健康状態や日常生活の差によつて幾分異なるであろうけれども、小指の先端ほどになるまでに、だいたい、三年くらいは、かかるということである。しかし、ひとたび、「小指の先端」ほどになつてからの倍々ゲームの進行は、驚くべきほどの短時日の裡に、目に見えて、異常増殖してしまうのである。

同じ食道癌の苦悩を負つた竹内好は、私の自宅から十五分ほどの距離にある病院にはいつたので、私は毎日通つて、（転移したと思われる）肺のなかの癌の増殖が彼の左の胸部を強く押しあげて、日一日と窪むこともなくなる堅さの驚くべきほどの速さを、私の掌は、時折ながら、まざまざと感触したのである。それは、果てもない闇へ向つて蒼白い流星が瞬きもできぬまに閃き飛んでゆくような取り戻しがたい底もない落胆を私の内部に与えた。

これらの経験は、私に教えたのである。或る年月までの癌は、早期発見のなかへ組みいれられるけれども、その境界を僅か一分一厘でも向うへ越えれば、もはや手遅れなのである。

そして、澁澤龍彥が鎌倉でポリープといわれてから慈恵医大で下咽頭癌と診断され即刻手術をうけるまでの六箇月の時間は、口惜しい医学的無為の空白期であつて、もし六箇月以前の手術なら平野謙のごとく、「早期発見」という境界のこちら側にあり得たかもしれないのである。

それにしても、「鎌倉」に住む幾人かの作家達は、なんと医者運にめぐまれていないことだろう。鎌倉に自宅のある高橋和巳は京都で「断腸の思い」の苦痛を覚えたのに肝臓が悪いと診断され、数箇月を無駄に過したあと、東京女子医大で上行結腸癌の手術をしたとき、再発は五分五分といわれたものの、やはり手遅れだつたのである。

そして、食道癌を心配していた立原正秋は、「定期的」に診察をうけていたのに、その医師に察知されぬままに、やがて食道癌として入院する事態となり、これは聞いたことであるので、正確な言葉は明らかでないけれども、その病室の入口に、「××医師の入室を禁ず」という深い心の奥底から尽きせぬ憤怒のほとばしる貼紙を立原正秋はさせたとのことである。

澁澤龍彥は同じ鎌倉に住む高橋たか子夫人と親しく、彼の愛するマンディアルグをたか子夫人とともに共訳しているけれども、それにしても高橋和巳の「診断の遅れ」と同じ不運に、澁澤龍彥もまた際会しようとは、林房雄が日本のワイマールと名づけた鎌倉の空には、取戻しのきかぬ貴重な時間をひたすら遅れに遅らせる巨大なメトロノームでも誰知れず遠く、左から右へと目に見えず揺れ動いているとでもいわざるを得ないのである。

けれども、この不運な癌も、澁澤龍彥の強靱な精神を冒すことのできぬ事態は、手術後、翌年の三月、雪の鎌倉で池内紀と対談(筆談)したときの無駄のない適確さ、飾ることのない自然さのなかに、一種静謐な爽快感をもたらしながら、示されている。(「国文学」特集「澁澤龍彥」昭和六十二年七月号)

筆談する澁澤龍彥は、子供時代の水雷艇遊び(これは私もしたことがある)の帽子のかむり方や、手術によつて咽喉に穴があけられ、また、腸で食道をつくつて、呼吸と食事がわかれている事態についての図を、自ら描いてみせ、首をしめて殺しても死ななくなつたという澁澤風怪談を淡々と、述べているのである。

私もまた「海燕」前号の『時は過ぎ行く』で、矢川澄子と石井恭二が病気の澁澤龍彥を見舞つてきて、「異種の精神強靱種族澁澤は肉体の病気になどへキエキせずすこぶる元気だと喜ばしい報告をしてくれた」と記しているが、今年七月の再度の手術で、大動脈に触れるので咽喉の反対側の移転箇所を除去できなかつたあとも、なお意気盛んである、と石井恭二から報告をうけて、澁澤龍彥はつねに澁澤龍彥でありつづけていると深く感じいつたのであつた。

すでに二十六年すぎた「サド裁判」時代、朝寝坊の彼も私も、十時までに地方裁判所のそれぞれの席についていなければならぬのは苦痛であつたが、或るとき、判事、検事、弁護人、特別弁護人(白井健三郎と私)、相被告石井恭二のすべてが揃つているのに、彼がついに現われないので法廷は開けなかったのである。弁護士の中村稔は皆を待ちぼうけさせることを怒ったので、澁澤は裁判など馬鹿にしているのだから勘弁してくれと、大野正男と中村稔の二人に私は謝りにいったことがある。

朝寝坊の彼も私も、大学の先生にならず、招待旅行をひきうけず、そして、ともに、子供をつくらなかったという頑迷な意志を生涯もちつづけた点で、一致している。ただ彼は品位ある明晰、私は薄暗い難解という両極端のはしに向いに向いつづけた点で異なっており、私が中村稔に謝りにいったことは素知らぬ顔で黙認するにしても、癌を予測せぬ医師を私が非難、弾劾することなど、生と精神の全体にとってまるで無駄だと彼はいうに違いない。そして、異種精神族の澁澤龍彥は、そのときこう呟き終るに違いないのである。

肉体か、そんなものは、家来どもに任せておくがいい！

――「海燕」昭和六二年一〇月号

サド裁判時代――白井健三郎

白井健三郎は、「近代文学」の昭和二十四年の三月号と四月号に続載された座談会『アンドレ・ジイド』にすでに出席しているけれども、そのときもその後も、中村真一郎の古い友人というのが私の長くつづく印象で、やがて、私自身の友人――より正確にいえば、酔つぱらい仲間――に彼がなるのは、昭和三十六年の「サド裁判」の特別弁護人に、彼と私の二人がなつてからである。

高校時代からすでに「文名」が高く、学者になつてからも、哲学と文学の両端にわたる広い視野をもちつづけている白井健三郎のこの「古稀記念論文集」には、学問的な論文が多く、私の「酔つぱらい」回想などいささか場違いであろうけれども、お許し願つておく。

朝寝坊の私にとつて、午前十時に法廷の弁護人席のはしに彼と二人並んで腰かけていなければならぬ事態は、無理やり自身をひきずつてゆくほどたいへんであつたが、午前から午後まで「殆んどただ坐つている」だけの裁判がつづくと、肉体ばかりか精神のどん底の芯まで砕け果てたようにうんざりしてしまうのであつた。このサド裁判では、まことに数多い証人達が被告を擁護してくれ感謝したものの、午後の法廷が終わると、被告の澁澤龍彦、石井恭二、特別弁護人の私達、傍聴者の親しい友人達は、みんな、私同様、精神の芯まで疲れ果てて、裁判所から斜め向かいの、日比谷公園はしのビア・ホールにまずはいつて、ジョッキーの一杯をのみほすまで、「空しい疲労」にひたされている全身の細胞が一片たりとも立ち上がつてこないのであつた。

被告達の親しい友人以外の熱心な傍聴者には、「犯罪者同盟」という立派な？　名称をもつて活動しはじめたばかりの平岡正明、宮原安春など早稲田の若い学生達がおり、被告の二人も特別弁護人の白井健三郎もまだ壮年であり、ただひとり五十代へはいつていた私も、このビール一杯で元気づき、彼等とまつたく同じ「若い気分」になつてしまつたのだから、たまらない。それからまず銀座の薄暗い小さな酒場へ赴き、最後は必ず新宿へ廻つて、そして、私は完全な「午前様」へと転化してしまつたのである。

白井健三郎は、大学教授としてより、酔つぱらいの「シラケン」としてすでに新宿のバアのあいだで有名であつたから、私は「シラケン」とともに新しい知らぬ店をやたらにはしごしたのである。私がそれまで知つているカヌーやノアノアくらいまでは、澁澤龍彥、矢川澄子も一緒であつたが、深夜近く、鎌倉住いの彼等が帰つたのち、「シラケン」を先頭として、石井恭二の「現代思潮社」組や若い「犯罪者同盟」組とともに、私は、それまで知らず、いまも名を憶えていないバアへさらに赴いて、当時はやつていたツイストなるものまで踊つたのである。

このツイストは激しく手も足も腰も動かすので、若いひとびと向きの踊りであつたが、器用な「シラケン」は忽ち名人クラスとなり、足先も腰も容易に動かぬ私を懸命に指導することとなつたのであつた。指導教官である彼は、極めて熱心、不屈で、午前四時過ぎまで営業しているフロアーの広い池袋の遠いバアまで私をつれてゆき、ツイストの特訓をおこなつたのであるから、いつたい、私達は、何の特別弁護人になつたのか、甚だあやしいものである。

ただこの長い「酔つぱらい」時代——裁判はまことにまことに長くつづくので、それに正比例してまことにまことに長くつづいた「酔つぱらい」時代、解つたことは、白井健三郎がひとの気分をすぐ察して行動する「優しい洞察者」で、からんだり、怒鳴つたりすることの決してない種類の「穏やかな酒のみ」種族であるという事実であつた。

けれども、私達がただ酔つぱらつているだけで、特別弁護人としてまつたく無能だつたわけではない。特別弁護人は裁判の冒頭に、意見陳述をおこない、最後に、最終意見弁論を述べたばかりでなく、弁護側の証人として、証言をも長い時間にわたつておこなつたのであるから、私達二人とも、一回も欠席せぬほど勤勉で、また、一審で無罪となるのにいささか役立つた有益でもある特別弁護人であつたとつけ加えておこう。殊に、白井健三郎の証言では、ボードレール、ドストエフスキイ、ラクロ、ブルトン、アポリネールといつた詩人、作家にはじまり、ヴォルテール、モンテスキュー、ルソー、コンディヤック、ディドロ、ラ・メトリ、バタイユ、サルトル、ボーヴォワール、ブランショ、クロソフスキイ、エーヌ、ルリ、フロイトと古今の思想家におよぶ該博な知識が開陳されて、さながらフランス文学における思想性考究の講義が、鹿爪らしい顔をした裁判官や検事や少数の傍聴人の前でおこなわれた観があつた。これは、白井健三郎の文学研究が思想という側面からおこなわれていることの証明であつて、文学者白井健三郎の生涯にまたがる特質をも端的に示しているといえるのであつた。私の証言が、サドよりむしろバブーフ、フランス革命において、「革命いまだ完了せず」と述べて「革命の革命」をおこなおうとしたバブーフに偏よつていたのに較べると、白井健三郎の文学的思考の範囲がまことに広いことに感心させられるのである。彼が私のエッセイ『存在と非在とのっぺらぼう』を彼の編纂書のなかに取り上げてくれているのも、文学における思想性の側面に注意を向けている彼の広範囲におよぶ文学的姿勢の持続性の強靱さを物語つている。

従つて、サド裁判における酔つぱらい特別弁護人の「二人組」であつたものの、文学における思想性の底もない深さを、新宿の夜の闇の彼方、琥珀色の酒のグラスの彼方にまで、「酔つぱらいの特有無限饒舌のかたち」でひたすら拡げつづける点でいささか貢献していたといえないことはないのである。

サド裁判後、小海智子さんとともに生活している彼の自宅を、私は幾度か訪ねたことがある。勉強家の書斎はこういうものなのだなと思つてその都度眺めあげていた書棚にぎつしりと並べ積まれていたまことに多くの大判の洋書が、大宮への転居後、すべて焼失してしまうことになつたのであつた。或る会で見舞いの言葉を告げる私に、嘗ての酔つぱらい時代と同じ穏やかな微笑を浮かべたまま、こともなげに彼は平然としていたけれども、私の暗い心の奥から深い哀感の湧出してくるのを私はとどめかねたのである。あの「終わりを知らぬ深夜の青春」も、ついに古稀を迎えることになってしまった私達から遠く、遥かに消え去ってしまったといわねばならない。

——朝日出版社『彷徨の祝祭』昭和六一年一一月

心平さんの自己調教

私達は、日頃、草野心平について仲間うちで話すときも彼自身に呼びかけるときも、彼を「心平さん」と呼んでいる。その「さん」づけの習慣は、嘗て志賀直哉について論ずるとき、志賀直哉をなんら個人的に知らないものまでも、「志賀さん」と呼んでいたのと対照的である。志賀直哉は、明治の勃興期にようやく薄暗い翳がさしはじめた時期の富裕な上層部のなかで意志と感情がそのまま一体化した文体となっている昇華した率直性と正義性を代表するごとくに、一種の敬意をもって「志賀さん」と呼ばれたのであるが、「心平さん」の呼称には、それと違って、大正の大きな変動期のなかで焼き鳥屋の親父にもなった貧困族の庶民のひとりとしての別種の親愛感が懐かれているのである。ところで、「心平さん」も「志賀さん」も、その本来の出身地は、貧しい東北への最初の入口である福島県であつて、その海岸沿いのこれまた入口近くに「心平さん」の故郷があり、もう宮城県にほど近いその出口近くに「志賀さん」の先祖の地があるので、どうやらこの福島県の両端は絶えず変動する吾国の歴史的推移の文学的反映のかたちを一種象徴的に示しているかのごとくである。しかも、その宮城に近い福島の出口はこれまた、そこで生れないながらも、私自身の本籍地でもあつて、もはや「さん」づけなどされないけれども、昭和の激動期の初期のかたちは私自身の歴史にも示されているのであつて、いつてみれば、僅かたつた一つの県をとつてみても、そこに三つの大きな変動の時代のまぎれもない推移のかたちがつぎつぎと並べられているのである。

この「心平さん」もそしてまた私自身も明治の末の生れで、明治生れは私達の世代でもはや終りであるが、心平さんも私も同じように病気を長く飼い馴らしてきている「病気馴れ」という一点ではいささか相似ているのである。私が動脈硬化による「虚血性」の心臓病で武蔵境の日赤病院に通いはじめてからすでに十数年になるが、その通院のはじめから、診察中の医師に、草野心平さんがいま入院していますよ、といわれ、別館四階の病室を訪れてみると、「寝たきりではない、すこぶる元気に溢れた病人」である心平さんが確かに寝台の上に腰かけて「入院」しており、このところ酒つづきのため身体の調子が悪くなつたので暫らく休養のためここにはいつているのだ、とこともなげに私に説明してくれるのであつた。ところが、この休養中の心平さんは屢々その病室を夜そつとぬけ出してそとへ酒をのみにでてゆくので、心平さんを入院させている武蔵境の日赤病院では医師にとつても看護婦さんにとつてもうつかり目が離せぬ特別な要注意患者であるとともに、同時にまた、一種精気のこめられた話題を絶えず提供する人気者でもあつたのである。

私の女房の入院中、訪れてきた武田百合子さんと一緒に同じ時期に別館に入院していた心平さんの具合はどうかと見舞いに赴いたことがあるが、これまでにまことに数多くの無断外出の「前科」を重ねに重ねて、酒についてもまた煙草についても厳重苛酷な監視下にあつて閉口していた心平さんは、そのとき思いもかけず出現した百合子さんの登場をこの上なく喜び、忽ち数本の煙草を百合子さんからまきあげて、どうだ、いくら酷しい監視などしてもとうてい駄目だぞ、といつたふうに心底から心地よげに病室内にゆつくり漂よう白い煙を宙に高くあげていたが、確かに医師がいくら厳重に心平さんを訓戒して酒を禁じてもまた煙草を禁じても、すでに十数年にわたつてすつかり病気馴れし、病院側の対応法も療養法もそのすべての裏方式を知りに知りつくし、奥も底も心得てしまつた心平さんにとつては、それらのすべてがとうてい無駄なことである。私達の時代の極度な貧乏な生活も、つぎつぎの多様な病気も、極めて大らかに、そして極めて自然に飼い馴らしてしまつた心平さんは、これからもまだまだ長く元気であるだろう。

――筑摩書房『草野心平全集』第七巻月報8　昭和五七年七月

＊　＊　＊

純粋日本人、藤枝静男

藤枝静男は、「純粋日本人」である。端的にいえば、誰にでも爽快感をもたらす「きっぱり」した「好悪による判断を下して」、しかも、不思議なほどつねに「誤らない」のである。これをやや難しくいえば、彼のなかにおける快不快の原則と真善美の原則が「間然するところなく」直結していて、彼が「うむ」と満足して眺めれば、その対象たるや必ず、真実で、いいもので、そして、美しい、といった具合であり、そして勿論、彼が顔を顰めて「厭だな」といえば、それはまた誰でも困るほど正確に、真善美と逆の「にせもの」なのである。つまり、一瞬の裡の直覚と論理の連鎖が、彼のなかでは、決して、独りよがりにならないのである。

私達は、どうやら、直覚と論理の融合を目指して長く長く「修業」してきたらしく、こうしたふうに好悪の幅が「てきぱき」していて、しかも誤らない人物を見ると、心の底から感心し尊敬する。（藤枝静男の師たる「志賀さん」もその一例である。）あれやこれやと懐疑し、「苦悩」する「近代型」については私達も興味をもつてあれやこれやと考察するけれども、なかなか「感心」しないのである。ということは、もはや多くの夾雑物に占められているとはいえ、私達自身にもまだ純粋性への或る渇望の部分が残つているということの証明にほかならない。

その上さらに、このきつぱりと男性的で爽快な藤枝静男が私達を魅惑するものをもうひとつつけ加えると、「恥」の持ち方であろう。デルフィの神託は「汝自身を知れ」と告げたが、私達の遠い祖先からひきつづく自己認識のかたちは、「お前、恥を知れ。さあ、腹を切つてしまえ」というふうに置き換えられている。藤枝静男の「好悪」による判断の男性的爽快さと、つきつめた自己苛責の男性的爽快さは、藤枝静男の全存在を支えている両端であつて、いつてみれば、無駄がすべて排除されてしまうその緊密な文章の力学の成立も、互いに強くひきあつているその両端の緊密度に由来しているといえるのである。

今年は本多秋五と平野謙の手術がひきつづいたため、取りやめになつたが、すでに十年以上前から、毎夏、藤枝静男に「近代文学」旧同人が招かれて浜名湖畔の弁天島で二晩三日を過すのが慣例になつていた。まだ「近代文学」が出ていた頃、すでに藤枝静男は、これから自分は老人ぶることにすると文章に書いて宣言したことがあるが、この毎夏の浜松行きの数年目に、彼はその遠い宣言通り、髯を生やしたのであつた。

白い美しい髯であつたから眼の大きなその顔に似合わぬことはないけれども、私達全部が髯なしで向きあつているのであるから、なんとなく威圧され、どうも亡くなつた親父に会つているようだからやめてくれと私がいうと、その私の希望は忽ち一蹴されたものの、一つの計画を彼はたてたのであつた。その夜、浜松の酒場へはいつた彼は、集つてきた女の子に、今日は謝恩会でね、昔、小学校で俺が教えた教え子達がこうして、ありがたいことに、俺を祝つてくれているのさ、と白い髯をそよがせながら、真面目くさつていつたが、残念なことに、祝つている生徒たる私達がすべてあまりに「とう」がたちすぎていたので、この思いつきのいい筈の芝居はあまりうまくゆかなかつた。

しかし、いま浜松の「東海一の大親分」のところでわらじを脱ぐ若い作家達をつれてその種の芝居をすれば、きつとうまくゆくに違いない。恐らく「最後の日本人」かもしれないこの「純粋日本人」には、茶目気もユーモアの感覚もあるのである。

——講談社『藤枝静男著作集』第二巻月報2　昭和五一年九月

鬱屈者の優雅性——大庭みな子について

最初の作品があまりに衝撃的なので、その名に接するだけで「良質な作品」をなお思い浮べつづけていると、その予覚と期待通り、その作家が良質な作品を書きつづけて大きく成長するのに際会することは、文学の世界に特質的な深い喜びである。大庭みな子は、大型の新人としてひとびとに強く印象され、その後、作品を重ねるごとに、確固堅実に、より大型な現代日本文学の代表作家のひとりへと予覚通り成長した。これは稀少で貴重な愉悦である。

その大庭みな子に私を近づけることになつたのは、いまパリの修道院にいる高橋たか子との縁であるが、優れた質を持続している大庭みな子の内部の芯は、「古きよき吾国の資質」の持続、その現代的組替えにほかならぬと、思いもかけず、私は気づかせられたのである。

夜更け、大庭みな子と私は電話で長話しをすることがあるが、現在に鬱屈したあまり長電話をしている筈の彼女は、彼女自身をも私をも客観視し、極めて落着いて、

——そうではございませんでしよう……!

と、もはや現在の吾国では失われてしまつた（恐らく遠いアラスカ、カナダ、アメリカ暮しがそれを保存してくれたのであろう）古い鄭重語を用いて、沈着静謐に、二人をもともに含むこの現世の恐らくは殆んどすべてを無限否定してくれるのである。

藤枝静男をかこむ浜名湖畔の会、山室静、平野謙、本多秋五、荒正人、佐々木基一、小田切秀雄、久保田正文、杉浦明平、吉田知子、吉良任市、小川国夫、中島和夫、私のなか

から、平野、荒の二人を失つたあと、加賀乙彦、中野孝次、岡松和夫、高井有一、桶谷秀昭、大庭みな子に加わつてもらい、会の性格を拡大したが、互いに無駄な何と何を喋つたのか（高井有一を除いて）まつたく記憶せぬ騒宴のなかの酔つぱらい達の何かに酔いすぎる一種過剰風欠落のなかで、藤枝静男にひたすら貢献してくれたのは、大庭みな子である。彼女は、外国語恐怖症の藤枝静男とその骨董仲間の竹下利夫につきそつて、韓国慶州に赴き、その行程の仔細がおさめられたフィルムは、それまでの藤枝プロダクションの貴重な「近代文学」還暦記念八ミリ、カラー映画数巻の上に、はじめて女性が出演？　する劃期的作品をつけ加えたのである。この慶州紀行フィルムが、浜名湖畔の会で上映されたとき、藤枝静男は甚だ上機嫌で一場面、一場面ごとに詳細な説明をおこない、大庭みな子さん出場の場面では特に熱心になつたので、特別観客である私達もまた熱烈観客となつたのである。

これら、藤枝プロダクションの八ミリ映画の「すべて」は、近代文学館に寄附すると藤枝静男がその最初の作品撮影時から述べているので、近代文学館のひとびとは、必ず、忘れないでもらいたい。

大庭みな子の藤枝静男への深い貢献は、この貴重な慶州旅行にとどまらない。先頃、浜松文芸館において、藤枝静男展が開かれたとき、記念講演を、小川国夫のほか、大庭みな子もまたおこなつたのである。現世に対する絶えざる鬱屈者で無限否定者である大庭みな子は、また、ひたすら優雅な言葉で静謐に語る現世の無限愛惜者でもある。

――講談社『大庭みな子全集』第二巻月報2　一九九一年一月

二人のドン・キホーテ――檀一雄と私

先頃の日本文学大賞の授賞式で、審査委員を代表して、武田泰淳が、こうした場合何時も示す彼独特のユーモラスな話しぶりで、「今日は、二人の非常識なドン・キホーテをお祝いする会でして……」と報告した。確かに檀一雄は「生活上」の、私は「観念上」の非常識なドン・キホーテに違いないので、それを受けて、私もこういう挨拶をした。

「先程、武田泰淳委員が、今日は二人の非常識なドン・キホーテのお祝いの日だといいましたが、檀さんが向っている風車と私が立ち向っている風車の方角はまったく違ってい て、『火宅の人』と『死霊』はまことに対照的な作品であります。吾国は私小説の宝庫で、皆様御承知のように、数多くの私小説の傑作が私達のもとに残されておりますが、『火宅の人』もその傑作の一つであります。ところで、『死霊』は、よくいえば、思想小説、正確にいえば、妄想小説というべきものでありまして、そのようにかけはなれた二つの作品がここにともにとりあげられましたことは、吾国の文学の幅も、思いのほかに、広いということを示していて喜ばしい次第です。

私自身は、今後も、これまでと同じゆっくりしたペースで、また、これまでとまったく同じように、一読すればまるで訳が解らず眠くなり、無理につづければ、頭が痛くなってくる小説を書いてゆくつもりでおります。もし、根気のいい、熱心な読者が、それでもなお読んでみようとなさるなら、どうぞ、よくきく頭痛薬を傍らに置いて読んでいただきたいと思います。

そして、今後、私の作品よりもっともっと訳が解らず、もっと頭が痛くなる作品が現われましても、文学の世界は怖ろしいほど、途方もなく広いものだというふうにお考えいただいて、日本文学の幅を拡げるため、そうした作品も吟味していただきたいと存じます。ありがとうございました。」

あまりできのいい挨拶ではなく、そしてまた、根本的には、私自身が「思想小説」をうまく書いていないけれども――とにかく、「思想小説」といったものの位置をもっと一般化したい気持がいささかアイロニカルなそうした挨拶を私にさせたのであった。

ところで、「生活上」のドン・キホーテと「観念上」のドン・キホーテが立ち向う風車の位置は確かにまるで違っているのだけれども、その檀一雄と私は、嘗て一度、「合作」したことがあるのである。

梅崎春生の文学碑を鹿児島の何処に建てるかが問題になつたとき、いわばその責任者であつた椎名麟三と、檀一雄と、私と、そして案内役である鹿児島出身の前田純敬の四人が揃つて、鹿児島市へ赴いたことがあつた。

そのとき候補地は二つあつて、その一つは、鹿児島市の対岸の桜島で、他の一つは自動車でも鹿児島市から長い時間かかる坊津《ぼうのつ》であつた。

ところで、檀一雄はその頃連載小説を幾つも持つている流行作家であつたから、夜、宿屋で私達と暫らくは飲んでいるものの、やがて部屋に閉じこもつて執筆していたばかりでなく、鹿児島市からフェリー・ボートで渡つた桜島の第一日目にも、自動車で幾時間もかかつてようやく到達した坊津行きの第二日目にも同行したものの、彼一人だけはすぐ宿屋に帰つて、執筆をつづけていたのであつた。

桜島は鹿児島市から絶えず噴煙が見えているほど間近かであるが、フェリー・ボートに乗つて私達がはじめて知つたことは、このフェリー・ボートは桜島村の「村営」で、全国からの観光客が年々多くなるため、非常に「儲かつて」おり、鹿児島市がいくら合併を申し出ても、桜島村は合併に応ぜず、全国でも有数の富んだ村とのことであつた。事実、私達が村長に会つても、桜島火山という大観光資源をもつている村長は、文学記念碑など問題にせず、はじめから話にならないのであつた。当時すでに心臓の悪かつた椎名麟三は、坂の多い次の候補地坊津では、屢々途中で立ちどまつて私と顔を見合せつつ、ニトロを出してのみながら息を整えていなければならず、彼にとつては身体をいためるだけの現地調査であつたけれども、この坊津はその全体が桜島より落着いて美しく、静かな湾が左にも右にも見おろされる岬の頂上に建立の場所がついにきまると、私達はみな揃つてくつろいで、三日目の夜を霧島で過したのである。

その二日にわたる調査中、私達と同行しても、いつてみれば、鹿児島までただひとり罐詰めになりにきた感のあつた檀一雄も、この三日目の夜はずつと私達とつきあつたばかりでなく、そのホテルの女主人が、私達がびつくりするほど多くの色紙をもつてくると、檀一雄は青インクばかりでなく赤インクも持つてこいと爽快に叫んだのであつた。

私自身は、日頃から、色紙を持ち出すのは吾国の悪習慣だと思つており、また、「文人」趣味などまつたくないので、こうした場合、何も書いたこともなかつたのに、青インクと赤インクをもつてこさせた檀一雄が、さつと色紙の上に筆を走らせて、雲とも山とも神とも人ともつかぬ不思議な直線や曲線や渦巻き模様を雑多に描いて、こちらへ廻してよこすと、兜をかむり甲冑をつけ瘠馬にまたがつたドン・キホーテのきらきら輝く長い槍がまつしぐらにこちらへ向つて突き進んでくるのに恐慌をきたしているひよろ長い風車のような気分になつてくるのであつた。そして、私が、色紙は駄目だ、と何度いつても、もはや天衣無縫、ことがはじまつたらとうていとまらぬ檀一雄画伯は私の拒絶など聞かばこそ、なんでもいいから、この絵の上に書け、と賛を強要して、つぎつぎにその奇怪な「抽象画」を私の前に並べるのであつた。さつと筆を二振り、三振りすると、僅か二、三秒で、一枚の天地創造、「地水火風画」ができあがつてしまうのだからたまらない。私は隣りの椎名麟三が、短い聖書の章句を書いているのを横目に見ると、急に乱酔状態になり、えいつとばかり、檀画伯の奇怪な天地創造画の上に、風神、雷神、とか、神々、霧島の上に降りたつ、とか、一生に一度といつたでたらめを書きとばしてしまつたのであつた。酔いがさめてから、翌日、私は、文人のはしくれでもないのに、ミューズの女神達をいたずらに潰したことに大いに恥じいつたが、ことはすでに終りぬ、「豪快」と「難解」な二人のドン・キホーテが、このときだけはともに槍を筆にかえて、共通の遥かな風車に向つて突進したところの唯一無二の名残りであるその奇怪な「合作物」は、名はすでに忘失してしまつた霧島のそのホテルにまだ残つている筈である。

――「新潮」昭和五一年九月号

青年辻邦生

レニングラードのホテル・オイローパのレストランの隅で辻邦生君と二人でロシア風な

ゆつくりした食事をしていると、私達の前に立つてこのテーブルに坐つていいかと訊く若い学生ふうな一団があつた。そして、互いに同じテーブルに坐つて料理を待つている裡に、そうした場合必ず起こる話題であるが、まず、何処から来たのかと互いに訊きあうことになつた。聞いてみると、彼等はハイデルベルク大学の学生だと解り、それから英、独、仏ちやんぽんで話しあうことになつた。彼等のなかに、日本における反帝国主義の学生運動について熱心に問い質す真面目な顔付をした青年がいて、私達は暫く吾国の学生運動について話していたが、やがて、話題は私達自身の仕事は何かということに転じたのであつた。

そのとき説明しようとした私の脳裡に、助教授の「助」というドイツ語の言葉がとつさに思い浮ばなかつたので、私は、辻君を見やりながら、彼はフランス文学を教えている教授であるといつた。すると、その瞬間、私達と向いあつている五人の学生達すべての面上に驚愕と疑惑と納得のゆかぬ不審のいりまじつた激しい表情が不意と一せいにさつと拡がつたのを私は眺めた。彼等は一せいに辻君の顔を無遠慮なほどじろじろ眺めながら、そんなことはあり得ない、とまずひとりが叫んだ。ドイツでは「教授」が社会的にたいへん尊敬されている地位にあるとは聞いており、また、彼等の教授についてのイメージは人生の智慧を積みあげてすでに老境に踏みこんでしまつている一人格というふうであるとも聞き知つていたけれども、辻君の顔をまじまじと眺めた彼等すべてがあまりに露骨な表情で私の説明をまつたく受けいれようとしないので、助教授というべきところを教授といつてしまつて内心忸怩たる私がこんどは驚いてしまつたのであつた。辻君の顔を無遠慮に精査している彼等の表情は、すべて、辻君があまりに若過ぎるということを示しているのであつた。

そこで、確かに若く見える美男子の辻君をまた見やりながら、私は、彼等に、彼は何歳に見えるかと聞いたのであつた。彼等は互いの顔をちらと見交わしたが、そのなかのひとりが、さながらルーレットのテーブルの上に投げられた賽の数でも思いきつて叫ぶようにいつた。

——二十三歳！

こんどは、辻君と私が一勢に笑いだした。

——彼は確かに若く見える。

と、一種勝利の声でもあげるかのように私はいつた。

——しかし、彼はほんとうは四十三歳なのだ。

恐ろしいほどの驚愕の表情が彼等の上にさつと浮んだ。私は辻邦生君は四十歳くらいと知つているだけでほんとうの年齢は知つていなかつたけれども、二十三歳といわれたので反射的に、その「三」をとつて四十三歳といつたのであつた。

すると、雰囲気は次第に驚嘆から賞讃へ移つてきて、彼等は、こんどはそれを承認せざるを得ないといつた親しげな眼付で、こんなに若く見えても四十三歳ならひよつとしたら教授かもしれないといつたふうに辻君を眺めるのであつた。

この最初の事件は私の胸のなかに深い印象となつて沈みこんだ。パリ滞在後、こんどは汽車でドイツ、スイス、イタリーと廻つてくる旅行をしたが、向うの列車はコンパートメントなので四人乃至六人が一室内に向かいあつており、偶然旅行者同士の会話がはじまつたとき、私は車内のものに、辻君を指しながら彼は何歳に見えるかと二度訊いたことがある。すると、その二度とも、最初と同じ「二十三歳」という答が符節を合わせるアポロの奇蹟のように返つてきたのであつた。私と旅行中の辻邦生君はつねに二十三歳の永遠の青年として終始したのである。

――河出書房新社『新鋭作家叢書　辻邦生集』月報1　昭和四六年一一月

加賀乙彦のこと

加賀乙彦を私の許へ連れてきたのは辻邦生であるから、いつてみれば、この二人とも西欧派で、しかもフランス組といえるであろう。そのとき、加賀乙彦はいま長篇を書いているといつたが、その後、この「短篇小説全集」に示されるごとく、幾つもの短篇小説を書いたとはいえ、この最初の出発点こそ、戦後の吾国で求められたところの長篇作家として彼を成長せしめたのである。

雑誌「展望」で太宰治賞を設定するとき、長いつきあいである岡山猛が私の許へきて、新しく出発する太宰賞を意義あるものにしたいので、埴谷さんが知っている有望な新人がいたら、是非応募するようにして下さいといったので、私は加賀乙彦（小木貞孝）の名をあげ、応募するから注意して読んでくれと答えたのであった。そのときの作品が『フランドルの冬』で、当選作にならなかったけれども、佳作として筑摩書房から出版され、私は帯の推薦文を書いている。

加賀乙彦の文学的出発は順調であったが、さらに恵まれていたのは「近代文学」廃刊後、立原正秋が主宰して、そこに集まっていた若い作家達を糾合して「犀」をつくったとき、新しい「犀」に参加したことである。彼は、そのとき、それまでの医学者グループとはまったく違った種類の新しい自由な文学的雰囲気に接したのであって、心底からの「独立感」を味わった筈である。

ところで、『フランドルの冬』が精神病院を背景にしているごとく彼は精神科医であって、私とまったく対照的なのは、死刑囚を含む、重罪犯の多い刑務所の医師に彼がなったのに対して、未決囚として病監に送られた私が、遮蔽硝子のついた水洗便所もあり、明るく、広い病監の寝台の上で、毎日、若い医師の廻診を受ける側にいたことである。この刑務所における彼の医師としての体験が、それ以前の「幼年学校体験」に劣らぬ重要体験であることは、『帰らざる夏』と『宣告』を並べてみれば明らかである。しかも、彼と私の対照の特異性は、彼が「普通想像できぬ驚くほど多様な犯罪をおこなつた」まことに多くのひとびとに医師として接したのに対して、未決囚の側の私は、十字形の八舎においても荒涼たる孤独感のみしかない六舎においても清潔な病監においてもつねに「独房」のなかにいて、他の「犯罪者達」に接する機会が殆んどなかつたことである。その点、加賀乙彦も私も、刑務所において極めて重要な体験を二人とも持つたといえ、シベリアのオムスク監獄において、「多様な囚人達の日常のあいだに一徒刑囚として置かれつづけた」ドストエフスキイの切実な深い体験に遥か及ばぬといえよう。

そうした精神科医である彼は、北杜夫が作家だけになつたのとは違つて、いまもなお精神科医であることをやめていない。彼が、本名の小木貞孝で竹内芳郎と共訳したメルロ＝ポンティの『知覚の現象学』も精神科医としての彼の学問的所産の一つであるが、私の女房が乳癌にかかつたときは、医学者小木貞孝の世話になり、フランス留学時代の友人で日赤武蔵野病院外科にいる高橋勝三氏に紹介され同氏の手術をうけて回復したばかりか、さらに、女房の兄の妻や中薗英助夫人の乳癌の手術もひきつづいてその高橋勝三氏に頼むことになつたのである。

これらの手術すべては成功して、あとの二人はいまも健在であり、手術後十年以上たって亡くなつた私の女房は脳血栓であつたから、乳癌そのものは治癒していたのである。

私は、戦後文学の一目標であつた長篇小説の継続的な作家としてさらに大成することを心底から加賀乙彦に望むけれども、老化する私も、そしてまた、他の私達も、その最後は、ひよつとすると、医学者小木貞孝の助言や世話をうけることになるかもしれないのである。優れた短篇作家を兼ねた優れた長篇作家加賀乙彦であるばかりでなく、名医小木貞孝としてもなおありつづけてもらいたいと私は念願している。

——潮出版社『加賀乙彦短篇小説全集1』月報1　昭和五九年二月

最低の摩訶不思議性

私の碁は最低である。

竹内好の家で、当時六四会に属していた彼が、どうだい俺達もやらないかというのに賛成した私は、すぐ電話を諸方へかけて三十分くらいで「一日会」をつくつてしまつた。毎月第一日曜日に吉祥寺の市民会館で開くことにしたので、そう命名したのであるが、その頃、竹内は一級か素人初段くらいであつたので、碁の方は彼にまかせ、市民会館の会場への三ヵ月以前の申し込みとか当日のビールや寿司の注文とか、裏方の仕事全部を引きうけたことが、どうやら私を「碁熱心」にさせず、帰りに仲間達と酒をのむことばかり熱心にさせたのである。

この吉祥寺時代から、いまの日本棋院時代までずつとひきつづいている仲間は、江崎誠致、真継伸彦、井上光晴、佐々木基一、白川正芳（高橋和巳は初めの時代に出席した）、橋中雄二、渡辺勝夫などであるが、はじめから最低であつた私は、長い時間を経たいまもなお最低なのである。

竹内好は書いている。「二年間に私をふくめての常連は最低一目は手があがつた。しかし埴谷だけは、半目もあがらなかつた。これまた驚異である。進歩であろうと退歩であろうと、ひたすら変化から身を守るかのようだ」。竹内の眼からみると驚異であるが、私自身からすると、夕刻からはじまる酒宴に付属するところの「第二会席」が碁なのであるから、碁に変化がないのは当然である。碁の手があがる能力も、その気もはじめからなかつたのである。

ところが、竹内好が亡くなると、私は裏方をやめて、碁打ち（実は五でなくマイナス二か三）として、自立しなければならぬ大変動に際会した。

日本棋院という立派な場所に移つた「一日会」には、竹之内静雄、中野孝次、那珂太郎、飯島耕一、笠原淳、八匠衆一、大門武二、斎藤宜郎などが加わつたが、彼等はみな高段者で、半目もあがることもない私が彼等の相手になることは不可能で、自立を自立として確立するためには、悲しいかな、同じ最低者をひたすら探すという勝負競技らしからぬ極めて困難な労苦が、裏方（集英社の松島義一）と私共有の困つた課題となつたのである。

そして、ようやく、結城昌治、北村太郎、江川卓などを、入手しがたい貴金属のごとく「探し出した」けれども、結城と北村は病気勝ちで、江川は忙しすぎ、出席率が悪いので、自立せんとして自立し得ざる私は、「孤独な最低者の悲哀」をつづけている裡に、ついに熱烈な貴金属、黒井千次を「掘り当てる」ことになつたのであつた。

ここで、最低対最低の貴金属を越えた貴金属の原子核反応のかたちも内容も、通常の碁打ちのもつエネルギー放射とまつたく違つてしまつた事態を、私は報告しなければならない。私達が相手になれぬ高段者の悲哀も愉悦も、だいたい、一目から九目といつた単位の勝負のあいだで微妙に往復運動している心の幅をもつているのに対して、黒井千次と私の場合は、二ケタ違つて、いつてみれば、碁の世界未曾有の百目以上負けることもある驚嘆すべき摩訶不思議のなかへ突入した。

そこには、もはや、通常の「碁打ち」のとうてい味わい得ぬ霊妙、粛然、凄然、蒼然たる一種超人間的、原始宇宙的境地のみ存して、私達は羽化登仙、天上の何処かで、存在と虚無、陰と陽、を無限の空間のなかにふりわけているような超現実的気分になつたのである。

黒井千次は、酒をのまない。酒をのまずに、一目や九目の盤上の差など何するものぞ、という悲哀も愉悦も超えた広大無辺な異世界をもたらしてくれるこの貴金属に遭遇したのは、私にとつて、思いがけざる貴重事である。

黒井千次が加わらない夕刻からの酒宴において、付近の何処かを全故障させるほどの大音声を発する井上光晴と論議するとき、彼に劣らぬ大音声を私も無理に発しようとするので、この酒宴もまた奇抜、未知な何ものかを招来するところの広大無辺な超空間となるけれども、翌日、私は必ず声を嗄らして終日寝ているので、この酒席楽園は極めて人間的である。

それに対して、黒井千次との最低対最低の遭遇は、容易に得がたい心の幅の無限摩訶不思議性をもたらして、まるごと忘我、忘盤、忘現実、即ち、天上的である。

黒井千次は、真面目、熱心であるけれども、吉祥寺時代、私に黒を置いた若い編集者が二年後は、私に五目置かせるほど急速にうまくなるような着実、また、飛躍的進歩を絶対してくれないことを、私はひたすら願つている。

――「中央公論」昭和六二年九月号

最後の一局——追悼　北村太郎

北村太郎の詩の力は、晩年になつても衰えることなく、多くの優れた詩をつづけて書いた、とあとに残された詩人達は述べている。そのような彼の詩業の全体についても、また、詩壇全般の現在の動向についても知るところのない私は、この追悼文を、まつたく異なつた生の角度である「最低の碁仲間」として記すことを許していただく。ところで、この「最低の碁仲間」という言葉には或る意味があるので、竹内好が書いている文章をいささか長く引用する。

「数年前に、埴谷と私とで、というよりもかれが中心になつて、元からある中央線沿線文士の六四会に刺激されて、別に一日会という碁会をつくつた。この命名も埴谷である。そのころの埴谷は、いまとはちがつて、自分の本が出ると自分で知人にくばつて歩いた。私の家で埴谷にあい、たまたま碁の話になり、半ば冗談気味に、六四会がいかに楽しいかをかきくどいて、どうだい、おれたちもやらないか、と半ば本気に話をもちかけた。いまでも忘れないが、そのときの埴谷の反応ぶりはめざましかつた。かれは言下に応諾したばかりでなく、即座に碁のやれそうな文学仲間や編集者の名をかぞえあげて、その十数人の候補者に自分で電話をかけ、たちまち碁会を成立させてしまつた。この機敏さは、それまで私のもつていた埴谷に関するイメージを根底から打ちくだいた。

断じて行わぬ洞窟の住人は、意外や、実生活では決断に富んだ有能なオルガナイザーであつた。あとから考えて、これは不自然ではなく、それに気づかなかつた私のほうが不明だつたのである。

碁会は毎月一回、二年ほどつづいたが、当初の景気がおとろえて、あんまり参加者がへつたので中止した。この間、私には第二の発見があつた。

二年間に私をふくめての常連は最低一目は手があがつた。しかし埴谷だけは、半目もあがらなかつた。これまた驚異である。進歩であろうと退歩であろうと、ひたすら変化から身を守るかのようだ。やはり洞窟の住人は、人なみに白日の下に棲息しているように見えても、凡人とはちがう生理作用をいとなんでいるらしい。」（『文体の底にあるもの』）

この竹内好が述べている、進歩も退歩もせぬ、つまり、なんらの変化もせぬ「洞窟の住人」なるものこそ、「最低の碁仲間」の決定的内容なのである。

「碁をうつ」という場合、通常、あまり若くなければ、素人初段くらいには、誰でも、なつているのが当り前であつて、六十歳に達しながら素人初段に達しないものは、打つていれば必ず進むところの碁の世界における異形であつて、竹内いうところの「ひたすら変化から身を守る」「洞窟の住人」にほかならぬのである。

一日会が日本棋院という立派な場所に移つて復活したとき、それまでの江崎誠致、真継伸彦、井上光晴、佐々木基一、白川正芳のほかに竹之内静雄、中野孝次、那珂太郎、飯島耕一、笠原淳、大門武二、斎藤宜郎など加わつたが、彼等がみな高段者なので、幹事（集英社の松島義一）に、へたなものをひたすら探さす、という勝負競技らしからぬ異常な探索をつづけてもらつた結果、ついに北村太郎と黒井千次を探しだしたのである。まだうまくなる可能性をもつた黒井千次のほかに、もはや絶対にうまくならぬ、進歩も退歩も変化も知らぬ洞窟の住人が、まだ残つていたことは、私にとつて奇蹟であつた。私と同位、同格、同質の「へたな碁打ち」がなお存在し、そして、まさに適切なときに出現したのである。

昭和二三年（一九四八）五月号の「近代文学」に鮎川信夫が『「荒地」の立場』を書き、二五年五月号の「近代文学」に〈荒地詩集〉特集がおこなわれたとき、鮎川信夫『死んだ男』、北村太郎『雨』、黒田三郎『賭け』、三好豊一郎『手』、田村隆一『一九四〇年代・夏』の五篇が載せられ、加島祥造が『「荒地」の詩について』を紹介しているが、その裡、私が知人となつたのは同じ新宿で互いに飲んだくれていた時代の田村隆一だけで、放浪時代の田村隆一は夜半すぎから夕方まで私の家にも一晩とまつて、当時の岸田衿子夫人に、私に電話させている。尤も、当時は酔つぱらい奔出時代ともいえるのであつて、

「近代文学」の編集室であった昭森社の二階に私があがってゆくと、前夜から裸かの畳の上にごろ寝していた黒田三郎が目を覚まし、まだ酔ったまま私と話したことがある。黒田三郎と会ったのはこの一回きりであるが、「荒地」の側からみると、「近代文学」の私達は、死をはさんだ兄貴ぶんというふうに見えたのであろう。そのなかで最も冷静だったのは鮎川信夫で、出版記念会といった宴席で一回か二回か顔をあわせただけであるけれども、先行するものをそのまま信じない堅固な批判力を携えて「酔っぱらわないでいる」と思われた。そして、北村太郎と三好豊一郎とは、〈荒地詩集〉のあと、ただの一回の会う機会もなかったのである。

　これは小説の世界と詩の世界の隔たりを示しているというより、住んでいる地域が正反対にかけ離れていたことにも由来する。中国文学に多くの知友をもった竹内好の娘の結婚の仲人になり、彼が亡くなったとき葬儀委員長を、いわば仕事違いの私がつとめねばならなくなったのは、同じ吉祥寺の近くに住んで互いに往復している裡に思いがけぬ親しさのなかにはいりこんでしまったからである。その点、中央線沿線に住む私と、京浜線沿線に長く住む北村太郎はまったく関わりあう機会をもたなかったのである。

　ところが、晩年やってきた事態――これまた、思いがけぬ親しさを或る意味では果てもなく内包しているところのタダの娯楽、つまり、批判力も認識も人倫も何ら必要としないにもかかわらず、空を撃ち、宙に遊ぶココロの無限性を味わせてくれるムダな娯楽なるものが、晩年の北村太郎と私にもたらされることになつた不思議について、これから語るのである。

碁は打ちはじめると、親の死に目にあえぬほどワレを忘れた世界に没入する、といわれるけれど、それは「高級」な碁の世界の話であって、北村太郎や私などになると、碁盤の向うの相手の顔をみただけで、パスカルのいう中間者を忽ち越え、私達が出てきたところの根源、そして、私達が成りゆくところの窮極、としてのワレをこの上なく確然とまぎれもなく自覚してしまうのである。いつてみれば、その向うのないはしのはしの押しつまつた或る壁に押しつめられて、うまくもへたにもとうていなれつこない不変不動性を備えた物自体として、北村太郎も私もそこにひたすら存することを私達はともに悟つたのである。そして、不動の物自体と物自体の相対する遭遇など、人生六十年、この宇宙二百億年の裡、極度な稀にしかあり得ないことをもまた、このとき、私達は悟つたのである。

北村太郎が「一日会」に出席したときは、すでに、人生六十を数年越えており、墓地と死と雨の詩人はすでに骨髄腫におかされていて、はじめは欠席勝ちであつたのに、私と打ちこみ試合をはじめてからは予想以上に元気になり、何時も遅れてゆく私が入口で幹事に、北村君は来てるの？　と訊くと、すでに向うで誰かと碁盤に向っている北村太郎が私を振り返り、必ずこちらへ片手をあげるのであつた。私が、二百億年に一度、といつた稀で貴重な遭遇のなかにいまあるのだ、と考えたと同じ内実を、そのときの北村太郎もまた心底から悟つたに違いないのである。

私達の棋力はまつたく同じで、互い先、なのであるが、病気による体力のそのときの調子もあつて、常先、そして、二目置くところまで北村太郎は打ちこまれたことがある。埴谷さんは、強くなつた、とへたなB級組が横から言いはやしていると、物自体の不動性はまた諸行無常の大転変を内包するところの不思議でもあつて、強くなつた、と言われている私がこんどは負けつづけて、勝つた北村太郎はこれまた必ず、私の眼の前に指を一本、差し出し、こんど勝てば、手直り、だと彼特有な静かな笑い顔をみせるのである。三番つづけて勝つ、とまた、互い先、にもどるというとき、直ぐもどることもないのが、これまた、物自体のエピクロス的偏奇性で、宇宙の潮汐運動のごとく私達のあいだに、白石、と、黒石、とが数十回行きつ戻りつしたが、九二年十月三日の一日会で、これから数日したら、入院します、と碁盤の向う側の北村太郎は、普通の静かな口調で私に言つた。その日は、互い先、にもどりかけてもどらぬ日であつたので、これまでと同じような病状の経過でまた出席できると思つた私は、つぎこそ手直り、と元気づけるように言い、彼が携えつづけてきた難病の現在の進行状態についてまつたく知るところもなかつた。碁会のあと、恒例として一階の食堂で日頃と変らぬ彼と私はまずビールで乾杯しあつたあと、互いに天麩羅定食をたべたのである。（こうした小宴のあと、中央線組は新宿へ出て酒場のナルシスへ寄り、なお雑談するのを例にしていたが、横浜或いは鎌倉へ帰る北村太郎はタキシーに乗る私達を見送つてから市ヶ谷駅へ向うので、日本棋院の碁会以外の何処かで北村太郎と私が話しあつたことは一度もない。私達は、まさに純粋に碁だけの最低仲間であつた。)

牟礼慶子は、鮎川信夫についての長いエッセイを書いていて、偶然、その本の帯を私が書いており、虎の門病院に入院している北村太郎を、二週間後の十月十六日、牟礼慶子は見舞つたのである。そのとき、北村太郎は牟礼慶子に、「これで最後という碁を、この間埴谷さんとうつてきました」と述べたとのことで、北村太郎自身は、私に入院すると告げたとき、すでに、その病状の推移と切迫について適確に自覚していたのである。

一日会は、先に賑やかな井上光晴を失い、つぎに、静かな北村太郎に去られた。「へたな碁うち仲間」の北村太郎と私は、遠藤周作主宰の宇宙棋院との手合わせにも、吉良任市、吉田知子主宰の土曜会にも、ともに挑戦に応じ、ともに負け、とうてい通常の言葉で碁打ちとはいえないのであるが、ほかのことはおいて、洞窟の住人としての私達の最低碁関係についていえば、それは宇宙二百億年のなかでの同位、同格、同質の稀少遭遇にほかならぬのであつて、もはや彼と同質の相手とは決して会えず、那珂太郎が、碁では埴谷さんが一番悲しんでいるだろう、と述べたのはまさしくその通りである。

向うの世界へ赴いたとき、空、か、宙、かの何処かのはしのはしで、互い先、へもどす最後の一番を、北村太郎と私は必ずうたねばならない。


——「現代詩手帖」臨時増刊　一九九三年二月

田村隆一の姿勢

田村隆一は、背を真直ぐに立てたその長身のせいもあるけれども、何時も、或る種の姿勢を私に感じさせる。それは、嘗て多くの青年のあいだにあり、いまはなくなった姿勢、甲板の上に立っている海軍士官の姿勢である。青い海の遠い水平線を眺めている習性がすでに本性となってしまったので、海面に垂直に立ったままするすると沈没してゆく船の艦橋にたっていてもなお軀を真直ぐにたもって海底まで行きつこうとする姿勢のように、それは見える。

私が、現在、田村隆一に会うのは、商売熱心なマダムがその酒場から懸命に彼を追い出そうとしているところの深夜である。彼がそこへの入場を拒否されるのは、勿論、彼がそこでマイナスの利潤にしか役立たないからである。しかし、彼が役立たず、入場を拒否されるのは、深夜の酒場ばかりではない。

大観すれば、吉本隆明は死んでしまった仲間の誰かの仇を、思いがけぬところで思いがけぬ相手に討っているのであるが、田村隆一は真直ぐに姿勢をたもったまま行きついた海底に擱坐している艦のなかに或る種の直進する情熱を置いてきてしまつたのでもはやすることがなにもないのだ。剛直な言葉が口をついて出るから詩人と呼ばれ、多量の酒が腹中に流れこむから酔つぱらいといわれているけれども、海底から気化して浮揚した純粋精神が汚れたジャンパーをまとつて都会をうろついているとしたら、この田村隆一そつくりに違いない。

彼は、三百六十五日、毎日宿りあるく友達があるというくらいだから、私の家にも数年前宿つたことがある。真夜中すぎに酒場を出たときには私のところに行くなどといわなかつたのに、どういうふうでそうなつたのか、私の家へきてしまうことになつた。着いてからもウィスキーをのんでいた彼は、翌日午後、目を覚ますとすぐウィスキーがあるかと私にいう。そして、ウィスキーのグラスを握つた彼は、私に衿子さんへ電話をかけてくれ、両親のところへ寄つてから必ず帰る、と伝えてくれというのである。自分でかければいいじやないかと私がいつても、いや、君がかけてくれと執拗にいいはるのである。

仕方なく、私が電話をかけると、受話器の向うの衿子さんは私なるものが直ぐには解らず、やつとぼんやり解りかけてきても、あの、難かしい字の……と絶句したまま、埴の字面が思い浮ぶだけで、それをハニと発音できないのであつた。私が彼の言葉をそのまま伝えると、あのひとは何時も、帰る、帰るといつてくるのが癖なんですよ、でも、帰つてこやしないんです、ほつといて下さい、と彼の所在不明に慣れたように衿子さんはいいきるのであつた。嗚呼、田村隆一はすでに気化して浮揚してしまつたのであるから、帰る、帰るといいはつても、深い海底に擱坐している艦にも、また、ひとびとが生活している何処にも帰るところはなくなつているのである。

——思潮社月報第6号　昭和四一年五月

＊　＊　＊

花田清輝との同時代性

花田清輝が狛江の中野正剛邸の一画から現在の小石川原町へ越してから暫らくたつてのことであるが、いまは忘失してしまつた何かの用件のため、私はその家を昼間訪ねたことがある。玄関へ出てきた彼はそのまま私をつきあたりの書斎へ連れてゆきそこで話すことになつたが、私がはじめてはいつたその書斎の左手の書棚に多くの書物がぎつしり並べられているのは、当然として、変つているのは、右手の机の前の窓が厚いカーテンで隙間なく覆われていたことである。恐らく四畳半くらいと思われたその小さな部屋の中央にはいままでは見られない古風な白い平笠の下に燭光の淡い電燈がついていた。つまり、彼は昼間でも暗くしている書斎のなかにいたのである。

「デュパン探偵だね。」

と私がいうと、彼は「うふふふ」とその不敵な顔つきに似合わぬ羞かしげな表情を小さくすぼめた口許に示して微かに笑つた。

同時代というものは恐ろしいもので、私達はそれだけで互いの基本心情の底辺が解つたのである。

花田清輝も私も明治四十二年の十二月に生れたけれども、戸籍上の生年月日はまつたく同じ明治四十三年（一九一〇年）一月一日となつているのである。私の場合は十二月十九日に台湾新竹で生れ、本籍の福島県の小高町役場へ出生届が着くまでには当時かなりの日数がかかつたので、いつそ翌年の一月一日生れにしてしまえと父が勝手に決めたのであつた。花田清輝の場合の父母の考え方もまた十二月の何日に生れたのかも聞いたことはなかつたので、どちらが少し先か後か気にもとめなかつたが、いずれにせよ、私達二人はまつたく同時代者なのであつた。

（なお附記すれば、十二月生れを翌年の元日生れとすることは、当時の父達に「流行つて」いたものとみえ、藤枝静男はちようど二年前の明治四十一年一月一日生れとなつている。）

そうした私達の青年時代は、恐らく欧米の探偵小説の古典が「娯楽的というよりむしろ文学的なかたち」で最もよく読まれた一種論理的想像力の時代であるが、ポオは私達二人にとつてもまつたく最初の光栄ある先人なのであつた。そして、花田清輝の深い精神の始源にも私の暗い始源にもデュパン探偵の「闇」と或る種の「推理癖」が一筋の縒り糸のごとくうけつがれたのであつた。尤も、花田清輝の場合は、彼の『復興期の精神』を読むとすぐ明らかになるがごとく、ポオが分析的知性と呼んでいるものを闇の前に置き、しかも、チェスタトン風な逆説に支えられた明晰、つまり、「逆説的明晰」とでも称すべき新しい方向へむかつて歩一歩と踏みだしつづけたので、彼における虚無も暗黒も私とはいささか違うものになつてしまつた。私の場合はいわば彼とまつたく逆方向を辿り、宇宙の闇と精神の闇の始源の袋小路へだんだんと後ろ向きにのめりこみ、そしてついに広大も深遠も荒唐無稽もともにどつぷりとのみこんでいる真暗なデモノロギイの領域の癒しがたい耽溺者となつてしまつたのである。

このポオについて附言すれば、或るとき、当時神田にあつた月曜書房の一室で二人でポオ礼賛を昼から夕暮まで数時間もやつた果て、『メールストロームの渦』を記念する作品を二人とも必ず書こうではないかと約束して、私の方は約束通り、『虚空』を書いたことは、現代思潮社版の『虚空』のあとがきに記した通りである。ところが、そのとき約束を守つた私はただそれ一回だけ作品を書いただけで、その後まつたく何も書かず怠けていたのに逆比例して、そのとき約束を守らなかつた花田清輝は、後年、一見ポオとは無関係に見えながら、しかも、デュパン風、或いは師父ブラウン風な推理力をここかしこに発揮するエッセイ風小説を続々と書いたのであつた。そして、これまたずつと後年、私も『闇のなかの黒い馬』のなかの数篇をやつと書いてただ一篇だけではとうてい足りぬポオの深い文恩へ対するささやかな記念碑をようやく建てたのであつた。

ところで同時代における同質性はただに探偵小説だけにとどまらず、闇の奥の遠い向う側の不思議な次元から映画館のスクリーンの上にだけ出現してくるような映画の人並以上の愛好家に二人ともまつたく同じようになつてしまつたことにも示されている。彼の風貌はヴィクター・マチュアそつくりであつたから、喧嘩をすればその膂力はサムソンぐらいは強そうに見え、事実また、論争相手をぐつと不敵に睨みつけ、凄んでみせることも屢々あつたのである。

そのような探偵小説と映画のほかに、さてまた、もう一つ、いつてみれば、遠い後天的な事態が一種生れついて以来の素質に転化したかのごとき最重要な二人の同質性をつけ加えると、戦争中、ワルソーゲットーの蜂起もワルソー蜂起も実際にはおこなわず、心の闇の奥だけで架空の蜂起をつづけていた結果、ついに身についてしまつたところの「曖昧性」がある。

いま何処でそう述べたのか、残念なことに思いだせないけれども、たしか或る座談会のなかで私は花田清輝を「ダブル・スパイ」と規定したことがあつた。へえ、俺がダブル・スパイかよ、ヴィクター・マチュアそつくりの鋭い凄みのある眼付と顎をつきだしながら、彼は私に文句をいつたが、東方会の黒シャツを着て文学者達をおどかしながら他方で「文化組織」を出していた花田清輝ほど典型的でないにせよ、すべての企業、すべての経営、すべての行動が戦争目的にそつてもはや停らない大きな車輪のように動いているとき、必勝の信念の保持者や何処にもつとめないで済ませられる或る種の金持ち達を除いて、敢えていえば、「厭戦、或いは反戦の気分を内面にもった生活者」の殆んどすべてが、多かれ少かれ不思議なダブル・スパイ的生き方をしたのである。花田清輝の文体も私の文体も、極めて大きくくくれば、曖昧文体に属するのであって、よくよくよく読めばぼんやりとわかってくるもののよくよく読んだくらいではとうてい底の解らぬその曖昧文体こそは、鋭さと鈍さの重なりあった監視の眼が闇のなかの獣のようにここかしこに絶えず光っていた戦時の抑圧下にぴったりと身についたものである。これを探偵小説ふうにいえば、その曖昧文体こそはデュパン探偵だけにはすぐ解読されるものの、ほかのものには再読三読くらいではとうてい真意の解らぬ或る種の暗号文のごとき複雑曖昧な組立法をもっているのであるが、これをさらに逆言すれば、その曖昧文体は一つの小さな小さな種子の灰色の芯を隠すのに七色の果物の皮をかむせるといったふうに七面倒臭い論理的組立法で仕組まれ工夫されているのであるから、もし全体の暗号の鍵がひとたび発見されてしまえば、一見「まったく」解らぬその暗黒の謎語が白昼の下に忽ちばらばらとはしからはしまでひとつのこらず、すべて「はっきり」と解けてしまうのである。尤も、敵にさとられぬふうにひそかにひそかにひよいと手渡して伝達してしまおうとする同じ種類の曖昧文体といっても、分析的知性型の花田清輝のそれと暗黒星雲型の私のそれは頭蓋のこちらのはしとあちらのはしほど大きくかけ違っており、花田清輝のそれは私のそれより遥かに「弁証法」的で、また、「明晰」なのであった。例えば、Aが神でZが悪魔のように見えるが、実はZこそ神で、Aは悪魔なのであるまいか。いや、神も悪魔も本来は同一物で、ほんとうは状況によって違った顔を示すだけではあるまいか——というのが、花田清輝における弁証法的曖昧法のパターンの原型である。そこには、まず、神と悪魔、精神と物質、集団と個人といった対立物が提出され、それらがつぎに相互ともに否定されてジン・テーゼへ辿り行くといったいわば正統的「弁証法」の筋道が曖昧の薄闇のなかの赤い導きの糸となっていて、エジプトの死者の棺のなかの棺をまずあければさらに棺があり、その棺のなかの棺をさらにつぎつぎと開いていったら最後の小さな棺を開いてもそこにかたちの存する木乃伊はなく、ただ空々漠々といった虚無の無限積み重ね方式の私と較べれば、同じ命名の曖昧方式といっても、最前列の明晰派と最後列の晦暗派ほど大きく違っているが、この曖昧のなかの明晰、明晰に組立てた曖昧といった花田清輝のテーゼとアンチ・テーゼの入れ換え方式の大工夫は、戦争が終ると、戦時中とはまったく別な運命をもつことになったのである。武田泰淳流にいえば、生き恥さらして生きのこったものと、花田清輝流にいえば、協力のなかの抵抗という唯一の言質を携えて生きのこったものに対する後代の評価が大きく推移、変化したのである。

花田清輝と吉本隆明が論争したとき、たまたま、私は『決定的な転換期』と題する時評で、死の国から帰ってきた吉本隆明の世代に花田清輝を含める私達の世代すべてが全的敗北せざるを得ない事態について書いたが、そのとき、

抵抗が協力であり
協力が抵抗であると
誰が知ろう

というユーリピデスのパロディをいささかユーモラスに高く掲げて、このような花田式テーゼとアンチ・テーゼの相互入れ換え方式も、これも悪くあれも悪いとまつたく同じくまたこれもよくあれもよいという埴谷式全否定即全肯定曖昧方式もともに通用しない新しい戦闘方式の時代へ移りゆく予感を述べたのであつた。

花田清輝を回想するこの文章では、彼と私のあいだの異質性に殆んど触れずむしろ同質性の方だけを多く強調して書いているが、それにしても、共闘者達の心理伝達における曖昧方式から自立戦闘方式へ移りゆくこの決定的な転換期への踏みこみの断層の大きさに較べれば、花田清輝と私との論争は、一見、インパーソナルな「物」とパーソナルな「魂」といういわば古典的な、より決定的な対立に根ざしているかのごとく見えるけれども、しかもなお、それが一方は実存に投げこまれた魂であり、また、他方はシュールリアリズムの彼方の物であつたことを思えば、私達の対立は、いつてみれば、逆説を弄する探偵師父ブラウンと間の抜けた大泥棒フランボーの或る枠のなかでの対立のごときものであり、最後まで論争をつづけたといえ、同時代の共通項と同一の徴標をもつてアイロニカルにまたユーモラスに論争したのであつて、そしてまた、喧嘩しながらも爛酔すれば同じ歌しか唄わぬ同時代者の奇妙な同質性をもつて相次ぎ去つてゆくのであろう。

花田清輝と私が会えば必ず、宇宙のすべては精神の意味づけによつて存在するという古典的な私と、世界のすべては物の並立と組合せのなかにあるというアヴァンガルドの彼とのあいだのいわば「価値賦与論」と「コラージュ論」の論争をはじめる喧嘩友達の間柄になるよりまだ遥か前、酒をかなりのむ私と殆んどのまなかつた彼との二人が或る夜居酒屋で私は極大、彼は極小ほど飲んで歩きはじめると、何処まで歩いても互いに話しがつきず、また、極小しかのまぬ彼まで含めて二人とも羽化登仙したふうにぼんやり歩きつづけていたので、たしか本郷三丁目の交叉点の真ん中で向う側の交番から高く手をあげて呼んでいる若い巡査の顔を遠い霧のなかの不思議な顔でも見るように二人で眺めていると、不思議な事態はまさに逆で、話に夢中になつていた私達は赤信号の交叉点の真ん中をぼんやりつき切つて歩いているのであつた。

交番のなかへ呼びこまれた私達は交通違反で本署へ出頭することという小さな書式を手渡されることになつたが、より多い量の酒で彼より十倍くらい気の大きくなつている私は、君の名はださないでいい、俺がひとりでゆくから、とフランボー役を引き受け、翌日、署に出頭すると、同じように出頭していた十数人の間抜けたフランボー達と長く長く待たされたあげく、若い署員から極めて短い交通規則の解説を聞かされただけであつた。

後日、いささかおとなしげな顔付をした花田清輝が、罰金をとられたのかと聞くので、いや、同じ間抜けなひと達と一緒に、交叉点では信号を必ずみることという恐ろしく簡明単純な訓話を聞かされただけだと答えると、それまで済まなそうに背をまるめていた花田清輝はさつと逞しいヴィクター・マチュアの顔付にもどつて、そんなところへ行かなかつた俺だけがこの世で間抜けではないといつたふうに無性に嬉しがつて、その精悍な顔付に似合わぬ彼特有の小さな口の開き方で何時までも長く笑つたのである。

――「文藝」昭和四九年一二月号

追記　花田清輝の生年月日は、新潮社『日本文学小辞典』の佐々木基一の記述によつたが、その後に出された『箱の本』所収の年譜によれば、明治四二年三月二九日生れとなつている。しかし、彼と私との生年月日がいささか離れていても、彼と私との「同時代性」は変らないのである。

中野重治とのすれちがい

或る時代のなかに同じく生きながら、僅かな時期を異にしていたため、そのまますれちがつてしまう場合がある。同時代のいわば左側でともに過してきたのに、私が僅かな時期遅れてきたので、中野重治と私は「すれちがい」というふうになったのである。

私が文学少年また映画少年になったときは、いってみれば、殆んどまるごと西欧派で、ペチョーリン、オブローモフ、ムィシキン達が縦に並んで私のすぐ前を歩いており、そして、ウォーレス・リードやチャールス・レイやベティ・カンプスンなどがともに私と肩を並べて歩いていたのであった。従って、少年時代における私の背延びする成長の大ざっぱな型は、現実直視型より想像力膨脹型といったふうで、身辺より世界、眼前より架空といったあらぬ方向にばかり眼が向けられ、これまた大まかにいえば、日常からはみでて極度に片寄った一種偏奇的な場所にはいりこみつづけていたのであった。

そんな私がいささか現実に目覚めて同時代の左側に寄っていったのは、すでにプロレタリア文学全盛のときで、もし少年時代の文学の眼が私になおそのままひきつがれていればやはりそのときの眼も「現実的」になり、蔵原惟人にせよ小林多喜二にせよ中野重治にせよ、それらの著作の多くが愛読書として私の机の上に置かれたに違いない。確かに、私はその頃、蔵原惟人の画期的といわれる論文も、小林多喜二の出発期の諸作品も、中野重治の彼独特ともいうべき不思議な屈折をもった戦闘的なエッセイも覗き読みしていたけれども、しかし、私の前に殆んどつねにあるのはレーニンであり、またインプレコールからの訳出文であって、換言すれば、現実の側へ幾分なりとも強く引き寄せられたときは、私はすでに文学からまるでほど遠い「頭から足先までのまるごと政治青年」となり果ててしまつていたのであつた。

私は、現在、冬は殆んど仕事をせず心臓病の療養専一といつた炬燵にはいりきりのさつぱり動かぬ哀れな老残と化し果ててしまつたが、当時は三晩四日ぶつつづけに起きつづけてここかしこを動き廻るといつたその後とうてい為し得ざる徹夜の自己記録をつくり、会合と政治的文章書きのこれまた極度に偏奇的な濃密時間ばかりをもつたのであつて、これらをさらに換言すれば、成長期の「西欧派」の少年期にも、また、左側へはいりこんだ「吾国革命派?」の青年期にも、それらの二つの時期をともに通じて、まことに困つたことに、吾国本来の文学のなかへのめりこむ親密な時間をもたず、そして、中野重治とも殆んど接する機会がなかつたのである。

そうした私が中野重治についていささか深く知るようになつたのは、その後平野謙と友達になつて、彼と会うたびに、中野重治の作品の独特な発想法と人柄について懇篤仔細に聞かされたからである。

或る文学者に心をこめてうちこむことは私達のなかの誰にもあることであるが、しかし、その当時の平野謙ほど、いつてみれば、全身全霊をもつて深くまたより深くのめりこんだ例を私はその先にもその後にも知らないのである。彼と会えば必ず中野重治の近業について知らされるのであるが、平野謙の話し方は、いわゆる「ここがポイント」という力点の打ち具合が極めて適切でうまいので、知らず知らずに彼の話に深くひきこまれてしまうのであつた。しかも、平野謙には生涯その身についた自然な考察法があつて、話している裡に極めて鮮明な構図がまざまざとこちらの脳裡に描き出される良質な対位法を使うので、いつてみれば、話のはじめからおわりまで平野式説得性をもつて一貫し、ついにこちらは彼の用語である「吾を忘れて」聞き入つてしまうのであつた。

例えば、当時の彼は、中野重治のほかならぬ中野重治だけに則した独特な事物の分析の仕方について話しつづけると同時に、それに劣らぬ親愛と熱意をもつて近松秋江のこれまた近松秋江のみにしか存せぬ独特の執着の仕方について巧妙に語るので、私は聞いても聞き飽きないのであつた。

これを、敢えて平野謙流の命名法をもつて名づければ、一見突飛に見える中野重治と近松秋江との対比は、「社会化する自我」と「生れながらそのまま磨かぬ鉱石の自我」の対比、さらに後年の命名法を借りれば、アクチュアリティとリアリティとのまぎれもない対比の構図となつて、中野重治も近松秋江も、そして、その二極にともに親愛感をもつて執する平野謙自身も、すべて輝やかしい光彩を放つて「面白くて面白くてたまらない」のであつた。

けれども、吾国の作家では梶井基次郎や牧野信一や中島敦といつたいわゆる「マイナーポエト」や太宰治にようやくひかれていた当時の私は、中野重治について平野謙の内面を濾過した話に面白がるだけで敢えて読み返さなかつたのである。尤も、前記の梶井基次郎好みにしても、仔細に思い返してみれば、やはり私の西欧風な姿勢の持続の一環なのであつて、吾国ののつぴきならぬ現実の生の苦痛のなかにのめりこんだとはいえないのである。

戦後、安部公房に会つたとき、「非土俗派」といつた部族が少数ながら私達のなかにいつづけることに私は気づいた。満州育ちの安部公房はまずニーチェについて語り、その後、サルトル、カフカ、リルケ、シュペルヴィエルなどを語つたものの、吾国の現代文学については殆んど語らなかつたのである。台湾育ちの私もまたブレイクとポオとドストエフスキイについて語つて、安部公房の新しい二十世紀のアヴァンガルド風な構図に対して古めかしい十九世紀風な全面にうつすらとかびの生えた構図を、いわば「外地ふう、植民地ふう」に対置しあつていることに気づいたのである。ドストエフスキイ流にいえば、私達はまさに「非スラヴ派――自身の神と国土を喪つたもの」にはいるのである。

ところで、同時代は不思議なもので、平野謙と私がいわゆるリンチ事件の関係者とその頃思いがけず知り会つていたごとく、中野重治と私は表側の広い文学の面ではなく、いわば遠い裏側の女房の面でつながつていたのである。

私は日大時代、演劇に関わりをもつたが、中野夫人となつた原泉子、妹の原陽子、当時毛利利枝といつた私の女房は「素人女優」の三人組で、泉子さんに「般若さん、演出などできるの？」といわれながら、大学の演劇祭では私は彼女に「演技指導？」をする演出者となつたのである。私は伊達信に頼んで女房を左翼劇場にいれたがものにならず、原泉子のみが女優として大成した。私自身、『ダントンの死』のエキストラとして、平野郁子をはじめ佐々木孝丸、小野宮吉、関鑑子、杉本良吉、伊達信などの後ろに立って、びっこをひいて動き廻る佐野碩の演出を下落合のプロットの稽古場でうけ、そして、築地小劇場の舞台にたつと、傾斜して並んでいる観客席のひとびとの顔があまりによく見えるのでびっくりしたのである。中野重治の文章に接するのと原泉子の演技に接することが平行して進んだことを思えば、嘗てのいわゆる左翼の世界も、広くて、思いのほか、狭い、のであって、何処かで誰かと誰かが思いがけず関わりをもっていたといわざるを得ない。

——筑摩書房『中野重治全集』第14巻月報25　昭和五四年四月

中村光夫と戦後派

焼跡の瓦礫の光景が有楽町から銀座へかけてまだところどころ残っていた昭和二十一年の夏か秋頃であったが、「批評」の同人と「近代文学」の同人の共同の集まりが、数寄屋橋際のビルディングの二階にあるレストランでおこなわれたことがある。批評家を中心としている双方の同人達が顔をあわせたらいいと発案して双方のあいだに立って斡旋したのは杉森久英であつた。

私が時間におくれて会場に着くと、すでに酒がかなりまわつていたらしい西村孝次に私はいきなり抱きつかれたのであつたが、その西村孝次はそれからもテーブルの上に乗つて足を踏み両手を振りながら、さながらまだ彼ほど酔つていない私達全体を戦後の爛酔へ向つて押しやる交響楽の指揮者のごとき音頭をとつたのであつた。しかし、そこにいるのは醒めた批評家ばかりだつたせいか、それとも、その容積に対して酒が足りなかつたのか、席は離れてもあちこちで互いに穏やかに話しあつており、西村孝次についで時折高声をあげるのは吉田健一くらいのもので、福田恆存も武田泰淳も椅子に腰かけたまま動きまわらずおもむろに酒宴の成行きを眺めているというふうであつた。「近代文学」の本多秋五はその頃から酒をのまぬたちであつたから隣りの吉田健一の時折高笑いのはいる一種独特な話振りをこれまた本多秋五独特の真面目な顔付で聞きいつていた。そして、その合同の宴席で普段と同じ醒めた顔付をしている中村光夫に私ははじめて会つたのである。

だいたい中村光夫は年をとらぬ顔付、大げさにいえば、仏像に似た或る種の永遠性の象徴といつた悠然たる顔付をしていて若々しいが、そのときは実際に若くもあつたので、おや、このなかでいちばん名前の古い中村光夫はまだこんなに若いのかと私は思つたものである。「批評」と「近代文学」の集まりは、その後「批評」がなくなつたせいもあつてか、それ一回きりであつたが、しかし、たとえ「批評」がその後ずつとつづいていたとしても両者の会合はそれほど頻繁にはおこなわれなかつただろう。

大まかに考えてみると、「近代文学」は政治、というより、より正しくいえば、革命へ向う政治に関心をもつていたのに対して、「批評」は、どちらかといえば、政治嫌いであつたからである。

私はこれまで幾度も書いているが、「近代文学」の創刊同人達は、山室静だけを除いて、「ストゥルトゥス・ポリティクス——政治馬鹿」と呼ばるべき一種不思議な種属で、同人会議の終りには飽きもせず、国際的な、また、国内的なコンミュニズムの動向について論議していたのであつた。そのような「近代文学」と「批評」との大まかな差異を思いあわせると、野間宏や椎名麟三の出現以後の戦後文学を「近代文学」の批評家が圧倒的に支持したのに対して、中村光夫が敢然と戦後文学の否定の態度をとりつづけたのも一応首肯されるがごとくである。

けれども、歴史は皮肉なほど不思議な矛盾を内包しているのであつて、「近代文学」を戦後派擁護、中村光夫を戦後派否定とは必ずしも単純にはいえないのである。例えば、「近代文学」を代表する批評家である平野謙と中村光夫を較べてみれば、平野謙の私小説好き、中村光夫のフィクション推賞は天下周知のまぎれもない公認の事実であつて、平野謙の心底からの私小説好きからは戦後派の「私小説的作品」は拾いあげられても戦後文学擁護一般の論は必ずしも出てこないのである。その点、平野謙は僚友の本多秋五の立場とも違つている。他方、中村光夫のフィクション論からは、あり得べき戦後文学作品への限りもない要望の純粋な声が聞えてくるとさえ逆言できるのである。

ただ戦後派の作品の実際に即していえば、平野謙の見る「事実」に対して、中村光夫の見ようとする「真実」の成果があまり大きくなかつたので、中村光夫は眼前の戦後文学作品を厳として否定せざるを得ず、また、自ら作品を書かざるを得なかつたのである。

このことは、敢えて遡源していえば、中村光夫こそほかならぬ戦後派の底流の基幹に位置していたと逆説的にいえるのである。尤も、その場合の「戦後派」は本格的な文学派とまつたくの同義語であるけれども。

私達は与えられた偶然のなかにいるので、屢々、まさに逆といえるほどの思わぬ評価と規定をうけることも避けがたい。私は中村光夫の戦後派否定の通説を修正したいけれども、最近、時たま、会合などで会うと、もはや、中村光夫はそうした小さな戦後派論などまつたく歯牙にもかけぬ大悲大慈の仏像の悠然たる風貌の大きさを身につけてきている。私もいまは小さな用語などにこだわらずに、敢えて何かに向つて数歩踏みださずばなるまい。

——筑摩書房『中村光夫全集』第九巻月報　昭和四七年一〇月

不思議な哲学者──安岡章太郎

安岡章太郎について考えると、つぎつぎに差し換えられる鮮明なスライドのように、まず吉行淳之介の顔が思い浮べられ、そしてまた、近藤啓太郎、阿川弘之といつたひとびとが一つのグループとなつて集つて「仲よく遊んでいる」というイメージが遠くにいる私にはすぐ思い浮べられる。

このイメージはだいたい人伝えの風聞によるものであるから、ほんとうのところはどうなつているのか解らないけれども、彼等が人生を楽しむ達人であるというふうな印象は、はじめからいまにいたるまで変らないのである。

それというのも、彼等のすぐ前にいる私達があまりに無器用だつたのでなおさらそんなふうに深く印象されたに違いない。

雑誌「近代文学」は十九年つづき、その編集同人達は、最初は週に三回、その最後の時期において毎週一回会つていたのであるが、編集会議後の雑談は十九年間倦きることなくコンミュニズムを芯にした話だつたので、私は山室静を除く私達同人のすべてに「ストゥルトゥス・ポリティクス——政治馬鹿」という綽名を呈したのであつたが、実際、世代の違いは、たとえちよつとした年代の差にせよ、怖ろしいものである。

遠くからみると同じ戦後派という枠にくくられるけれども、荒正人、本多秋五が中村真一郎、加藤周一と対立したのは、前者がまぎれもない「政治馬鹿」の中心的な一族であるのに対して、後者がそうでなかつたからにほかならない。

この「政治馬鹿」の内実はいまだに変らず、会えば相も変らずコンミュニズムを芯にした「政治の理想と現実」についての話をしているのであるから、私達から「ストゥルトゥス・ポリティクス」という綽名は恐らく生涯はずせないのである。いつたい酒ものまず、女のことにも触れずして文学が可能かと、きびしく問われれば、例えば、平野謙なら、いや、どうも人生を誤つちまつたなあ、とすぐさま答えるに違いないけれども、それはそうした問いに応じてそう答えているだけであつて、ほんとうは、それよりやはりインテリゲンチャのつきあわざるを得なかつた二十世紀の「政治」の内包しているもののほうが面白かつたのである。

その「政治馬鹿」のなかで酒をのむのは佐々木基一と私だけであり、そして、マジメと不マジメを共存させているのは私だけであるから、安岡章太郎や吉行淳之介と何処かで行動をともにしていい筈であるけれども、しかし、実際は殆んど縁がないのである。

時折、安岡章太郎と同席する機会があると、思いもかけぬ横から目に見えぬひよろ長い手をのばして事物の真髄を忽ちつかむ機知の閃めきに感じいつて、こういう人物こそ生来の文学者で、戦後派はどうも無器用なんだなあと思いこむことがあるけれども、そうした同席の機会はまことにたまなので、安岡章太郎のクシャクシャとした顔から感覚的な閃めきをもつた名言が続出してくるのを聞くのは、一年の裡僅か一度か二度くらいのものである。

或るとき、彼に犬の話を聞いていると、犬の種類によってその性質がまつたく違つていると述べている彼の顔がだんだん（もしそうしたものがあるとすれば）犬の哲学者に似てきて困つたことがある。私は犬の目と目を見合わせていると、これはほんとうは犬ではなく、或る種の魔法によつて犬の皮をかむされ啞にされてしまつた人間がそのなかにはいつているに違いないという超童話ふうな気分になつてくるが、安岡章太郎の場合には、逆に、犬のなかの素晴らしい哲学者が或る種の魔法によつて人間のかたちを仮りにとらされて話しているのだという気分になつてくるのであるから、例えば、犬の話をしている安岡章太郎には犬とまつたくの同質性があり、それらの言葉を代弁しているのではなく、「そのまま」述べているといつた不思議なほど深い迫真性があるに違いないのである。

私達無器用派のなかで安岡章太郎と最も親しいのは佐々木基一であるが、先年、パリ、モンパルナスの深夜のバアにおいて数夜にわたつて江原順から聞いた佐々木基一と安岡章太郎にまつわるエピソードは私を抱腹絶倒させたばかりでなく、さらに何処か横隔膜から離れた場所を衝撃し、戦慄させさえしたのである。ひよつとすると、安岡章太郎は、犬の哲学者どころではなく、動物界で最も知慧豊かな種属が或る種の魔法によつて仮りに人間となつて私達の前に現われているのかもしれないのである。

――講談社『安岡章太郎全集Ⅶ』月報7　昭和四六年七月

吉本隆明の印象

吉本隆明と直接会つたのは、何処と何処でとそのひとつひとつの情景を暗い記憶の奥から取り出して想い浮べられるほどあまり数多くはないのに、そのどの情景を想い出して記憶の壁に並べてみても、つねに一定したかたちでこちらに強く刻印される吉本隆明特有の印象なるものが、二つある。何時、何処で会つても共通に感ぜられるところのその印象のひとつは、彼の《ふところが深い》ということであり、他のひとつは、彼が《眼を伏せた男》であるという思いがけぬ事態である。

この二つの印象は、時折、互いに結びつかぬところの極度に矛盾したもののごとく思われ、眼前に佇んでいる肩幅の広い、がつしりした骨組みをもつた彼の大柄な体軀を私は思わず眺め直してみることがあつた。なぜなら、この大きな立派な身体の持主が示す絶えざる伏眼は、強者のはじらいか、それとも観ることを恥じている観察者といつた思いがけぬ反対内容をもつた一種不思議な種類の衝撃をこちらに与えたからである。私はかつて、彼の書物を読んだとき予言者をとりまく群集達から遠くかけ離れたところに暗く立つている「最後に来た人」の印象が吉本隆明の印象である、と書きつけたことがある。

彼はよしありげに熱狂している否定者達がまた否定される歴史のなかのすべてを見てしまつたので、幻影の一かけらも、可能性への信仰も、まつたくもたず、いま再生を内包していないものはこれからも再生し得ないことを苛酷に知つている、と私は述べ、さらに、大量の死のなかから甦つてきた彼には私達を清掃する役割を持つた「最後に来た人」のほかに「墓場から出てきた人」の無気味さがある、と私はつけ加えたのであつた。このように書いたものから与えられるところの印象は、いわばその著者の本質的な印象の筈であつて、たとえ生身の著者に会つたとき、それとまつたく異なつた印象を与えられたとしてもその両者は彼の本質の遠い底部でつながつていることを、恐らく私達はついに見出すに違いないと思いながら、吉本隆明の生身の印象がその書物の無気味な暗さをたたえた印象からあまりにかけ離れていたので、私は、屢々、彼の見事な体軀をいささか驚きの眼で眺め直したのであつた。

ふところが深い、というその私の直覚的な印象にも、ところで二つの感じ方がある。私が彼の骨組みのしつかりした幅広い肩を眺めながら連想した第一のものは、敵に不意と出あつたとき後足で立ちあがる野性の動物、例えば熊とかオランウータンとかいつた膂力の強い動物の敵の抱きこみ方についてであつた。そのふところが深いので、敵の軀の全部は彼のなかへすつぽりとかかえこまれてしまうが、そのとき、もしその敵が戦術を心得ずに無性にもがけば、身体を動かせば動かすほど強くしめつけられるという具合になつて忽ちその背骨のあたりが折れてしまうのである。

その背骨を直ぐ折られないためには、勿論、戦術を心得た敵はその深いふところのなかへ積極的に組みいり相手に密着していなければなるまい。ところで、このふところが深いという言葉は本来相撲用語なのであつて、私が吉本隆明の見事な幅広い肩から連想した第二のものは、ぶつかり稽古に胸をかして終始倦むことをしらないところの真摯な人物像なのであつた。彼はいれかわり立ちかわりぶつかつてくる挙げきれぬほど数多い相手に次々と胸をかしながら、私達を驚かせることには、彼はついに殆んど休むことを知らないのである。

この二つの感じ方をここでより簡明に言いあらわせば、吉本隆明の《ふところが深い》ということは、つまり、強い、と、生真面目、の僅か二語に要約できるのである。ところで、その《ふところが深い》ということと《眼を伏せた男》という吉本隆明の全体的な印象が、その書物から受ける基本的な印象と遠くかけ離れているばかりでなく、その相互のあいだで、一見、まつたく矛盾対立しているがごとく思われるのは、私に《眼を伏せた男》についての高く積みあげられた重い先入見があるからなのであつた。

私が親しく知つている《眼を伏せた男》の型のそれぞれの代表者は、武田泰淳と梅崎春生であるが、眼を伏せているといつた無動作な動作の暗い裏側にあるものは、不思議なことに、思いがけぬほど徹底した類の強さ、と、ニヒリズム、の二つである、と私はその両人に教えられてきた。ということは、つまり、その強さの点では、《ふところが深い》ことと《眼を伏せた男》の底部の一部はつながつている筈だけれども、ところで、その暗い漠とした拡がり、茫洋たるニヒリズムの部分において両者は一見つながつていないのである。換言すれば、眼を伏せた生身の吉本隆明の謙虚なはじらいをたたえた生真面目そのものの姿体は、その他方の半身において、抽象的存在としての《吉本隆明》の無気味なイメージに重なり合わないごとくである。

強く、生真面目で、そして、ニヒリズムの陰翳をもたないという点では、この場合の吉本隆明は、私達の代表的古代人たる本多秋五とむしろ相似しているといえるかもしれない。けれども、大量の死のなかから最後にやつてきたこの人物に漠たるニヒリズムの濃い陰翳がない筈はないというのも、また、正当の疑念であつて、私達が生身の吉本隆明のこかしこを懸命に窺い覗いてみれば、その強さと生真面目さの直ぐ傍らにいわば倦むところを知らぬ類の執拗さがあり、その執拗さは、屢々、怒りの持続としての暗い執拗さたることによつてその強さと生真面目さの双方の上に適切に跨つていることをまた覚え知るのである。そして、恐らくは、怒りの持続としての執拗さなるものは、やがて、ニヒリズムの転化昇華した何物かへまでついに最後には辿りゆけるに違いない。

もしそうでなければ、「墓場から出てきた人」といつた私達の全的掃蕩者として果てもない晦暗の無気味さの遠い出所が何処にも見出されなくなつてしまうのである。
大量の死のなかから歩み出てきてさらにその大量の死を根こそぎ掃蕩するためには、恐らくこれまでの「政治と文学」ではなく、「政治も文学も」という新しい単一を目指す標語が必要であり、そしてそのときは、一方における強さと生真面目さの楯と、他方における果てもない無気味さの楯がともに緊密に組み合わされ並べられねばならぬであろう。吉本隆明の生身と著作からの印象をここに併せ想い浮べると、まだ緊密に組合わされた鮮明な輪廓をそれほど自覚的に示していないとはいえ、しかし、そのひとつの遠い先駆はすでにぼんやり暗示されているがごとくである。

——「一橋新聞」昭和三八年五月三〇日

青年大江健三郎

まだ小学校へはいらぬ幼年時代、それまで来たこともないほど遠い奥地にある製糖会社の出張所の一室で、明朝未明鴨猟につれていってくれる大人達が散弾をつめているさまを深い驚異の念をもつて眺めていた記憶が私にある。その頃はまだランプだつたので、薄暗い部屋のなかの大人達の表情や手許で動かされる物体に微妙な陰翳ができ、私の驚異の念にさらに強烈な隈取りが与えられたのであつた。そのとき、大人達は真鍮の薬莢を足許に並べて火薬と散弾をつめているのであつたが、まず、黒い微粒である火薬を薬莢の底にいれて紙をつめ、その紙片をちようどその底部が薬莢内部の円と同じ大きさになつている棒でぎゆうぎゆう強く圧し堅めた上で、つぎに散弾をいれ、そしてまた、紙をつめてその小さな棒で幾度も幾度も押し堅めていたのであつて、何回でも繰り返して強く押しつけるその圧縮の動作がそこから目が離せぬほどの深い驚きの印象を私にもたらしたのであつた。あの激しい音をたてて炸裂し弾丸を飛び出させるものは、このように底深く堅く、幾度も幾度も圧しつけられたものなのか、と。

大江健三郎の印象は、薄暗い部屋のなかで注視したこの黒い微粒の火薬と数百はあろうと思われる小さな散弾が押しつけられ詰つた真鍮の薬莢に似ている。彼はもどかしげに胸の底につまつた何かを喋りだそうとする。けれども、ちようど胸の真上あたりで堅い蓋に抑えられてでもいるように喘ぎ、どもり、真実のいつぱいつまつた何かの最初の一語が容易にでてこないのである。そのもどかしげな動作と表情につつまれた彼と相対したまま緊張した数瞬を過していると、やがて、不意に雷管に撃鉄の衝撃が伝わつたかのごとくに炸裂した彼の言葉がやつと飛びだしてくる。それはひきちぎられた彼の魂の部分だ。一語述べ、二語述べ……そして、もどかしさと苛らだちと炸裂の努力ののちに数百語述べつづけても、しかもなお、彼の最初のもどかしさの表情は彼の顔や姿体から消え失せてはいないのである。何故なら、やっとその魂のかけらを宙に投げ上げて述べても述べても、満水のダムから小さなスプーンで水をかいだしているかのごとくについに述べつくしがたいところの幾重にも幾重にも外部から無理やりに押しつめられた無数の黒い微粒の真実が彼の胸の底につまつているからである。その最初のもどかしさを残したままなお相対している彼は、ベルトのなかの全部の薬莢を使つて撃ちつくしてもなんの手答えもなく曠野の無限の闇のなかに立つている若い決闘者の姿にも似ている。

恐らく、あまりに多くのもの、古典的静謐から現代的混沌までを、論理と感覚の整然たる歩行から錯乱した飛翔までを、その個体の底へ無理やり積み重ねられてしまつた現代の青年の魂の多様性の代表者として大江健三郎は立つているということができるだろう。そして、ドストエフスキイ・ニェットと叫ぶモスクワの大学生の前で憎悪さえ感じ、パリの若い労働者や学生たちと一緒に反ОＡＳデモをする彼は、ただに我国の青年だけではなく世界の青年の魂の証言者となろうとしている。文学は、本来、青年の精神のあますところなき告示者であるが、述べても述べても述べつくせない現代の一青年として青年のための証言台に立つ彼には現在むせかえるような五月の栗の花の匂い、植物的な精液の匂いが重くつきまとつており、子供ばかりでなく老人を巧妙に組みこんで青年の精神の不思議な告示者となつたドストエフスキイの視点はまだ彼の遠い彼方にある。恐らく、その時代の一青年として青年のためのたゆみない証言者となることは最も困難な文学的事業であるだろう。ドストエフスキイにおいてさえ、シベリヤ流刑がその困難な仕事に従事し続けることから救つているが、そのようないまだ果されざる困難な課題を大江健三郎は、今後、なお暫く担いつづけなければならないのであつて、一種祈念に似た声援を私は横から送らざるを得ない。さながら魔術師の取り出した黒い筒のように、内部からひきだしてもひきだしてもなお《全部》がのこつているほど多様なすべてをつめこまれてしまつたあとで、もどかしくとも苛らだたしくともそのすべてをついに語りきろうと執拗に意図しつづけるものはやはり少数者なのである。

——角川書店『昭和文学全集9』開高健　大江健三郎アルバム　昭和三八年六月

核時代の文学の力——大江健三郎について

そこに、どろどろした不透明な重油も、精製された澄んだガソリンも、また、これまでまるで知らなかつた種類の力価をもつた或る不思議な閃光を放つ燃焼物体までも、やたらに重なり圧しこまれ攪拌されている一つの内燃機関——つまり、人類がはじめて自己の内部で何かが燃焼していることをふと自覚した最初の原始の装置でもあり、また、この世にありとある「すべて」を推進力に転化すべき可燃性材質として「無限動力」ふうに引き受けてしまう一種未来的でもあるいわば「超」新型の内燃機関、に向きあつているような気が、大江健三郎に向きあつているとき私にはするのである。

そして、このような「無限引き受け」の質をもつた内燃機関から素晴らしい何かが発進する喜びがまずもたらされると同時に、いやはや、こんなにも困難な力価をもつた燃焼材質ばかり引き受けさせられつづけているのは、たとえ不屈堅固な超新式な内燃機関にしても、可哀そうだな、という気分が湧出してくるのを私はまたとどめかねているのである。というのも、彼は確かに「遅れてきた青年」であるから、私達が思いもかけなかつたまつたく新しい種類の困難に、日に日に、ことあたらしく、直面しなければならず、これを極論すれば、或る種の絶対不可燃焼物すらをそこにとりこんでどうにか不思議な灰白の閃光をそこに発せしめなければならないからである。

けれども、文学の世界にはその発祥の古くからただ一つの一種決定的な申し送りがすでにあり、やはり遅れてきた青年であつた私達にも、十九世紀文学からの一つの申し送りがあつたのである。個人、と、社会、がひたすら、解体、へ向かい、新しい、統合、のかたちがただに空白の希望の遠い旗としてしか中空に掲げ得なかつたいわば精神の干潮のとき、宗教、哲学の担いきたつた「総課題」を「まるごと」そつくり引き受ける苦痛を敢えてどんづまりの負の極限まで負いつづけることによつて、いささか大げさにいつてみれば、人類史の破綻にまぎれもなく直面しながら、まさに逆に、さながら、いわゆる火事場で振りおこすごとき馬鹿力をひたすらそこからひきだして、人類の精神を奮起せしめたのは、トルストイやドストエフスキイなどの一群が一種霊妙な力をそこにこめて私達をようやく高く支えあげたところの「文学」にほかならなかつたのである。それは緻密な「個」の不思議な揺り戻しであるとともに、また、驚くべき巨大な「全」のヴィジョンの提起でもあつたのである。飛翔解体の札を一枚一枚、その一方の暗いはしからいれてゆけば、他の薄明るいはしから、そして、の札となつてでてくるのが、そのときの文学の「火事場の馬鹿力」にほかならず、そして、このような歴史の長方形の硝子箱のなかに思いがけず覗かれた「或る不思議な不可能性の思わざる実現の標本」のかたちは、極度に困難な課題を「まるごと」そのままますべて引き受けつづける不屈な意志の持続の徹底性なしにはとうていもたらし得なかつたのである。

ところで、大江健三郎にとつて、より困つたことは、古くよりの宗教と哲学ばかりか、自然科学と科学的社会主義というまだ幼児期の「科学」までがそこに加つたところの「戦争と革命と革命の変質」の混沌たる二十世紀の現在に、核物質の未来の魔まで新しく加つて、私達が直面したブロッケン山の魔物の恐らくは数倍、数十倍、数百倍と、膨脹宇宙のごとくに、それらすべての部分が、日に日に、増大しつつあることである。相手の拡大と変化に抵抗して絶えず自己脱皮しつづけてきた大江健三郎であるけれども、この膨脹しつづける現実の魔の全的襲撃に直面しなければならぬことは、私達が立ち去つたあとも、そこに取りのこされる大江健三郎にとつて、確かに、気の毒な事態といわねばならない。けれども、文学が嘗て示し得た不思議な「火事場の馬鹿力」、精神自体にいわばそのはじめのはじめから内在しきたつた思いがけぬ逆廻転へも働く瞬発力の本性は、前記のごとくつぎつぎと私達に申し送られてきているのであるから、すべてを目もそらさず取りこんでひたすら真摯に燃焼しつづけている大江健三郎の混沌たる薄暗い内燃機関は、やはり嘗てあつた「揺り戻し」のかたちをそのままひきついだ理念の魔の極度に鋭い衝撃力をつぎの「核時代における大火事場」においてもまざまざと発揮し、さて、「現実の魔」を不意にぞつとその心底まで怯えさせねばならないのである。

——「國文學　解釈と教材の研究」昭和五四年二月号

現代の六無斎

井上光晴、開高健、丸谷才一の三人は、現在、文学の領域における三大音ということになつている。私は、彼等が、例えば、国立競技場といつた広大な空間の中央にひとりずつ立つて電光掲示板の方向にむかつて大音声をはりあげ、それぞれ、××フォンの騒音をあげ得るかという声の競技をおこなう場面に立ちあつたことがないので、彼等三人の裡、誰が最も壮大な音声をもつているか知らないけれども、偶然、彼等の裡の誰かに会つた場合は、必ず、二人分くらいの席を隔てたこちらに位置して、彼等が発する音量を調節して聞きながら、話すことにしている。

ところで、小田実に会つた場合、彼もまた「日本三大××」の一人であるという気が何時もするのであるが、その「三大××」を何んと呼んでいいのか、まだ私にははつきり命名できないのである。

彼は、気どらない、上品ぶらない、粋ぶらない、意気ぶらない、着かざらない、インテリゲンチャぶらない……さながら、現代の「六無斎」といつた飾りのない風貌で、彼はつねに私達に対しているので、この粗野な面構えと野暮つたい風体をした気どらぬ人物を、「日本三大らぬ族」とか、或いは「三大らない族」の一人とか呼びたい気が私にはあるけれども、しかし、その呼称の字面も発音もいかにも坐りがわるいので、私はいまだにそれを採用しかねているのである。

原始の粗野な面構えと、『何でも見てやろう』に示されているようにインドの往来で寝ても平気なタフな生活ぶりをもつている彼は、現代文化のなかで失われてきた種類の美徳、率直、直視、直言といった精神の直截性をもっている。この外観の無装飾、タフな強靭な生活ぶり、精神の直截性といったものは、また、いささか共通して開高健にも見られるので、それらは大阪という工業都市の煤煙のなかで育くまれたものに違いない。小田実自身、アメリカのシカゴ、イギリスのグラスゴー、ドイツのハンブルグ、スペインのバルセロナ、イタリアのミラノ、エジプトのアレキサンドリア、インドのカルカッタと並べて、大阪を活力とエネルギイに満ち、在野精神に富み、騒々しくて汚いけれど、しかも、美しくて詩的な都市だと書いている。そして、この強烈な生命力をもった飾らぬ率直性が、虚飾と無駄に充ちみちた現代の一角に爽やかな通風孔をあけたことは、小田実の一冊の著述『何でも見てやろう』が現代青年の大胆で非感傷的な国際生活の一先駆となったことで明らかである。

ところで、小田実は、現代の六無斎として、ぶらない、ので、早熟だったという印象がそれほど強くない。けれども、彼が最初の長篇『明後日の手記』を出版したのは二十歳前であり、第二の長篇『わが人生の時』は大学生時代に出されたのである。この経歴は、彼が早熟児であり、学生作家であることを示しているけれども、小田実という一人の作家にまつわる印象には、早熟な学生作家という部分が殆んど重ならないのである。

そして、ギリシャ語を勉強した彼にソクラテスの周辺を描いた作品があり、ハーバード大学出身である彼にアメリカを主題にした小説があるのは当然であるが、しかも、そこにはシカゴとカルカッタと大阪を並べてみるに適わしい一種の壮大性が認められ、それがこれまでの日本文学に見られない異質なものであるところに小田実の特徴があるのであって、現在の文壇小説の枠のなかに彼の作品はおさまらないのである。

彼の作品が現在の文壇小説の系列からずれていることは、しかし、なんら問題ではない。何故なら、壮大な構成をもとうとする彼の作品が吾国の現実を大きく取りこめ得れば、吾国の文学の将来の方向と彼の文学の方向は異なる筈がないからである。

問題は、飾りけのない強靱な生活と精神の率直性をもった小田実が、いかにして吾国の現実の奥から根源的なものをとりだし得るかにかかっている。彼の海外についてのエッセイが確然たる意味をもったのは、彼が見たものが原始のかたちにまで剝ぎとられた人間精神の裸の核心へまで一挙に踏みこんでいたからである。

ところで、吾国においては、あまりに多くのことが目につき過ぎるので、眼前のトリヴィアルなものにひきずられて、却って、裸の核心を見失うおそれがあるといわねばならない。海外で眺める初心の率直な眼より国内で事物を眺める眼のほうが、より多く瑣末事にひかれているごとくに見えなくもないので、ここで小田実にはインドの往来で寝たときのごとくに奮起してもらわねばならないと思うのである。

——「文芸」昭和四〇年三月号

現代の行者、小田実

私達の仲間で最もよく動くのは堀田善衞で、二三箇月会わないあと顔をあわせると、一週間前までモスクワに行っていたとか、プラハにいたとかいい、向こうの「要人」と文学的な話ばかりでなく政治的な問題についても話しあっているのであった。彼はアジア・アフリカ作家会議という団体の仕事にかかわっているので、種々の要件があるに違いないが、それにしても、なんら面倒がらずに外国へでかけてゆくのは感心である。

このようによく動く堀田善衞のことを思うと、対照的にすぐ思いだされるのは、小田実であるが、しかし、この二人は、ともに面倒がらずによく動くといっても、その動きの内容はまったく違っているのである。堀田善衞の仕事は概して国際組織の動きに沿ったものであるから話をする相手は、だいたい、文学団体の役員とか、国際組織の実際的な責任者であるとか、いわゆる「要人」に属するひとびとであるけれども、これに対して、外国へでかける小田実が会う相手は、だいたい「要人」とはいえぬようなひとびとであり、むしろ、名もない庶民といったほうがいいようなひとびとである。

こうした対照をいわば象徴的にはつきりさし示しているのは、敢えていえば、インドにおける二人の「寝る場所」であつたといえよう。堀田善衞の『インドで考えたこと』は、恐らく私達の多くがそうであるに違いないように、ホテルにおいて考察したことから出発して全体が組立てられている。それに対して、小田実の『何でも見てやろう』におけるインドは、街路に寝ることからはじまる最底辺から見たインドなのである。

だいたい、外国へいつてその街路に寝るということは凄まじいことである。数年前、乗つていた飛行機がカルカッタ空港で故障したため、辻邦生君と私は夜明け前のカルカッタ空港から市内のホテルまでバスで運ばれたことがあつたが、そのとき、カルカッタ市内へはいると、街路上に白いものが点々とつらなつているのが目にとまつたので注視してみると、それは白衣をまとつたひとびとが街路いつぱいに、いわばその都市全体が一家族ででもあるような列をなして寝ている姿なのであつた。それを見たとき、暑くて貧しい国における最も自然な就寝場所は街路であると知り、ふと、小田実が寝たのもこうした場所であつたのだと突飛な連想をしたが、しかし、暑熱といまだ貧困の国であるパキスタンやインドにおいては街路に寝るのが自然であると解つたとしても、外国人としてそこに寝た小田実の凛然たる勇気について感心する気分に何ら変化はなかつた。

こうした最底辺からの視野と行動は小田実に特徴的で、そしてまた、貴重なものであるといわねばならない。あらゆる国の文学者が社会的、さらにまた、国際的に大きな幅をもって動く時代にはいってきているだけに、小田実がその最底辺の出発点にひたすら固執し、それを頑強に文学化しつづけることを深く願わざるを得ないのである。

――河出書房新社『小田実全仕事2』月報3　昭和四五年九月

中村真一郎のこと

私達がつくっている「あさって会」というグループのなかで堀田善衞と中村真一郎の二人が最も若く元気である。そして、その最も若い堀田善衞と中村真一郎を極めて大ざっぱに対照すると、堀田善衞は政治派、中村真一郎は芸術派ということになるだろう。尤もこれは極めて大ざっぱな便宜的なわけ方であって、芸術派の中村真一郎も思いがけぬほど深い政治の内実の暗い奥を知っていて私達を驚かすことがあるから、これは一応の大まかなわけ方にすぎない。

この「あさって会」も先に梅崎春生をうしない、長く心臓を患っていた椎名麟三もいまあちらの世界へ移り行ってしまったあと、初老組の武田泰淳、野間宏、それに私の三人とも近来病気勝ちなので、政治から芸術にわたる全活動の仔細は元気な若手組である堀田善衛と中村真一郎の二人にゆだねなければならないのである。

ところで、国際政治について鋭い触覚をもつた堀田善衛とまつたく違つて、中村真一郎は、いつてみれば、繊細精緻な感受性の人であつて美的なものにしか心を動かされない。私達のなかで際だつた読書家は武田泰淳であるが、勿論、外国のものになるとやはり堀田善衛、中村真一郎の若手二人組に譲らねばならず、堀田善衛の読書が、美術関係を除くと、大むね現代の政治的動向にむけられているのに対して、中村真一郎のそれはヨーロッパの現代文学の全般に向つているのである。まことに多くの国が並立しているヨーロッパの現代文学といえば気の遠くなるほどたいへん広い領域を占めているのに、それらの全般に目を配つてその裡の何らか意味あるものを絶えず読んでいるということは容易になしがたいことである。私の知つている限りではこの方面の最も精力的な読書家は篠田一士ではないかと思われるけれども、中村真一郎もまた恐らくはその方面でのベスト・スリーにはいる驚くべき読書家である。

すでにかなり以前の出来事になつてしまつたが、パステルナークの『ドクトル・ジバゴ』にノーベル賞が与えられ、それが反ソ的作品であるとしてソヴェト国内で騒然たる問題になつたことがある。ちようどその後のソルジェニツィンへのノーベル賞授与問題に先駆する事態であつたけれども、そこにはやはり一種悲劇的ともいうべき時代的な差異があつて、パステルナークの場合はソルジェニツィンの場合より遥かに苛酷に扱われ、作家同盟から市民権剝奪の要求すらでて、ついにパステルナークはノーベル賞辞退を声明しなければならなかつたのである。その当時、作家同盟弾劾の文章を私は書いたが、それにしても一応『ドクトル・ジバゴ』を読んでから書かねばならぬと思つたとき、すでに中村真一郎がその作品を読んでいることを知つて、早速電話をかけ、マックス・ヘイワード英訳の『ドクトル・ジバゴ』を借り受けたのであつた。ところで、その英訳本の所有者は先程触れた最も精力的な「読書魔」篠田一士なのであつた。

中村真一郎は私達のあいだで最も本質的で徹底的な美的享受者なのであるから、以上のような広い範囲にわたる読書ばかりでなく、女性の美の最も深い渇仰者でもある。いったい中村真一郎がひたすら密室のなかの作業である小説や評論ばかりにとどまらず、外界との関わりを必ずともなうことになるラジオ・ドラマや戯曲や、また、映画などの数えきれぬほど広大な分野に関与して、いつたいぜんたい中村真一郎の仕事の範囲はどうしてこんなに端倪すべからざるほど広いんだろうと若い評論家を讃嘆させるところの根本動因の一つは、必ずかかわりあわねばならぬそれらすべての外部の世界には「女性がいる」からである。

尤も、この世には男性と女性しかいないことはきまつているのであるから、女性を無視した種類の仕事ばかりしているのは一種非人間的な唐変木であつて、その点、私達「あさつて会」のなかでは中村真一郎のみが最も人間的であるということになるのである。私は彼からその「女性がいる」ところの外部の世界の多様で不思議な事態について屢々聞かされたが、それらは「現実的な、あまりに現実的な」生々しい様相を帯びた事柄ばかりなので、ここでは、ただ、むにやむにやと口のなかで呪文風にできるだけ幻妙に呟くだけで、その裡の一つだにここに記すことはできない。しかも、私は中村真一郎よりいささか年長なので彼より長く生きのびてそれらの仔細を夢幻風に書くといつた薔薇色の未来の可能性などまつたく存しないのである。

――河出書房新社『中村眞一郎短篇全集』月報　昭和四八年四月

遠い時間

先日、久しぶりに中村真一郎の芝居を観にでかけたとき、客席内で、辻邦生に池澤夏樹を紹介され、短い挨拶を交わしたことがあつた。

芥川賞をうけたあと、池澤夏樹は川本三郎との対談中、こう述べている。

「昔、だれか偉い人が言つたんですけど、大衆小説の原理は二つあるつていうんです。一つは、〝身につまされる〟。もう一つは、〝我を忘れる〟。前者の小説はいつぱいあるんですよ。だから、ぼくはもっぱら後者でいきたいと思いますけれどもね。ただ、それをファンタジーの形にしないで、もうちょっと間口を広げてやれないかと思ってるんですけどね」

この箇所を読んだとき、まさに確実に、戦後は忘却の薄明のなかに、遠い遠い翳の痕跡だけ残して、消えいったことを私は感じたのである。

その当時の文学仲間にとっては、「われを忘れる」と「身につまされる」とは実にうまくいったものだ、と誰もが語りあって、それらは忘失しがたい言葉だったのである。というのも、それは「近代文学」創刊号に書かれたのでなおさら特別に深く記憶されたのである。

「近代文学」創刊号の「同人雑記」の先頭に平野謙はこう記している。

「文学の面白さとは、他人の生活をみづから辿るところにある、とかって小林秀雄が言ったが、それは具体的には『われを忘れる』面白さと『身につまされる』面白さとに分け得る。それが文学の功徳だ。

ロマンチシズムとリアリズムとに関する百千の論議も、所詮ここに還元される。

そして、年若き頃はより『われを忘れる』面白さに惹かれ、世路艱難を経ればより『身につまされる』面白さに傾くといふのが通常らしい」（後略）

その平野謙が私達のもとから立ち去ってからすでに十年も経っているのであるから、池澤夏樹が遠い遠い平野謙の言葉について記憶などしていないのは至当であるけれども、私が、この池澤夏樹発言に、ひとの世すべてかくのごとく過ぎゆく、といった感慨などと違った一種尽きせぬ深い感慨を憶えて、この池澤夏樹発言から暫く目が離せなかったのは、また、つぎのような特別な事態があるからである。

「近代文学」創刊号は、昭和二十一年一月号であるが、十号である昭和二十二年四月号に、「マチネー・ポエティク作品集」の特集がおこなわれて、短いながら、マチネー・ポエティク宣言といった一種知的昂揚の文章を加藤周一が書き、その加藤周一をはじめ、中村真一郎、窪田啓作、枝野和夫などが作品をのせ、そして、池澤夏樹の両親である福永武彦と原條あき子もまたそこに作品を寄せており、その原條あき子の赤ん坊「夏樹」に向けた頌歌こそ、いまにして思えば、池澤夏樹の文学者としての成長を遠く遠く予覚していて、「近代文学」同人たる私は、尽きせぬ愛情のみ携える母親なるものについて、粛然たる感銘を、これまた遠く遠く振り戻りつつ、深く覚えざるを得なかったのである。

原條あき子の詩は、つぎのごとくである。

頌　歌

西の海に展《ひら》く暁は　冴え
ながい旅の極み露に濡れて
私達月を曳き　眠り越えて

日々《ひび》をゆく腕《かひな》のみどり子唄へ
花は褪せてお前の頰に融け
星は堕ちてお前の眼に沈み
愛の嵐に生れ　雪を踏み
憩へば夢に清い黄金《きん》の苔

古代の埴輪から汲む泉を
浴びる小鳥青くとはの時を
この脣《くちびる》の笑《ゑみ》ひとり保ち

風は杳《はる》か流れ　明日《あす》の生命《いのち》
光り響き匂ふ空の橋を
夏樹《なつき》よ　享《う》けよ　天の地の幸《さち》を

一九四五年八月

さて、遠い遠い時間のなかのこの母から子への汲みつくせぬ泉の深い思いとその子の

「幸ある」転変のかたちから離れて、まつたく別のことをここにつぎのごとく記することとする。

先頃、大マゼラン星雲における十五万光年離れた超新星の爆発によつて放出されたニュートリノが、私達の地球を苦もなく透過して遠くへ遠くへ、いわば無限へ向けて飛び去つた事態に私達は際会した。

私達は、物質とは他の物質へはいりこめず、いわば或る壁をもつた固体の拡散であるふうにぼんやりと感得していたけれども、物質の一根拠であるところの粒子の或るものは、子のすべてのなかへ母の思いがそのまま卒然とはいりゆくごとくに、他の物質のなかにそのままはいりこみ、そしてさらにまた、無限へ向かつて、その一種純粋透過物たる自身を自身のなかに携えつづけながら飛びゆくことをそのとき知つたのである。

さて、全宇宙に彼を障害し押しとどめるところの何らの物質存在も存せず、存在宇宙の何物をも苦もなく透過するいわば天上天下唯我独尊のこの純粋粒子こそは、無限の果て、どのようなかたちの何として何処《どこ》の世界において、思わざる異種転変のなか、如何なる臆測不可能ふうに或いは臆測可能ふうに純粋再生するのであろうか。

――「毎日新聞」昭和六三年二月二七日

＊　＊　＊

橋川文三のこと

橋川文三とは、不思議なことに、戦後すぐという古い時期から知り合っている。いまは「書かざる作家」たる不孝な私によって売却されている真裏の貸家には、戦時中、「中外商業新報」の学芸記者で、また、私と同じ終電車組の酔っぱらいであり、さらに、互いに下手な麻雀友達であった丸山進が住んでいたが、私と同年輩の彼が召集され、家族が疎開することになったとき、その留守番として私が推薦した郡山澄雄は、いわば老兵であった丸山進の遺憾な戦死によって、留守番からそのまま私の借家人へと忽ち転化し、敗戦後すぐ、その狭い二階の六畳を編集室として「文化新聞」を創刊したのであった。

当時、私の家の台所とこの貸家の台所は僅か一メートルほどの至近距離で隣りあっていたので（風呂ですよ！　と高く呼ぶと、その間近い互いの台所を通って私の家の風呂へ丸山家からはいりにきていたのである）、私もまたその台所を通って、そのまま案内も乞わずに二階の編集室へよく赴いたのであった。ところで、戦後創刊された新聞、雑誌の類が殆んどそうであるように、編集者は郡山澄雄のぐうたら友人で、怠け者詩人の栗林種一、電車内における「触り魔」の「名人」の古賀剛、同じく「上手」の山本新、といったおよそ「不真面目族」の集合体であったが、そのなかへいささか遅れて「真面目族」でまだ若い橋川文三が加わって、「色道」の先輩達の奇怪不敵な話にびつくりして毎日聞きいっていたのである。しかし、このとき最年少の橋川文三がいかに「ほんとうの正真正銘の真面目派」であつたかは、これらの不真面目派のかもし出す渾沌宇宙の猥また猥の大気流に毎日もまれながら、その細胞のひとつだに汚染されることなく、『日本浪曼派批判序説』を書いて、戦時中の真面目姿勢の持続を見事に証明したことで明らかである。

その後、この「真面目派」の一代表たる橋川文三は、それらの棟梁たる硬派の国士竹内好の後輩として私とより多く接触することになり、竹内好夫人は屢々、橋川文三夫人は僅か一度ながら、「不真面目組」の私と踊つたにもかかわらず、真面目温厚亭主たる橋川文三は頑固国士たる竹内好同様、古きよきナショナリズムを堅固にまもつて、惰弱なるダンスなど覚えようとしなかつたのである。

この橋川文三は、一時期、井上光晴と同じアパートメント住宅での親しい碁敵であつたから、かなり長い悪習慣となつて続いていた正月二日の私宅での乱酒宴（私のボケ老化により昨年より廃止）へ連れだつてきたが、思い返せば、井上光晴が引越したあとの彼の晩年ひそかに襲つてきた奇病――口がうまくきけなくなるという恐らく現代医学では根治しがたい、いまいましい奇病は、すでにその古い当時から彼の体内の何処かに深く潜みつづけていたに違いないのである。

年毎に、彼はすぐ酔って、始末に困る「軟らかくて固い」一物体として隣りへ倒れこむようになり、他人の靴へ無理やり足をつっこみ間違えたまま帰るなどはまだよい方で、やがては、酒をのまぬ女流画家が自動車で彼を送ってゆくと、彼は自分の家の所在がどうしても解らぬようになったのである。この場合は、あたりを数旋回したあげく、通りあわせた同地区のタクシーに橋川文三の番地を教えて、容易ならぬ一物体たる彼をようやく移し換え、送ってもらったのである。

私自身、嘗て、晩年の梅崎春生を送っていったとき、フロントグラスの彼方を、一応、懸命に眺めている彼にその自宅の所在がどうしても解らず、ついに探し出した交番にタクシーを着け、電話を借りて、梅崎夫人に付近の地理を詳しく聞き、深夜わざわざ自宅の前に出迎えてもらったことがあるので、それと思いあわせて、この橋川文三の自宅喪失の場合もまた、私達の知らぬ頑強な病巣が彼の内部の奥深く暗い何処かにすでに定着していたと思わざるを得ないのである。

そしてさらにまた、竹内好といい、橋川文三といい、真面目頑固派のほうが不真面目惰弱派より、悲しいことに、「いさぎよく」早世してしまうのだなとも思わざるを得ないのである。竹内好の告別式のとき、すでに奇病のため話しづらくなっていた橋川文三がまず竹内好の略歴を述べたので、いま頃は、何処にあるかよくは解らぬながら、やはり日本語のナショナリティを頑強に固持しているに違いないあちら側で、埴谷のやつ、ボケながら、よくまだ生きているな、そろそろこちらへ来たらどうだ、という竹内好の力強く語句短いこの世弾劾の話に、橋川文三は生真面目に聞きいっていることであろう。

――筑摩書房『橋川文三著作集1』月報1　昭和六〇年八月

評論家と小説家

評論家と小説家、というふうに大げさに題したけれども、しかし、それら評論家と小説家一般についていささか真面目に「考察」するのではなく、竹内好と武田泰淳のことがいまだに頭から去らないので、その二人の対比について、短い思いつきにすぎぬ感想だけをここに記すことにする。

というのも、偶然、私がそばにいてこの二人を眺めつづけていると、親友であるその二人があまりに対照的だつたので、竹内好と武田泰淳の二人をかりて、評論家と小説家のあいだの微妙な差異と段落について触れてみたいと思う。

竹内好と武田泰淳は、二歳離れている。四十を越えて五十歳近くなると、二年くらいの差は殆んど互いに意識されなくなつてくるけれども、まだ二十歳前後の若い時代のなかでは、二歳違う年齢の差は「思いのほか」に大きいのである。

しかも、生れつき「統率者」の素質を備えていた竹内好ははじめから「老成」しており、武田泰淳は大きな寺の「何も知らぬ坊っちゃん」だつたので、二人が知りあつた頃は、いわば「大人と子供」ほどの差が開いていて、竹内好は文章の書き方から武田泰淳に「教えた」といっていいくらいである。

その武田泰淳が「何も知らぬ坊っちゃん」から急速に一変して、いってみれば、竹内好に決して劣らぬところの一個の武田泰淳として自立したのは、ドストエフスキイがシベリアで「民衆」を発見したように、彼が出征して兵隊のなかに「民衆」を発見したことに由来するが、しかも、中国の戦線のなかに置かれたそのときの武田泰淳の新しい特質は、その「民衆」をさらに「征服する民衆」と「征服される民衆」の二つのかたちで「発見」したことである。そして、深い受容素質をもつた武田泰淳は、より多く、後者から魂を揺すられたのであつた。

それ以来、武田泰淳の精神の徽章自身も、どうもがいても「征服されるもの」となり、そして「生き恥さらした司馬遷」がそこから飛び出してくることになるのである。

これまでの武田泰淳からは想像できぬその卓抜な飛躍に刺激されて、竹内好も『魯迅』

を書いたが、戦争中私達が、偶然、出発点としてもつた「生き恥さらす」男と、「徹底して闘いつづける」男との対照は、その後長く、武田泰淳と竹内好の位置の対照を、或る切迫感をもつて象徴することになつたのである。

武田泰淳の成長は竹内好への懸命な抵抗から生れたが、彼が「征服されるもの」の側、いわば、正に対する負の側を立脚点とすることは、「中国文学を捨てて」小説家になることへ辿りついた。つまり思想家に対する小説家なるものの設定が、いつてみれば「征服されるもの」武田泰淳の抵抗の最後単一の拠点となつたのである。

『風媒花』において自分を「エロ作家、峯」の位置においたことによつて、指導者毛沢東と、じたばたして殺される小毛とを同価値として彼は設定し得たのであつた。『風媒花』における軍地――竹内と、エロ作家、峯――武田との対比について、竹内好自身が興味深い『風媒花』論を書いており、そしてまた、私がそれらを取りあげて私なりの『風媒花』論を書いているが、竹内好、武田泰淳という運命的な親友が、いわば、思想家の代表、小説家の代表として、現在の私達の生の一種対極的なかたちを思いがけず深く掘りさげることになつたのは、考えに考えてもなおその先に何かがあるがごとき一種奥底の知りがたい興味深い出来事である。

竹内好は、端的にいえば、現代に珍らしい一種の純粋日本人である。或るとき或る会合で、私が藤枝静男に竹内好を紹介したので、壁側の椅子に腰かけている竹内好の隣りの椅子に藤枝静男が腰をかけ、二人は隣りあわせに坐つたまま話しはじめたことがある。けれども、ともに相手の書いたものをあまり読んでいないためか、それほど二人の話ははずまず、手持ぶさたふうに黙つているほうが多かつたが、こちらからそのむつつりした二人を眺めていると、私は、心から満足を覚えながら彼等を知り合わせたことを自ら祝福した。何故なら、そこにいま隣りあわせて腰かけている彼等二人こそは、ともに、まさしく「純粋日本人」にほかならなかつたからである。

藤枝静男は、その感じ、考えることをそのまま率直に述べただけで私達の胸裡のすでに忘れかけていたところの「或る心性の全部」にぴたりと触れて、私達自身の原型を不意と思いださせてくれる小説家であるが、藤枝静男が、「自分個人」の感覚と思考のなかだけにとどまつていることによつて、まさに、私達全部に力を及ぼすのとはまつたく違つて、思想家、竹内好は、いつてみれば、社会的、さらには国際的でなければならぬ「批判者」の運命を避けがたく自ら負うことによつて、社会に対してだめな私達、中国に対してだめな私達、という、これまたまぎれもない私達の失われたすべてについて思いださせてくれるのであつた。

ここで、敢えていえば、勝手なことを書いているのに「なんとなく得をしている」小説家に対して、つねに「一種の対立性と悲劇性を帯びている」のが思想家という感じがするが、また、悲劇も絶望もすべて徹底して承知した上でなければ「批判」などできないのがその宿命であることを、ひとりの思想家はまぎれもなく暗く知悉していなければならぬのである。

竹内好は最後の病床についたとき、すでに去りいった武田泰淳について絶えず語りつづけたが、或るとき、その病床の傍らにいる私に、心底から感慨深げに、武田は成長した、それは尊敬する、と述べた。その感慨は、いわば、正性に対する負性をもあますところなくとりいれる竹内好自身の巨大な包括性の証明でもあって、現代には珍らしい純粋日本人であつた竹内好もまた自らに歯どめすることなく成長しつづけたのである。これはここで述べるほど容易にはなしがたい「成長」であつて、つねに「批判」をしつづけている思索的な評論家がもし「小説」を書くとなると、何時も「正しい」自分の正性だけでその「小説」をも仕上げがちなので、人間のもつ薄暗い負性の陰翳にまで屢々踏みこみ得ない、一種物足りぬ作品を書きがちなことでも明らかである。

この対照的で互いに優れていた二人が傍らから去つてから、「つねに叱責して或る失われた原型を思いださせてくれるもの」がすぐそばにいなくなつたのはこの上なく淋しいことであつて、のこる純粋日本人、藤枝静男のみならず、これまた対照的な評論家も小説家もそこにまだ刺激力をもつて存している古い戦後文学の仲間達の健康を、この頃、ひたすら祈念せざるを得ないのである。

――「海」昭和五三年一月号

竹内好の追想

竹内好にはじめて私が会つたのは、「中国文学を語る」という座談会を「近代文学」でおこなつたときである。「近代文学」の事務所はその頃駿河台の文化学院の二階にあつて、すぐ筋向いにある「生活社」から出されていた「中国文学」を編集していた千田九一は荒正人、佐々木基一の高等学校の先輩であつたから、千田九一は「生活社」へくるたびに私達の編集室へも顔を出したのであつた。前記の座談会も彼の世話になり、確か昭和二十一年中におこなわれたのに長く「寝かされて」いて、翌二十二年六月号の「近代文学」にのつたのである。

そのときの出席者は、竹内好、武田泰淳、千田九一、荒正人、佐々木基一、私の六人で、この座談会がのる前にすでに竹内好には「近代文学」二十二年二、三月合併号に『藤野先生』を寄稿してもらつていており、「中国文学」と「近代文学」の同人達は互いに知りあいはじめていたが、けれども、その頃はまだ彼と私は知人といつた間柄であつた。竹内好と私の関係が深まるのには、知りあうとすぐ親しくなつた武田泰淳がつねに介在していて、「中国文学研究会」が開かれていた有楽町の「山の家」の隅の小座敷へも武田泰淳は私をつれていつた。先頃の竹内好のお通夜の流れの席で、安田武がこういう古い話をした。彼が竹内好の原稿を「山の家」の酒席にもらいにいつたとき、埴谷さんからからまれたというのである。私はそんなことをまつたく忘れていたが、竹内好、武田泰淳のほかに岡崎俊夫、千田九一、飯塚朗など集つていたその席は一種の殺気が感じられるほどに荒れていて私もその激しい雰囲気のなかで日頃になく元気だつたのかもしれない。その当時の「中国文学研究会」における或る種の昂揚した心の奔騰といつた激しい雰囲気は武田泰淳の『風媒花』に描かれている。そして、昭和二十四年の冬だつたと思われるが、朝日新聞にいた岡崎俊夫の世話で湯河原にある新聞寮に、私達揃つて一泊旅行をしたことがある。「中国文学」側から岡崎俊夫、竹内好、武田泰淳、千田九一、小野忍、斎藤秋男と大半来たのに「近代文学」側からは佐々木基一と私だけで、他に宿り客のいない寮で夜遅くまでのみつづけ、まだ若かつた斎藤秋男がとつくりをもつて台所と座敷のあいだを絶えず往復しつづけたのであつた。その翌朝、本多秋五がきたけれども、どうもつきあいは「近代文学」側が悪かつた憾みがある。

けれども、竹内好と私はそのときもまだより深くなつた知りあいで、彼と私が親しくなつたのは、それよりずつとあと、彼が昭和二十九年暮吉祥寺へ引越してきて、その暫らくあと、私が満四個年の結核生活からようやく回復した頃からである。竹内好の家は東町、私のところは南町で鉄道線路を距てて三丁ほど離れており、その場合も武田泰淳が介在して両家の往来がはじまつたが、殊に昭和三十二年暮、武田泰淳自身が上高井戸のアパートに越してきてからは、こんどは「やたら」に竹内、武田、私の三家族が竹内家または私の家に集まつたばかりでなく、竹内家のそばの丸山真男家をも捲きこんで、いわば廻り持ちの会合を頻繁に開き、その間、「埴谷家の舞踏会」も幾度かおこなつたのであつた。むつつりしている竹内好が踊れば必ず面白い不思議な風景になつた筈であるが、その頃は、彼は隅で飲んでいるだけで照子夫人の踊るのを機嫌よさそうに眺めていた。

ところで、武田泰淳がやがて上高井戸から赤坂へ越したあとも、竹内家と私のところで酒宴はひきつづいたのであつた。不思議なことに、どちらかといえば好き嫌いが人並はずれてはつきりしていて極度に頑固な竹内好と私の気があつたばかりでなく、これまた正反対の気性の竹内夫人と私の女房も親密になつて、家族ぐるみの絶えざる往来になつたのであつた。私は女房に日頃から「味盲」といわれており、事実、食物はすべてどうでもいい方で、女房のつくつたものを決してほめたこともないのに、竹内好は味に「うるさい」方だつたので、料理自慢の女房は「珍味」をつくるたびに竹内好のもとへわざわざ持参し、そして、ほめられ、嬉しがつていたのである。

この「味盲」と「味が解る男」の大きな差異は、趣味の大きな差異にも及んで、私はだいたいすべての面においてつきあいのいい方であるけれども、彼の「運動を主体とした」

趣味のすべてに「つきあい」がまつたく悪かつたので、いまから思うと一度くらいはつきあつて何処かへ行つておけばよかつたと悔やまれる。

彼の並々ならぬスキイ好きはいわば晩年の狂い咲きであるが、軀の芯の底まで冬になると動きだすほど気にいつたらしく、毎年、冬の気配が近づくとともに私を誘い、そして、そのたびに私は不器用で、しかも、徹底して寒がりだから、絶対に行かないと、彼の「頑固」ぶり以上に徹底して頑強に断わりつづけたのである。やがて彼は私へのスキイ勧誘を断念し、数段程度をさげて、温泉のある宿屋で飲んでいればいいと「非運動的」に力説した。けれども、彼の意見はそれまでつねに彼なりの堅固な力強い根拠があつてまつたく明晰であつたのに、この「ただ飲んでいればいい」という説得はまつたく確たる根拠ももたぬやみくもの単純力説だつたので、君達がスキイをしているあいだ俺が幾度も温泉にはいつたりひとりで飲んだりしててもまるで仕方がないよ、と私は彼の生まれながらの性癖である「とりつくしまもない」むつつりした顔付を見せながら彼の最後の説得もまつたく受けいれなかつた。そこで、冬のスキイのかわりに、こんどは夏の海水浴行きが出現したのである。殊にいまとなつては、あれほどにべもなくむげに断わるのではなかつたと思い返されるのは、病気の年、つまり、昨年の夏、こんどこそというふうに、こんどは君の故郷の福島県相馬の松浦湾へ行くのだから一緒にゆかないか、とこれは彼なりに気を使つたいささか巧妙な説得性のある誘い方をしたのである。しかし、徹底したものぐさで小旅行もせず、また、身体を動かすすべての種類の運動をまつたくする気がない私は、これまた、心臓の持病には海水浴などとうていだめだと直ぐ断つてしまつたのであつた。

そうした点、私は彼の「運動」の趣味に対してまつたく「つきあい」が最後まで悪かつたけれども、しかし、手先を動かすだけの「趣味」のほうは互いに長く持続した。碁は彼が初段、私が話にもならぬ最低であるが、二人で碁会をつくり、これは一度中断したけれども、いまでも「一日会」としてつづいている。最高段位をもつ文学者達がひしめきあつて数人もいるのだから、この碁会の風景は壮観であるが、この盛大な「一日会」にも彼はもはや悲しいことに出席できなくなつた。そして、いわば最終的な「趣味」の飲む方は、これは最後まで私は必ず彼につきあつたのである。私がまだ健康な頃は「午前様」というのが私につけられた綽名であつたが、心臓を患つてからは、その「午前様」の称号をさながら「東洋的禅譲」の美徳のように彼に円満自然に譲るようになり、私より遥かに酒の強い彼はまた私より頻繁活潑な「午前様」になつたのである。けれども、いまから考えると、すでに食道を冒されていたためであろう、最後の年の彼の酒はめつきり弱くなつていたのであつた。

彼が毎日通う仕事場は小平にあつたが、魯迅の翻訳に極度の根をつめて吉祥寺までやつと帰つてくるとつい一杯やりたくなる、そういうとき呼び出していいか、とこういう点はまことに律儀な彼らしくあらかじめ予告しておく電話があつた。いいよ、いつでも行く、と何気なく答えた私がそれからすぐ間もなく呼びだされると、まだそれほど飲んでいない彼の足許がすでにまつたく覚つかなく、ひどくふらついて危いので、居合わせた藤田省三に家まで注意して送りとどけてもらつたことがあつた。そのとき、残念なことは、彼自身も私達も、その日頃にない重い疲労の危うさを毎日仕事場へ出かけて全力を傾倒している魯迅翻訳からくる疲労のかたちというふうにだけ受けとつていたのである。

竹内好は、日中両国双方の襞にまで踏みいつた、彼ならではなし得ぬ深い中国論にせよ、その独特な広さと深さをもつたナショナリズム論にせよ、また、安保闘争の場合の確固とした決断にせよ、現実生活に飽くまで立脚した質実明快な主張をもつていたのに対し、私の書く小説の類はどうにも訳の解らぬ架空のもので、あまりに互いにかけ離れていたため、日頃は相手の話をいわば尊重して聞いているだけでなんら意見の食いちがいなどなかつたけれども、ただひとつ彼と私のあいだで大きくかけ違つたのは毛沢東の評価についてであつた。彼は誰も知る見事な根拠地論をすでに遠く書いたくらいだからその毛沢東の全面的支持には堅固な根拠があつたのに対し、私は、権力奪取前の毛沢東は竹内のいう通りだけれども、奪取後の毛沢東は、ひとつのカンパニアに人民が倦いた頃につぎの新しいカンパニアを絶えずつぎつぎとおこして、否定を内包すべき国家権力の構造から人民の眼を遠くそらさせたばかりでなく、自分自身もまたそこから眼をそらしてその国家権力自体のなかに自己をひたすら保持しつづける人物になつてしまつた、これは、革命における自己否定性の喪失で、毎年のように他国を侵略するカンパニアをおこしつづけて、絶えず敵をそこに設定することによつて人民の眼を自国内部の国家権力の暴力性から決定的にそらしつづけたヒットラーの方式と殆んど同じだと私はいつたのである。毛沢東とヒットラーを同一視する私のこの極論には、竹内好もとうてい承服しかねて私に確然たる異議を申し立てたが、どちらかといえば、彼はつねに寡黙沈着であるから、つづけて連打する小太鼓のうるさい響きのあとにまことに大きな鐘の重々しい底力のある音がたつたひとつだけ、ぼーんと長い余韻を帯びて決定的に響いてくる趣きがあつた。

丸山真男と竹内好の会話を傍らから聞いていると、丸山真男が五百語くらい機関銃のごとく述べるとやつと竹内好の一語が最後に重い臼砲のごとく返つてくるという具合で、その音質と音量の差異は、コムピューターを組みいれた最新最高級のステレオと朝顔型の喇叭を備えた古風な蓄音器の対比といつたくらいのいささか滑稽な構図がそこに覚えられるのがつねであつたが、私と竹内好の場合においても、私のせきこんだ小太鼓のお喋りの三十語のあと、まことに重厚堅実無比な竹内好の落着いた巨大な重々しい鐘の響きに似たひとつの結語がかえつてくるといつた具合であつた。

その毛沢東論議においては、私の架空の観念的理論は高い宙天からつるされた大きな重い鐘のまわりをめぐつて徒らに空まわりしている趣きがあつたが、そのなかでたつた一つだけ不思議なことに竹内好に認められた珍らしい事態がある。それから遥か数年後になつてからであるが、彼が東洋的禅譲の美徳の現われであると私に述べていた事態、つまり、毛沢東が国家主席を劉少奇に譲ったことについて、あれはやはり埴谷のいうように心ならず無理強いされていたんだなとこれまた全体会議で立ちあがった毛沢東の重々しい最後の一語のごとく彼は重厚に私にいったのであった。

ところで、文学論についていえば、私の方は竹内好の『魯迅』に感心し、また、コミンフォルム批判当時、日本共産党について書いた彼の文章に感服していたのに対し、竹内好自身は私のものにかぎらず戦後文学について限られたものしか読んでいなかったので、現代文学については殆んどつねに私の方から一方的に報告するばかりで、互いに焦点を重ねあわせて論議しあうことは思いのほかにすくなかったのである。彼は太宰治と中野重治と井伏鱒二の心底からの愛読者であったけれども、戦後文学は野間宏の『真空地帯』を認めただけで、魯迅をあれほど深く追求した彼の一種確然たる硬骨性に支えられた文学基準からすると、武田泰淳の作品も私の作品も一種あやふやな惰弱なものとしてなかなか容認されなかったのである。「中国文学研究会」の初期の頃は、敢えていってみれば、彼はすでに重厚に出来上った大人で、武田泰淳は彼からみてまだ稚さをのこした子供であったから、さらに大まかにいってみれば、彼はそのとき「手とり足とり」して武田泰淳を徹底して鍛えあげ、教え、育てたのである。武田泰淳には、勿論生来、抜群の資質があったけれども、しかし、その当時の竹内好に対する懸命な抵抗の努力の継続がなければ、その後の武田泰淳のあの目ざましい成長の過程も現在のかたちとは違つていたに違いない。前期の竹内好と後期の百合子さんの二人のまぎれもない存在は、武田泰淳をして武田泰淳たらしめた金剛石の最も適切な磨き砂にほかならなかつたと私は思つている。

竹内好は、敢えて評論家廃業の宣言をしたくらいだから、殊に後年は文学作品になど目を通さなかつたけれども、竹内、武田という優れた思索的文学者が偶然運命的な親友になるという容易に得がたい組合せが生れたのに、一方が他方の作品をあまり読まぬのが口惜しく、武田泰淳の話がでると、これまでの日本文学とまつたく質的にちがつてかけ離れている彼の作品の並はずれた大きさを私はつねに強調したのであつた。けれども、嘗て『風媒花』を認めなかつた竹内好は長く私のいうことを容易に聞かず、埴谷は武田のファンだからな、と何時もいつたのである。しかし、さらに後年、他の武田の作品と違つてはじめからおわりまで緊密度の持続している『富士』が武田泰淳の作品中でも殊に傑出している傑作であると私が繰返して述べたので、埴谷がそれほどいうなら『富士』だけは読んでみようと彼はやつと答えたのであつた。とはいえ、一日の休みも惜しんで魯迅の個人訳に全力を傾倒した努力の持続のなかで、『富士』を読む機会はついに彼になかつた。

こんどの病中、先に亡くなつた武田泰淳に対する竹内好の言及は私達の胸が痛むほど絶えず多く、すぐに武田の名がでてきたが、髯がのびてくると、彼は仰向けに寝たまま、持ちあげた鏡のなかのそれほどやつれていない自分の顔を眺めながら、どうも武田に似てきたな、いや、東郷元帥かな、それより中江兆民にいちばん似ているようだなといつた。或る日、彼はほかの話の合い間に、ふと、武田は成長したな、それは尊敬する、とゆつくり私に述べたのであつた。そして、武田が芸術院会員を断つたというのは本当か、それはずつと前、芸術選奨を断つたことの間違いではないか、と私につづけて訊いたのであつた。いや、ほんとうだ。丹羽文雄が電話したとき、武田はその場ですぐ断つたのだ。そして、百合子さんにこのことは誰にもいうなと武田がきびしく口どめしたので、そのまま何処へも拡がらなかつたけれど、『目まいのする散歩』の受賞式のあと、そのときの電話の内容を丹羽文雄自身から俺は聞いた、と私が述べると、すぐ眼前に大きな頭蓋をみせている竹内好はゆつくり頷いて瞑目した。

極度の権威嫌い、官僚嫌いのため、ずつと以前、武田は北大の助教授などになつて駄目になつたといい、また、最近、武田はほうぼうの文学賞の銓衡委員などになつて文壇的になつたと慨嘆していた「国士」竹内好にとつて、武田が芸術院会員を断つたというその報告は、武田はやはり昔なりの武田だつたという心の底の一種明るい是正の喜びを病床の彼の胸裡深くもたらしたのであつた。

三月三日の夕方、武田百合子さんから私に電話があつて、「海」にだしている武田泰淳についての日記が田村俊子賞に推薦されたといつてきたけれども、どうしたらいいでしょう、というのであつた。喜んで受けたらいい旨を私は述べ、百合子さんも、ではそうしますと病院からかけている電話の向うでいつた。そして、そのまま百合子さんは病院にとどまつていて、竹内好の最期には彼の三人の弟子達とともに病室の前の廊下に立つて見守つていたのである。

極めて極めて大ざつぱにいえば、竹内好は毛沢東、武田泰淳は生活という幅の見つくせぬほど広い裁判所で弾劾される小毛であるという不思議な対照の妙を示しつづけてきたばかりでなく、その最後の病状もまた対照的であつたが、明と暗の対照が竹内好の最後の日にもこのように重なつたのは、一種運命的な二人の親友のつながり、無理にいえば、この世界とあの世界のこちらのはしとあちらのはしからひそかな秘密の遠隔操作を互いにおこなつているかのような二人だけの一種親密な共同作業の気配をそこに深く感ぜしめるのである。

——「群像」昭和五二年五月号

「お花見会」と「忘年会」

武田泰淳は小さな内輪の集りをもつことが好きだつたので、吉祥寺に近い高井戸時代、竹内好、丸山真男、私の家などで廻り持ちの会を開き、この四家の家族ぐるみの酒宴を催したのであつた。酒宴の最後は各夫人を相手に「サーヴィス魔」の私が踊るのが慣わしとなり、竹内好ははじめからする意志がなく、丸山真男は意志があつたけれどうまくならなかつたのに、武田泰淳ひとりは戦後すぐの「埴谷家の舞踏会」のはじめからその身体つきに似合わぬ軽妙なリズム感があつて、誰にも「習わぬ」のにちゃんとステップを踏んで踊つたのであつた。この中期の高井戸時代のことは別の機会に詳しく書くとして、ここでは後期の集り、「お花見会」と「忘年会」の二つだけ記しておくことにする。

武田泰淳は必ずしも「吾国特有に存する食通」の部類にはいつておらず、どちらかといえば、「味めくら」の私に近い方だつたと思われるけれども、中国料理が好きで、昭和四十六年十一月野間宏『青年の環』の谷崎賞パーティで脳血栓に襲われる二年前、赤坂の栄林別館へ開高健夫妻と私達夫婦を招いて食事したことがあつたが、食事後、夜の靖国神社へ桜見物に行こうと彼からいいだし、闇のなかに白く浮いている桜花の下をぶらぶらと歩いたのが「お花見会」のはじまりになつた。

翌年、開高健夫妻が私達を田村町の王府に招いたが、そのとき、ポルノ好きの開高健が裏面にさまざまな姿態のポルノ写真がうつつているトランプを持つてきて、武田夫妻や私達夫婦に「精密に見ること」を強要した。この精密に見ることを強要するのは開高健の永劫に癒しがたい「趣味」で、そのとき、五十三枚に及ぶそのポルノ写真の姿態にあてられたのか、私は気持が悪くなり、暫らく部屋の隅に椅子を並べた上に仰向けに寝ている破目になつた。私の心臓の持病がはじまつた頃であるが、酒にはいる前の宴席で寝こんだのはこれがはじめてである。

その夜は、靖国神社でなく、千鳥ケ淵の桜並木の下を歩き廻り、ここでは手が延ばせるほど枝が低いので、私が満開の白い桜の花を揺すつてみたりして、向いのフェアモント・ホテルの喫茶室にはいり、その一劃だけ照明されている見事な桜花を高い硝子戸越しに眺めながらまたビールをのんだのであつた。

三度目は私の招待の番であつたが、そのときはすでに脳血栓の遠い予兆でもあつたのか、武田泰淳は外へ出たくないといい、赤坂の武田邸で開くことにし、赤坂コーポラスの庭に咲いている僅か数本の桜を窓硝子戸越しに眺めただけで、これまでのように夜桜見物には出なかつたのである。

つまり、「お花見会」は四十六年十一月の脳血栓にいたるまで三回おこなわれたのであるが、実は、「お花見会」そのものがこの文章の主眼ではなく、以上は「お花見会」の裏側を書くための導入部ともいうべきものなのである。

百合子夫人は武田泰淳にとつて天から地にわたる生活の一切そのものであり、影と形のごとくつねに相伴つていて、「百合子がいなければ武田家は崩壊だ」と武田泰淳自身屢々繰返していたほどであるが、百合子さんはビール好きなのに自動車を運転せねばならぬため殆んどつねに一、二杯しかのめず、そして、「サーヴィス魔」の私は一瞬の切目もなく自分の全時間を拘束されて絶えず武田と離れずにいなければならず息も抜けない百合子さんへの「最大」の「同情者」で、たまたま百合子さんが武田の代理で何かの会へ出席すると、その帰りには必ず百合子さんを誘ってビールをのみ深更に及ぶので、埴谷のやつ、余計なことをしやがると武田は日頃から不満なのであった。

ところで、その武田泰淳の心のなかの薄暗い不満がはっきりかたちをとって外に出るようになったのは、辻邦生が品川のマンションに移って、百合子さんと私達夫婦を呼んだときである。辻夫人の手料理を御馳走になって、広い各室の内部を案内され、かなり酔っていた百合子さんが寝室の中央に立って「焼けるわ！」と百合子さん特有の天衣無縫な無邪気な声で高く叫んで辻夫人をびっくりさせたあと、帰りに赤坂の知り合いの地下のレストランへ寄ったのであった。女房が先に立ち、百合子さんがそれにつづき、私は一番あとから階段を降りはじめたのであったが、ちょうど中頃で百合子さんが足を踏みはずしてすとんと尻もちをつくと、そのままの姿勢でごとごとっと鈍い音をたてて、二、三段ずり落ちたのであった。しかし、こういうときは酔っている無抵抗な身体の「徳」であろう、二、三段ごとごとっと腰かけたままずり落ちても身体の重心を失わず、最後まで真っ逆さまにならなかったので大事にはならなかった。ただ脱げた片方の靴が階段下まで身代りのごとく飛んだのである。そのとき階下のレストランはもう終業していたのでそのまま百合子さんを送つて帰つたが、そのとき百合子さんの仔細にわたる報告が武田泰淳の胸裡に長くわだかまつていた薄暗い不安と不満をいつぺんに爆発させることになつたのである。

それ以来、百合子さんが武田の代理で何かの会へ出るときは、必ず出がけに、「埴谷がバアへさそつても絶対に行つちやだめだぞ」と真剣無類な、五寸釘以上に大きな「釘」を幾度にもわたつてさすようになつたのであつた。

ところで、ここへ「お花見会」の裏側が代つて登場することになるのである。「お花見会」は何時も各夫妻全体の集会であつたけれども、その裏にできたのは百合子さんと開高夫人牧羊子さんと女房の三人の「三人の女だけの酒宴」で、だいたい私の家でおこなうことになつたのであつた。

その或るとき、「女だけの酒宴」が終つて三夫人がでてゆくのを私が送つて、闇の街路へでると、大きな奇妙な黒マントを軀にばさばさつとかけたので百合子さんが「黄金バット」と巧みに名づけた牧羊子さんがまずそこで車をひろつて帰り、百合子さんは私達夫婦が送つてゆくことになつた。車中で、まだ飲む？　と訊いた私に、うん、飲んでもいい、と百合子さんがいつたので、新宿の茉莉花へ暫らく寄つて赤坂へついたのは午前一時すぎであつたろう。

日頃は必ず、赤坂コーポラスの二階への階段をあがり、武田家の扉の前まで送つてゆくのに、このときに限つて、百合子さんが、酔つていない、大丈夫よ、といい、また事実、足取りもしつかりしていたので、私達はタクシーの窓から、百合子さんが駐車場のコンクリートの斜面をのぼり階段を上つてゆくまで見送つて帰つてきたのであつた。

ところが、私達にとつてまだ夜明けでない午前六時に電話のベルが鳴つた。眠い眼で女房が出ると、花子さんの静かに落着いた声で、母はまだそちらにいるでしょうか？　と訊いてきたのであつた。私の生涯でまつたくすがりつくべき一本の細い藁もないほど気が動顚したのはこのときだけで、電話の傍らに立つていた私は、しまつた、扉の前まで送つてゆかなかつたので、百合子さんは氷川神社裏の暗い谷底へ落ちた、とその瞬間思つたのである。赤坂コーポラスの各部屋へはいる通路の反対側には高い手すりがあつて、そこから向こう側へ落ちることは通常ないけれども、酔つていないと自身いつたものの実は芯で酔つていた百合子さんはなんらかの具合でそこを乗り越え下の深い谷へまで落ちてしまつた——そう私はもはや取戻しようもなく動顚しながら直覚したのである。花子さんは、父は四時頃から手帳を出してここへかけろというんですけれど、あまり早いからと私がとめて、今かけたのです、というので苛ら苛らしている武田が夜中ずつと起きていて、だんだん薄暗い不安におちこみ、ついに、埴谷のやつ、と抑えきれぬ怒りさえこめて花子さんをせつついているさまが花子さんの落着いている言葉の向こうに彷彿とした。

確かにコーポラスの玄関まで見送つたのだけれど——といつたまま絶句している女房の後ろで、私は武田に一生会わす顔がなくなつたと暗い海の底の底へ恐ろしいほど「底もなく」沈んでゆく気持になつたのである。

すると、五、六分たつて、また、花子さんから電話があつた。――済みません、母は帰つていました、と日頃静かな花子さんには珍らしい高い笑い声を向こうにたてて報告してきたのであつた。

あとで百合子さんに聞くと、その夜はあまり酔つていなかつたので、日頃になく――日頃は靴を玄関に脱ぎとばし、服はそこらに脱ぎすてているのに、その夜は、どうしたことか、靴はちやんと隅にそろえ、服もすべてきちんと片づけて布団へ入つたのだそうである。それで、まだかまだかと苛ら苛らして待つていた武田が、百合子さんの部屋を覗いたとき日頃と違つてあまりよく整理されていたので、「そそつかしいことに」、それほど小さくない百合子さんの身体を覆つた布団の「人型」の盛り上りに気づかず――そして、夜中起きつづけながら一秒一秒と絶えず全身全霊で「埴谷を呪いに呪つて」四時頃から花子さんを起こし、電話をかけろ、かけろと執拗に言いつづけていたわけである。ははあ、こんどは武田が暫らく俺に会わせる顔がないな、と暫らく哄笑したものの、その夜明けの激しい動顛と暗い底もない恐怖以来、百合子さんと飲んだときは真夜中の何時すぎでも必ず武田家の扉をあけてなかにはいる百合子さんを見届けてから帰ることになつたのである。

赤坂に近づいてくると、何時も、百合子さんは「武田は起きてるわね」といい、「うん、彼はきつと起きているね」と私も間髪をいれず応じて滑稽に予測しあいながら赤坂コーポラスの階段をあがつて、武田家の扉をあけると、確かに武田泰淳は何時も起きて部屋の真ん中に立つているのであつた。私が、百合ちゃんを確かに渡したぜ、というと、地上最高の苦い何かでも嚙み潰したような顔を苛ら苛らと待ちわびていた武田泰淳はして、「うむ」とも「ありがとう」ともいわず、逆に「上つてゆかないか」と心にもないことを私にいうのであつた。「いや」とにべもなくいつて私は何時もそのまま帰つてしまうのであつたが、百合子さんへの「最大」の「サーヴィス魔」として、武田泰淳に「呪われたり」「ほつと感謝されたり」する複雑混沌たる心境をもたらす一種の波瀾惹起者に私が絶えずなつていたことは疑いない。

深い済まぬ心と同時にユーモラスな微笑の温かさも残る回想である。

さて、「お花見会」は脳血栓の前の集りであるが、脳血栓以後開かれたのは、竹内好夫妻、武田夫妻、私達夫婦の三組で暮近くおこなわれた「忘年会」である。これは赤坂の楼外楼でまず食事したあと、歩いて武田家へ行つてまた喋り直し、飲み直す会であつた。自宅では百合子さんもビールを気置きなくのめるので、戯れに「御三家」の会と互いに称していたこの会は昭和四十七年、八年、九年、五十年と四回つづいた。

脳血栓後の武田泰淳の体調や私達全部の年齢をも考えあわせて開かれたこの会は、確か二回目から、楼外楼の女の子に持参した写真機のシャッターを押してもらつて三組の夫婦の「記念撮影」をおこない、武田邸からの別れ際に、来年も元気で開かれるといいね、と必ずいいあつていたが、竹内好が開く番になつて張りきつていた今年、五十一年の会はついに開かれずに終つてしまうことになつた。

ところで、武田泰淳には一種真面目な顔付のままおどけるといつた「大人」ふうな茶目気があつて、二回目の会のとき、楼外楼の二階の席で不意に百合子夫人がことあらため威儀を正して立ち上つたかと思うと、台座の上に小さな裸かの女神が立つているトロフィーを竹内好夫人と私の女房に渡し、「賞状！」とまず一際高く叫んでから両手に掲げた一枚の紙片をゆつくり読みはじめたので竹内好も私もびつくりしてしまつたのである。

その小さな裸かの女神が立つているトロフィーも「賞状」も女房がまだ押入れの隅にとつてあつたので、武田が執筆（恐らく口述）し、百合子さんが清書したそのユーモラスな「賞状」をつぎに掲げてみる。

殊勲賞　　技能賞

埴谷とし子さん

貴方は永久革命家たる夫、埴谷雄高氏と暗雲漂う非合法時代に結婚し、長き苦難の時代を経過し、戦後も或る時は死んだふりをして臥床し、或るときは新宿方面に出没して「お殿様」と噂される夫を庇護し、死霊の完成は未だしも、ついに「やみの中の黒い馬」の捕獲に成功し大学生及び人妻たちの人気者たらしめることに大いに貢献いたしました、よつて殊勲賞、技能賞ならびに優勝女神像を授与いたします。

昭和四十八年十一月三十日　於楼外楼

竹内好夫人の場合は「敢闘賞」で、その言葉の仔細は忘れたけれども、何時も不機嫌な夫によくつかえてきたといった内容であった。

竹内好も私も、夜更けに百合子さんを送っていった私を迎える武田泰淳が示すようなむつつりした苦い顔をして、「賞状」をよどみなく読む百合子さんの朗々たる声に聞きいっていたのである。

——「展望」昭和五一年一二月号

最後の二週間

武田泰淳が亡くなったのは誰にとっても思いがけぬ事態であったから、ことが起った二週間について早急の走り書きながらここにはじめからやや詳しく記録しておくことにする。

武田泰淳の全身に自らを支える力がなくなり、立てなくなつたのは、九月二十一日のことである。それまで誰の眼に見ても明らかに弱つていると解つていても、本人も、家族も、そして私達も、その全身衰弱の真の原因をまつたく知らず、数年前に患つた脳血栓の予後の後遺症のため足が弱つているとのみ思つていたのである。

武田の腰がぬけてしまつたの、という百合子夫人の電話を竹内好夫人照子さんが受けて、その照子さんから、いま附近に住んでいる中村青年が竹内を乗せてそちらへ行くという電話を私が受けとつたのは九月二十一日の午後三時過ぎであつた。

今年の六月、富士の山荘へ赴く前、武田泰淳は「近代文学」の原稿をもつて私のところへ来たが、そのとき、竹内好に、今日武田が来るが君もこないかといつてやると、魯迅の翻訳を急がれていて仕事場へ行かねばならぬから残念ながら行けないと竹内好は電話の向こうで言つた。竹内のところへ武田が来れば私が行き、私のところへ武田が来れば竹内が来るというそれまで一種の約束になつていた慣わしが、魯迅の翻訳の繁忙のためはじめて破られたが、そのとき竹内好が私のところへ来れなかつたため、彼は、昨年の忘年会以来、はじめて武田泰淳に会い、そのあまりの衰弱ぶりに驚くことになつたのである。（竹内、武田、埴谷は家族ぐるみの忘年会を、この数年来、暮近くおこない、戯れに「御三家」の忘年会と称していたのである。）

ここに「近代文学」の原稿の話がでてくるが、これは「近代文学創刊の頃の想い出」を嘗ての全同人に書いてもらい、非売品として三十周年記念出版する案を本多秋五が昨年たてて、今年その実行にはいり、私が編集担当者として原稿を集めていたけれども、締切日があつても実際はないようなこうした企画につきものとして、原稿の遅れるものが数人以上いて、今年中に是非出版したいと私はやきもきしていたのである。ところで、武田泰淳は律儀にかなり多い枚数の原稿を書いて（というのは、百合子さんに口述して）持つてきてくれたのであつた。君の悪口を書いといたぞ、と原稿を私に渡しながら武田泰淳はしてやつたりというふうにいつた。あとで解つたが、この原稿の口述も、済まぬことに、彼の体力の消耗の一つになつた。まつたくのところ、私達は彼の病気の真因について最後まで無知だつたのである。それに、竹内好と私の顔を二階のベッドに寝ていた武田泰淳がみると、立ち上れない彼が次第に元気になつてきてもはや喋りとまらないといつたふうに喋りはじめたので、数日前、百合子夫人の弟が医者と一緒に訪れたとき、その医者が診察して肝臓が悪いといつたそうだが、明日入院予定になつている慈恵医大病院で気長に療養すれば、肝臓障害もよくなるのではないかと私達は錯覚してしまつたのである。

尤も、ベッドの足許の椅子に竹内好が腰かけ、私は武田泰淳の枕許のマットの上にじかに坐つたので、すぐ眼の前に浴衣のあいだからでている細い瘠せた腕があつて、その異常な瘠せ方に思わず私は手を出して腕の中ほどを握つてみたのであつた。すると、いわゆる「骨と皮」に近い状態で、私の掌に骨の堅さがいきなり伝わつたので何かが胸の何処かであつと叫び、こちらの手をひき戻したものの、武田はほんとうにこんなに瘠せてしまつたのだろうか、いまのは本当の感覚だつたろうか、と思えてきて、もう一度手を延ばして私は彼の腕の中ほどをまた握つてみた。武田泰淳はそのとき黙つて私のなすがままに、腕を宙に擡げていたが、私は先程より長いあいだ彼の腕を握つてみると、誤認ではなかつた。まさに「骨と皮」の状態に近く彼はなつていたのであつた。

六月に「近代文学」の原稿をもつて私のところへきたときには、彼は洋服を着ていたし、しかも、卓上の肉の料理をあまりにうまそうに食べて、よく喋り、「上機嫌」だつたので、洋服のなかの彼の瘠せた肉体についてまで思い及ぼすこともなかつたのである。ただ、やはり六月におこなわれた「日本文学大賞」の授賞式で、司会の谷田昌平が、銓衡経過報告の武田さんは足が弱つてられるので介添えがつきますというふうに述べたので、おやと思つて眺めると、事実、手をかけ易いように首を垂れた開高健の肩に片手をかけながら彼は壇にのぼつてくると、その手をかけたままの姿勢で、「今日は二人の非常識なドン・キホーテをお祝いする会でして……」といつたが、首をうなだれて黙つて立つている開高健とその肩にとりすがつて自然に顎が上方に向いている武田泰淳の顎鬚を対比的に眺めると、どうも、逆に、サンチョ・パンザにとりすがつたドン・キホーテは武田泰淳自身というふうに見え、いやあ、ラマンチャの騎士はそちらの方だよと胸のなかでいいながら、彼の、日頃と同じ、内容に富んだユーモラスな話しぶりを私は聞いていたが、それにしても、壇へ上がれないほど足が弱ったのかと暗い不安の翳が私の胸の奥をちらとかすめたのであった。

しかし、その暗い不安の翳も、武田には脳血栓の後遺症がある、そこには波の高低の経過があって時折は足も弱るのだろうといった一貫した頑固な先入見によって取り払われてしまい、それに私は最後までだまされつづけてしまったのであった。

竹内好と二人でベッドに横たわった武田泰淳を上方と下方からはさみながら、彼の瘠せた腕を握って、おや、これは大変な事態だぞと胸をつかれたその夜もまた結局は同じなのであった。

下顎の入歯をはずしたり入れ直したりしながら話す彼の次第に元気になってくる話しぶりを聞いていると、その四分の一くらいは不明瞭な発音で解らないながらも、あとははっきりと聞きとれて、こんなふうにしっかりしていて元気なら明日入院すれば、必ず回復するとまた思いこんでしまったのであった。

足がほんとうに衰えてきたのは最近で、彼は便所へはいるとき下着を全部脱いでしまう癖があるそうであるが、僅か一間ほどしか離れていない便所からでてくると、自分の部屋の机の上に喘ぎ喘ぎやっと腰かけて、埴谷のやつ、「近代文学」の原稿を書かせやがって、と「怒って」いたと百合子さんが傍らからおかしそうに述べたときも、いやあ、済まなかったなと答えた私は、彼の疲労の質の深い持ちきれぬ重さが漠としたかたちでも解っていなかつたのであつた。

彼は最近まで読書しつづけていて、それらの本の感想を語つたが、夏、富士の山荘で岩波の講座「文学」に仏教者と社会主義者との対話という文章を口述したので、その講座「文学」のなかの他の巻のエッセイの印象を述べ、野間宏のエッセイについて語つたあと、私の文章にも触れ、ありゃ長い引用だつたな、長い、長い引用だつたな、と例によつて彼との話の裡に必ず一度は食う「喝！」の如意棒を私にぴしりと与えてくれたのであつた。

やがて私達が運ばれてきた寿司を隣室で食べていると、ベッドの上から横目で見た彼は、あいつらが寿司を食つていて、どうして俺には食わせないのだ、俺も食う、と言い出し、私達を自動車で運んできた中村青年が急いで彼の分を買つてきたのであつた。私がまた彼の枕許に坐ると、向こう側に坐つた百合子夫人の
——何食べる？　まぐろ？　かつぱ巻き？

という子供をあやすような問いに応じて、彼は、まず、かつぱ巻きを入歯のあいだでもぐもぐさせながら食べ、つぎに、いかを食べはじめたが、いかの軟い弾力のある身がなかなか嚙みきれず、何度も何度も百合子夫人がさし出す皿のなかの醬油をつけ直して歯のあいだでしゃぶりつづけていた。しかし、

——武田はいかが好きなの。

と百合子夫人が注釈しているあいだにやつとそのいかも彼は嚙みきつた。

——もういいの？

——うむ。

と、二つ食べただけで気が済んだらしかつたが、こんどは私達が飲んでいるお茶を指して、あいつらビールをのんでるんだろう、俺にも罐ビールをのませろと横から聞いているだけでもおかしいほど駄々つ子ふうに言いはじめた。

——あれはお茶よ。

——罐ビール、罐ビール……。

彼は右手の掌をひらひらさせながら催促した。

——駄目よ、お父さん。

百合子夫人の傍らから娘の花子さんがいうと、私もつけ加えた。

——肝臓が悪いんだから直つてからいくらでも飲んでくれ、いまはまだ駄目……。

——罐ビール、罐ビール……。

ひらひらさせる掌の活潑な動きをみていると、私達はまた、明日入院すればすぐ癒るというふうにだまされ、錯覚したのであつた。

武田が淋しいだろうからできるだけゆつくりいようという竹内好の方針通り、長くいた私達も十時近くなつて、じや行くからな、頑張つてくれ、とまず竹内好が彼と握手し、つぎに私が握手した。すると、ぎゆつと握つた彼の掌の力は思いのほか強く、なかなか離さなかつたのでまた私の胸の暗い奥で何かがあつと叫んだ。けれども、翌日、中央公論社のひとびとが寝台車で運ぶ慈恵医大病院での治療に私達は最後まで期待していたのである。

翌二十二日は雨であつた。入院は秘密にするという百合子夫人の方針であつたけれども、その午後、もう「文藝」の寺田博から、武田さんが入院されたそうですが……という電話がかかつてきた。開高健夫人の牧羊子さんからも電話がかかつてきた。私は病院の百合子夫人に電話して、容態をきき、茅ケ崎の開高夫人に電話するよう伝えたとき、部屋があき次第「特別室」へ移るということを電話の向こうの百合子夫人から知らされたが、勘が悪い方ではないと日頃思つていた私の直覚装置もそのときはまつたく働かず、それをより便利な病室へ移る単純な事実としてだけただ聞いていたのであつた。そのとき、病室の電話は武田の頭のすぐ上にあると百合子さんに伝えられたので、武田にうるさいだろうと、こちらからの電話連絡はそれきりやめてしまつたのである。

すると、ひきつづいて大岡昇平から電話があつた。百合子さんから武田入院の電話があり、詳しいことは埴谷さんから聞いてくれとのことだが、どんなふうかと聞かれ、二十一日の入院前夜の状態を告げたのち、いまの病室はこれこれだが、いずれ特別室へ移ることになつていると私が述べると、電話の向こうの大岡昇平の声が高くなり、

——特別室だつて?　そりや変だぞ。特別室というのはもう駄目な病人を容れる場合に

使うんだぜ。

といつたので、それまで考えてもいない薄暗い盲点の部分を突如指摘されたかのごとく私はぎくりとしたのであつた。いや、看護人の手にかけず、百合子さんと花子さんだけの手で病人を看たいから特別室へ移るのだ、と私は無理にでも悪い方には考えずに大岡昇平に説明したが、その私の説明も一つの正常な理由をもつていたとはいえ、大岡昇平の一挙に飛躍した一瞬の勘はいきなり事態の核心につきささつたのであつた。

その「特別室」に対する大岡昇平の判断は私のなかのぼんやりしていた水面を不意に攪乱して、それから絶えず気になりつづけ、私は竹内照子さんに電話をかけ、大岡昇平は「特別室」についてこんなふうにいつているので、気になつてしようがないと告げたのであつた。

けれども、二十一日の夜帰るとき、病人が少し落ち着いてから見舞いにゆくと打ち合わせていたので、病院へ行くのを延ばしていると、数日後、大岡昇平からまた電話があつた。眼の病院へ診察に行つた帰りに武田のところへ寄つてきたが、今日の夕方、四時半に「特別室」へ移るそうだ、と報告してきたのであつた。大岡昇平の鋭い勘が働いた「特別室」問題はなお私達のあいだで暗い隅に蹲つた黒い魔のようにまだわだかまりつづけていた。

入院して十日たつた。この間、百合子夫人が電話をかけて病状や自分の気持について述べていた相手は、戦後間もなく、照子さんが二階の昭森社の編集室におり、百合子さんが一階の「らんぼお」にいたとき以来最も親しい竹内照子さんであったが、十月二日の正午すぎ、照子さんがあわただしく私のところへやってきて、どう考えても電話の向こうの百合子さんの声の様子はただごとでないと自分は思う。小父ちゃん（と日頃から照子さんは私を呼んでいた）行ってみてきてくれ、とどうにも落ち着かぬ切迫感をあらわに示しながら述べたのであった。

高井戸から高速道路へはいり霞ケ関で出ると慈恵医大病院までタキシーで四十分くらいかかるが、すぐ着かえて家を出た私が着いたのはちょうど二時の面会時間を僅かにすぎたときであった。

「面会謝絶の札がかかった三階の「特別室」へはいると、花子さんと並んで椅子に腰かけていてこちらを向いた百合子さんが、いま寝ていると低くいい、うん、ちょっと顔だけ、と私も低くいって、約二十畳近くある部屋の奥の寝台まで足音をたてぬようにそっと近づいた。この頃のすべての病人がするように点滴をされていた彼の顔は向こうをむいていたが、近づいた私が数歩離れた距離からのぞきこむように爪立つと、気配でも感じたのか、眠ったままの顔を彼はこちらへ傾けた。入歯をはずしているので口をあけたままこちらを向いたが、その顔は赤坂の自宅にいるときとまったく変らず、それ以上衰えているようには見えなかった。これならいいかな、とうかつなことに、もはや寝台の縁のすぐ傍らまで危機の迫っている事態をそれでもまだ私は見あやまったのである。

そっと部屋を出るとき百合子さんも一緒にでてきて、階下の食堂へゆき、入口の隅の席に坐った。二人とも同じようにアイスクリームを前に置いて、百合子さんは武田の血統はみな血小板が足らず貧血の系統で、武田もまたそうだと話しはじめた。私は百合子さんに担当の医者の名前を訊き、帰りに寄って武田の容態について聞いてみるといった。暫くたつと、百合子さんはその特徴的な大きな眼ですぐ眼前から私を直視しながら、

——埴谷さん、誰にもいわない……？

と低い声でいった。おうむ返しに低い声で私も答えた。

——誰にも、言わない。

——武田は、癌なの……。

と百合子さんはつづけて低くいった。えっ、と咽喉の奥でいったきり、すべての言葉が胸元で押し潰されてしまったが、目からというより、何処か押し潰された魂の深い奥から流れだすように、涙がでてきた。武田のやつ、どうして肝臓癌になどなったのだろう、と何かが声もなく力なく叫ぶと、情けなくて情けなくて、涙がとまらなくなってしまった。ポケットからハンカチを出して目許を両手で覆ったけれども、そのハンカチがそのままはずせなくなってしまった。すでに泣きつくしてしまっている百合子さんは、その場をとりつくろうふうに、まだ涙のとまらない私と問答した。

――埴谷さん、バアで武田のこと想いだして泣きだして、ほかのひとにさとられてしまってはだめよ。

――いや、もうこれきり泣かない。僕も男だから、気丈な百合ちゃんを見習って、これきり泣かない。

――男は黙って……泣かないのね。

と百合子さんはこちらの気をひきたてるようにユーモラスにいった。

――そう、だけど、風呂からでて床の上でひとり寝酒をのんでいると、涙がでてくるかもしれないな。

――それは、そうね。

と諾いた百合子さんは、用意していた大学ノートの数枚を取り出して私の前に置いた。

――これを読んでちょうだい。武田は遺言状は書かなかったけれど、遺言のようなことを前からいっていたの。

何時書いたか解らないけれど、武田の言葉を書きとっていたのが、その大学ノートの上に記された文字であった。けれども、涙がおさまらぬ私は、その「遺言状」を前に置いたまま、取りあげられなかった。

そうして私に百合子さんは傍らから話しつづけた。

入院した日に上田先生が触診しただけですぐ肝臓癌と解り、百合子さんを呼んで言ったのだそうである。もう手のつけようもないが、天の配剤というべき、唯一の救いは、これが肝臓癌だけで本人になんら苦痛がないことである。肝硬変があれば吐血したりして、本人も驚くけれど、御主人の場合、最後までまったく苦痛がない。しかし、奇蹟ということもあるからそれを信じて最善をつくしましよう、と。そして、特別室へ移つて、花子と二人だけ看護しているが、この病院は医師も看護婦も親切で思いのこすことはない。

――ただね、私、人殺しよ、武田がこれほどになるまで気がつかなかつたのだから。

と百合子さんは気重くつけ加えた。

――いや、そんなことはないよ、百合ちゃん。少しも痛みがなく、本人にさえ解らないのだから、まして、家族のものに解らないのは当たり前だ。武田が医者ぎらいのところへもつてきて、脳血栓をやつたから、足が弱くなつても、脳血栓の後遺症だとみんな思つてしまうからね。

と、こんどは私が慰め役にまわつていると、やがて、やつと「遺言状」を取りあげて読めるようになつたのであつた。

それは大学ノート三枚に百合子さんが書いたもので、老眼鏡をかけると、やはり「涙の後遺症」のため曇つて、一行一行正確には読めなかつたが、大要はつぎのごとくであつた。

自分がもし倒れることになれば百合子と花子と二人だけで看病すること、大島の兄も加わつて、家族だけで見とつてくれ。くれぐれも梅崎が亡くなつたときのように騒がないでくれ。(梅崎春生は東大病院で亡くなつたが、危篤になると諸方に電話したので、私も野間宏も、また、遠藤周作をはじめとしていわゆる第三の新人も、雑誌社、新聞社のひとびとも二十人ほど集つて病室へはいりその臨終に立ちあつたのであつた。そのとき武田泰淳は富士の山荘にいて現場の様子を知らなかつたが、誰かからそのときの騒然たる様子をあとで聞いたのであろう。)死んでしまえばもはや武田泰淳ではなく物体なのだから、死顔をひとに見せてはいけない。家族だけで淋しければ、竹内、埴谷、大岡の三人にきてもらえ、それだけでいい。

なんと武田らしいことを言い遺していて、しかも、百合子さんはまたなんと忠実に武田の言葉を守つているのだろうと思うと、また何処か暗い奥から涙が流れてきた。

私がその「遺言状」を読み終ると、百合子さんは、非難はすべて自分が引き受けて武田の言葉の通りにするつもりだといつた。

——私は嘘がうまいの。武田に会わせないようにこれからずつとみんなに嘘をつきつづけてゆくの。

とけなげに述べたのち、富士の山荘は寒いので武田の脳血栓の予後の療養のため、暖かい熱海に家をたてて冬はそこで過ごすようにしたらどうかと百合子さんが提案すると、そうしなくともいいと武田が受けいれなかつたので、その費用がそつくり残つていて、その点はまつたく心配なく、この病院に何時までもいて最善の手段を尽してもらうつもりだと百合子さんは私に告げた。百合子さんの話はすべてきちんと緻密で着実な内容をもつているので、私は感心しながら聞いていたが、さらに、百合子さんは、先日大岡さんが見舞いにきたときあまりに足がよたよたしていて、さらに具合が悪くなるといけないから、武田の病気のことは知らせないでおくつもりだとつけ加えた。

食堂の隅のテーブルでの私達の話は長かつたので、そのあいだに、この病院への入院のとき自宅の二階から武田を担架でおろし寝台車で運んでくれた「海」の塙嘉彦が、恐らく病室に残つている花子さんから聞いたのであろう、その隅のテーブルまでやつてきて百合子さんに挨拶したばかりでなく、さらになお暫らくたつてから「海」の前編集長であった近藤信行と塙嘉彦がまたつれだつてやつてきた。この記述のなかでは、武田泰淳の家族を除いての人物すべてに敬称は略させてもらうが、近藤信行は先に『富士』を完成させたばかりでなく、脳血栓が快方に向かつてから、百合子さんの口述による『目まいのする散歩』シリーズを勧めて武田にも百合子さんにも健康と仕事の二面において或る種の自信を植えつけた功績のある親しい編集者であり、先頃、愛好する山岳関係の仕事に専念するため社をやめ、私達の世代でなければもはや憶えていない古い登山家小島烏水に関する資料を求めてアメリカへ行つていたのであつた。そして帰国するとすぐ病院を訪れてきたのであつた。二人が現われると、百合子さんは先刻私に述べた言葉の具体的なかたちを眼のあたりに私に示してみせることになつたのであつた。
に、肝臓も少し悪くなつているの。
——面会はだめよ、近藤さん。武田の家系はみな血小板が足らなくて、貧血なの。それ
自身を微塵にまですり潰してしまつた百合子さんのけなげな苦闘にうたれて、もう担当の先生に会う必要もなくなつたねと力弱く言い残して立ちあがつた私は、帰宅すると竹内家へ電話して、竹内好にも病院へ行くことを照子さんへ伝えた。百合子さんへの約束通り、癌のことは女房にも黙つていた私は、傍らに女房がいるので、百合子さんが「海」の前編集長と現編集長の二人に向かつて告げたと同じことを照子さんに述べたが、あとで聞くと、声の調子で照子さんは事態を理解したとのことである。夜、照子さんから電話があつて、仕事場から帰つてきたパパは飯も食わずにすぐ病院に飛んでいつたが、ショックでいま寝こんでしまつていると伝えてきた。

その夜は、日頃から不眠症でだいたい午前三時近くまで起きている私にとつて、なお眠られぬ夜となつた。いくら医者ぎらいといつても、新しい身体の不調を武田は僅かでも感じ、訴えることができなかつたのだろうか……。もはやどうにもならぬ口惜しさから出発しながら、そういえば、確か、武田には絶対に医者に診せずに死んだ伯父があつて、武田はその伯父を尊敬していたつけ、と聯想をめぐらせながら、それにしても武田は身体の新しい不調をまつたく覚えなかつたのだろうか、という最初の出発点へまた思いは帰つてく

るのであつた。そして、暫らく循環すると同じ場所へ帰つてくる大きな渦のようなその暗い無念の暗い隅に小さな一つの棘となつてくるくる廻つている一つの思念があつた。百合子さんは、大岡さんは足がよたよたしていて身体にさわるといけないから知らせないでおくといつたが、果たして知らせないでいいだろうかという一本の小さな棘のような思念であつた。百合子さんに、誰にもいわないと誓つた以上、女房にもそ知らぬ顔をしているのは当然だが、武田の「遺言」ではいわば「準家族」になつているのだから、百合子さんへの誓いを破つても、武田自身の根本意思には沿い——従つて、結局は、百合子さんへの誓いにそむくことにならぬのではないか……。出来るだけ都合のよいふうに考えようとしても、この小さな棘は私の不眠の暗い思念のなかをくるくるまわつて、絶えず同じところへ帰つてくるのであつた。

決着のつかぬまま睡眠剤を通常以上飲んで眠つた私は、翌三日の夕方、まだきめかねながら、えいつ、とにかくまず立ち上ることだと、大岡昇平に電話した。話があるけれど、今夜、あなたは家にいるかね。いるけれど、電話ではだめなことか、と大岡昇平はいつた。あとで聞いたことだけれど、大岡昇平はその瞬間平野謙について何かを私が話しにゆくと思つたのだそうである。そして、大岡昇平は、今夜私を待つている旨を述べながら、今日、平野謙を見舞つてきたけれど、熱がでたそうだという話を私にしたのであつた。それで私は、そのときはじめて思いだしたのであつた。私は二週間に一度心電図をとりに武蔵境の日赤病院へ行っていて、その帰りに平野謙のところへ寄ることにしているが、明日がその日赤病院行きの日なのであった。それで、今夜行くといまいったが、明日四日の午後三時頃行くと大岡昇平に約束し直したのであった。

翌十月四日、日赤病院からの帰りに喜多見の平野謙のもとへ寄ると、熱はもう下っていたが、さらに体重が減ったと彼はいった。けれども、彼が気にしつづけている体重の話に日頃ほど深入りせず、応接室の奥の引出しをあけて三枚のカラー写真を平野謙はうれしそうに取りだしてきた。手術前の三月に撮った写真だそうで、見るからに健康そうな顔をした彼がまだ誕生前の孫を抱いており、誰が撮ったのかと訊くと、この孫の母、つまり彼の長女である朝子さんが撮ったもので、その朝子さんとこの孫がまた来ているのだと平野謙は告げた。この子はおでこが俺にそつくり似ているんだ。この前きたときはまだ何も判らないで抱かれていたが、今度はすこし知慧がついて俺をみると怖がつて泣くんだよ。ほほう、年寄りをみると泣くのかね。私達がそんな問答を交わしている裡に、田鶴子夫人が、行つてみてよかつた、陽があたつているところで寝ていたのよ、と確かにもう識別力の備わりはじめた肥つた丸顔の男の子を抱いてくると、私も年寄りの一人であることを正確に証明するように私を見て泣き出した。部屋をでた田鶴子夫人が屋敷内を一廻りして応接室へまた入つてくると、こんどもまた泣きだしたのであつた。けれども、田鶴子夫人に抱かれて玄関の外へでたその「知慧のつきはじめた孫」に最後は泣かずに見送られてタキシーに乗りこんだ私は、日頃のように吉祥寺へではなく成城へ向かつたのであつた。

大岡昇平は眼の手術後、立ちくらみして足も弱く、心臓の弁膜も悪いので、手術後の平野謙と自分を並べて「世田谷の二廃人」と称し、さらにまた、脳血栓の武田泰淳や心臓の持病のある私などを加え総称して「ポンコツそろいぶみ」と呼んでいたが、私が百合子さんに打ちあけられた武田の病状を話すと、数瞬絶句したあと、

――俺がこんな具合で今年は富士で俺の方から行けなかつたら、武田が二度来てくれたなあ。

と、あの身体で武田が山荘の急勾配の坂をよく登つたものだと思い出しながら大岡昇平はいつた。

武田泰淳の富士の山荘には、富士霊園に墓のある梅崎春生への墓参のあと、また、数年後の同じ富士霊園の椎名麟三への墓参後も、「あさつて会」の家族ぐるみで訪れていて、その山荘から道路へ出るまでの木の段のついた斜面の道の長さを知つているので、病人にとつて辛いその坂道を武田がよく登つたという大岡昇平の感慨はすぐ私の胸にも響いたのであつた。（百合子さんに誰にもいわぬと約束した「秘密」を破つたことを告別式後、百合子さんに私が詫びると、大岡さんの具合がさらに悪くなると思つて自分は黙つていたので、当然打ちあけなければならなかつたのだから、ちよつとも怒らないわ、それでいいのよ、との許しを得たのであつたが、そのときは大岡昇平に、百合子さんへの約束を破つて

話すことは「秘密」だよと私もまたいつたのであつた。）

それからの私達は「特別室」についての大岡昇平の即座の勘があたつた話をはじめとして「ポンコツそろいぶみ」についての共同的感慨にふけつて、いよいよ最後の土俵が互いに迫つてきたことを実感したのであつた。

それにしても、武田泰淳の星の分離運動は秒速何万キロというふうに如何に迅速だつたことだろう。私が大岡昇平に打ち明けた夜、といつても翌十月五日の午前になつているのであるが、何時ものように、風呂から出たあと床の上で寝酒を飲んでいると、一時半近く、その時間にはあまりない夜更けの電話のベルが鳴つて受話器をとると、竹内照子さんのせきこんだ声が、いま武田さんが危篤という電話があつて附近の中村青年に自動車を出させるから支度をしていてくれと響いてきたのであつた。百合子さんに武田は癌だといわれても、通常の場合と同じく、数個月はもつだろうと、これといつた確たる根拠はないもののの、これまた、漠然と考えていた私は、その電話の向こうに私達の予測を超えた怖ろしいほどゆつくりした悠容さと目にもとまらぬ無情な凄まじい速度で轟々と進んでゆく時間の響きをまた聞きとらねばならなかつた。

まだ寝ていない女房に声をかけ支度をさせて、犬の吠える闇の街路に立つていると思いのほか早く中村青年の自動車がきて、また、こちらから都心へ向かう車の殆んどない夜中すぎの高速道路を同君は私達の驚くほどの早さで走りつづけた。

竹内照子さん、女房、私という順で後部の席に坐り、竹内好は運転席の隣りで私のすぐ前に腰かけていたが、武田の思いもよらぬ早い病状や百合子さんの献身的な看護の話の合い間に、私は前部の竹内好にいつた。

——もし武田にことがあつたら、君が葬儀委員長だぞ。

——いや、それは気重だな。

とほんとうに辛そうに竹内好は前方を見たまま答えた。

——そんなことといつても駄目だ。それはもう運命的にきまつていることだ。

慈恵医大病院の横の入口には二人の守衛が起きていてこちらを見たが、私達は黙つたまま薄暗い階段を三階へあがり病室へはいつてゆくと、若い看護婦と白衣を着た初老の男がいるだけで誰もいず、若い看護婦はいま身体をお清めしていますから向こうの部屋でお待ち下さい、御家族は向こうにいらつしやいますといつた。何時に……とこちらが訊くと、一時半でした、と短く若い看護婦は答えた。武田の「遺言」通り、百合子さんと花子さんの二人の家族だけにみとられていつたのである。逆算すると、私達の車が吉祥寺を出た頃であつた。

そこだけ明るい医務室に二人の医師と百合子さんと花子さんがいたが、私達がはいつてゆくと二人の医師はともに出ていつた。百合子さんの話では、最後までまつたく苦痛がなく、酸素テントにはいつて眠つている武田の血圧が急にすつと下ると、医師の意見ではそのとき肝臓から出血したのであろう、そのまま呼吸がとまつたのである。諸行無常、万物変化を信条としていた武田泰淳にとつて生の境からすつとそのまま向こう側の蓮の上に乗つたこの上なく澄明静謐な推移である。

お清めが終りましたと若い看護婦が伝えにきて病室へ戻ると、竹内好と私の二人が武田の顔の両側に立つた。眼を閉じて眠つている武田泰淳は頭から顎へと白布で巻かれているので、顔全体がひきしまつて若々しく見えた。後期の彼の特徴である顎鬚が長すぎもせず短かすぎもせず「生き生き」としていて、いきなり核心にはいる日頃の話しぶりをいま私達二人にはじめたとしても不思議でないように思われた。私は掌を彼の額の上に暫らく置いたが、まだ冷えていず遠い温かさがのこつていた。

霊安室へお運び致します、と若い看護婦の隣りに立つている白衣の年配の男がいつた。担送車《ストレッチャー》が運ばれている途中で、百合子さんは仕立てたばかりでまだ白い仕付糸がついている羽織を私に示して、これは、春、三月末、島尾さんとミホさんがきたとき戴いた大島紬なの、まだ一度も着なかつたけれど武田はこの大島が気にいつていたから着ていつてもらうの、といつた。羽織は百合子さんの手にあつたが、着物はすでに担送車の上の彼に着せられていたのである。あとで聞いたことであるが、武田はこの着物と羽織をきて新潮社の文学大賞の会へ出るつもりだつたそうであるが、足が弱つているので草履がうまくはけず、ついにその着物で出席することを断念して、洋服にしたのだそうである。しかし、秋の谷崎賞の会に武田はこの着物と羽織を着て出るつもりでおり、また、百合子さんは、いまとなつては悲しくはずれた予想になつてしまつたが、退院のとき着せるつもりで病院へ持参していたのだそうであつた。

霊安室は病院のはしにあつて扉一つ向こうはそとの道路であつた。そこへつくと激しい雨が屋根や道を叩いている音が聞えた。

そして、そこで驚いたことは、担送車を運んできた白衣の初老の男は、私が思つているようなこの病院関係の事務員ではなく、霊安室の隣りの部屋に日頃から寝泊りして常駐している葬儀社の一員であると解つたことである。若い看護婦と一緒に霊安室へきたので私はすつかり事務員と思いこんでいたのであつたが、遺体を安置してもまだ入口に立つている若い看護婦に貴方はもうお帰りなさいと帰したあと、その白衣の男が葬儀について話しはじめたので彼が葬儀社の「常時駐在員」と解り、そして兄さんの大島泰雄さんに相談した上で百合子さんが葬儀についてお任せしますと彼にその後いつたのが、あとで、いささかの紛糾のもととなつたのである。

しかし、それにしても、病院と葬儀社のあいだの関係は「出来すぎている」といわねばならないのであつた。医師が解剖を希望し、百合子さんが承認したので、午前九時になると遺体は解剖室へ運ばれるのであるが、それを運んでゆくのも、また、ここへ送り返してくるのも彼の役目なのだそうである。解剖室へ遺体を運んでゆく白衣の男をもし途上の廊下でみれば、誰でもそれを病院の事務員と思ってしまうだろう。

霊安室へ移ったのは午前三時すぎであったろう。雨は激しく外へ通ずる霊安室の扉をも敲っていた。霊安室へ移ってからの百合子さんと花子さんの話相手は竹内照子さんと女房の女組で、竹内好と私は中村青年が買ってきてくれた罐ビールを、あれだけ飲みたがっていた武田の前にまず供え、自分達も飲みながら遺体の前に線香の煙を絶やさぬように室内を熊のように歩き廻って、時折、今後の相談を手短かにしたが、竹内好も追われた魯迅翻訳の疲労で病院に通っており、葬儀の事務については私が引き受ける決心をした。

竹内照子さんと女房に中村青年の車で帰ってもらったあとの午前六時過ぎ、茅ケ崎から兄さんの大島泰雄夫妻が到着した。武田泰淳より四歳年長だそうであるから私達より年上であるが、まだ若々しいお兄さんであった。このお兄さんが到着した以後、遺言通り武田の顔を覆った白布はとられることはなかった。

午前七時、雨はやんだ。あまり早すぎては迷惑だろうからとそれまで控えていた電話を中央公論社社長の嶋中鵬二へかけ、葬儀の手伝いをしてくれる社員を慈恵医大病院の霊安室まできてもらうことを依頼した。まず嶋中鵬二に私が電話したのは、昭和四十六年十一月、野間宏の『青年の環』の谷崎賞授賞パーティの席上で脳血栓の発作がおこったあと心配して武田宅を訪れた嶋中鵬二が慈恵医大病院への入院の世話をしてくれ、そしてまた、こんどの入院の世話をしたのも「海」編集部のひと達だったからである。

電話をかけ終つてから、何時も携えている紙袋のなかからグロンサンのアンプルを取り出し心臓の薬をのんでまだ誰一人として診察者のいない無人の待合室の腰かけに仰向けに寝たが、この数年間徹夜したことがないため、激しい疲労が覚えられ胸の心臓の調子もおかしく、どうも武田のあとに俺がつづくかなと思わざるを得なかつた。無人の待合室の腰かけに仰向いて寝ている裡にまた思い出し、河出書房をやめて構想社という独立の小出版社をはじめた坂本一亀に電話してきてもらうことにした。高橋和巳のときも椎名麟三の葬儀のときも彼の世話になつたが、戦後すぐから親しくしていた彼の構想社の最初の出版は私のもので三番目の本は武田泰淳の随筆集を予定していたからである。

八時近くなると、診察を受ける患者達が次第に集つてきて、きつかり八時に窓口に並んで診察の順番を知らされると、外来患者達はまた何処へともなく散つていつた。

八時半、顔色の悪い竹内好に帰つてもらうことにしたが、彼はまだ葬儀委員長にこだわつていて、誰か大物を代りにつれてくるというので、駄目だ、何んといつても、竹内以外にないのだとまた私は強く主張した。しかし、この問題は翌日まで尾をひいて、竹内照子さんからパパは具合も悪いし、とても葬儀委員長はつとまらないと電話でいつてきたのであつた。葬儀委員長は何もしなくてただ黙つて坐つていればいいんですよ、告別式の最後の挨拶だけしてもらえばいいと私は述べて、やつと本ぎまりになつたが、病院の待合室で別れるとき、竹内好は確かに顔色も悪く疲労していて、これから鍼の医者に寄つて帰ると述べて出ていつたが、そのとき、私自身の顔色も恐らく彼と同じように悪かつたのだろう。

九時前、自宅の部屋の家具類を整理するため、花子さんと大島夫人が先に帰つた。大工さん二人に九時にきてもらうことを百合子さんがあらかじめ電話しておいたのである。

九時、武田の遺体が解剖室へ運ばれることになつた。私が病院の事務員と間違えた葬儀社の「常時駐在員」はまた白衣を着て、担送車を動かす前に、十時に社長がきますから葬儀について相談して下さいと私に述べた。

九時半、永倉あい子をはじめとして嶋中鵬二、高橋善郎、塙嘉彦など中央公論社のひとびとが来て、各所へ連絡をはじめた。

十時、葬儀社の五十歳位の社長がきて、霊安室に隣りあわせた「葬儀社出張事務室」で葬儀についての相談を私とはじめ、祭壇の種類、友引があいだにはいるため密葬が延び、二日間にわたる家族と一般の通夜の用意などを協議しはじめたが、そのとき、ちよつとした混乱が起つたのである。机を前にして相対しながら相談している私達の横へまず高橋善郎がきて恐縮そうに、文学者の葬式の場合は葬儀社がきまつていますが……といつたが、そのときはまだ私は高橋善郎のわざわざ述べにきた言葉の真意がつかめずに、自宅での通夜、密葬までをいま相談しているこの社でやつてもらい、文学者専門の葬儀社があるなら、恐らく青山斎場になるだろうが、その告別式だけやつてもらつたらいいのではないかと答えた。すると、ひきさがつた高橋善郎に代つてこんどは嶋中鵬二が横へ現われて、文学者専門の葬儀社の仕事は「一貫」してやることになつていると、これは落ち着いて述べた。そのときはじめて私は全体の意味をようやく理解したが、目の前の葬儀社社長とすでに細密な点まで打ちあわせていて、通夜のとき恐らく多い弔問客の履物を間違えぬように下駄箱を幾つか用意し、合札を数十枚つくるといつた相談まですませていたのであつたから、そこまで進んだ一種の「契約」を破棄することは容易でなかつた。結局、私の相手の「社長」が憤然として、そういうことなら私の方はお棺を自宅へお届けするということだけさせていただきますと席を立つたので事態は落着したが、文学者専門の葬儀社があってそこにすべてを頼むべきことを私ははじめて知つたのである。

十時半、病院附属葬儀社長が憤然として立ち上つたあとの席に「海」の塙嘉彦に腰かけてもらつて、告別式で弔辞をいただく人々の名を書きとつてもらつた。友人として選んでゆくと基準が難しくなるので、武田が属していた同人雑誌、団体から代表を出すことにし、人数は多すぎてもいけないので「中国文学」代表は葬儀委員長の竹内好が兼ね五名にするというのが私の考えであつた。塙嘉彦にあとで電話してもらい最終的にきまるまで一、二の出入りはあつたけれども、相談相手もないままに私が独断できめたのはつぎのごとくである。

「批評」代表　　山本健吉

文芸家協会理事長

「近代文学」代表　本多秋五
「あさつて会」代表　堀田善衞
友人代表　丸山真男
若い友人代表　大江健三郎
司会　開高健

この弔辞をいただく人々の氏名を書きとつてもらつているあいだに、嶋中鵬二がまた横へ来て、各社からきてもらう人数が多いので、裏方の仕事のすべてを統轄する運営責任者として事務局長を置き、埴谷さんがなつてくれといい、それも決つた。

十一時、解剖室から遺体が帰つてきて納棺した。棺へ移すとき私は武田の股をかかえたが、そこにはまだ肉がついていて軟らかな弾力が手元に返つてきたので、ああ、ここまでは瘠せていなかつたのだなとなんとなく一種の安堵が覚えられた。遺体は島尾敏雄夫妻から贈られた大島をきせられていたが、百合子さんは武田が尊敬している伯父さんからもらつた輪袈裟、伯父さん自身の字が書かれている輪袈裟を武田の胸へかけ、白布に覆われた顔の横に武田が長く使つていて背の紙が破れかけた、いまの文庫本より二廻りほど小さな御経の本をさしいれ、膝もとには私に示した大島の羽織をかけた。死亡診断書がまだできていないので、それは私があとからもらつてゆくことにして、棺には百合子さん、兄さんの大島泰雄さんがつきそつて出発した。

文学者専門の葬儀社である東都典範の宮城香《かおる》がやつと十一時二十分頃やつてくると、確かに、高橋和巳の葬儀でも椎名麟三の葬儀においても見知つていた顔で、すぐ青山斎場の手配を頼むと、電話をかけてきた彼は、青山斎場は最近何時もこんでいて、日曜の十月十日か連休日にあたる翌十一日しか空いていず、そのあとは十五日になるとのことであつた。普通は休日を避けるのだそうであるが、文学関係にとつては休日でも差支えないので十日の日曜日と決定した。

十一時四十分頃、担当の平山先生が死亡診断書を持参し、解剖してみると、癌の原発部位は胃で、その胃の癌は小さいままでとまつていたが、転移した肝臓の癌が増殖して決定的になつた。けれども、原発部位は胃なので死因は胃癌と記しておくと私に説明した。その死亡診断書がきてから、待ち受けていた永倉あい子が中央公論社へ電話し、本社で手分けして各報道機関へはじめて武田泰淳の死去を通告したのである。

その死亡診断書をもつて嶋中鵬二、東都典範の宮城香と赤坂の自宅へ帰ると、一階の居間の正面に据えられた棺の前で、各社から集つたひとびとのなかに講談社の「葬儀の名人」榎本昌治もきており、彼を中心に、近親の通夜、一般の通夜、密葬、告別式についての具体的な相談がおこなわれていた。

私は机も寝台も片づけられて何も置かれていずすつかり広くなつた無人の二階へひとりであがり、また心臓の薬をのむと、武田泰淳が二週間前まで寝台で寝ていたあとに寝そべつて天井を見上げながら、心臓の鼓動に凝つと聞きいつていた。確かに胸にいまにも鼓動が止まるような異常感があり筋肉がばらばらにほどけてしまつた激しい疲労が全身を襲つて身体がそのままぐーんと床下へ沈むようで、思いがけず君は早く行つてしまつたけれど、俺とても遅くはなさそうだぜ、向こうでまた小人数の酒宴でも開くかと胸のなかでまた呟いていると、お兄さんの大島泰雄さんが階段を上つてきて、部屋の入口に坐り、顔色が悪くお疲れのようですからもう帰つて寝ていただきたい、とひとりで寝そべつている私に声をかけた。

不思議なことにそれから家へ帰つて寝床へはいつても夜遅くまで寝られなかつたのであるが、その場はお兄さんの勧め通り、私は二階から降り、棺にも皆にも会釈しただけで帰宅することにした。

入口前の駐車場の斜面へ出たところで、大岡昇平夫妻があがつてくるのに出会つた。まだ病院だと思つて、すでに誰もいない病院へまず行つたのだそうである。ほう、向こうへ行つたの。そりやよかつた、それで、大岡昇平の勘も当らないことがあるということが解つたぜ、と出来るだけ気をひきたてて憎まれ口をきいたあと、私はコンクリートの緩い斜面をゆつくりと降りていつた。

——「海」昭和五一年一二月特別号

武田山荘のエクトプラズマ

私達の少年時代は、町へ出てひとりで遊ぶといつた種類の娯楽が少なかつたので、友達の家を訪れ無駄な時間を費してとりとめもなく喋りあうか、或いは人数がやや多くなればあまりに単純で格別面白くもない、トランプ遊びをはじめるくらいしかなかつたのである。従つて、夏の長い休みがやつてくると、数人の友達と話しあつてそうした日頃の小さな遊びから格段に飛びぬけた「大きな遊び」の計画に思いいたるのは、かなり遠くへ行くけれども、できるだけ金をかけぬ「キャンプ旅行」といつたことになつたのである。

そして、私もまた中学四年のとき、肺浸潤を患う前であるが、三人の友達とともに小さなテントとコーンビーフなどの缶詰め類をつっこんだリュックザックを背負い、富士山麓をめぐつてやがて熱海へまで出る「キャンプ旅行」にでかけたことがある。いまから思うと、確かにまだ若くいまほど足が弱くなかつたに違いないけれども、富士山麓をぐるりとめぐつたあげく遠い海岸の熱海へまでよく歩き辿りついたものである。

その富士山麓の第一夜のキャンプ地に、さて、河口湖畔があつたのである。まつたく人家もない湖の浅い水際で米をとぎ、たやすく掘つた火山礫の穴のなかで附近から集めてきた木片を燃やして、当時の「兵隊」も「登山家」も、また、「キャンプ旅行者」も必ず七ツ道具の一つとして持つていた飯盒をたいたのであるから、私達は、明治時代の「無銭旅行」につぐところの素朴な自然時代のなかにまだいたのである。

薄闇のなかでもろい火山礫の上に杭を打ちこんでテントを張つていると、湖畔のすぐ傍らを数人の大学生が通つて互いに声をかけあつたが、それは、この河口湖にボート部の艇庫があつたらしい確か東大の学生達で、この広い河口湖畔にその夜いるのは偶然言葉を交わしあつた彼等と私達だけなのであつた。

狭いテントのなかに肩を寄せあつて寝た夜明けは思いのほかに寒く、みな起き出して、飯盒をたいたそれほど深くない穴へ、できるだけ多くの枯木を集めてきて焚火をしながら、そのまわりにみな横たわつたが、傍らに積みあげた多くの木片も燃えつきかけた朝冷えのなかで、あまりの寒さにふと目覚めて寝たまま正面を見上げると、まだ高い上方だけにしか差さぬ陽光のなかで、荘厳な淡紅色を輪廓も鮮やかな頂上いつぱいに帯びて聳えている富士がすぐ眼の前にあつた。

ところで、つい先頃、その河口湖畔へ五十年以上たつて行つたのである。大岡昇平と私は或る雑誌で連続対談をおこなつていて、夏、富士山麓の山荘にいる彼と河口湖畔のレストラン兼ホテルで話すことになり、旅行嫌いの私も一晩どまりで出かけたが、往年の河口湖畔における夏の朝の寒さを知っているので、情けないことに、小さな電気行火を大きな紙袋におさめて出かけたのである。尤も、河口湖より暖かな浜名湖畔で毎年七月、藤枝静男主宰の「近代文学」グループの会がおこなわれるときもまた、その小さな電気行火持参なのであるから、河口湖畔だけの夜明けを恐れているわけではない。ただホテルの部屋に果たしてコンセントがあるかどうか解らぬので、長いコードと恐らく必ず枕許にあるであろう電気スタンドにはめこむソケットもともに持参してゆくのであるから、いくら暑い台湾生れの身といっても、自ら省みて、その寒さ恐怖症はあまりにひどすぎるといわざるを得ない。

さて、大岡昇平との対談も、彼自慢のわかさぎ料理の食事も終った翌日、武田百合子さんのいる山荘へまず赴き、「あさって会」以来数年ぶりに訪れたその山荘で、百合子さんとビールを飲みかわしたあとの数時間後、同じ桜ケ丘高原の大岡邸を午後三時すぎに訪れてさらに腰をおちつけて、百合子さん、昇平、そして私の三人でビールを飲みにのんで深夜までとどまり、大岡家に貯蔵されている缶ビールのすべてをのみほしてしまったが、ここにおける「奇妙」な話題は、さて、その大岡邸へ赴く前、武田泰淳の山荘で私が持参したペンタックスで写真を撮ったときに起った事態である。

はじめは出版社のY君が大岡、私、百合子さんと三人並んだ写真を撮り、そしてつぎに私が、大岡、百合子さん、Y君と三人並んだ写真を撮ったのであるが、さて、その写真を現像してみると、若いY君の撮った写真はピントも正確に合って、大岡、私のまごうことなき老人組に較べて百合子さんのまだ若々しい姿が、ちょうど布団をほしている武田山荘を背景に写っているが、私が撮ったそれは、白内障の眼が悪い私らしくいささかピントが合っていないばかりでなく、不思議なことに、夏シャツを着た大岡昇平の胸許から隣りの百合子さんの頭部へかけて、無理にいってみれば、冥界からこの世へ細く曲った橋を架けたような一筋の白い雲がかかっていて、思いがけぬ「何か」がそこに写っているのである。

おや、武田のエクトプラズマの出現だ！　と、密着の小さな画面を占い者が使うような大きな拡大鏡で覗きこみながら、私は思わず高く叫んだ。

武田泰淳は、私が百合子さんに「会えば必ず」ビールをのませる事態を何時も心の底からまったく本気で怒っていて、百合子さんが武田に代って何処かの会へ出かけるときは、「埴谷に会っても、決して飲むんじゃないぞ」と必ず、長い頑丈なハンマーでなければとうてい打ちこめないほどの大きな鋼鉄の釘を百合子さんの頭中にさしていたのであったが、私はまたそれとまったく逆に、特別にビール好きの百合子さんに何時も絶えずのませたがらない泰淳の慎重な倫理性に敢えて何時もさからって――そして、陽気でまったく天衣無縫なビール好きの百合子さんに心底から日本海溝の海のごとく深く同情、共感して、「会えば必ず」、いや、構わないよ、百合ちゃん、帰りには僕が送っていって武田にあやまつておくから飲もう、といつてともにのみはじめ、そして困つたことにまた、酒飲みの通有性として、必ずとことんまで酔つぱらつたあげく、真夜中過ぎの遅く遅く帰り、深夜のタキシーのなかで、武田家へ近づいてくると、「きつと武田は起きて待つてるよ」と互いに言いあいながら、赤坂コーポラスの武田家のドアを私は何時もゆつくりと開くのであつた。

すると、私達のタキシー内における予想通り、武田泰淳は、それまでも恐らくいらいらした憤怒の絶頂で部屋の真んなかをあちこちとうろついていたのであろう、玄関の真向いに何時も憮然として佇み立つており、そして私が、確かに百合ちやんは渡したぜ、とわざと大声でいうと、うむ、まあ、ちよつと上つてゆかないか、と、これまで一秒きざみに絶えまもない深い底もない怒りのなかで、暗黒の天界高く奔騰し無性に憤慨高揚しきつていた心の暗い奥を無理やりおし殺して、心にもないことを彼は敢えていうのであつた。いや、ただ百合ちやんを送り届けてきただけだよ、と私は何時もあつさりいい、そのままあつさり帰るのであつたが、こうした一見「親切で、また、亭主無視のおせつかい」な私の毎度の「百合子さんへの酒のませ」行為を武田が本気で怒つていることをつぶさに知つている私は、この富士の武田山荘で私が久しぶりに撮つた写真に、まつたく思いもかけぬ不思議な長く曲つた、白い雲状の筋がまぎれもなく出現しているのをみて、彼が晩年愛したこの山荘にいまもなおとどまつている武田の霊が、さてさて、いいか、百合子、埴谷と一緒にのんじやだめだぞ、とまたこと新しく憤慨して忽然と出現したのだと否応なく私はきめこんだのである。その引きのばした写真を黒縁の拡大鏡で幾度も幾度も眺め直しても、どう思い直しても、その白い一筋の雲状の曲つた不思議な筋は、武田の憤然として出現した霊のエクトプラズマに違いないと見えるのであつた。尤も、武田に絶えず本気で怒られている私が確かに撮つたにせよ、大岡昇平の夏シャツの胸許から隣りの百合子さんの頭部へかけてその不思議な白い細長い一筋の雲は走つているのであるから、ひよつとすると、武田は大岡を怒つているのかもしれないけれども、嘗て酔つぱらいでなかつた大岡昇平に対しては、私に対するような心底から怒るべき正当な理由などないのである。

そして、さて、百合子さんにその不思議なエクトプラズマ写真を送ると、優れた直観性を備えた百合子さんは極めて合理的、現代的、現実的で、これは埴谷さんのカメラのレンズのすぐ前に富士のあのあたりの細い草の葉がかかつたのよ、とまことにあつさりと簡明単純に説明したが、しかしまた同時に、あの富士の山荘の下の部屋にも、また、殊に高く建てられた二階の奥あたりには、ひよつとすると武田の霊がそのままのこつているのかも知れないわ、とも百合子さんらしくこちらの勝手な妄念を思いはかつてつけ加えたのであつた。

極めて論理的でしかもまた、暗黒宇宙ふうに神秘的な私にとつては、百合子さんの前段に述べた極めて「正しい」と思われる合理的な説明より、真夏でも骨身にこたえるきびしい寒さをもつた河口湖畔からさらに百メートル以上の高所に位置して五度くらいは寒い筈の武田山荘、百合子さんの『富士日記』によつて永劫に私達のあいだに記録されてしまつた二階建てのこの山荘の冬のきびしい寒さのなかで武田の霊がすつかり「凍結」されてしまつて、彼がまた愛した背後の富士が大沢くずれの果ての果てに、ついに一片のかたい岩石もなくなつてしまうまで、その山荘にとどまりつづけていてくれるほうが、より啓示的で、より至福に充ち、そして、より好ましいのである。

――「海」昭和五七年一月号

大岡越前探偵と私

平野謙も大岡昇平も花田清輝も私も、その青少年時代頭から足の先までどつぷりとつかりこんだ探偵小説の愛好家だつたので、その眼前に出現してくるすべてが裏側に隠された或る種の謎を解かるべき特別課題となつてしまつたかのごとくである。ところで、この四人の裡、曖昧派たる私だけを除いて、三者とも明晰な論理的文体をもつているばかりでなく、さらに一種徹底的な飽くなきセンサク癖をもつていることでも共通しているのである。

そのなかで、大岡昇平探偵に限っていえば、『あの頃の東中野附近』という短い文章のなかで私が長谷川泰子の家を当時アジトとして使つていたと書いたのを大岡探偵にみつけられたので、たまらない——中原中也に関することなら遠い遠い周辺まで徹底的に問いただす彼の究問を私は忽ちうけざるを得なくなつたのである。

大岡昇平と私は日頃あまり顔をあわせる機会がないので、その究問は電話でおこなわれるのであるが、例えば、東中野の日本閣の裏手にあつた長谷川泰子（小林佐規子）の家の表札が小林となつていたことについてこういう会話がおこなわれるのである。

——確かに、小林となつていたのかね。

——そうだよ。もう小林秀雄と別れていたんだから俺も変だと思うんだけど、俺の記憶では、確かに小林となつていたよ。

——そうか……そうだろう。あれはそんな女だよ。小林を忘れないんだよ。気持の深い女なんだ。ところで、そのときいる子供の父親だがね。

と、当時の私達がその子の父親であると知らされていた山川幸世についてのセンサクがつづくことになるが、大岡昇平は当時の私達ほど築地小劇場の愛好家でなかつたらしく、演劇関係については見当がつきかねるふうであつた。

——そのひとはもうなくなつたのかね。

——いや、それどころかまだ現役だよ。たしか舞台芸術学院でいま教えている筈だよ。

——え、舞台芸術学院……？　それはどこにあるんだ。

——俺も知らないな。池袋のほうにあるような気がするけれど。

——まあ、いいや。それはこちらで調べれば解る。ところで、君の文章にでてくる和田勝一ってなんだ。

——劇作家だよ。『海援隊記』という芝居を書いてるよ。

——それも劇作家協会を調べれば解るな。いまは吉祥寺に住んでないのか。

——そうだ、引越先は俺も知らないな。だが、中原中也について、そんな遠くまでも調べるのか。

——うん、いろんなことが新しくでてくるからな。

長谷川泰子をめぐる数回にわたつた審問の電話は彼のセンサク癖を満足させたらしかつたが、ところが、つぎに彼のセンサク癖を怒らせることが起つたのだつた。

私を手術した白内障の主治医がやがてまた彼の主治医となつたので、手術と主治医をめぐるさまざまな質問が彼からつぎつぎとおこなわれたが、手術の直前、勉強家の彼は電話でまた訊いてきたのであつた。

——手術してから、どのくらいたつたら本が読めるようになるのかね。

——心配しないでもいいよ。片方の眼があるんだから、すぐ読めるさ。

そう簡単にいってのけたのが、私の不覚なのであつた。私達の主治医は名医といわれていたけれども或る種の頑固さをもつた医者で、手術後すぐ眼を動かしてものを見ることなど絶対に許さない方針だつたのである。そこで、手術後暫らくたつてからかかつてきた大岡昇平の声は電話の向うでも明らかに憤懣に充ちみちたものだつたのである。

——なんだ。すぐ読めるだなんてお前さんいつたけど、さつぱり読めねえじゃないか。

このすぐ書物を読めなかつた勉強家の大岡昇平の憤懣ぶりは、いらいらしながら凝つとしていざるを得ない盲病者の心理屈折学に裏打ちされて或る頂点に達したらしく、武田泰淳にまで、埴谷のやつデタラメいいやがつて、と怒りを洩らしていたそうであるが、手術後、主治医の厳重な戒告を無視してすぐ新聞を読んだのは、確かに「私だけ」の勝手なやり方なのであつた。それは大岡昇平の周到綿密な事前調査に正当に答えたものでなかつたから、被訊問者たる私が大岡探偵から即刻怒られるのはまことに当然であつたけれども、しかし、患者の心得を無視した罰を私はまたすでにうけていて、彼の予後に較べると、私の白内障の手術後の経過はどうもあまりよくないのである。

——中央公論社『大岡昇平全集』第六巻月報13　昭和四九年一一月

公正者　大岡昇平

大岡昇平ならどう言うだろう。幾度私は胸のなかでそう繰り返したことだろう。彼が私達から立ち去つたあとの一年は、国際的にも国内的にも、思いがけぬ事柄の連続で、成城からの目配りの広い公正な毒舌がきけぬまま、いささか大げさにいえば、彼の無発言によつて、社会的正義もまた消滅の道を辿つているかのごとくに思われた。

多くのひとびとが多くのことを述べているあまりに多い諸事柄からここでは一応離れて、これだけは是非聞きたかつた一つをまずとりあげれば、国際的には、フィリピン、アキノ政権に対する軍の反乱において、軍の首脳との協定で基地へ戻る反乱兵達の足取りがさながら凱旋兵のごとくであつたのは、何を意味するかである。

大岡昇平と私は、二年間も長い対談をつづけて、ボレロ的老人饒舌症と彼に私は命名されたが、ミンドロ島で捕虜になり、レイテの収容所におくられた彼が、フィリピンの動向とその未来について、恐らく日本人としては最も切実な注視をつづけていることを私は気づかせられていたのである。

吾国の軍支配層の無責任体系を知りつくした彼は、軍とは何かについて、フィリピンを通してなおより深く教示してくれたに違いない、と私は思つている。フィリピンの経済について語るひとは多くても、「軍」について述べるものがあまりに少ないので、彼の率直鋭烈な言葉をこそ私は聞きたかつたのである。

そして、他の一つ、国内的なことは、野間賞を選考委員である井上靖がもらつたとき、丸谷才一が白票を投じて文学的公正さを僅かに救つていることについて、大岡昇平の毒舌的批判を聞きたかつたことである。文学的良心など「文壇人」はもたぬのが当たり前という文学的堕落はすでに遠くから吾国に定着しはじめているものの、大岡が死んだから、もう平気、という公正破りの姿勢が、嘗ての大岡尊敬の文学者まで含めて、一般化されては困るのである。

こうした批判は、私などが述べるより、大岡昇平の公正的毒舌こそが数十倍もの重みをもつているだけに、これは是非聞きたかつたものの一つである。深い文学性より広い文壇化が進捗している現在、公正的毒舌者大岡昇平はもう暫くは長生きしてもらいたかつたと衷心から思わざるを得ない。せめて、つぎの「ノーベル賞作家」なるものが吾国に生まれるまで、揺るぎもない文学性の中軸の保持者が真の批判者としてそこにいる、という存在感が「文壇人」を脅かしつづけてほしかつたのである。ここにまで思いいたると、彼が立ち去るのはあまりに早すぎた。

私個人についていえば、四、五日おきにかかつてくる彼からの電話を失つた淋しさは、代替え不可能である。お前さん、あれ知つてるかい？　知らない。知的好奇心に充ち充ちている彼は、全事象、文学者をも含む人事百般についての絶えざる教示者であつて、その仔細な報告に驚き、また、彼の指示に従つてこれまで覗いたこともない雑誌や本を私ははじめて知つたばかりでなく、ＹＭＯのレコード、サイレント・アメリカ映画史、探偵小説の諸種類などは直接送つてくれ、私の蒙を絶えずひらいてくれたのである。

さらに、妻を失つて独り暮らしの私の許へ食物まで奥さんに持参させ、賢兄愚弟として私の生活まで配慮してくれたのであつたから、ちよつと入院して水をとる、すぐ帰つてくるから見舞いはいらない、と電話の向こうで言つた彼が、忽然として未知の彼方へ去つてしまつたことは、とうてい埋めきれぬ喪失である。しかも、その発作時、奥さん、息子さんからの電話を外出していて受けとれぬまま、深更まで私は酔つぱらつており、翌日、病室で、奥さんから、その暖かな部屋の寝台にいながら脳梗塞を起こした事態の説明をうけたあと、夜中過ぎの二時、三時までじやいけませんね、と穏やかに酔つぱらいぶりをたしなめられたのは、最後まで私が愚弟であつたことを明示しており、その公正の中軸性にはとうてい立てぬながら、せめて彼の数十分の一の毒舌性だけは継いでゆきたいと思い立たずにはおれないのである。

私は、敢えて再説するが、大岡昇平の存しないことは、文学的良心もまた雪崩をうつて存しなくなることの見えざる大要因である。いま公正者大岡昇平は、「文壇人」にはもはや憶いだされていない。文学から文壇への移行のなかで、彼の率直な毒舌の大きくきびしい箍《たが》がはずれたのである。

――「毎日新聞」一九八九年一二月二五日

武田百合子さんのこと

百合子さんを、「女ムイシュキン」と私は名づけたが、ムイシュキンが会うひと誰にでも、皮肉で不機嫌なリザヴェータ夫人にまでも、忽ち好かれてしまうのは、彼の示す「誰でも驚くほど深い洞察力」の底の向うにその内面の純粋無垢性がこれまた忽ち感得されてしまうからである。ところで、小説のなかの人物であるムイシュキンと違つて、いま、生身の人間として眼前にいる百合子さんは、ムイシュキンもとうてい思いつかない突拍子な事柄から話しはじめていながら、いささか大げさにいえば、さながらスフィンクスの謎以上に私達にのしかかつた長い、長い歴史的難題を、誰もが気づかなかつた新しい法則と法則で結びつけて、みるみる裡に解いてしまうといつたこの上ない爽快感――空は青空、太陽は中天に輝き、緑の樹の梢から梢へ目に見えぬ微風が渡つているといつた率直な純粋無垢性の「生の爽快感」を、すぐ前にいる《すべてのもの》にもたらしつづけてくれたのである。

武田泰淳は、この生の爽快感の純粋無垢性を、端的に、「面白い」とまず記した。「馬屋光子は私にとつて面白い存在だつた。『何という面白い女だろう』私は何度も今ことあたらしく、そう思つた。そしてそれが度かさなるごとに、その『面白い』という意味が変化した。深化されたと言つてもよい。」（『未来の淫女』）

確かに、それ、は深化し、本来、力のある武田泰淳は巨大な作家武田泰淳となり、面白い女百合子さんは《すべてから好かれる》生の全肯定者百合子さんとなつたのである。

武田泰淳は、昭和二十一年の冬、千田九一とともに、『死霊』の稀な読者として私のもとを訪れたが、それからのちは、上海以来、五角関係とも四角関係とも三角関係ともいえる困難な事態のなかにある玲子さんと同道して来訪したのである。狭い、狭い壁と壁のあいだに圧しつけられて薄暗い先が皆目見えぬ状況は私達夫婦まで捲きこみ、あとから登場した堀田善衛は、これは血をみるな、と私に述べたほどであるが、この暗黒の苦悩は、関係者すべてを浄化した。武田泰淳は、「危険な物質」、「悧口な野獣」と分析することによつて、ここでも深化したが、この薄暗い状況がひきつづくなかで深化しつづければ、武田泰淳が携えていたニヒリズムはさらに強靱、覆し得ざるものにまで巨大化したに違いないと思われたとき、天は「もの喰う女」を彼に与え、そして、二十二年十月の北大行きは、暗黒の苦悩の状況から彼をひき離したのである。

百合子さんが最初に働いた喫茶店「らんぼお」は、戦後の文学者達のいわば溜り場であつたから、髪を長く垂れた百合子さんをはじめから私は見知つていたけれども、翌二十三年、北大をやめて帰つてきた武田泰淳が、こんどは百合子さんをつれて私の家にやつてきたので、私達夫婦も百合子さんの全的「面白さ」を裾分けしてもらつたばかりでなく、武田泰淳の「深化」の過程の一つ一つにも立ち会うことになつたのである。

「千田が遊びにきたとき、急に思い立つて、深夜埴谷宅へつれて行つてもらつた。『死霊』を完全に理解し得ていたわけではないが、一種のファンとして訪問した。鷺宮の小旅館、神田の周旋屋の三階、荻窪のはずれの二階など、転々としていた頃は、ふとんもろくになかつたから、扇風機も切りごたつもある埴谷邸は、まことに裕福に思われた。正月など御馳走になりに行き、女房は丼いつぱいのゴマメを平らげた。」(『忠勇なる諸氏よ』)ゴマメを絶えず口のなかで嚙みつづけながら「面白い」ことを述べる百合子さん専用として、毎年の正月、丼いつぱいのゴマメがつくられたが、百合子さんがすること、話すことのすべてが武田泰淳を刺激し、ひそやかな興奮をもたらしたばかりでなく、百合子さんの家系まで彼を大きく揺すつたのである。

私達の世代のものは、信濃川トランク事件について知つているが、横浜の米穀商であつた百合子さんの祖父に触れられることは、鈴木家にとってとうてい容認しがたいことで、前記の『未来の淫女』も『血と米の物語』も、武田泰淳の著作にも全集にも収められていない。『女の部屋』にも『風媒花』にも登場する百合子さんの弟、現在、鹿島建設の国際事業本部長である鈴木修さんに、百合子さんが亡くなったとき私ははじめてあったが、それらの作品不収用の方針はなお続けられるであろう。

百合子さんは、「らんぼお」から「セレーネ」、そして、ニコライ堂の鐘の音が聞こえる神田の周旋屋の三階に住んだ時期には私がその名を忘れた朝鮮人経営の店へ移って働いていて、『女の部屋』に描かれているごとく、その店はいささか広いフロアーをもっていたので、毎回、武田泰淳は百合子さんと私を踊らせたのである。「埴谷家の舞踏会」はすでに遠くはじまっていて、椎名麟三、梅崎春生の二人はうまくゆかず、無器用な野間宏が頑強な努力に努力を重ねているとき、武田泰淳ひとりだけはじめからリズム感があって百合子さんと私の家の応接間でまことに仲よく踊っていたのに、この神田の店で自身はまったく立ち上らず、百合子、踊れ、といって私とひきつづき踊らせたとき、武田泰淳の意向が変りつつあるのを私は感じた。

百合子さんを、働かせすぎていたのである。「らんぼお」、「セレーネ」からこの店に移るあいだ、百合子さんはひたすら武田泰淳に全献身し、三度堕ろして「三度目は完全に気絶した」と武田自身『女の部屋』で書いているほど自身を無にしているのに、その部屋代を半分持つくらいしか稼げない作家で当時あつたにしても、愛の全保障の全的気分を彼は百合子さんに与えていなかつたのである。しかし、「面白い」百合子さんの意味は、より深化した。

　朝鮮戦争がはじまると、店の経営者とその知人のあいだで、互いに全的滅亡を願うほどの果てもない争論が武田泰淳のすぐ間近かで起り、左翼である百合子さんの弟の意味も大きく変化した。そしてまた嘗て、帝銀事件に、「無関係な殺人」の深い意味を見出した武田泰淳は、朝鮮における大いなる殺人のためあらゆる智慧と技術をつくして「火事場泥棒」で儲けるもの達のなかで、さらにその思索を深化させたのである。「殺す者と殺される者の関係が、実に複雑かつあいまいになりつつあります。……自分が誰の犠牲になり、誰を犠牲にしているのか、それがお互いにわからない。……逮捕されない犯人、発見されない被害者が無数に存在することは言うまでもない。犯人御当人が被害者に向つて、逮捕令状を発することも、大いに可能です。告訴されない罪、宙に迷つた罰で地球は充満しています。」という論を背景にして、「僕が生きているかぎり、僕はきつとある種の殺人犯の片割れにちがいないような気がする。」という底もなく深まつた特記すべき二十世紀の生の存在論を『風媒花』のなかで、武田泰淳は吐露するに到つた。そして、ここが一つの転機であるが、百合子さんは店で働くのをやめ、私達夫婦が、阿佐ヶ谷の家と呼んでいた杉並区天沼の二階へ、「ともに」移るのである。それまでは、恋愛関係にあつて、「離れて」

全的献身をしていた百合子さんは、それから、全二十四時間、武田泰淳と一緒に過し、武田の「より深化する愛に全的拘束」されながら全的献身する百合子さんとなるのである。その標しが、その移転の直ぐあと、武田泰淳が私を訪れて、百合子と結婚することにした、君が保証人になつてくれ、と言つて差し出した結婚届けである。

百合子さんは、三回、堕ろさせられている。私もまた、堕胎罪が存した戦前であるから女房にとつて適当な医師を探しだすことはたいへん困難であつたのに、これまた、三回「無理やり」堕ろさせているのである。そして、私の妄念原理、いまだ生の正当性を知らず、生むを待て、を頑固に貫いて女房についに子供を私はつくらせなかつたのである。武田泰淳も仏教徒として育つたのであるから、生物を殺し食わねば自らの生もそれにひきつづく生も存しない食物連鎖の生原理を斥けるひそかな初心を包懐しながら自己内部の葛藤と矛盾のなかに「おめおめ生きて」きたのであり、何かの思想に憑かれた男性の横暴性を勝手に駆使して百合子さんに三回堕ろさせたのであるけれども、もはや母胎が危険となつたとき、この天沼の二階で、花さんを産むことを「やむなく」許容したのである。

私は、暗黒の底もないニヒリズムのなかにいた武田泰淳が、生来の無垢の《全肯定者》百合子さんの無垢空間に全二十四時間浸蝕され、ついには百合子さんの《全的肯定教》の信者第一号となつたとこれまで述べているが、さて、このとき、やむを得ず生れたところの花さんもまた、その全肯定者百合子さんの補助作用者第一号となつたのである。

私は、平野謙を論じたとき、その娘、朝子さんをとりあげ、深い薄明のニヒリズムのなかにあつた広津和郎が、赤ん坊として生れ、少女となり、娘となり、そして女へと変容する桃子さんを得て日常接することによつて、そのニヒリズムを、いわば桃子さんの変容に応じ、正比例して薄層化していつたという珍説を述べたことがあるが、武田泰淳の場合は百合子さんが変容惹起の百二十パーセントの全主体で、花さんは、勿論、僅かな補助である。けれども、娘としての花さんの補助性は、武田泰淳のみならず母たる百合子さんにも少なからぬ好影響を及ぼしていることを見逃してはならない。

その成長した花さんの話になる前、深い洞察者武田泰淳に『春日異変』で予告されたごとく、翌二十七年から自宅の奥へベッドをいれ、満四年間、私は寝こむことになつた。その間、藤沢市片瀬へ移り、さらにまた目黒の長泉院に戻つた武田夫妻は、時折、私を見舞い、そのとき私のところへ下宿していた医学生、のちに精神病院長となつた椿政司は百合子さんの美しさにびつくりしたが、つねに百合子さんと一緒にいる武田泰淳の絶えざる永劫共在性にも感心しなければならない。ストレプトマイシンとヒドラジッドで、中学以来飼いつづけてきた結核からようやく離れて健康になつた私に、さながら、時、を合わせるように、武田泰淳は吉祥寺に近い高井戸に三十二年越してきたので、私のところばかりでなく、竹内好、丸山真男、と廻りもちの宴会を開くことになつたが、その宴会の「面白い」中心は、奇抜なことを言い、また、する百合子さんで、苦虫を嚙みつぶした竹内好も、大お喋べり学者の丸山真男も、そして武田泰淳自身も、私も家族ぐるみで楽しむ愉悦の無限連続を味わい知つたのは、まさにこの時期である。残念なことに、私の頭も筆力もおとろえて、嘗ての面白い宴席についての生彩ある情景描写ができないので、例えば、ここでは丸山邸において丸山真男がうつしたいわば稀少価値ある写真をみてもらう、といつたふうに、この回想には、幾枚かの写真をここかしこに掲げて援けてもらうこととする。そして、そこに花さんが写つているときは、その成育ぶりからそれが何時頃の時期であるかも、判定できるのである。

このあとよく使われる花さんの写真は、丸池で父が漕いでいるボートに乗つている場面であるが、それらは谷田昌平か私か、どちらかが写したものである。高井戸時代、信州角間温泉で夏を過すのが武田家の慣例になつていたが、黒四ダム見学のあと、私と谷田昌平の二人はタキシーで角間へ赴き、翌日、全員揃つて、丸池を経て、発哺へ向つた。その途上、高い高いロープウェイに乗つたとき、私は百合子さんに、こうからかわれている。

「埴谷さんは、そとを見ないのね。」

私自身、断崖病と名づけているひどい高所恐怖症のため、ちらと下方に眼をやつて、わあー、深い深い谷だなとみてとつた瞬間からゴンドラ内の武田や百合子さんにばかり話しかけつづけて、確かに窓のそとには眼を向けなかつたが、洞察家武田泰淳が私達の心のなかの偽醜悪を忽ち看破してしまうのに対して、百合子さんの言葉は、無限宇宙についての内部妄想にばかり耽って眼前無視に赴きがちな私にとって、いわば、啓示的に響くのであった。

私の方からもやたらに赴いた近距離の高井戸に武田夫妻が住んでいたのは、高い空中のゴンドラ内部で滑稽なほどひどい断崖病を私が露呈した昭和三十五年までで、その高井戸時代、一人娘のため遊び相手は犬だけだった花さんは、やがて学校の寄宿舎に入り、そして、高井戸から赤坂コーポラスへ武田家が移ったとき、寄宿舎から帰ってきた花さんもまた、いってみれば、ひとつの滑稽な啓示をもたらした。

花さんは、花、という本来の名前であって現在は、武田花、と正当に呼ばれているけれども、赤ん坊から子供時代へかけて、花、は、というふうに言いにくくて、百合子さんも、花子、は、と、子、をつけて呼んでいたのである。さて、寄宿舎から帰ってきた花さんがトイレに入っているとき、偶然、百合子さんが扉を開けたのである。

「あら、花子ったら変よ。こちら向いて腰かけてるのよ。」

「うん、あれは変ってるからな。」

その武田夫妻の会話を百合子さんから聞いたとき、私は、いささか大げさにいえば、トイレの水が上方へ向って奔出したごとくに仰天したのである。（現在では、ウォッシュレットの水は上方へ奔出するけれど。）

水洗トイレをすでに長く経験している筈だのに、武田泰淳は、これはまことに厄介で不便なものだな、と文句を言いながら、無理してその上に乗り、長く跨がりつづけていたのだそうである。この場合、勿論、すぐ前にきんかくしがあつて身体差別を何時しか身につけてしまう向うむきになるが、それはまことに不安定な姿勢で、武田泰淳にパンツをまるごとぬぎ捨ててトイレへ入る習慣ができたのは、無理してその上へ跨がらねばならぬ「自己格闘」の長い持続に由来すると思われる。それにしても、明治生れの武田が、旧来の陋習にひきずられてこれを疑わないのは解らないでもないけれども、横浜生れの新時代の百合子さんまでが武田のトイレ内部作法の極度の不便さにも全身献身して同様に振舞つてきたのは、感極まつてこちらの爆笑もとぎれとぎれにならざるを得なかつた。

「でも、花子は変じやなかつたのよ。こちらを向いて腰かけてる方がほんとうだつたの。」

生の肯定性の領域が娘の話になるとき自ずと拡がつてくるのは、日頃不機嫌な平野謙からすでに教えられていたけれども、百合子さんからの教示は、扉を偶然開かねばついに解らぬ生の日頃隠れた不可触の場からなので、これも或る種の秘密についての前方へひらかれた啓示のごとく聞けたのである。

この赤坂コーポラス時代、ひとつの底深い変化がまた起つた。私は、先に竹内、丸山、私の家での廻りもちの宴会は家族ぐるみ全員の全的愉悦をもたらしたと述べたが、赤坂コーポラス時代、百合子さんの全的酔つぱらいの陶酔ぶりを武田が次第に「制御」するようになつたのである。この時期、百合子さんは自動車を運転し、武田を運ぶ役目を負つたので、酒をひかえるのも当然事と誰にも思われたけれども、「あさつて会」の流れの酒宴が武田家でおこなわれ、それも終つて立ち上るとき、誰かが、新宿に出ようか、と百合子さんに向つて言つたことがある。そのとき、百合子には十分のませてある！　と武田泰淳は明らさまな怒気を発して激しく叫んだ。武田泰淳が真剣に怒つたことを誰もみな感じたけれども、私の女房が、うちですでに飲んでいるのに帰つてゆく友達とまた一緒に飲みに出てゆくほどいやなことはない、と日頃言つていたと同じ種類の不満が百合子さんを誘われた武田にそのとき起つたのだろう、と私達は浅く解釈して帰つたのである。しかし、いま思い返すと、百合子さんへ対する酒制限は、底深いものなのであつた。

赤坂コーポラスへ越して四年後、富士山麓に山荘ができ、武田泰淳は大岡昇平と山の隣人となるが、あとで大岡昇平に聞くと、武田泰淳が百合子さんとともに大岡家を訪れるとき、武田は缶ビールを必ず自ら持参して、それを飲み——大岡家で百合子さんにだけ「大岡家の缶ビール」を出すのも控えられるので、百合子さんはついに飲むことなくして帰るのだそうである。

その富士山荘行きの自動車を百合子さんが運転しているとき、こういう事件も起つた。私は自ら運転することはないので、ははあ、そういうことは、女性の運転がはじまつたあの当時には数多くあつたのだな、と百合子さんから教えられたのであるが、あとになり先になり走つていたトラックが信号待ちとなつて平行して並んだとき、数段高い窓からこちらを見おろすトラックの運転手はさまざまな「悪い言葉」を発してからかうのだそうである。そのとき、高い上方からトラックの運転手が発したのは、いわゆる四文字の言葉であつた。

「××××！」

「××××が女になけりゃ化物じゃないか！」

百合子さんが即座にそう言い返したのは、まことに正確、日常的にも科学的にもまともな真実であるが、運転席の隣りにいた武田泰淳もまた即座に言つた。

「百合子、口答えしてはいけない！」

それからの百合子さんの運転は、まつたく安全性を無視して左右に揺れながら目茶につつぱしる極度の無謀運転で、隣りにいる武田は生命の危険を心底から感じたのである。腹が立つたの、と百合子さんは述べたが、百合子さんが「この世界のすべて」に腹を立てたのを、私ははじめて聞いた。

その当時、武田泰淳が百合子さんの酒を制限した事態を、いま遠くから思いはかつてみると、いささか極端化していえば、後年の脳血栓をなんとなく予覚しての早い予防措置であつたかのごとくに思われる。百合子の全的世話になる——五十代の心の薄暗い奥にきざした小さな小さな予感がひとつの固い芯のきびしいかたちとなつて、百合子に酔わないでいてもらう、という日常の制限になつたのであろう。

ところで、私は、武田に全時間仕えて「ビール不足」のなかにいる百合子さんの側だけに目をやって、脳血栓以前も、以後も、百合子さんにビールをひたすらのませるサーヴィス魔となったが、ビールを「制限」した側の武田泰淳の心の奥については、洞察不足であったといわねばならない。サーヴィス魔の私が、武田泰淳に、「呪われたり」「ほっと感謝されたり」しているという文章を私は書いているけれども、「感謝」の方はまったくの洞察不足で、武田は、そのはじめからおわりまで、私に、腹を立てつづけていたのであろう。

武田泰淳が私達から立ち去ったとき、百合子さんは叫んだ。

「みんな、ピラニアに食われて死んでしまえ！」

武田ひとりを死なせられない思いは、全人類をひきかえにしてもなお足りぬほど深いものに違いないけれど、百合子さんにそういわれると、私達はみな、河のなかへ入ってゆかねばならぬのかな、という或る遊びの楽しさの気分をも持たせられるのが不思議である。

赤坂コーポラスから、代々木八幡の森の向うに新宿の高層建築群の夜景が広く眺められるマンションの九階に越すと、広いフロアーの居間に接して日本座敷があって、こんど百合子さんが横たわることになったそこには、小机の上に武田の位牌が置かれ、毎日、百合子さんは武田に会っていたばかりでなく、例えば、私が著書を百合子さんに送ると、その本も必ず位牌の前に供えられて、私もまた武田とそのとき会っているという具合であった。

その後の百合子さんは、『富士日記』、『犬が星見た』、『遊覧日記』、『日日雑記』とそれを読む誰もがまぎれもない純真無垢性を自身からひき出されて忽ち純真無垢な愛読者になつてしまうという経過を辿つたので、ビールをのみあう相手も場所も、より拡大に拡大を重ね、私自身もさらにまた、お互いの家や新宿ばかりでなく、飲むことになつたが、ここで特記すべきは、その場に時折、花さんが加わつて、花さんの成熟とともに、私達の老化をも思い知る会合へとそれが転化したことである。

私達は、相変らずの場所で飲んでいたが、こんどは花ちゃんの行きつけのところへ行つてみよう、と三人で出かけると、私達がまつたく知らぬ混雑ぶりのなかに若い人々が押しあい、飲むものも、食べるものもなんでも安い価格である、といつた大衆的な場所へ花ちやんが案内するので、時代はどんどん移り変つていることを思い知らされるのであつた。そして、富士の山荘から大岡山荘へ赴くとき、嘗て武田は自分が飲む分だけの缶ビールを持参して百合子さんは飲めなかつたのに、百合子さんと花ちゃんが一緒に大岡山荘へ行くと、大岡家備えつけの缶ビール全部が二人に飲まれてしまい、私のところへまで酔つた二人の賑やかな声の電話がかかつてくるのである。百合子さんが本を出すのと平行して、写真の展覧会を花ちゃんは開き、大岡昇平と私は連名の花を必ず会場へおくることにしていたが、この写真展ごとに、大岡昇平と私の老化ぶりが数段ずつ進んでいることを告知する展示場にそれはなるのであつた。

数回目の写真展のあと、百合子さんは私達をいわゆる高級料亭に招待したが、夫人が必ずつきそつている大岡は最初の会合だけで帰り、私だけが最後の大衆若者酒場まで百合子さん花ちやんとつきあうのを慣例にしていたので、このときも、大岡昇平が夫人とともにタキシーに乗るのを私達は背後から見送り、武田泰淳が中国土産として杭州で買つたステッキをつきながらよたよたと歩む大岡の足のあまりに弱つた老化ぶりに、私は深く胸をつかれ、この上なく情けない思いを覚えたのである。

後ろから眺める老化の情けない思い、を花ちやんの写真展は私達に用意してくれたが、ここで大きく飛んで、現在、について記すと、武田が杭州で買つたステッキの他の一本は私がもらい、その後長く玄関の袋戸棚のなかに放りこんでいたのに、第五腰椎がつぶれて足が麻痺したいま、そのステッキをついて私自身も、無理しながら歩いているのである。時折、立ちどまつて息をつぎ、また、よたよたと歩いているので、後ろから眺めると、現在の私の方が大岡より情けない老化だと見られているであろう。

花ちやんの写真展に触れたので、私の腰椎がつぶれるよりかなり前のことになるが、これもかなり時間を飛ぶことにする。大岡昇平はすでに亡くなつていたので、だいたい何年頃か推定できるが、写真のなかの賞として私も知つている木村伊兵衛賞を花ちやんはもらつた。大ざつぱにいうと、高梨豊の事物背後をみる系列に花ちやんの写真は属する。私が写真について知っていることはそのくらいで、写真界についての知識は皆無であるのに、武田家の古いつきあいということだけで、その授賞式における花ちゃん側ただひとりの挨拶を私がしたのである。誰も知らぬ顔ばかりがこちらを向いてる会場で、「近代文学」の専属カメラマン？　である私は、勿論、花ちゃんの写真をなんとか写真の見地からほめたのであるが、また、こうもつけ加えたのである。木村伊兵衛賞をもらつて花ちゃんは一人前になつたので、これから、花さん、と呼ぶことにする、と述べたのである。そして、演壇を降りていつてから、確かに、花さんに向つて、花さん、といつたものの、困つたことに、横にいる花さんのお母さんに向つては、百合ちゃん、と言いつづけたのである。文章に書くときは、百合子さんと記しているのに、実際の会話では、会つたはじめからあまりに長く、百合ちゃん、と言いつづけてきたので、娘の方は直せても、百合子さんの方は直せず、一時は、花さん、百合ちゃん、と娘と母をちぐはぐに呼んでいたものの、私の宣言はやがてすぐ宣言倒れとなり、その後は、ともに、ちゃん、と呼び、文章においてだけ、ともに、さん、づけにすることになつた。私は「近代文学」の一員で、また、大きく区分すれば、左翼であるのに、旧来の陋習から脱却できず、西暦のほかに、明治、大正、昭和の年号を安易に使つてきて、平成、となつて、ようやくそれを使えなくなつたという始末である。書くのは、百合子さんと自然とでてくるのに、顔を合わすと、自然とでてくるのは、相手が幾つになつても、百合ちゃんで、フェミニズムの風潮からすると、私は百合子さんを永遠の子供扱いにしているということになる。

「あさつて会」からなおひきつづいて、百合子さんと最もよく会つていたのは、私と中村真一郎夫妻であるが、これもいまから僅か数年前、真一郎夫人の佐岐えりぬさんが吉祥寺の小劇場で詩の朗読会を開いたことがある。えりぬさんは、詩を朗読しながら全国を廻つているらしかつたが、そのときは吉祥寺でおこない、百合子さんはまず私の家へ上つて言つたのである。佐岐ちやんが聞いてくれというのよ、と百合子さんはひとまず私の家に寄つたのであつた。百合子さんも、そして私もまた、実際の会話においては佐岐ちやん、と呼んでいたが、旧来の陋習のなかにいる私は、詩の朗読は聞きにゆかない、と述べ、百合子さんひとりがその小劇場へ赴いたのである。数時間後、帰つてきた百合子さんに、何時もと同じようにビールを出すと、私がはじめて聞いた言葉を百合子さんはそのとき発した。

「飲まない、肝臓が悪いの。」

「え、肝臓が悪いつて、お医者さんが言つたの？」

「診てもらわないけど、自分でそう思うの。」

百合子さんがはじめてビールを飲まないその日に、さつと走る薄暗い翳を直感しなかつた私は、確かに武田泰淳の洞察力に遥か及ばなかつたのである。

「そりや、診てもらつた方がいいよ、百合ちやん。」

「うん、その裡にね。」

私達は、或る期間を置いて互いに電話しあつていたが、そのときは、あまり時間をおかず、百合子さんに電話した。いや、悪くない。あのときはそう思つたの、という電話の向うの声は日頃の百合子さんの声であつた。女房をなくしてからの私は、さまざまな食物を百合子さんから送つてもらつたり、持参されたりしたが、そのあと、かなり重い缶詰めをさげて訪れた百合子さんに、飲む？　と訊くと、それまでと同じように飲んで、私の文句をそれまでと同じように笑いとばしたので、小さな芽を擡げかけた私の懸念もそこで停つてしまつた。百合子さんに対する私の「文句」なるものは、古く、また、絶えず同じように繰り返されたもので、エッセイのほかに、小説も書いたら、と百合子さんに言い、そして、寺田博には百合子さんに是非小説を書かせろ、と言いつづけたのであるが、寺田のところに小説を書かず、「ほかにエッセイ」を連載しているので、私は絶えず「文句」を言い、百合子さんは、エヘヘへと、これまた絶えず私の文句を笑いとばしているのであつた。殊に『遊覧日記』は花さんの写真と並んでともに生彩を放つ「エッセイ」になつているので、私は、その浅草の場面を開いて示しながら、これは「小説」にしなければならない、と長いボレロ的繰返しの「文句」を百合子さんに言つたのである。

私自身『死霊』が書けず、他方、気安くエッセイを書いているので、はたから、続きを書け、書け、と力をこめていわれても、エヘヘへと笑いとばして受けながすより仕様がないことは承知していても、絶えず驚かされる百合子さんの突飛無垢な資質を小説の方だけ未開化の事態にとり残しておくのはあまりに惜しく、女学校時代のことを書こうかな、という「ぼんやりした口約束」まではついに取りつけたので、その後なお繰返し「文句」をいうことになるのであつた。

そして、そちらへ話が行くと、肝臓の話は何処かへ押しやられたものの、しかし、佐岐さんの詩朗読の日以後、暗い海上の遠い漁火のごとくそれはなお明滅した。電話の向うで、いま飲まないでいるの。肝臓？　そう。という会話が交わされ、会うと、いまは飲めるの、といつた具合に互いに飲みあつて、肝臓の話題はまつたく出なくなるのであつた。

私はさまざまな食物を百合子さんにもらつたと先に述べたが、ひとり暮しの面倒さのまま続けていた単純素朴な食生活を百合子さんからの思いもよらぬ種類の缶詰めや生物《なまもの》をもらうことによつていささか豊富にされていたが、変つたものとして、両脇を支える大きな松葉杖をもらつたのである。百合子さんのマンションの入口は道路から入りこんだコンクリートの広い空間になつているが、夜、タキシーで帰つてきた百合子さんは入口へ向つて歩く途中で転び、足の骨を強く打つて、倒れたまま起き上れなくなつたのであつた。向うが代々木八幡の森になつているそのマンションの前の道路はあまり交通がなく、星も見れぬ暗い広場の中央で長いあいだ寝たままでいた百合子さんは、やがて、やつと通るタキシーに気づき、起してもらうべく上体だけの僅かな合図をした。すると、ヘッドライトをこちらに向けて百合子さんを照らしたタキシーから、無理して上半身を擡げようとしている百合子さんに、なんだ、生きているのか、というつまらなそうな声が聞えただけで、そのタキシーは百合子さんを見捨ててそのまま去ってしまったのだそうである。

それからの百合子さんは松葉杖生活になり、その後腰椎がつぶれて歩行困難になった私の許へその松葉杖を自動車につんで、わざわざ持参してくれたが、足が麻痺した私の歩行にはすでにもらったステッキが適わしく、両脇に松葉杖をついて歩く事態ではなかった。けれども、そのときもまた、なんだ、生きているのか、とつまらなそうに言い残しただけで去ってしまった都会の運転手の話を、感心しながら、また、憤慨しながら、そして結局は面白がって聞き、ビールをともに飲んだのである。

それにしても、如何に暗い予感が私の内部の何処にも働かなかったことだろう。先に、私は、赤坂コーポラス時代、武田泰淳が百合子さんのビール飲みを「制御」したのは、やがてくる脳血栓と百合子に全的世話になる自己の未来を心の薄暗い奥に予覚していたかのごとく思われる、と記したが、さらに、埴谷がうながすビール飲みがやがて百合子さんの肝臓を痛めるだろうことをもすでに遠く予覚して、埴谷が誘ってもバアに行つちやだめだぞ、と、毎回、きびしく禁止しつづけたのだと思われるとも、つけ加えねばならない。そして、慈恵医大病院へ入院した武田泰淳の病気が肝臓癌と解つたとき百合子さんが嘗て私に述べた「ただね、私、人殺しよ、武田がこれほどになるまで気がつかなかつたのだから。」の言葉を同じように引き取つて、「ただね、埴谷、人殺しだよ、百合子にあんなにビールを飲ましたのは――」と武田から弾劾され、責められても、百合子さんの病状についてまるで気がつかなかつたこちらから詫びようもないのである。

武田泰淳が肝硬変なしの肝臓癌となつたのに対して、百合子さんは肝硬変をともなつた肝臓癌となつた。この肝硬変の分だけ私及び私達が飲ませたビールが惹き起した余計な病変といえるが、敢えて観点をまつたく変えて長い愛情史のなかに百合子さんを置いてみれば、同じ肝臓癌となつたのは、嘗て、はじめに呼んだごとく、天の配剤とも、また同生、同病、同死へとつづく愛の牽引力とも、加え記述し直さねばなるまい。

竹内好が入院しているとき、竹内さんは大丈夫そうだからちよつと京都へ行つてくる、と百合子さんが私に言い、何のため、と訊いた私に、百合子さんは長い巻き紙を開いて、武田がすでに書いていた「泰淳　百合子比翼之地」という大きな字を示しながら、知恩院へ行つて、いい石を探しこれを彫つてもらい、奥のほうに置くのだと述べた。武田のやろう、こんなことを書いていやがつたのか、と驚き感心した私は、楼門五三桐の石川五右衛門、知恩院の桜のほかに、これがあの有名な「泰淳　百合子比翼塚」ですといつてバスのガイドに説明される京都名物に将来必ずなるね、と百合子さんをからかつたのである。そして、後年、『二つの同時代史』で大岡昇平と対談したとき、知恩院の奥にあるその石をみていないけれども、バスのガイドに説明される京都名物に将来なるだろうと百合子さんをからかつた話をすると、比翼塚、になるには、心中しなきあ、だめだよ、と言葉に厳密な大岡昇平に訂正されたのである。そうだな、比翼塚はだいたい心中だな、ところで、文学碑はたてない、という「あさつて会決議」を私達はすでにしているから、この知恩院の石は武田の愛の記念碑ということにしておこう、と私は大岡昇平に答えているが、いま、百合子さんもまた分骨されてそこへ入つているとすると、この石にさわると肝臓の病気がよくなるという奇蹟の石にやがてなるかもしれない、ともいわねばなるまい。

今年にはいつて百合子さんは私の家にワインをもつてきてくれた。正月は過ぎていたけれど、お祝いの気分もあつたのである。だけど、私は飲まないの、と百合子さんがいつたのを、飲む、と、飲まない、のサイクルの「飲まないとき」にいまあるのだろうと私は思つただけで、時折それまででた肝臓の話にも触れず、花さんの写す場所が次第に遠くなつているけれど、仕事はある、という話を、私だけ飲みながら聞いたのである。

私のうかつさは、それまでと同じように、その後、こちらから電話して近況についての「無駄話」をつづけたとき、短い時間ではなかつたのに、何んら変つた感触を覚えず、何をも察知しなかつたことである。はじめは静かにゆつくりと、武田です、と答え、次第に陽気に、また、声も高くなつてついに百合子さん独特の笑い声をまじえるのが百合子さんの電話応答の型であるが、そのときも同じ経過を辿つたので、私はそのまま過してしまつた。そして、また電話をする頃だなと思つていたとき、向うから電話がかかつてきたのである。それは私のうかつさを極限までうちのめす驚愕の電話であつた。

「花です。母が誰にもいうなと言うのでこれまでお知らせしなかつたのですが、埴谷さんだけにはお知らせしなくてはならないと思つて電話しました。母はいま入院しています。」

「えつ、何処へ……。」

「北里研究所の附属病院です。」

この花さんの言葉は、私の驚愕からなおまた重苦しい記憶をひきだした。結核を患つた中学生の私が、生と死の薄暗い両端を稚ない思索のなかに負つて、当時住んでいた板橋から、時には横道へそれながら、遠く、長く、通つたのが、芝白金の北里研究所の附属病院だつたのである。

「北里の附属病院ね。いま直ぐそちらへ行きます。」

「ほかに誰に知らせたらいいでしよう……。」

「中村真一郎と佐岐ちやんに知らせなきあ……そして、中村に僕が病院へ行くと言っておいて下さい。」

タキシーに乗つてから、花さんに、百合子さんの病名も現在の病状も詳しく聞かないますぐ着換えをはじめた自分のうつかりしたぼけぶりを自ら責めることになつたのである。入院と聞いて、肝臓、と直ぐ思いこみ、知らせ、を聞いて、危篤、とあわてた早のみこみは、果たして百合子さんのいまのいまの実状にあつているのだろうか、花さんの声は落着いていたけれども、言葉は切迫していたのだから、やはり薄暗い危機はこの一瞬一瞬とともに走りに走つているのだ、百合子さんの肝臓はいまどうなつているのだろう——或る場所から出発して長い長い暗黒のトンネルを大きく廻つても、また、同じ場所へ帰つて、それは薄暗く走りに走る切迫を同じように繰り返しつづけるのであつた。

嘗ての北里病院は、狭い塀と塀のあいだを歩き、門を入るとすぐ左手にある古風な木造建築であつたが、いまは広く明るくなつた入口でタキシーを降りてすぐ左側の門衛所で訊くと、左右に高く並んだ数多くの研究機関の近代建築の遥か奥にあるのが、附属病院なのであつた。

私は幾度も迷い、看護婦さんに訊き、引きつれられて、百合子さんの病室に入つた。するると、タキシーの中で幾度も繰り返した暗黒のトンネルを大きく廻つて走りに走る切迫した薄暗い危機は、現実のものとなつた。寝台の縁に立つた私の前の百合子さんの顔は色艶もよく、ふつくらした頰は健康そうに見えながら、意識はなかつたのである。胸を敲ち叩き、手を差しのばした天使の一群が、寝ている百合子さんの軀を懸命に押しあげ、飛び廻つていると思われたけれども、百合子さんは起きあがらなかつた。

寝台の縁に立つて百合子さんと相対している私の横に並んで暫らく同じように黙つて立つていた花さんは、それまで二人で看護していたY君をそこに残して、私に病状を説明すべく部屋を出た。附属病院入口の横の広い待合室には、数人の若者がいるだけで、ほかに誰もいなかつた。

そのときぼんやりして聞きのがし、あとで電話をかけて訊き質したことをともに含めてここに書きしるすと、花さんの報告はつぎのごとくであつた。尤も、電話をかけて訊き質しながら、なお私のうつかり状態がつづいていたので、幾つもの脱落があるであろう。

昨年、百合子さんの具合が悪いときかかつた医師は心臓の治療をしただけなので、よりいい医師を梅崎春生の娘の史子さんに尋ね、北里病院を告げられたのである。「あさつて会」の私達の娘の世代が連絡しあう時代になつていることが解るが、史子さんの告げた北里病院は神奈川県にあるもので、この北里研究所附属病院とは違つたものなのであつた。しかし、この北里附属病院にきて診察を受けた百合子さんは、直ちに入院となり、肝硬変と肝臓癌であと一月という診断を、花さんは知らされることになつた。この切迫した事態は、武田泰淳の肝臓癌による入院の場合とまつたく同じである。その入院が、五月七日で、昨日、五月二十二日に意識不明となり、本日、二十三日に私に電話したという経過であつた。同じように医者ぎらいとはいえ、武田泰淳ほど一種徹底した医者ぎらいではなかつた百合子さんが、まつたく同じように最後の最後まで同じ病気を持ち越してしまつたのは、いわば一種同質同格の離れ心中で、知恩院の墓はやはり比翼塚と呼び、悲しいなかでも、百合子さん、よくやつたとほめたたえずばなるまい。

この病院入口の待合室にいれば、中村真一郎夫妻の姿も見える、と広い無人の待合室で話しつづけていると、病室に残つていたY君もやがてやつてきて花さんと並んで話すことになつた。

百合子さんはエッセイのなかで、花さんをHと記しているが、花さんがエッセイのなかでYと記している山本泰彦君は、毎夜、花さんと交替で百合子さんを看護してきたのである。山本泰彦君と私は、はじめて話しあうことになつたが、島尾伸三君の場合、夫も妻も写真家であると同じように、山本君もまたカメラマンであつた。いまの仕事を訊くと、わが国の長い海岸線を、すべて、五年がかりで撮る予定だそうである。南と北、太平洋側と日本海側、まことに多様なかたちを示しているこの海岸を撮るためには、自動車の運転は絶対的必要事で、百合子さんをも乗せて姫路に行つたことがあるとのことであつた。百合子さんから山本泰彦君についての詳しい話を聞いたことがなかつたけれど、花さんはまことに好配偶を得たといわねばならない。

中村真一郎夫妻が到着すると、まず待合室で病状を説明したあと、花さん、山本君、中村夫妻、私と揃つて病室へ入つたが、私が頭蓋の薄暗い隅で微かに期待していた百合子さんの意識の回復はついに起らなかつた。武田泰淳の病室では、百合子さんと花さんが看護していたのに、いまは花さんと山本君が看護し、そこに横たわつているのは私より遥かに若い百合子さんである事態は、私達の歴史が許容しがたい死の歴史にほかならぬとしても、まさに悲しい逆縁である。

何処かで一杯やろうと病室から出た中村真一郎と話しあつたものの、すでに夜となり灯火も見当らぬ病院の附近に飲む箇所はまつたくなく、千駄ヶ谷の中村邸へ赴き、佐岐さんにワインを出されることとなつた。それからの時間は、吉祥寺へ帰るタキシーのなかでも、寝床の上でなおトカイを飲みつづけている晩方も、武田泰淳のときと同じ「怖ろしいほどゆつくりした悠容さと目にもとまらぬ無情な凄まじい速度で轟々と進んでゆく時間の響きを聞く」こととなつた。

四日後の五月二十七日、亡くなつた百合子さんの遺体が運ばれた代々木のマンションへ、宮田毬栄さんがさし廻した自動車で私はともに赴いたが、花さん、山本君のほかに、百合子さんの弟の鈴木修さんと内藤三津子さんに迎えられた。百合子さんの「らんぼお」時代、親衛隊と称して集つたのは「世代」の仲間達であつたが、そのなかのひとり、すでに立ち去つた矢牧一宏君の出版の共同者である内藤三津子さんと、新宿の酒場「風紋」で百合子さんも私もその後時折会つていたのである。

百合子さんの遺体は、武田泰淳の位牌が置かれつづけた日本座敷にすでに戻つていた。私からいえば、百合子さん、あなたはどうして私達を残して、先に行つてしまわれたのですか、と嘆きひきとめたい早過ぎる移行であるが、百合子は武田家のすべてのすべてだと言いつづけた武田からいえば、おお、よくきたな、百合子、ここでも特別なすべてのすべてをやつてもらおう、と果て知れぬ大きな大きな蓮の縁まで迎えにきていて、百合子さんもすでに足許まで延びてきている大きな蓮の縁へそのままするつと移つたのであろう。赤坂コーポラス時代、百合ちゃんを確かに渡したぜ、とビールを飲ませた百合子さんを、夜半、待ちわびている武田に私は送り届けたが、いまは、遺体をおさめた百合子さんの棺に手を触れて瞑目すると、目を閉じた暗い奥に、ふっくらした頰をなおこちらに示しながら、武田と同病同格の比翼となつて、大きな蓮の無限の果てへ飛びゆく百合子さんの全純粋昇華のかたちが絶えまもなくうつるのであつた。

そして、さらに飛んで、五月二十九日、火葬場で遺体をおさめた棺がひき出され、現象の自然として変化した百合子さんの白骨を拾つたとき、それまで抽象のなかで私が弾劾し、濫用した死が、まつたくこちらと親しいものへとなりいたつたのは、百合子さんがあとからゆく私にもたらしてくれた最後の功徳である。

――「中央公論文芸特集」一九九三年秋季号

附記・大岡昇平が、原文にあたるか本人にたしかめるかして実証的であるのに対して、私は記憶だけに頼つているので、屢々、思い違いをしてきたが、老化するにつれて、その思い違いも増えてきている。

この百合子さんの追想のなかでも、トラックの運転手と四文字対話をつづけたあと、武田の文句のあと暴走したという部分は、百合子さんの面白い話をまことに多く聞いている裡にそれらが異なつた組み合せの思い違いとなつている部分である。この思い違いを、高岡陽之助『百合子まんだら』で指摘されたが、私の老化ぶりの痕跡をそのまま残すべく本文はもと通りとしてこの附記で訂正しておく。

百合子さんは多くの熱烈な百合子ファンをもつているが、高岡氏は、百合子さんの『富士日記』の文庫本を魔除け、厄除けとして身につけているほどの熱狂的ファンであり、しかも、書く文章は、分析的、批判的で、よりよい百合子さんをひたすら希求している最良のファンである。大正大学で、昭和二十二年、作家になつた武田泰淳の講演を聞いたことがあるという同氏は、私達より僅かしか年少でないであろうが、同氏の指摘で、百合子さんが武田を乗せて大暴走したのは、四年前、対向車線にはいつた自衛隊のトラックに対して、馬鹿といつたとき、武田が「男に向つてバカとは何だ」と叱つたので憤慨のあまり、やたらにスピードをあげたときで、その経験がすでにあつたので、トラックの運転手との四文字問答のときは、「痴漢（?）にも上品な態度で接した」のであつた。この部分の思い違いを指摘され、四年前、即ち、昭和四十一年九月七日の『富士日記』を読み直してみると、村松友視が百合子さんの詩人の魂を発見したのにつづいて、私はそこで、激烈な批評家百合子さんをまた発見した。

戦後文学者は作家であると同時になおすべて批評家でもあつたので、相互批判はいま述べたごとく「激烈」であつた。その代表例は、『風媒花』における竹内「毛沢東」に対する武田「小毛」の下からの批判であり、それに答える竹内好の『風媒花』評、エロ作家峯の志が低い、とする反批判である。大岡昇平の『野火』における人肉食の切ろうとする手を他方の手がおさえたとするような質のものではないとするのが武田泰淳の『ひかりごけ』であり、武田の私に対する批判は、埴谷は自然を眺めず草も木も育てない、こういうものが農民運動の指導をするなど大いなる誤りであるとする痛烈なものである。この深い批判者武田泰淳の標語は、「文人相軽ンズ」であるが、武田に対する最も深い批判者が百合子さんであつたとは、戦後文学について多く論じてきた私もこれまでまつたく気付かなかつたことである。

『富士日記』における自衛隊のトラックについてのバカ論争のあげく猛スピードを出す百合子さんは書いている。

「何だい。自分ばかりいい子ちゃんになつて。えらい子ちゃんになつて。電信柱にぶちあたつたつて、店の中にとびこんだつて、車に衝突したつて、かまうか。事故を起して警察につかまつてやらあ。この人と死んでやるんだ。諸行無常なんだからな。万物流転なんだからな。平気だろ。何だつてかんだつて平気だろ。人間は平等なんだつて? ウソツキ。」

百合子さんの文章をなお精密に読めばまだまだまことに多くの無垢の洞察が掘り出されてくるに違いない。百合子さんの文章はまさに昭和文学のはしに建てられた不思議な奥深い宝庫である。

——中央公論社『武田百合子全作品5』一九九五年二月

時は武蔵野の上をも

丸山真男の学問的業績については、他の方々の論に任せ、私は日常の極めて僅かな部分について報告する。

中央線の電車路の、新宿から吉祥寺へ向って右側が吉祥寺東町で、左側が吉祥寺南町であるが、丸山真男と竹内好の二人の住居はともに東町で、歩いて三、四分の短い距離にあつたが、南町の私の家からは、丸山、竹内の両家とも二十分くらいかかる遠い距離にあつたので、地図の上に線をひくと、両辺が細長いV字形になるのであつて、丸山真男の竹内好訪問が極めて頻繁であつたのは至当といわざるを得ない。現在、丸山、私とも嘗て通りであるが、竹内好については過去形を使わねばならず、その住居にはいま次女夫婦が住んでいる。ところで、竹内好が元気でいた頃、歩いて僅か三、四分だつたので、その想念が或るところまで飛躍すると、さらにつぎへ飛び、つぎつぎへ切れ目もなく飛んで、拡がりに拡がつて停らぬ思考型の丸山真男は、と同時に、足もまたすぐ動く行動型でもあつたので、その想念披瀝と検証のため、直ちに竹内好のもとに赴いたのである。

　ここで、いささか注釈しておかねばならぬことは、いま、想念披瀝と検証とをいわば同格に記したが、その内容は大いなる差異を保ちもつていて、より正確にいえば、熱烈なる思索と魂の永劫とまらざる告白と、竹内好によらざる丸山真男自身の帰宅後におけるこれまた長い自己検証と、言い直さねばならないのである。そしてまた、さらに注釈附記せねばならぬのは、大きくみれば、やはり思索型であつた竹内好は、重厚、沈着、といつた錘りを生涯携えつづけたのですぐには立ち上らず、竹内好が丸山真男の許へ赴くのはまことに稀で、いつてみれば、生活上の儀礼的訪問といつた場合に限られていたのである。ところで、それにまつたく相反して、丸山真男の竹内好訪問は、思索的自己検討に発してまた思索的自己検討に終るところの非生活的、非儀礼的な、全精神思索活動のいわば自己運動としての竹内好訪問だつたのである。

　たまたま私が竹内家にいるとき、丸山真男が訪れると、玄関をはいつた瞬間から発せられる言葉は竹内好と相対して腰掛けるまでも、腰かけても、つづきにつづいて、その二人を横から眺めていると、われわれがもつている筈の思索方式は、これほどまで極端に違つているのかという対照の妙に、驚かされ、というより、震撼され、と大げさにいつてみたいほどに驚かされ、びつくりし、感銘し、生と学問の思いもかけぬ巨大な幅について、三嘆、四嘆、五嘆くらいはせざるを得なくなるのである。

　丸山真男の携えきたつた思索内容は、さながら数マイルに及ぶ弾帯を備えた機関銃の無限発射のごとく切れ目もなくつづきにつづいて、横にいる私が、いまとまるか、とまるか、と時折息を切る相の手をいれてみるけれども、停らないのである。自宅を出たとき、また、短い距離を歩いていたとき、何かの核心と核心がつながつているかのごとき内面を携えていたに違いないけれども、竹内家に到つて数語を発した途端に、この世界の地水火風も、生の人情の機微も、階級社会の構造も、つながりにつながつて、丸山真男は喋りとまらないのである。これはもはや内面のトランス状態であるのであつて、たとい丸山真男自身がとめようとしても、精神の自動機械と化した原言語発動は、宗教のなかに時たまある、お筆先、以上にとまらないのである。

ところで、緻密でしかもそのはしの見渡しがたいほど巨大な体系である言説展開のまぎれもない無停止活動をすぐ眼前にうけながら、頭の大きな叡山の僧の修業中のごとく長く長く黙つている竹内好は、数十分後、ふと相手が息をついだとき、さながら、ごーんと鳴つて余韻を長く長くそして重く響かせる山寺の鐘のごとく、そうかね、とようやく一語を発するのであるが、この、そうかね、が納得の語であるか、不満の表明であるか解らぬまま、息をついだ丸山真男は自分の相手は山寺の鐘などでなく、永遠そのものであるかのごとくに、なおまた喋りに喋りつづけるのである。

思い返せば、竹内家の応接間における丸山語録は、教室における講義以上に、録音、記録しておきたかつたところの「永遠に消え去つたところの貴重な内的過程語」であつたのである。

この丸山、竹内対坐の図と較べると、私の場合は、如何に日常的に低落していたことであろう。竹内好が容易に納得せぬ「重厚」そのものといった戦闘的学問の世界に端坐していたのに対して、私は魯迅と比較にならぬ軽薄な妄想家であったので、天にも地にも明るい丸山真男は山寺の大きな大きな鐘ならぬ私に向きあうと、音楽についても映画についてもまことに多く教えるところがあったのである。

私達の世代は、少年時、映画と音楽に育てられたところの大ざっぱな意味での西欧派で、大岡昇平と話して倦むところないものこそ、またトーキー以前の、そしてまた勿論、カラー以前の古い、古い古い映画にほかならなかったのである。東京と京都というかけ離れた都市に住んだまま日頃まったく会うこともない松田道雄さんともし大岡昇平同様話しあうことがあったなら、恐らく古い古い古い映画について幾晩語りに語っても語り尽きることがないであろう。丸山真男との映画談議は、やや新しく、ブルーバード時代、連続映画時代、「監督」グリフィスがまだ「俳優」であった古い古い古い時代にまで遡ることはなかったけれども、しかし、妄想者の私と違って学問的思索者の丸山真男は、学校で教わるより、映画で教わる方がより深かった、というまことに感銘深い思索語を私に吐露してくれたのである。

ところで、古い音楽についての思索的享受者でもあった丸山真男は、ここでは私の知らぬ古い古い作曲家も新しく新しい前衛作曲家をも、私につぎつぎと教えてくれたのである。私の姉は音楽学校に行つており、その、いわば教条主義的音楽は、バッハ、ベートヴェン、ブラームスという謂わゆる3Bで、ベートヴェンの第九の初演が上野の奏楽堂でクローン先生指揮のもとにおこなわれたとき、中学生の私は、姉と佐藤美子が合唱隊のはしのはしにいるのを「眺め」たのである。私が姉から、音楽について僅かに教わつたのは、器楽科でなく声楽科の生徒である姉にはあまりに難しくて繰返し繰返し弾いていたシューベルト魔王の出だしの部分だけで、スクリーンのみ仄明るい闇のなかを、朴歯の下駄の音を忍ばせながら歩いてゆき、オーケストラボックスを覗きこんでひとつひとつ自分で覚えたものは、伴奏音楽だつたのである。尤も、私がオーケストラボックスを覗いた武蔵野館は、間奏音楽の時間には、ミハエル・グリゴリエフが指揮棒を本格的に振る高級館だつたので、楽長が選ぶ伴奏音楽も「名曲」並で、悲しい場面にはショパンの雨だれ、マスネーのエレジー、いささか物悲しい場面にはチャイコフスキーのアンダンテ・カンタビレ、不気味な場面にはベートヴェンのコリオラン、嵐の場面には田園の嵐、ウィリアム・テルの嵐、のどかな場面にはグリーク、ペールギュントの朝、ウィリアム・テルの朝、軽快な場面にはシューベルトのミリタリー・マーチとだいたいきまつていて、そのなかで、また、突撃場面にも必ずでてくるウィリアム・テルのロッシーニはあまりに屢々使われるので、また、レコードイワーノフのコーカサスの風景（当時の私達はコーカサスの酋長と言い、また、のレーベルにもコーカシアン・チーフと記してあつた）は私達に絶えず口ずさまれ口笛を吹かれたので、二人ともやや格下げされ、全面通俗曲としてレコードでも聞かれたのは、オリエンタルダンス、東洋の薔薇、キスメット、太湖船といつた曲であつた。少年時のこうした習慣は恐ろしいもので、私は成年時になつても、バッハ、管弦楽組曲二番、ベートヴェン、アパッション、モッアルト、四十番第三楽章メヌエットくらいで停ってしまい、映画の伴奏音楽の方はどんどん増えつづけていつたのである。

このような私の音楽的通俗性に鉄槌を与えてくれたのは、丸山真男である。まずヴィヴァルディを私は教えられ、出て間もないイ・ムジチの四季を購入すると、その後、この四季が吾国でのベストセラーになつたので、丸山真男には流行的先見性が存するが、ともに、非流行的先見性もまた存するのが、沈思し、饒舌になる丸山真男の思索の両端性である。

バロックのヴィヴァルディを私に教示した彼は、やがて、現代のなかの現代（その当時）のベルクのヴォツェックを私に啓示し、これまた私は啓示に従つて購求した。そのヴォツェックは四季と異なつて流行とはならなかつたけれども、思いもよらぬ活火山となつてそのあと異様な熱気を奔出したのである。

同世代の大岡昇平が映画狂のひとりであることは先に記したが、正確にいえば、彼は映画のなかの一女優たるルイズ・ブルックス狂であり、さらにまたより厳密に限定すれば、ルイズ・ブルックスが演じた映画パンドラの箱のなかのルル狂といえるのであつた。そして、映画狂であると同時に丸山真男と同じ程度に深い音楽狂でもあつた大岡昇平は、嘗て丸山真男に私がオペラ、ヴォツェックを啓示された遥かあと、活火山の再噴火のごとくに、アルバン・ベルクのオペラ、ルルを私に語つて倦むところがなかつたのである。ヴォツェックからルルへ——これは丸山真男の啓示から大岡昇平の再生への道であつて、ルイズ・ブルックスはルルに扮したことだけで、調べ魔大岡昇平の存する吾国においては、リリアン・ギッシュとグレタ・ガルボに並ぶところの大女優になりおうせてしまつたのである。

武田泰淳が高井戸へ越してきた数年間、竹内家、丸山家、私の家三軒の廻りもちで、四家族の酒宴を開いた時代、サーヴィス魔の私がこんどは諸夫人の踊り相手となつて、映画と音楽に新たな舞踊をつけ加えたものの、これには啓示も再生の内実も存せず、古い記録だけがまだ若かつた私達の遠い伝説のごとく残つている。いまは武田も竹内も百合子さんもなく、確かにその当時元気に踊つた筈の私は、足が悪くなつてよく歩けず、三大お喋り学者のひとりであつた丸山真男もまた軀を悪くして、互いに時折葉書を交換するのみとなつてしまつた。歳月は武蔵野の上をも粛然と過ぎ行つたのである。

——「現代思想」一九九四年一月号

人物紹介

安部公房（あべ・こうぼう）
一九二四〜九三年　東京生まれ。小説家、劇作家。東京帝大医学部卒。『壁―S・カルマ氏の犯罪』で芥川龍之介賞、『砂の女』と『緑色のストッキング』で読売文学賞、『友達』で谷崎潤一郎賞、『未必の故意』で芸術選奨文部大臣賞。『燃えつきた地図』『箱男』

荒正人（あら・まさひと）
一九一三〜七九年　福島県生まれ。文芸評論家。東京帝大英文科卒。「構想」「近代文学」創刊同人。『漱石研究年表』で毎日芸術賞。六八年まで江戸川乱歩賞の選考委員。『第二の青春』『宇宙文明論』

池澤夏樹（いけざわ・なつき）
一九四五年〜　北海道生まれ。小説家。埼玉大理学科中退。『スティル・ライフ』で中央公論新人賞と芥川賞、『母なる自然のおっぱい』で読売文学賞、『マシアス・ギリの失脚』で谷崎賞、『花を運ぶ妹』で毎日出版文化賞、『すばらしい新世界』で芸術選奨文部科学大臣賞。『夏の朝の成層圏』『静かな大地』

石井恭二（いしい・きょうじ）
一九二八〜二〇一一年　東京生まれ。出版人。現代思潮社を創立。澁澤龍彦が翻訳した『悪徳の栄え』の出版で、澁澤とともにサド裁判を闘い、最高裁で十万円の罰金刑を受ける。埴谷雄高、澁澤龍彦、吉本隆明らの本を出版。

石川淳（いしかわ・じゅん）
一八九九〜一九八七年　東京生まれ。小説家。東京外国語学校仏語部卒。『普賢』で芥川賞、『紫苑物語』で芸術選奨文部大臣賞、『江戸文学掌記』で読売文学賞。『焼跡のイエス』『狂風記』

井上光晴（いのうえ・みつはる）
一九二六〜九二年　福岡県生まれ。小説家。作家・井上荒野は長女。高等小学校中退。敗戦後共産党に入党、『書かれざる一章』を「新日本文学」に発表、党より批判され、除名。七七年以降、全国各地に「文学伝習所」を開設。『地の群れ』『黒い森林』

岩倉政治（いわくら・まさじ）
一九〇三〜二〇〇〇年　富山県生まれ。小説家。大谷大哲学科卒。鈴木大拙、戸坂潤らに学ぶ。プロレタリア運動に参加するも、のち転向。三九年、『稲熱病』が芥川賞候補になる。

梅崎春生（うめざき・はるお）
一九一五〜六五年　福岡県生まれ。小説家。東京帝大国文科卒。『ボロ家の春秋』で直木三十五賞、『砂時計』で新潮社文学賞、『狂い凧』で芸術選奨文部大臣賞、『幻花』で毎日出版文化賞。『桜島』『日の果て』

大井広介（おおい・ひろすけ）
一九一二〜七六年　福岡県生まれ。文芸評論家、野球評論家。麻生太郎の父・麻生太賀吉は従兄弟。旧制嘉穂中学卒。三九年、同人誌「槐」を創刊、四〇年には誌名を「現代文学」に改名。『芸術の構想』『プロ野球騒動史』

大江健三郎（おおえ・けんざぶろう）
一九三五年〜　愛媛県生まれ。小説家。東大仏文科卒、渡辺一夫に師事。『飼育』で芥川賞、『個人的な体験』で新潮社文学賞、『万延元年のフットボール』で谷崎賞、『洪水はわが魂に及び』で野間文芸賞、『新しい人よ眼ざめよ』で大佛次郎賞、『「雨の木」を聴く女たち』で読売文学賞、九四年ノーベル文学賞受賞。「九条の会」呼びかけ人。

大岡昇平（おおおか・しょうへい）
一九〇九〜八八年　東京生まれ。小説家。京都帝大仏文科卒。成城高等学校時代、小林秀雄と知り合い、仏語の個人教授を受ける。四四年応召し、翌年フィリピンで米軍の捕虜に。『俘虜記』で横光利一賞、『野火』と『小説家夏目漱石』で読売文学賞、『花影』で新潮社文学賞と毎日出版文化賞、『レイテ戦記』で毎日芸術賞、『中原中也』で野間賞。

大久保房男（おおくぼ・ふさお）
一九二一〜二〇一四年　三重県生まれ。編集者。慶應義塾大学国文科卒。講談社入社後、「群像」編集長を務め、作家たちから「鬼の大久保」と恐れられた。戦後派作家、「第三の新人」らの代表作を多数世に送り出した。

大庭みな子（おおば・みなこ）
一九三〇〜二〇〇七年　東京生まれ。小説家。津田塾大英文科卒。父は海軍軍医。広島で終戦を迎える。結婚後、アラスカで十一年過ごす。『三匹の蟹』で群像新人賞と芥川賞、『がらくた博物館』で女流文学賞、『寂兮寥兮』で谷崎賞、『啼く鳥の』で野間賞、『津田梅子』で読売文学賞。

岡本潤（おかもと・じゅん）
一九〇一～七八年　埼玉県生まれ。詩人。中央大、東洋大中退。アナキズムに近づき、日本社会主義同盟の結成に参加。以降、アナキズム文学運動を推進。『襤褸の旗』『罰当りは生きている』

岡本太郎（おかもと・たろう）
一九一一～九六年　神奈川県生まれ。洋画家、彫刻家。父は漫画家・岡本一平、母は作家・岡本かの子。東京美術学校中退、パリ大学で哲学、民族学を学ぶ。フランス芸術文化勲章を受章。〈明日の神話〉〈太陽の塔〉

小田実（おだ・まこと）
一九三二～二〇〇七年　大阪生まれ。小説家、評論家。東大言語学科卒。フルブライト留学生としてハーバード大大学院で学ぶ。六五年「ベトナムに平和を！市民連合」（べ平連）を組織。『「アボジ」を踏む』で川端康成文学賞。「九条の会」呼びかけ人。『何でも見てやろう』『現代史』

小田切秀雄（おだぎり・ひでお）
一九一六～二〇〇〇年　東京生まれ。文芸評論家。法政大国文科卒。「近代文学」創刊同人。新日本文学会の創設に参加。『私の見た昭和の思想と文学の五十年』で毎日出版文化賞。『万葉の伝統』『小林多喜二』

開高健（かいこう・たけし）
一九三〇～八九年　大阪生まれ。小説家。大阪市立大法学部卒。在学中に詩人牧羊子と結婚、卒業後壽屋（現・サントリーホールディングス）で「洋酒天国」の編集等。『裸の王様』で芥川賞、『輝ける闇』で毎日出版文化賞、『玉、砕ける』で川端賞、『耳の物語』で日本文学大賞。『パニック』『夏の闇』

加賀乙彦（かが・おとひこ）
一九二九年～　東京生まれ。小説家、精神科医。東大医学部卒。『フランドルの冬』で芸術選奨新人賞、『帰らざる夏』で谷崎賞、『宣告』で日本文学大賞、『湿原』で大佛賞、『永遠の都』で芸術選奨文部大臣賞。『錨のない船』

加藤周一（かとう・しゅういち）
一九一九～二〇〇八年　東京生まれ。評論家。東京帝大医学部卒。マチネ・ポエティクに参加。上智大、ベルリン自由大、ジュネーブ大、ブリティッシュ・コロンビア大教授等を歴任。『日本文学史序説』で大佛賞。「九条の会」呼びかけ人。『雑種文化』『羊の歌』

北村太郎（きたむら・たろう）
一九二二〜九二年　東京生まれ。詩人。東大仏文科卒。四七年、田村隆一らと「荒地」創刊。『眠りの祈り』で無限賞、『犬の時代』で芸術選奨文部大臣賞、『笑いの成功』で藤村記念歴程賞、『港の人』で読売文学賞。訳書に『あるスパイの墓碑銘』他。

草野心平（くさの・しんぺい）
一九〇三〜八八年　福島県生まれ。詩人。慶應義塾普通部中退後、中国の広東嶺南大学に学ぶ。三五年、中原中也、高橋新吉らと「歴程」創刊。『蛙の詩』で読売文学賞。『富士山』『第四の蛙』

窪川鶴次郎（くぼかわ・つるじろう）
一九〇三〜七四年　静岡県生まれ。評論家。旧制四高中退。在学中に中野重治と知り合う。中野重治、堀辰雄と「驢馬」創刊。佐多稲子と結婚（のち離婚）。プロレタリア文学者の立場から活動。『現代文学論』『石川啄木』

栗林種一（くりばやし・たねかず）
一九一四〜二〇〇四年　新潟県生まれ。詩人、独文学者。東京帝大独文科卒。茨城大教授等を歴任。「批評」「構想」同人。『深夜のオルゴール』

黒井千次（くろい・せんじ）
一九三二年〜　東京生まれ。小説家。東大経済学部卒。『時間』で芸術選奨新人賞、『群棲』で谷崎賞、『カーテンコール』で読売文学賞、『羽根と翼』で毎日芸術賞、『一日　夢の柵』で野間賞を受賞。日本芸術院長。『五月巡歴』『高く手を振る日』

五味康祐（ごみ・やすすけ）
一九二一〜八〇年　大阪生まれ。小説家。早大第二高等学院中退、明大中退。保田與重郎に師事。『喪神』で芥川賞。『柳生武芸帳』『柳生連也斎』

坂口安吾（さかぐち・あんご）
一九〇六〜五五年　新潟県生まれ。小説家。東洋大印度哲学倫理学科卒。「現代文学」同人。『不連続殺人事件』で日本探偵作家クラブ賞（現・日本推理作家協会賞）。『堕落論』『桜の森の満開の下』

坂本一亀（さかもと・かずき）
一九二一〜二〇〇二年　福岡県生まれ。編集者。音楽家の坂本龍一は長男。日大国文科卒。河出書房入社後、野間宏『真空地帯』、三島由紀夫『仮面の告

白』、高橋和巳『悲の器』等を手がけ、「文芸」編集長を務める。退社後、構想社設立。

佐々木基一（ささき・きいち）
一九一四〜九三年　広島県生まれ。文芸評論家。東京帝大美学科卒。「現代文学」同人、「構想」「近代文学」創刊同人。『私のチェーホフ』で野間賞。『革命と芸術』『石川淳』

椎名麟三（しいな・りんぞう）
一九一一〜七三年　兵庫県生まれ。小説家。旧制姫路中学中退。職業を転々として、三一年共産党へ入党、五〇年キリスト教へ入信。『美しい女』他で芸術選奨文部大臣賞。『永遠なる序章』『自由の彼方で』

篠田一士（しのだ・はじめ）
一九二七〜八九年　岐阜県生まれ。文芸評論家、英文学者。東大英文科卒。『日本の現代小説』で毎日芸術賞。『伝統と文学』『二十世紀の十大小説』

澁澤龍彥（しぶさわ・たつひこ）
一九二八〜八七年　東京生まれ。小説家、評論家。東大仏文科卒。サド『悪徳の栄え』の翻訳出版で裁判となる。『唐草物語』で泉鏡花文学賞、『高丘親王航海記』で読売文学賞。『神聖受胎』『偏愛的作家論』

島尾敏雄（しまお・としお）
一九一七〜八六年　横浜生まれ。小説家。九州帝大文科卒。「VIKING」創刊同人。「近代文学」同人。『硝子障子のシルエット』で毎日出版文化賞、『日の移ろい』で谷崎賞、『死の棘』で読売文学賞と日本文学大賞、『魚雷艇学生』で野間賞。『夢の中での日常』『贋学生』

白井健三郎（しらい・けんざぶろう）
一九一七〜九八年　東京生まれ。文芸評論家、仏文学者。東京帝大仏文科卒。マチネ・ポエティクに参加。慶應大助教授、学習院大教授等を歴任。『現代フランス文学研究』『実存と虚無』

杉森久英（すぎもり・ひさひで）
一九一二〜九七年　石川県生まれ。小説家。東京帝大国文科卒。中央公論社、河出書房「文藝」編集長等を経て作家に。『天才と狂人の間』で直木賞、『能登』で平林たい子文学賞、『近衛文麿』で毎日出版文化賞。『猿』『天皇の料理番』

関根弘（せきね・ひろし）
一九二〇〜九四年　東京生まれ。詩人、評論家、ルポライター。第二寺島小学校卒。工場労働者として働きながら、詩を発表、左翼運動を行う。「夜の会」へ参加。『絵の宿題』『青春の文学』

高橋和巳（たかはし・かずみ）
一九三一～七一年　大阪生まれ。小説家、中国文学者。妻は作家・高橋たか子。京大中国文学科卒。立命館大、明大等で教鞭を執り、七〇年学園紛争中に京大助教授を辞職。『悲の器』で文藝賞。『邪宗門』『わが解体』

高橋たか子（たかはし・たかこ）
一九三二～二〇一三年　京都生まれ。小説家。京大仏文科卒。『空の果てまで』で田村俊子賞、『誘惑者』で泉鏡花賞、『ロンリー・ウーマン』で女流文学賞、『怒りの子』で読売文学賞、『きれいな人』で毎日芸術賞。『彼方の水音』『装いせよ、わが魂よ』

高見順（たかみ・じゅん）
一九〇七～六五年　福井県生まれ。詩人、小説家。東京帝大英文科卒。『昭和文学盛衰史』で毎日出版文化賞、『いやな感じ』で新潮社文学賞、『死の淵より』で野間賞。『故旧忘れ得べき』『如何なる星の下に』

竹内好（たけうち・よしみ）
一九一〇～七七年　長野県生まれ。中国文学者、評論家。東京帝大支那文学科卒。陸軍兵士として中国で終戦を迎え、のち都立大教授に就任、安保闘争の強行採決に抗議し辞職。『魯迅』『近代の超克』

武田泰淳（たけだ・たいじゅん）
一九一二～七六年　東京生まれ。小説家。東京帝大支那文学科中退。『快楽』で日本文学大賞、『目まいのする散歩』で野間賞。『司馬遷』『ひかりごけ』『富士』

武田百合子（たけだ・ゆりこ）
一九二五～九三年　横浜生まれ。随筆家。横浜第二高女卒。七一年、泰淳が脳血栓で倒れて以降、泰淳の口述筆記や清書を担当。『富士日記』で田村俊子賞、『犬が星見た』で読売文学賞。『ことばの食卓』『日日雑記』

太宰治（だざい・おさむ）
一九〇九～四八年　青森県生まれ。小説家。東京帝大仏文科中退。井伏鱒二、佐藤春夫に師事。『逆行』が第一回芥川賞候補（受賞作は石川達三『蒼氓』）。山崎富栄と玉川上水へ入水自殺。『斜陽』『人間失格』

田中英光（たなか・ひでみつ）

一九一三〜四九年　東京生まれ。小説家。早大政経学科卒。三二年、ロサンゼルス・オリンピックにボート選手として出場。太宰治に師事、のち、三鷹・禅林寺の太宰の墓前で自殺を図る。『オリンポスの果実』『酔いどれ船』

田村隆一（たむら・りゅういち）

一九二三〜九八年　東京生まれ。詩人。明大文芸科卒。第二次「荒地」創刊に参加。『言葉のない世界』で高村光太郎賞、『奴隷の歓び』で読売文学賞、『詩集1946〜1976』で無限賞、『ハミングバード』で現代詩人賞。

檀一雄（だん・かずお）

一九一二〜七六年　山梨県生まれ。小説家。長男はエッセイストの檀太郎、長女は女優・檀ふみ。東京帝大経済学部卒。『長恨歌』『真説石川五右衛門』で直木賞、『火宅の人』で日本文学大賞と読売文学賞。『花筐』『リツ子・その愛』

辻邦生（つじ・くにお）

一九二五〜九九年　東京生まれ。小説家。東大仏文科卒。渡辺一夫に師事。『廻廊にて』で近代文学賞、『安土往還記』で芸術選奨新人賞、『背教者ユリアヌス』で毎日芸術賞、『西行花伝』で谷崎賞。『夏の砦』『フーシェ革命暦』

寺田透（てらだ・とおる）

一九一五〜九五年　横浜生まれ。文芸評論家、仏文学者。東京帝大仏文科卒。中央大、旧制一高、東大教授を歴任、東大紛争時に辞職。『芸術の理路　法楽帖1968』で毎日出版文化賞、『義堂周信・絶海中津』で毎日芸術賞。

寺田博（てらだ・ひろし）

一九三三〜二〇一〇年　長崎県生まれ。編集者。早大教育学部卒。河出書房新社入社後、「文芸」編集長等を務める。退社後、作品社設立に参加、のち、福武書店へ入社し、「海燕」初代編集長。中上健次、島田雅彦、吉本ばなな、小川洋子、角田光代らを育てる。

中島健蔵（なかじま・けんぞう）

一九〇三〜七九年　東京生まれ。文芸評論家、仏文学者。東京帝大仏文科卒。戦後、日本文芸家協会、日本ペンクラブの再建に尽力、日本著作権協議会を設立。『回想の文学』で野間賞。『昭和時代』『自画像』

中薗英助（なかぞの・えいすけ）
一九二〇～二〇〇二年　福岡県生まれ。小説家。旧制八女中学卒業後、満州へ渡り戦後帰国。『闇のカーニバル』で日本推理作家協会賞、『北京飯店旧館にて』で読売文学賞、『鳥居龍蔵伝』で大佛賞。『彷徨のとき』『密書』

中野重治（なかの・しげはる）
一九〇二～七九年　福井県生まれ。詩人、小説家、評論家。東京帝大独文科卒。窪川鶴次郎、堀辰雄らと「驢馬」を創刊。プロレタリア文学運動の中心的存在。「新日本文学」の創刊にも関わる。『むらぎも』で毎日出版文化賞、『梨の花』で読売文学賞、『甲乙丙丁』で野間賞。『歌のわかれ』『斎藤茂吉ノオト』

中野正剛（なかの・せいごう）
一八八六～一九四三年　福岡県生まれ。政治家。早大政経学科卒。新聞記者を経て、政治家に。衆議院議員として立憲民政党等で活躍、東方会を組織。東条英機と対立し、逮捕、のち割腹自殺。

中野秀人（なかの・ひでと）
一八九八～一九六六年　福岡県生まれ。詩人、評論家。中野正剛は兄。早大中退。プロレタリア文学運動に参加。四〇年、花田清輝らと「文化組織」を創刊。『聖歌隊』『精霊の家』

中村真一郎（なかむら・しんいちろう）
一九一八～九七年　東京生まれ。小説家、詩人、評論家。東京帝大仏文科卒。マチネ・ポエティクに参加。『この百年の小説』で毎日出版文化賞、『夏』で谷崎賞、『冬』で日本文学大賞、『蠣崎波響の生涯』で読売文学賞。『死の影の下に』『四季』

中村光夫（なかむら・みつお）
一九一一～八八年　東京生まれ。文芸評論家、小説家。東京帝大仏文科卒。のち、パリ大学で学ぶも開戦で帰国。学生時代より「文學界」に評論を発表、吉田健一らと「批評」を発行。戦後は『風俗小説論』で私小説を批判。『二葉亭四迷伝』（評伝）と『汽笛一声』（戯曲）で読売文学賞、『贋の偶像』（小説）で野間賞。『志賀直哉論』『谷崎潤一郎論』

西村孝次（にしむら・こうじ）
一九〇七～二〇〇四年　京都生まれ。英文学者。東北帝大英文科卒。「批評」創刊同人。長く明大教授を務める。『オスカー・ワイルド全集』の個人訳を果たす。『批評と信仰』『わが従兄・小林秀雄』

野上彰（のがみ・あきら）
一九〇八～六七年　徳島県生まれ。詩人、編集者、小説家。京都帝大法学部中退。「囲碁クラブ」編集長を務め、作詞、オペラの訳詞、放送劇なども手がける。『前奏曲』『蛾』

野間宏（のま・ひろし）
一九一五～九一年　神戸生まれ。小説家。京都帝大仏文科卒。『真空地帯』で毎日出版文化賞、『青年の環』で谷崎賞とロータス賞。『暗い絵』『崩解感覚』

橋川文三（はしかわ・ぶんぞう）
一九二二～八三年　長崎県生まれ。評論家。東京帝大法学部卒。雑誌編集者を経て、明大教授。『日本浪曼派批判序説』『昭和維新試論』

花田清輝（はなだ・きよてる）
一九〇九～七四年　福岡県生まれ。小説家、評論家。京都帝大英文科中退。戯曲『泥棒論語』で週刊読売新劇賞、『鳥獣戯話』で毎日出版文化賞。『復興期の精神』『錯乱の論理』

原泉子（はら・せんこ）
一九〇五～八九年　島根県生まれ。女優。原泉（はら・いずみ）。夫は中野重治。プロレタリア演劇研究所に入所し、東京左翼劇場と合流、新協劇団の創設に参加。四〇年、滝沢修、村山知義らとともに治安維持法違反で逮捕。戦後はフリーで活躍。

原民喜（はら・たみき）
一九〇五～五一年　広島県生まれ。詩人、小説家。「近代文学」同人。慶應大英文科卒。詩人として出発、のち「三田文学」に小説を発表、編集にも携わる。佐々木基一の姉・永井貞恵と結婚するも、四四年死別。四五年広島の生家で被爆。『夏の花』で水上滝太郎賞。『廃墟から』『壊滅の序曲』

原條あき子（はらじょう・あきこ）
一九二三～二〇〇三年　神戸生まれ。詩人。日本女子大英文科卒。在学中にマチネ・ポエティクに参加。卒業後、福永武彦と結婚、長男池澤夏樹を出産。帯広で福永とともに「北海文学」の同人に（福永とはのち離婚）。『原條あき子詩集』『やがて麗しい五月が訪れ』

平田次三郎（ひらた・じさぶろう）
一九一七～八五年　福島県生まれ。独文学者。「近代文学」同人。東京帝大独文科卒。明大講師、中央

大教授等を歴任。『夏目漱石』『青春と頽廃』

平野謙（ひらの・けん）
一九〇七〜七八年　京都生まれ。文芸評論家。東京帝大社会学科中退、同美学科卒。第八高等学校時代に本多秋五、藤枝静男と知り合う。「現代文学」「近代文学」創刊同人。『島崎藤村』『芸術と実生活』

福永武彦（ふくなが・たけひこ）
一九一八〜七九年　福岡県生まれ。詩人、小説家。東京帝大仏文科卒。マチネ・ポエティクに参加。詩や小説、ボードレール等の翻訳の他、加田伶太郎名で推理小説も。『草の花』『死の島』

富士正晴（ふじ・まさはる）
一九一三〜八七年　徳島県生まれ。小説家。旧制三高中退。在学中に野間宏、桑原静雄と同人誌「三人」を創刊。戦後、島尾敏雄、林富士馬らと「VIKING」創刊。『桂春団治』で毎日出版文化賞。『贋・久坂葉子伝』『帝国軍隊に於ける学習・序』

藤枝静男（ふじえだ・しずお）
一九〇七〜九三年　静岡県藤枝生まれ。小説家、眼科医。千葉医科大卒。志賀直哉に師事。平野謙、本多秋五がペンネームを考案。『空気頭』で芸術選奨文部大臣賞、『愛国者たち』で平林たい子賞、『田紳有楽』で谷崎賞、『悲しいだけ』で野間賞。『犬の血』『欣求浄土』

堀田善衞（ほった・よしえ）
一九一八〜九八年　富山県生まれ。小説家。慶應大仏文科卒。『広場の孤独』で芥川賞、『方丈記私記』で毎日出版文化賞、『ゴヤ』で大佛賞、『ミシェル城館の人』で和辻哲郎文化賞。『時間』『インドで考えたこと』

堀辰雄（ほり・たつお）
一九〇四〜五三年　東京生まれ。小説家。東京帝大国文科卒。室生犀星、芥川龍之介に師事、中野重治らと同人誌「驢馬」を創刊。旧制一高在学中に肺を病み、以降、生涯苦しめられる。『菜穂子』で中央公論社文芸賞。『聖家族』『風立ちぬ』

本多秋五（ほんだ・しゅうご）
一九〇八〜二〇〇一年　愛知県生まれ。文芸評論家。東京帝大国文科卒。「近代文学」創刊同人。『物語戦後文学史』で毎日出版文化賞、『古い記憶の井戸』で読売文学賞、『志賀直哉』で毎日芸術賞。『小林秀雄論』『「戦争と平和」論』

丸谷才一（まるや・さいいち）
一九二五～二〇一二年　山形県生まれ。小説家、評論家、英文学者。東大英文科卒。『年の残り』で芥川賞、『たった一人の反乱』で谷崎賞、『後鳥羽院』とジョイス『若い藝術家の肖像』の翻訳で読売文学賞、『忠臣藏とは何か』で野間賞、『光る源氏の物語』で芸術選奨文部大臣賞、『新々百人一首』で大佛賞、『樹影譚』で川端賞。『裏声で歌へ君が代』

丸山真男（まるやま・まさお）
一九一四～九六年　大阪生まれ。思想史家、政治学者。東京帝大法学部卒。東大教授等歴任後、七一年に辞任。荻生徂徠、本居宣長、福沢諭吉、ナショナリズム、ファシズム等の研究で多くの学者、政治家に影響を与える。『日本政治思想史研究』『日本の思想』

三島由紀夫（みしま・ゆきお）
一九二五～七〇年　東京生まれ。小説家、劇作家。東京帝大法学部卒。「近代文学」同人。『潮騒』で新潮社文学賞、『金閣寺』と『十日の菊』で読売文学賞、『絹と明察』で毎日芸術賞受賞。『仮面の告白』『豊饒の海』

森谷均（もりや・ひとし）
一八九七～一九六九年　岡山県生まれ。出版人。中央大商科卒。三五年、京橋で昭森社を創業、のち神保町に。「思潮」「本の手帖」等を創刊。容姿から「神田のバルザック」と親しまれる。

矢川澄子（やがわ・すみこ）
一九三〇～二〇〇二年　東京生まれ。詩人、小説家、翻訳家。東京女子大英文学科卒、学習院大独文科卒、東大美学美術史学科中退。澁澤龍彥と結婚するも、離婚。『架空の庭』、翻訳に『若草物語』『不思議の国のアリス』他多数。

安岡章太郎（やすおか・しょうたろう）
一九二〇～二〇一三年　高知県生まれ。小説家。慶應大英文科卒。『悪い仲間』『陰気な愉しみ』で芥川賞、『海辺の光景』と『僕の昭和史』で野間賞、『幕が下りてから』で毎日出版文化賞、『走れトマホーク』と『果てもない道中記』で読売文学賞、『流離譚』で日本文学大賞。

山室静（やまむろ・しずか）
一九〇六～二〇〇〇年　鳥取県生まれ。文芸評論家、詩人、翻訳家。東北帝大美学科卒。「構想」「近

代文学」創刊同人。堀辰雄らと季刊誌「高原」を創刊。『山室静著作集』で平林賞、『アンデルセンの生涯』で毎日出版文化賞。『評伝森鷗外』

吉田健一（よしだ・けんいち）
一九一二〜七七年　東京生まれ。文芸評論家、英文学者、小説家。父は吉田茂。ケンブリッジ大中退。「批評」創刊同人。『シェイクスピア』と『瓦礫の中』で読売文学賞、『日本について』で新潮社文学賞、『ヨオロッパの世紀末』で野間賞。『酒宴』『時間』

吉本隆明（よしもと・たかあき）
一九二四〜二〇一二年　東京生まれ。詩人、思想家、批評家。漫画家ハルノ宵子は長女、作家吉本ばななは次女。東工大電気化学科卒。五四年荒地新人賞を受賞し、「荒地詩集」へ参加。六一年谷川雁、村上一郎と「試行」を創刊。『共同幻想論』『ハイ・イメージ論』

吉行淳之介（よしゆき・じゅんのすけ）
一九二四〜九四年　岡山県生まれ。小説家。東京帝大英文科中退。父は作家の吉行エイスケ、母はあぐり、妹に女優の和子、詩人の理恵がいる。『驟雨』で芥川賞、『不意の出来事』で新潮社文学賞、『暗室』で谷崎賞、『鞄の中身』で読売文学賞、『夕暮まで』で野間賞。

渡辺一夫（わたなべ・かずお）
一九〇一〜七五年　東京生まれ。仏文学者。東京帝大仏文科卒。東大、明大、立教大の教授を歴任。『千一夜物語』の翻訳、ラブレーの翻訳でそれぞれ読売文学賞。『フランス・ルネサンスの人々』『寛容について』

同人誌・事項紹介

中国文学研究会　一九三四年、大学在学中の竹内好、武田泰淳と岡崎俊夫が設立、のち増田渉、松枝茂夫、実藤恵秀、千田九一、飯塚朗、小野忍、斎藤秋男らが参加。東大支那哲文科出身者が中心となり、中国現代文学を研究する。四三年解散。

「批評」　一九三六年七月～三七年一一月　文学同人誌。編集発行人は山室静。平野謙、本多秋五、佐々木基一、栗林種一、藤枝静男らが寄稿。なお「批評」には三二～三三年に瀬沼茂樹、山室静、亀井勝一郎らが執筆した雑誌、三九年八月～四九年一〇月に吉田健一、伊藤新吉、山本健吉、中村光夫らが中心となり、小林秀雄、河上徹太郎、横光利一、柳田國男らが登場した雑誌、五八～七〇年（中断あり）に佐伯彰一、村松剛、篠田一士、遠藤周作、開高健、三島由紀夫らが参加した同名雑誌がある。

「構想」　一九三九年一〇月～四一年一二月　文学同人誌。全七冊。同人には埴谷雄高、荒正人、平野謙、佐々木基一、山室静、久保田正文、長谷川鉱平、栗林種一、郡山澄雄、高橋幸雄、木村隆一ら。埴谷の『不合理ゆえに吾信ず』などが掲載された。

「現代文学」　一九三九年一二月～四四年一月　文学同人誌。大井広介らが創刊した「槐」が前身。大井広介、杉山英樹、平野謙が中心となり創刊、小熊秀雄、菊岡久利、岩上順一、荒正人、小田切秀雄、佐々木基一、山室静、坂口安吾、野口冨士男、檀一雄らが参加。坂口安吾『日本文化私観』等を掲載。なお、「現代文学」には、京大在学中の高橋和巳が発行人となって五二年一〇月に一号で終わったもの、六九年創刊で饗庭孝男が編集代表人となった同名雑誌がある。

マチネ・ポエティク　一九四二～五〇年　中村真一郎、加藤周一、福永武彦、白井健三郎、窪田啓作、中西哲吉、山崎剛太郎、小山正孝、原條あき子らによって結成された文学グループ、またその文学運動。当初、同人誌をもたず、グループで集まり、作品を発表。戦後、「世代」に加藤、福永、中村によって連載された時評が『1946　文学的考察』として刊行。押韻定型詩の試み『マチネ・ポエティク詩集』は三好達治などから否定的に批判された。

「近代文学」一九四六年一月～六四年八月　文学同人誌。創刊同人は本多秋五、平野謙、山室静、埴谷雄高、荒正人、佐々木基一、小田切秀雄。「批評」「構想」「現代文学」などへの参加者が母体となる。四七年七月に第一次、四八年六月に第二次同人拡大を行い、久保田正文、花田清輝、平田次三郎、大西巨人（のち脱退）、野間宏、福永武彦、加藤周一、中村真一郎、三島由紀夫、安部公房、梅崎春生、椎名麟三、島尾敏雄、武田泰淳、原民喜らが加わり、総勢三十名となる。埴谷雄高『死霊』、野間宏『青年の環』、遠藤周作『白い人』、辻邦生『廻廊にて』等が掲載。

「VIKING」一九四七年一〇月～　神戸で創刊され、現在も続く文学同人誌。創刊同人は、富士正晴、島尾敏雄、井口浩、伊東幹治、富士正夫、堀内進、広瀬正年、林富士馬、斎田昭吉。のち庄野潤三、久坂葉子、高橋和巳、山田稔、杉本秀太郎、津本陽らが作品を発表する。

「序曲」一九四八年一二月　河出書房の文芸誌。杉森久英の発案で、同人は埴谷雄高、武田泰淳、中村真一郎、梅崎春生、野間宏、船山馨、寺田透、三島由紀夫、椎名麟三、島尾敏雄。一号で終刊。

サド裁判　一九六〇～六九年　または、「悪徳の栄え」事件。澁澤龍彦が訳し、現代思潮社から出版されたマルキ・ド・サド『悪徳の栄え』が、一九六〇年、猥褻だとして澁澤及び社長・石井恭二が被告になった事件。特別弁護人として埴谷雄高、白井健三郎、遠藤周作、弁護側証人として大岡昇平、吉本隆明、大江健三郎、大井広介、中村光夫、中島健蔵らが法廷に立つ。弁護人は大野正男、詩人でもある中村稔ら四人。一審無罪、二審で石井に罰金十万円、澁澤に罰金七万円の有罪判決、最高裁で有罪のまま結審。伊藤整の「チャタレイ裁判」（五〇～五七年）とともに、猥褻と芸術、表現・思想の自由が法廷で争われた歴史的裁判。

埴谷雄高（はにや・ゆたか）

本名・般若豊（はんにゃ・ゆたか）。1909年12月19日、台湾新竹生まれ。本籍は福島県相馬郡小高町。1923年、台湾から東京へ移転。28年、日大予科に編入するも、のち退学。同年、女優の伊藤とし（通称・敏子、当時は毛利利枝）と知り合う（36年、婚姻届提出）。31年、日本共産党へ入党。32年、同志宅で逮捕、2ヵ月弱の留置の後、不敬罪及び治安維持法違反によって起訴、豊多摩刑務所に送監、33年に上申書を提出し、懲役2年執行猶予4年の判決を受け出所。39年、同人誌「構想」に参加、創刊より終刊まで『不合理ゆえに吾信ず（Credo, quia absurdum.）』を連載する（50年刊）。41年、経済情報誌「新経済」を創刊、編集長を務める。同年12月9日、予防拘禁法で特高により拘引、年末まで拘禁される。46年、同人誌「近代文学」を創刊、『死霊』の連載を開始する。『死霊』は第一章から第四章を「近代文学」（49年11月号まで）に掲載し、長期の中断の後、第五章が「群像」75年7月号に、第六章が「群像」81年4月号に、第七章が「群像」84年10月号に、第八章が「群像」86年9月号に、第九章が「群像」95年11月号に掲載される。76年に『死霊』で日本文学大賞。97年2月19日、脳梗塞により逝去。享年87。作品に、『濠渠と風車』（57年刊）、『幻視のなかの政治』（60年刊）、『ドストエフスキイ　その生涯と作品』（65年刊）、『闇のなかの黒い馬』（70年刊、谷崎賞）他多数がある。

本書は『埴谷雄高全集』第一巻及び第四巻～第十一巻（一九九八～一九九九年、講談社）を底本としました。底本中明らかな誤りは訂正し、多少ふりがなを調整しました。なお、底本にある表現で、今日からみれば不適切なものがありますが、作品が書かれた時代背景と作品的価値を考慮し、そのままとしました。よろしくご理解のほどお願いいたします。

酒《さけ》と戦《せん》後《ご》派《は》 人物随想集《じんぶつずいそうしゅう》

埴谷《はにや》雄高《ゆたか》

二〇一五年一二月一〇日第一刷発行
二〇二一年 八 月二三日第二刷発行

発行者――鈴木章一
発行所――株式会社 講談社
東京都文京区音羽2・12・21 〒112-8001
電話 編集（03）5395・3513
販売（03）5395・5817
業務（03）5395・3615

講談社文芸文庫

デザイン―菊地信義
印刷――豊国印刷株式会社
製本――株式会社国宝社
本文データ制作―講談社デジタル製作

ISBN978-4-06-290292-2

講談社文芸文庫

青木淳選——建築文学傑作選　青木 淳——解
青柳瑞穂——ささやかな日本発掘　高山鉄男——人／青柳いづみこ－年
青山光二——青春の賭け 小説織田作之助　高橋英夫——解／久米 勲——年
青山二郎——眼の哲学|利休伝ノート　森 孝——人／森 孝——年
阿川弘之——舷燈　岡田 睦——解／進藤純孝——案
阿川弘之——鮎の宿　岡田 睦——年
阿川弘之——桃の宿　半藤一利——解／岡田 睦——年
阿川弘之——論語知らずの論語読み　高島俊男——解／岡田 睦——年
阿川弘之——森の宿　岡田 睦——年
阿川弘之——亡き母や　小山鉄郎——解／岡田 睦——年
秋山駿——内部の人間の犯罪 秋山駿評論集　井口時男——解／著者——年
秋山駿——小林秀雄と中原中也　井口時男——解／著者他——年
芥川龍之介－上海游記|江南游記　伊藤桂一——解／藤本寿彦——年
芥川龍之介 谷崎潤一郎－文芸的な、余りに文芸的な|饒舌録ほか 芥川vs.谷崎論争　千葉俊二編　千葉俊二——解
安部公房——砂漠の思想　沼野充義——人／谷 真介——年
安部公房——終りし道の標べに　リービ英雄－解／谷 真介——案
阿部知二——冬の宿　黒井千次——解／森本 穫——年
安部ヨリミ－スフィンクスは笑う　三浦雅士——解
有吉佐和子－地唄|三婆 有吉佐和子作品集　宮内淳子——解／宮内淳子——年
有吉佐和子－有田川　半田美永——解／宮内淳子——年
安藤礼二——光の曼陀羅 日本文学論　大江健三郎賞選評－解／著者——年
李良枝——由煕|ナビ・タリョン　渡部直己——解／編集部——年
生島遼一——春夏秋冬　山田 稔——解／柿谷浩一——年
石川淳——黄金伝説|雪のイヴ　立石 伯——解／日高昭二——案
石川淳——普賢|佳人　立石 伯——解／石和 鷹——案
石川淳——焼跡のイエス|善財　立石 伯——解／立石 伯——年
石川淳——文林通言　池内 紀——解／立石 伯——年
石川淳——鷹　菅野昭正——解／立石 伯——解
石川啄木——雲は天才である　関川夏央——解／佐藤清文——年
石坂洋次郎－乳母車|最後の女 石坂洋次郎傑作短編選　三浦雅士——解／森 英一——年
石原吉郎——石原吉郎詩文集　佐々木幹郎－解／小柳玲子——年
石牟礼道子－妣たちの国 石牟礼道子詩歌文集　伊藤比呂美－解／渡辺京二——年
石牟礼道子－西南役伝説　赤坂憲雄——解／渡辺京二——年

▶解=解説　案=作家案内　人=人と作品　年=年譜を示す。　2021年7月現在